El hombre de San Petersburgo

Ken Follett es uno de los autores más queridos y admirados por los lectores de todo el mundo, y las ventas de sus libros superan los ciento ochenta millones de ejemplares. Su primer gran éxito literario llegó en 1978 con *El ojo de la aguja* (*La isla de las tormentas*), un thriller de espionaje ambientado en la Segunda Guerra Mundial. En 1989 publicó *Los pilares de la Tierra*, el épico relato de la construcción de una catedral medieval del que se han vendido veintisiete millones de ejemplares y que se ha convertido en su novela más popular. Su continuación, *Un mundo sin fin*, se publicó en 2007, y en 2017 vio la luz *Una columna de fuego*, que transcurre en la Inglaterra del siglo XVI, durante el reinado de Isabel I. En 2020 llegó a las librerías la aclamada precuela de la saga, *Las tinieblas y el alba*, que se remonta al año 1000, cuando Kingsbridge era un asentamiento anglosajón bajo la amenaza de los invasores vikingos. Su última novedad es *Nunca*. Follett, que ama la música casi tanto como los libros, es un gran aficionado a tocar el bajo. Vive en Stevenage, Hertfordshire, con su esposa Barbara. Entre los dos tienen cinco hijos, seis nietos y cuatro perros labradores.

Para más información, visite la página web del autor: www.kenfollett.es

Biblioteca
KEN FOLLETT

El hombre de San Petersburgo

Traducción de
Damián Sánchez Bustamante

DEBOLS!LLO

Papel certifi ado por el Forest Stewardship Council®

MIXTO
Papel procedente de
fuentes responsables
FSC® C117695
www.fsc.org

Penguin
Random House
Grupo Editorial

Título original: *The Man from St. Petersburg*

Primera edición con esta cubierta: enero de 2017
Novena reimpresión: mayo de 2023

© 1982, Petancor B. V.
© 1987, Penguin Random House Grupo Editorial, S. A. U.
Travessera de Gràcia, 47-49. 08021 Barcelona
© Damián Sánchez Bustamante, por la traducción
Diseño de la cubierta: Penguin Random House Grupo Editorial /
Andreu Barberán. Basado en el diseño original de Daren Cook
Fotografía de la cubierta: © Olli0815 / Thinkstock

Printed in Spain – Impreso en España

ISBN: 978-84-9759-424-0
Depósito legal: B-17.416-2016

Impreso en QP Print
Molins de Rei (Barcelona)

P 8 9 4 2 4 G

AGRADECIMIENTO

Fueron muchos los amigos que me ayudaron a escribir este libro. Quiero expresar mi gratitud más sincera a Alan Earney, Pat Golbita, M. E. Hirsh, Elaine Koster, Diana Levine, Caren Meyer y a sus «topos» Sue Rapp y Pamela Robinson, así como a la plantilla de «Bertram Rota Ltd.», Hilary Ross, Christopher Sinclair-Stevenson, Daniel Starer, Colin Tennant, y al último por orden alfabético, pero primero en todo lo demás, Al Zuckerman.

No se puede amar a la humanidad.
Sólo se puede amar a las personas.

GRAHAM GREENE

1

Era una de esas tardes dominicales que transcurren lentamente, de las que agradaban a Walden. De pie, junto a la ventana abierta, recorría con su mirada el parque. El amplio y bien cuidado césped estaba salpicado de árboles añosos: un pino albar, un par de robustos robles, varios castaños y un sauce cuyas ramas evocaban los tirabuzones de una muchacha. El sol ya estaba alto y los árboles proyectaban su oscura y fresca sombra. No se oía ningún pájaro; sólo el zumbido de las activas abejas en una enredadera que florecía junto a la ventana. También la casa estaba tranquila. Casi la totalidad de la servidumbre tenía la tarde libre. Aquel fin de semana los únicos huéspedes eran el hermano de Walden, George, con su esposa Clarissa y sus hijos. George había salido a dar un paseo, Clarissa estaba descansando y a los niños no se los veía por ninguna parte. Walden estaba cómodo; se había puesto la levita para ir a la iglesia, como era de rigor, y dentro de una o dos horas se pondría la corbata blanca y el frac para la cena, pero mientras tanto se encontraba a gusto con su traje de mezclilla de lana y su camisa de cuello sin almidonar. «Ahora —pensó—, basta que Lydia quiera tocar el piano esta noche y el día habrá sido completo.»

Se volvió hacia su esposa.

—¿Tocarás después de la cena?

Lydia sonrió.

—Si tú quieres...

Walden oyó un ruido y volvió a la ventana. Un vehículo a motor hizo su aparición por el extremo del paseo, a medio kilómetro de distancia. Walden notó una especie de enfado, algo parecido a la sensación de dolor que sentía en su pierna derecha antes de una tormenta. «¿Por qué me ha de molestar un coche?», pensó. No era enemigo de los vehículos de motor, él mismo era propietario de un «Lanchester» del que se servía regularmente en sus idas y venidas de Londres, pero en verano los coches representaban una gran molestia para la población por la polvareda que levantaban en la carretera sin pavimentar. Pensaba recubrir varios centenares de metros de la calzada con gravilla alquitranada. En circunstancias normales no lo habría dudado, pero las carreteras dejaron de estar bajo su responsabilidad en 1909, cuando Lloyd George creó los Departamentos de Carreteras; ahora se daba cuenta de que eso era lo que motivaba su enfado. Una de las características de la legislación liberal había consistido en sacar dinero a Walden para realizar lo que él mismo hubiera acabado haciendo; y luego no lo hacían. «Supongo que finalmente seré yo quien tenga que preocuparme por la pavimentación de la carretera —pensó—, pero es realmente molesto tener que pagarla dos veces.»

El coche pisó la gravilla de la entrada del patio y se detuvo, entre estrépitos y temblores, frente a la puerta sur. Los gases del tubo de escape ascendieron hasta la ventana y Walden contuvo la respiración. Bajó el chófer, vestido de modo reglamentario —casco, gafas y grueso chaquetón—, para abrir la puerta a su pasajero. Descendió un hombre bajo, con abrigo negro y sombrero de fieltro negro. Walden lo reconoció y se sintió abatido; la tranquila tarde estival se había acabado.

—Es Winston Churchill —dijo.

—¡Qué vergüenza! —exclamó Lydia.

El hombre no aceptaba que se le desairara. El jueves había enviado una nota a la que Walden no respondió. El viernes acudió a la casa londinense de Walden y le dijeron que el conde estaba ausente. Ahora había ido hasta Norfolk en domingo. Tampoco se le atendería. «¿Acaso cree que me va a impresionar con su terquedad?», se preguntó Walden.

No le gustaba ser mal educado con nadie, pero Churchill se lo merecía. El Gobierno liberal, del que Churchill era ministro, se había lanzado a un cobarde ataque contra lo que constituía la base fundamental de la sociedad inglesa, gravando los bienes raíces, desprestigiando a la Cámara de los Lores, intentando entregar Irlanda a los católicos, debilitando la Armada británica y accediendo al chantaje de los sindicatos y de los dichosos socialistas. Walden y sus amigos no iban a estrechar las manos de tales individuos.

La puerta se abrió y Pritchard entró en la habitación. Era un *cockney* alto, de pelo negro peinado con brillantina y un aire de gravedad evidentemente falso. Cuando era sólo un muchacho había estado embarcado y había abandonado el barco en África oriental. Walden, que estaba allí de safari, lo contrató para que se encargara de los porteadores nativos, y estaban juntos desde entonces. Ahora, Pritchard era el mayordomo de Walden, viajaba con él de un sitio a otro, y era tan amigo suyo como su condición de criado lo permitía.

—El primer Lord del Almirantazgo ha llegado, Milord —dijo Pritchard.

—No estoy en casa —contestó Walden.

Pritchard se mostró contrariado. No estaba acostumbrado a despedir a los ministros del Gobierno. «El mayordomo de mi padre lo habría hecho sin el menor aspaviento —pensó Walden—, pero el viejo Thomson se ha ganado su jubilación y se dedica a cultivar rosas en el jardín de una casita de pueblo, y Pritchard nunca ha podido adquirir aquella imperturbable dignidad.»

Pritchard descuidó su correcta dicción, signo inequívoco de que estaba muy tranquilo o nervioso en extremo.

—Míster Churchill dijo que usted iba a decir que no estaba en casa, Milord, y me ordenó que le diera esta carta.

Y le presentó un sobre en la bandeja.

A Walden no le gustaba que lo forzaran y respondió malhumorado:

—Devuélvasela.

Luego se detuvo para observar el tipo de letra con la que estaba escrito el sobre. Aquellos rasgos amplios, nítidos y algo sesgados le resultaban familiares.

—Vaya por Dios —dijo Walden.

Cogió el sobre, lo abrió y extrajo una sola cuartilla de intensa blancura, con un único doblez. En la parte superior figuraba el membrete real, impreso en rojo. Walden leyó:

Buckingham Palace
1.º de mayo de 1914

Mi querido Walden:
Entrevístese con el joven Winston.

Jorge R. I.

—Es del rey —le dijo Walden a Lydia.

Se azaró hasta ponerse colorado. Era de un terrible mal gusto comprometer al rey en algo así. Walden se sentía como el colegial a quien se le dice que deje de pelearse y sigue en sus trece. Durante unos instantes sintió la tentación de desafiar al rey. Pero las consecuencias... Lydia ya no sería recibida nunca más por la reina, nadie podría invitar a los Walden a fiestas en las que participara algún miembro de la familia real, y lo que era peor, la hija de Walden, Charlotte, no podría ser puesta de largo en la corte. La vida social de la familia quedaría destrozada. Más valdría que se fueran a vivir a otro país. No, no podía desobedecer al rey.

Walden suspiró. Churchill le había ganado la partida. En cierto sentido era un descanso, pues ahora podría romper la disciplina del partido y nadie podría echarle la culpa. «Una carta del rey, amigo mío —diría como explicación—; no se podía hacer nada, ya sabes.»

—Haga pasar a Mr. Churchill —ordenó a Pritchard.

Entregó la carta a Lydia. En realidad, los liberales no comprendían cómo debía funcionar la monarquía, ésa era su impresión.

—El rey no es lo suficientemente enérgico con ellos —murmuró.

Lydia dijo:

—Esto se está poniendo tremendamente aburrido.

Walden sabía que ella no se estaba aburriendo, ni mucho menos; probablemente lo encontraba todo muy interesante; lo decía porque así era como se expresaba una condesa inglesa, y, como ella era rusa y no inglesa, le gustaba expresarse en términos típicamente ingleses, al igual que quien habla francés repite una y otra vez *alors*.

Walden se acercó a la ventana. El coche de Churchill seguía haciendo ruido y echando humo en el patio. El chófer estaba de pie junto a la puerta y la sujetaba con una mano, como si se tratara de un caballo al que intentara impedir la huida. Varios criados lo observaban desde una prudente distancia.

Pritchard entró y anunció:

—Mr. Winston Churchill.

Churchill tenía cuarenta años, exactamente diez menos que Walden. Era bajo y delgado, y vestía, en opinión de Walden, de manera excesivamente elegante para merecer el calificativo de señorial. Su cabello cedía terreno rápidamente, dejando entradas en la frente y dos rizos en las sienes que, junto con su pequeña nariz y el burlón y constante pestañeo de los ojos, le daban un aire de picardía. Resultaba fácil ver por qué los caricaturistas lo dibujaban regularmente como un querubín malicioso.

Churchill le dio la mano a Walden y lo saludó efusivamente.

—Buenas tardes, Lord Walden. —Hizo una reverencia ante Lydia—. Lady Walden, ¿cómo está usted?

Walden pensó: «¿Qué hay en él que me crispa tanto los nervios?»

Lydia le ofreció té y Walden le rogó que se sentara. Walden no iba a andarse por las ramas; estaba impaciente por saber qué significaban todas aquellas prisas.

Churchill empezó:

—Ante todo, presento mis disculpas, y las del propio rey, por forzar así las cosas.

Walden asintió con la cabeza. No iba a decir que no tenía importancia.

Churchill prosiguió:

—No lo habría hecho si no tuviera razones de peso.

—Mejor será que me lo cuente.

—¿Sabe usted lo que está ocurriendo en el mercado bursátil?

—Sí. Ha aumentado el tipo de interés.

—De uno y tres cuartos hasta casi un tres por ciento. Se trata de un aumento descabellado y ha ocurrido en pocas semanas.

—Supongo que sabe el porqué.

Churchill asintió con un gesto.

—Las compañías alemanas han estado negociando sus deudas a gran escala, cobrando al contado y comprando oro. Unas semanas más y Alemania recuperará todo lo que le adeudan otros países, mientras sus propias deudas con los demás siguen siendo enormes, y sus reservas de oro son las más altas que jamás haya acumulado.

—Se están preparando para la guerra.

—Así y de otras maneras. Han reunido la suma de mil millones de marcos, superior a los impuestos normales, para mejorar un Ejército que ya es el más fuerte de Europa.

Usted recordará que en 1909, cuando Lloyd George incrementó los impuestos británicos en quince millones de libras esterlinas, casi se produjo una revolución. Pues bien, mil millones de marcos equivalen a cincuenta millones de libras. Es la mayor recaudación de la historia europea.

—Sí, no hay duda —interrumpió Walden. Churchill empezaba a resultar teatral y Walden no quería que pronunciara discursos—. A nosotros, los conservadores, nos ha preocupado durante algún tiempo el militarismo alemán. Y ahora me dice usted que teníamos razón.

Churchill ni siquiera se inmutó.

—Alemania atacará a Francia, casi con toda seguridad. La pregunta es: ¿acudiremos en ayuda de Francia?

—No —contestó Walden, sorprendido—. El secretario de Asuntos Exteriores nos ha asegurado que no tenemos compromisos con Francia.

—Sir Edward es sincero, por supuesto —dijo Churchill—, pero está equivocado. Nuestro entendimiento con Francia es tal, que difícilmente podríamos permanecer al margen viéndola derrotada por Alemania.

Walden mostró una expresión de gran sorpresa. Los liberales habían convencido a todo el mundo, incluso a él, de que no llevarían a Inglaterra a la guerra, y ahora uno de sus más destacados ministros decía lo contrario. La falsedad de los políticos era como para indignar a cualquiera. Pero Walden se olvidó de aquello cuando empezó a considerar las consecuencias de la guerra. Pensó en los jóvenes que conocía y que tendrían que combatir: los pacientes jardineros de su parque, los rollizos lacayos, los granjeros de piel morena, los alborotadores estudiantes de bachillerato, los lánguidos ociosos de los clubes de St. James... Entonces, aquel pensamiento quedó desplazado por otro mucho más escalofriante, y preguntó:

—Pero ¿podremos vencer?

Churchill estaba muy serio.

—Creo que no.

Walden lo miró fijamente.

—¡Dios mío! ¿Qué han hecho todos ustedes?

Churchill pasó a la defensiva.

—Nuestra política ha sido evitar la guerra, y no se puede hacer eso y al mismo tiempo armarse hasta los dientes.

—Pero no han logrado evitar la guerra.

—Seguimos intentándolo todavía.

—Pero creen que fracasarán.

Churchill se mostró beligerante por unos instantes; luego se tragó su orgullo.

—Sí.

—Entonces, ¿qué ocurrirá?

—Si Inglaterra y Francia juntas no pueden vencer a Alemania, entonces debemos tener otro aliado, un tercer país a nuestro lado: Rusia. Si Alemania se divide y combate en dos frentes, podemos vencer. El Ejército ruso es incompetente y está corrompido, por supuesto, igual que el resto del país, pero no importa mientras atraigan parte de la fuerza de Alemania.

Churchill sabía perfectamente que Lydia era rusa, y sin embargo, con su característica falta de tacto, no le importó desacreditar en su presencia al país del que procedía; Walden lo consintió, ya que estaba enormemente intrigado por lo que Churchill iba diciendo.

—Rusia ya tiene una alianza con Francia —observó.

—No basta —replicó Churchill—. Rusia está obligada a combatir si Francia es la víctima de la agresión. Pero, llegado el caso, es Rusia la que decide si Francia es la víctima o la agresora. Cuando estalla una guerra, ambos lados pretenden siempre ser la víctima. Por tanto, la alianza sólo obliga a Rusia a combatir si quiere. Necesitamos que Rusia esté decididamente a nuestro lado.

—No logro imaginarme a ustedes confraternizando con el Zar.

—Entonces nos juzga mal. Para salvar a Inglaterra somos capaces de pactar con el diablo.

—A sus votantes no les gustará.

—Ni se enterarán.

A Walden no se le ocultaba adónde iba a parar todo aquello, y la perspectiva resultaba atractiva.

—¿Qué es lo que se propone? ¿Un tratado secreto? ¿O un entendimiento verbal?

—Ambos.

Walden miró a Churchill con ojos entornados. «Este joven demagogo puede tener un gran cerebro —pensó—, y ese gran cerebro puede no estar trabajando en mi favor. Así pues, los liberales quieren lograr un tratado secreto con el Zar, a pesar del odio que el pueblo inglés siente por el brutal régimen ruso; pero, ¿por qué me lo cuenta a mí? Me quieren implicar de alguna manera, eso está claro. ¿Con qué finalidad? ¿Para que si todo sale mal tengan un conservador a quien echar las culpas? Necesitarían a un trapisondista

15

más sutil que Churchill para hacerme caer en esa trampa.»

—Continúe —rogó Walden.

—He iniciado conversaciones sobre la cuestión naval con los rusos, siguiendo la pauta de nuestras conversaciones militares con los franceses. Se han prolongado durante cierto tiempo a un nivel más bien bajo, y ahora ya están a punto de convertirse en algo serio. Un joven almirante ruso va a llegar a Londres. Se trata del príncipe Aleksei Andreievich Orlov.

—¡Aleks! —exclamó Lydia.

—Creo que es pariente de usted, Lady Walden.

—Sí —dijo Lydia, y por algún motivo que Walden ni siquiera podía imaginarse, pareció nerviosa—. Es hijo de mi hermana mayor, o sea mi... ¿primo?

—Sobrino —aclaró Walden.

—No sabía que había llegado a almirante —añadió Lydia—. Habrá sido ascendido recientemente.

Volvió a hacer gala de su habitual y perfecto dominio de sí misma, y Walden se convenció de que fue pura aprensión suya aquel momento de nerviosismo que afloró en ella. Le agradaba la venida de Aleks a Londres, pues apreciaba muchísimo al muchacho.

—Es joven para tener tanta autoridad —comentó.

—Tiene treinta años —dijo Churchill a Lydia, y Walden recordó que Churchill, a los cuarenta años, era muy joven para estar al frente de toda la Armada inglesa.

La expresión de Churchill parecía decir: «El mundo pertenece a los jóvenes brillantes como Orlov y yo.»

«Pero me necesita para algo», pensó Walden.

—Además —siguió Churchill—, Orlov es sobrino del Zar, por parte de su padre, el difunto príncipe, y, lo que es más importante, es una de las pocas personas, aparte de Rasputín, a las que el Zar quiere y de las que se fía. Si hay alguien en el estamento naval ruso que pueda hacer que el Zar se incline de nuestro lado, ése es Orlov.

Walden hizo la pregunta que tenía en mente.

—¿Y cuál es mi papel en todo esto?

—Quiero que usted represente a Inglaterra en estas conversaciones, y quiero que me traiga a Rusia en una bandeja.

«Este individuo jamás podrá resistir la tentación de ser grandilocuente», pensó Walden.

—¿Lo que usted quiere es que Aleks y yo negociemos una alianza militar anglo-rusa?

—Sí.

Walden vio inmediatamente que se trataba de una tarea difícil, desafiante y gratificante. Disimuló sus sentimientos y se sobrepuso a la tentación de levantarse y dar unos pasos.

Churchill seguía hablando.

—Usted conoce al Zar personalmente. Conoce Rusia y habla el ruso perfectamente. Es tío de Orlov por su matrimonio. Ya anteriormente logró que el Zar se alineara junto a Inglaterra, y no al lado de Alemania, en 1906, cuando usted intervino para impedir la ratificación del tratado de Bjorko. —Churchill hizo una pausa—. Sin embargo, no fue a usted a quien escogimos en primer lugar para representar a Gran Bretaña en estas negociaciones. Tal como están las cosas en Westminster...

—Sí, sí. —Walden no quería empezar a discutir aquello—. No obstante, algo le hizo cambiar de idea.

—Resumiendo, usted fue el elegido por el Zar. Al parecer, usted es el único inglés en quien él confía. En fin, fue él quien envió un telegrama a su primo, su majestad el rey Jorge V, insistiendo en que Orlov negociara con usted.

Walden podía imaginarse la consternación de los radicales al enterarse de que tenían que implicar a un viejo *tory* reaccionario en un proyecto tan reservado.

—Supongo que quedarían ustedes horrorizados —dijo.

—En absoluto. Nuestra política no difiere tanto de la de ustedes en lo concerniente a asuntos exteriores. Y siempre he creído que nuestros desacuerdos en política interior no deberían ser obstáculo para que sus cualidades no fueran utilizadas en favor del Gobierno de Su Majestad.

«Ahora la adulación —pensó Walden—. Me necesitan desesperadamente.»

Y ya en voz alta, preguntó:

—¿Cómo va a mantenerse en secreto todo esto?

—Parecerá una visita social. Si le parece bien, Orlov vivirá con usted durante la temporada de Londres. Usted se encargará de presentarlo en sociedad. ¿No es verdad que su hija va a celebrar su mayoría de edad este año?

Y miró a Lydia.

—Así es —dijo ella.

—En cualquier caso, usted tendrá que moverse mucho. Orlov es soltero, como usted sabe, y un buen partido, de modo que podemos hacer circular por el extranjero el rumor de que viene a buscar una esposa inglesa. E incluso tal vez la encuentre.

—Buena idea.

De repente, Walden se percató de que le gustaba todo aquello. Se había acostumbrado a representar el papel de diplomático semioficial de los gobiernos conservadores de Salisbury y Balfour, pero en los últimos ocho años no había tomado parte en la política internacional. Ahora se le presentaba la oportunidad de volver a entrar en escena y empezaba a rememorar toda la dedicación y fascinación que entrañaba aquel asunto: el sigilo, el arte de negociar como si se tratara de una apuesta en el juego, los conflictos de personalidades, el empleo cauto de la persuasión, de la coacción o de la amenaza de guerra. Recordó que no era fácil negociar con los rusos; resultaban caprichosos, tercos y arrogantes. Pero Aleks sería más tratable. Cuando Walden se casó con Lydia, Aleks había asistido a la boda, tenía diez años y vestía de marinero; luego, había pasado un par de años en la Universidad de Oxford y había visitado Walden Hall durante las vacaciones. El padre del muchacho había muerto, de ahí que Walden pasara con él más tiempo del que habría pasado normalmente con un adolescente, y se viera agradablemente recompensado con su amistad y con su despierta mentalidad juvenil.

Existía una buena base para iniciar la negociación. «Creo que podría muy bien salir airoso —pensó—. ¡Menudo éxito me apuntaría!»

—¿Puedo creer, entonces, que acepta? —inquirió Churchill.

—Por supuesto —contestó Walden.

Lydia se puso en pie.

—No, no se levanten —dijo al ver que también lo hacían sus interlocutores—. Los voy a dejar que hablen de política. ¿Se quedará a cenar, Mr. Churchill?

—No puedo, por desgracia; tengo un compromiso en la ciudad.

—Entonces, me despido ya.

Le estrechó la mano.

Salió del Octágono, donde siempre tomaba el té, cruzó el gran salón y atravesó otro pequeño hasta la habitación de las flores. Al mismo tiempo, uno de los ayudantes del jardinero, cuyo nombre ignoraba, entraba por la puerta del jardín con un manojo de tulipanes rosados y amarillos, para la mesa de la cena. Una de las cosas que le gustaban a Lydia, de Inglaterra en general y de Walden Hall en particular, era su abundancia de flores; siempre mandaba que le cortaran flores frescas por la mañana y por la tarde, incluso en invierno, cuando se tenían que cultivar en los invernaderos.

El jardinero se tocó la gorra; sólo tenía que quitársela si le dirigían la palabra, ya que la habitación de las flores, teóricamente, formaba parte del jardín; puso las flores en una mesa de mármol y luego se retiró. Lydia se sentó a respirar el aire fresco y perfumado. Era un buen sitio para recobrarse de los disgustos; la conversación sobre San Petersburgo la había trastornado. Recordaba a Aleksei Andrievich como un muchacho tímido y guapo que asistió a su boda y se acordaba de *aquello* como el día más desgraciado de su vida.

Era una perversidad por su parte, pensó, convertir la habitación de las flores en su santuario. Aquella casa disponía de habitaciones para cada finalidad: habitaciones distintas para el desayuno, la comida, la hora del té y la cena; una habitación para el billar y otra para guardar las armas; habitaciones especiales para el lavado de la ropa, el planchado, la preparación de compotas, el pulido de la plata; para juegos, para guardar el vino, cepillar los trajes... Su propio aposento constaba de dormitorio, vestidor y sala de estar. Y además, cuando quería estar tranquila, venía aquí a sentarse en una silla dura y se quedaba mirando el fregadero de tosca piedra y las patas de hierro forjado de la mesa de mármol. Su esposo tenía también un santuario secreto que ella había descubierto: cuando Stephen estaba preocupado por algo, iba a la sala de armas y se ponía a leer un libro de caza.

Así pues, Aleks sería su huésped en Londres durante un tiempo. Hablarían de la familia, de la nieve, del ballet y de las bombas; y al ver a Aleks se acordaría de otro joven ruso, del hombre con el que no se había casado.

Hacía diecinueve años que no había visto a aquel hombre, pero todavía la sola mención de San Petersburgo podía hacérselo recordar y producirle un estremecimiento en la piel bajo el moaré de su vestido de tarde. Él tenía entonces su misma edad, diecinueve años; era un estudiante que pasaba hambre, de pelo negro y largo, rostro de lobo y ojos de perro de aguas. Era delgado como un espárrago. Su piel era blanca y el vello de su cuerpo suave, oscuro y adolescente, y tenía unas manos muy expertas. Ahora se puso colorada, no al recordar aquel cuerpo, sino el suyo propio, que la traicionaba y la enloquecía de placer y la hacía gritar avergonzada.

«Fui mala —pensó— y sigo siéndolo, porque me gustaría repetirlo de nuevo.»

Se acordó de su marido con un sentimiento de culpabilidad. Casi siempre que pensaba en él experimentaba aquellos mismos sentimientos. Cuando se casó con él no lo amaba, pero ahora sí lo quería. Él tenía una gran fuerza de voluntad y un corazón tierno, y la adoraba. El afecto que sentía por ella era constante, distinguido, y carecía del menor indicio de pasión desesperada como la que ella había experimentado en una ocasión. Él era feliz, pensaba ella, sólo porque nunca se había enterado de que el amor podía ser frenético y apasionado.

«Ya no ansío esa clase de amor —se dijo a sí misma—. He aprendido a vivir sin él, y con el paso de los años se ha vuelto más fácil. Y así debe ser, ¡ya tengo casi cuarenta años!»

Algunas de sus amigas seguían siendo tentadas y sucumbían también. No era que le explicaran sus cosas, pues notaban que no las aprobaba, pero contaban chismes de otras, y Lydia sabía que en algunas fiestas celebradas en casas de campo se cometían abundantes..., sí, adulterios. En cierta ocasión, Lady Girard le había dicho a Lydia, con el tono condescendiente de la mujer mayor que da un bondadoso consejo a una joven anfitriona:

—Querida, si invita al mismo tiempo a la vizcondesa y a Charlie Scott, simplemente *debe* colocarlos en dormitorios contiguos.

Lydia los había acomodado uno en cada extremo de la casa y la vizcondesa nunca más volvió a Walden Hall.

La gente decía que quien tenía la culpa de toda esta inmoralidad era el difunto rey, pero Lydia no lo creía. Era verdad que alternaba con judíos y cantantes, pero eso no significaba que fuera un libertino. Además, él había estado dos veces en Walden Hall, primero como Príncipe de Gales y luego como Eduardo VII, y su conducta fue irreprochable en ambas ocasiones.

Se preguntó si el nuevo rey vendría alguna vez. La presencia de un rey exigía muchos esfuerzos, pero ¡resultaba tan emocionante lograr que la casa apareciera en todo su esplendor, preparar las más apetitosas comidas imaginables y adquirir doce nuevos vestidos tan sólo para un fin de semana! Y si viniera el rey, podría conceder a los Walden la codiciada *entrée*, el derecho a entrar en el palacio de Buckingham por la puerta del jardín en las grandes ocasiones, en lugar de tener que hacer cola en el paseo junto con otros doscientos carruajes.

Se acordó de sus invitados de aquel fin de semana. George era el hermano menor de Stephen; tenía el encanto de Stephen, pero sin el menor rastro de su seriedad. La hija de George, Belinda, tenía dieciocho años, la misma edad que Charlotte. Ambas celebrarían su mayoría de edad aquella temporada. La madre de Belinda había muerto hacía unos años y George se había vuelto a casar, con cierta precipitación. Su segunda esposa, Clarissa, era mucho más joven que él, y de una gran vivacidad. Le había dado gemelos. Uno de los gemelos heredaría «Walden Hall» cuando muriera Stephen, a menos que Lydia diera a luz más adelante.

«Podría —pensó—, estoy segura de que podría, pero no acaba de llegar.»

Ya faltaba poco para la cena. Suspiró. Se sentía cómoda y natural con su vestido de tarde, con su pelo rubio suelto, pero ahora la doncella tendría que ponerle un corsé y hacerle un moño. Se decía que algunas mujeres jóvenes ya no usaban corsé. Lydia creía que eso podía estar muy bien para quienes tuvieran una figura esbelta y natural, la que sugería el número ocho, pero ella era menuda en los lugares menos indicados.

Se levantó y salió. El ayudante del jardinero estaba de pie junto a un rosal, conversando con una de las doncellas. Lydia la reconoció: se trataba de Annie, una muchacha agraciada, voluptuosa, casquivana, de amplia y generosa sonrisa. Estaba allí con las manos metidas en los bolsillos de su delantal, con su ovalado rostro mirando al sol y riéndose de algo que había dicho el jardinero.

«He ahí una muchacha que no necesita corsé», pensó Lydia.

Annie debía estar al cuidado de Charlotte y Belinda, ya que la institutriz tenía la tarde libre. Lydia gritó con voz autoritaria:

—¡Annie! ¿Dónde están las señoritas?

La sonrisa de Annie desapareció e inició una reverencia.

—No sé dónde se han metido, Milady.

El jardinero desapareció tímidamente.

—Pues no parece que las esté buscando —prosiguió Lydia—. ¡Hágalo!

—Muy bien, Milady.

Annie corrió hacia la parte posterior de la casa. Lydia lanzó un suspiro. Las muchachas no estarían allí, pero no se iba a molestar llamando otra vez a Annie para regañarla.

Atravesó el césped, con el pensamiento ocupado en cosas que le resultaban familiares y agradables, y relegando San Petersburgo a segundo término. El padre de Stephen, séptimo conde de Walden, había plantado rododendros y azaleas en la parte oeste del parque. Lydia no llegó a conocer al anciano, que murió antes de que conociera a Stephen, pero, según todos los indicios, se había contado entre los victorianos más nobles. Sus plantaciones estaban ahora en pleno florecimiento y proporcionaban un vivo y variopinto colorido que tenía muy poco de victoriano.

«Hemos de encargar a alguien que pinte un cuadro de esta casa —pensó—; el último se hizo antes de que el parque alcanzara todo su esplendor.»

Volvió a contemplar «Walden Hall». La piedra gris de la parte sur adquiría gran hermosura y señorío bajo el sol de la tarde. En el centro se encontraba la puerta sur. La parte más alejada, el ala este, albergaba el cuarto de dibujo y varios comedores, y detrás de ellos las cocinas, despensas y lavaderos que se extendían desordenadamente hasta los apartados establos. Más próximo a ella, en el lado oeste, se hallaba la habitación de mañana, el Octágono, y en la esquina la biblioteca; luego, junto a la esquina de la parte oeste, la sala de billar, la de armas, la de las flores, un salón de fumadores y el despacho de la finca. En el segundo piso, los dormitorios familiares estaban, en su mayor parte, en el flanco sur, las principales habitaciones para huéspedes en el flanco oeste, y la de los criados sobre las cocinas, al noroeste, fuera del alcance de la vista. Encima del segundo piso había una caprichosa colección de torres, torreones y buhardillas. En la fachada se apreciaba un gran derroche de cantería ornamental, en el mejor estilo rococó victoriano, con flores y cheurones y esculturas con trenzados, dragones, leones y querubines, balcones y almenajes, mástiles, relojes de sol y gárgolas. A Lydia le gustaba el lugar y daba gracias de que Stephen, a diferencia de muchos antiguos aristócratas, contara con medios económicos suficientes para mantenerlo.

Vio aparecer a Charlotte y Belinda entre los arbustos, al otro lado del césped. Annie, por supuesto, no había dado con ellas. Ambas llevaban sombreros de amplias alas y vestidos veraniegos con medias negras de colegialas y zapatos negros sin tacón. Dado que Charlotte alcanzaba su mayoría de edad esta temporada, se le permitía, de vez en cuando, recogerse el pelo y vestirse para cenar, pero Lydia casi siempre la trataba como si fuera una criatura, ya que resultaba perjudicial que los niños crecieran demasiado de prisa. Las dos primas estaban muy enfrascadas en su conversación y Lydia se preguntó, sin demasiado interés, de qué estarían hablando.

«¿Qué había en mi cabeza cuando tenía dieciocho años?», se dijo, y se acordó entonces de un joven de pelo suave y expertas manos, y pensó: «¡Dios mío, te lo ruego, haz que sepa guardar mis secretos!»

—¿Crees que nos sentiremos distintas después de la presentación en sociedad? —preguntó Belinda.

Charlotte ya había reflexionado sobre ello anteriormente.

—¡Qué va!

—Pero ya seremos adultas.

—No veo cómo una serie de fiestas, bailes y meriendas campestres pueden hacer a una persona adulta.

—Tendremos que usar corsé.

A Charlotte le entró risa.

—¿Te lo has puesto alguna vez?

—No, ¿y tú?

—Me probé el mío la semana pasada.

—¿Y qué tal?

—Terrible. No puedes andar derecha.

—¿Te sentaba bien?

Charlotte hizo un gesto con las manos indicando un busto enorme. Ambas se morían de risa. Charlotte divisó a su madre y puso una cara compungida en previsión de la reprimenda que le esperaba, pero su madre parecía preocupada y se limitó a sonreír vagamente a medida que se alejaba.

—Pero tiene que ser divertido —dijo Belinda.

—¿La fiesta? Sí —contestó Charlotte, con tono de duda—. Pero, ¿qué finalidad tiene todo eso?

—Que conozcamos al tipo más adecuado de jóvenes, sin duda.

—Buscar marido, quieres decir.

Llegaron al gran roble que crecía en medio del césped y

Belinda se echó en el asiento que había bajo el árbol, con expresión más bien enfurruñada.

—Tú crees que eso de la mayoría de edad es todo una tontería, ¿verdad? —preguntó.

Charlotte se sentó a su lado y recorrió con su mirada la alfombra de hierba que se extendía hasta la fachada sur de «Walden Hall». Las altas ventanas góticas resplandecían bajo los rayos del sol y de la tarde. Desde allí, parecía que la casa pudiera planearse de manera racional y regular, pero tras aquella fachada había realmente un encantador embrollo.

—La tontería es que te hagan esperar tanto tiempo. No tengo prisa por ir a los bailes y jugar a las cartas por las tardes y conocer a muchachos jóvenes; no me importaría no llegar nunca a eso; en cambio, sí me molesta que me sigan tratando como a una chiquilla. Me da rabia tener que cenar con Marya; es muy ignorante, o aparenta serlo. Por lo menos en el comedor se conversa —comentó—. Papá habla de cosas interesantes. Cuando me aburro, Marya me propone que juguemos a las cartas. No quiero jugar a nada; me he pasado toda la vida jugando.

Lanzó un suspiro. A medida que iba hablando de todo ello, su enfado iba en aumento. Miró el rostro pacífico y pecoso de Belinda con su halo de tirabuzones rojos. Charlotte tenía un rostro ovalado, con una nariz recta y con cierta distinción; su barbilla denotaba personalidad y su cabello era abundante y castaño. «Imperturbable Belinda —pensó—, todas estas cosas no la molestan realmente; *ella* nunca se llega a apasionar por nada.»

Charlotte tocó a Belinda en el brazo.

—Lo siento. No quería dejarme llevar así.

—No te preocupes —replicó Belinda, con una sonrisa indulgente—. Siempre tropiezas con cosas que no está en tu mano cambiar. ¿Recuerdas cuando te empeñaste en ir a Eton?

—¡Ni idea!

—Pues así fue. Menudo revuelo armaste. Papá había estudiado en Eton, comentabas, ¿por qué no ibas a poder tú?

Charlotte no se acordaba de ello, si bien no podía negar que hubiera sido muy propio de ella a los diez años.

—Pero, ¿tú crees realmente que estas cosas no podrían ser de otra manera? La mayoría de edad, el ir a Londres en ese momento, y el prometerte para luego casarte... —dijo.

—Podrías armar un escándalo y verte forzada a emigrar a Rhodesia.

—No sé muy bien en qué consiste armar un escándalo.

—Ni yo tampoco.

Guardaron silencio durante unos instantes. A veces, Charlotte deseaba ser tan indiferente como Belinda. La vida le resultaría más sencilla, pero luego volvería a ser terriblemente aburrida. Y prosiguió:

—Le pregunté a Marya qué es lo que tengo que hacer cuando me case. ¿Y sabes lo que me contestó? —E imitó el acento gutural de su institutriz rusa—: «¿Hacer? ¡Ay, pequeña, no harás nada!»

—Vaya tontería —comentó Belinda.

—¿Verdad que sí? ¿Qué hacen mi madre y la tuya?

—Pertenecen a la Buena Sociedad. Celebran fiestas y residen en fincas solariegas, van a la Ópera y...

—Es lo que te digo. Nada.

—Tienen bebés.

—Bueno, eso es otra cosa. ¡Envuelven en tanto secreto eso de tener bebés!

—Claro, es algo tan... vulgar.

—¿Cómo? ¿Qué hay de vulgar en ello?

Charlotte vio que se volvía a excitar. Marya siempre le repetía que no se excitara. Respiró profundamente y bajó el tono de su voz.

—Tú y yo somos quienes hemos de tener los bebés. ¿No crees que podrían informarnos de cómo ocurre? Les interesa muchísimo que conozcamos todo lo relacionado con Mozart, Shakespeare y Leonardo da Vinci.

Belinda parecía incómoda, pero muy interesada.

«Tiene las mismas ideas que yo sobre todo esto —pensó Charlotte—; me pregunto si sabrá algo más.»

Charlotte inquirió:

—¿Te das cuenta de que crecen dentro de ti?

Belinda asintió; luego se disparó:

—Pero, ¿cómo empieza todo?

—Bueno, pues eso pasa, creo yo, cuando se llega a los veintiún años, aproximadamente. De ahí que tengas que ponerte de largo y llegar a la mayoría de edad, asegurándote así un marido antes de que empieces a tener bebés. —Charlotte dudó por unos instantes y añadió—: Me parece.

—Entonces, ¿cómo salen? —le preguntó Belinda.

—No sé. ¿Cómo son de grandes?

Belinda separó las manos cosa de medio metro.

—Los gemelos eran así de grandes cuando tenían un día. —Volvió a pensárselo y juntó más las manos—. Bueno, quizás así de grandes.

—Cuando una gallina pone un huevo, sale... por detrás —observó Charlotte. Evitó cruzar los ojos con los de Belinda. Jamás había tenido hasta entonces una conversación tan íntima con nadie—. El huevo parece muy grande, pero sale.

Belinda se arrimó más y habló bajito:

—Una vez vi a *Daisy* echar un ternero. Es la vaca de Jersey que tenemos en nuestra granja. Los hombres no sabían que yo estaba viéndola. Así es como lo llaman, echar un ternero.

Charlotte estaba fascinada.

—¿Qué ocurrió?

—Fue terrible. Parecía que su estómago se abriera, y había mucha sangre y cosas. —Se estremeció.

—¡Qué miedo! —dijo Charlotte—. Temo de que me vaya a ocurrir antes de que lo averigüe todo. ¿Por qué no nos lo contarán?

—No tendríamos que hablar de estas cosas.

—¡Qué caray!, también tenemos derecho a hablar de todo esto.

Belinda dijo con voz sofocada:

—Las palabrotas aún lo complican más.

—No me importa.

A Charlotte la volvía loca pensar que no hubiera manera alguna de enterarse de todo, nadie a quien preguntar, ni libro que consultar... Se le ocurrió una idea.

—Hay un armario cerrado con llave en la biblioteca. Apuesto algo a que allí habrá libros que traten de todas estas cosas. ¡Vamos a echar una ojeada!

—Pero si está cerrado con llave...

—Bueno, yo sé dónde está la llave. Me enteré hace muchos años.

—Si nos cogen será terrible.

—Ahora se están cambiando de ropa para la cena. Éste es el momento.

Charlotte se levantó, pero Belinda vacilaba.

—Habrá jaleo.

—Me da igual. Yo voy a ver lo que hay en el armario y, si quieres, vienes conmigo.

Charlotte se volvió y se dirigió a la casa. Unos instantes

después, Belinda llegó corriendo a su lado, tal como Charlotte había supuesto.

Atravesaron el pórtico de columnas y entraron en el gran salón, alto y fresco. Torcieron a la izquierda, pasaron por el Octágono y luego entraron en la biblioteca. Charlotte se decía a sí misma que era una mujer con derecho a estar informada, pero al mismo tiempo se sentía como una muchachita díscola.

La biblioteca era su habitación preferida. Por estar situada en una esquina de la casa, tenía mucha claridad que entraba por tres grandes ventanales. Las sillas tapizadas en piel eran viejas, pero muy cómodas. En invierno, el fuego siempre estaba encendido durante todo el día, y había juegos y rompecabezas, así como dos o tres mil libros. Algunos libros eran antiguos, y estaban allí desde que se construyó la casa, pero muchos eran nuevos, ya que mamá leía novelas y papá estaba interesado en muchas cosas distintas: química, agricultura, viajes, astronomía e historia. A Charlotte le gustaba ir allí, sobre todo el día que Marya no estaba en casa, ya que entonces su institutriz no podía quitarle *Lejos de la loca multitud* para remplazarlo con *Los bebés acuáticos*. A veces, papá estaba allí con ella, sentado ante la mesa de pedestal victoriano, leyendo un catálogo de maquinaria agrícola o el balance general de un ferrocarril norteamericano, sin interferir nunca en su selección de libros.

Ahora la habitación estaba vacía. Charlotte fue directamente a la mesa, abrió un pequeño cajón cuadrado y sacó una llave.

En la pared, junto a la mesa, había tres armarios. Uno guardaba juegos y otro cajas de cartón con papel de cartas que llevaba el membrete de Walden. El tercero estaba cerrado con llave. Charlotte lo abrió.

En su interior había veinte o treinta libros y un montón de revistas antiguas. Charlotte se fijó en una de las revistas. Se llamaba *The Pearl*. No parecía interesante. Apresuradamente sacó dos libros al azar, sin mirar sus títulos. Volvió a cerrar el armario con llave y guardó de nuevo la llave en su sitio.

—¡Ya está! —dijo triunfalmente.

—¿Adónde podemos ir para mirarlos? —susurró Belinda.

—¿Te acuerdas del escondite?

—¡Ah, sí!

—¿Por qué hablamos tan bajito?

Y las dos se pusieron a reír.

Charlotte se fue a la puerta. De pronto oyó una voz en el salón que gritaba:

—Lady Charlotte... Lady Charlotte...

—Es Annie. Nos está buscando —dijo Charlotte—. Es buena, pero ¡tiene tan pocas luces! Date prisa, vamos a salir por el otro lado.

Atravesó la biblioteca y por la puerta más alejada entró en la sala de billar, que a su vez daba a la sala de armas, pero allí había alguien. Escuchó unos instantes.

—Es papá —susurró Belinda asustada—. Ha salido con los perros.

Afortunadamente, había un par de puertas vidrieras dobles por las que se pasaba de la sala de billar a la terraza oeste. Charlotte y Belinda salieron por allí con sigilo y cerraron las puertas tras de sí silenciosamente. El sol estaba ya bajo y su resplandor rojizo formaba sombras alargadas sobre el césped.

—Y ahora, ¿cómo volveremos a entrar? —preguntó Belinda.

—Por el tejado. ¡Sígueme!

Charlotte corrió hasta la parte posterior de la casa y entró en los establos por el jardín de la cocina. Se metió los dos libros en el corpiño de su vestido y se apretó el cinturón para que no se le cayeran.

Desde una esquina del patio del establo se podía subir, por una serie de pequeños peldaños, hasta el tejado que daba sobre las dependencias de los criados. Primero se subió a la tapa de una carbonera baja de hierro, en la que se guardaban troncos. Desde allí se arrastró hasta el tejado de chapa acanalada de un cobertizo rudimentario en el que se guardaban las herramientas. El cobertizo formaba pendiente sobre el lavadero. Se puso de pie sobre la chapa acanalada y se encaramó al tejado de pizarra del lavadero. Se volvió y vio que Belinda la iba siguiendo.

Con el rostro sobre las inclinadas pizarras, Charlotte se fue deslizando hacia atrás por uno de los bordes, apoyándose con las palmas de las manos y los lados de los zapatos, hasta que el tejado acabó en una pared. Luego fue a gatas hasta el tejado y se montó sobre el caballete del mismo.

Belinda llegó junto a ella y le preguntó:

—¿No es peligroso?

—Lo vengo haciendo desde los nueve años.

Sobre ellas quedaba la ventana de un dormitorio de la buhardilla compartido por dos doncellas. La ventana quedaba alta en el aguilón, con los flancos superiores casi rozando el tejado, que descendía a uno y otro lado. Charlotte se irguió y miró al interior de la habitación. Allí no había nadie. Llegó hasta la repisa de la ventana y se puso en pie.

Se inclinó a la izquierda, pasó un brazo y una pierna sobre el borde del tejado y se arrastró hasta las tejas. Se volvió para ayudar a subir a Belinda.

Allí permanecieron tumbadas unos instantes, recobrando el aliento. Charlotte recordaba que le habían dicho que «Walden Hall» tenía una hectárea y media de tejado. Resultaba difícil creerlo hasta que se subía hasta allí y se descubría que cualquiera podía perderse entre los caballetes de los tejados y las pendientes. Desde allí se podía llegar a cualquier parte del tejado siguiendo los pasillos, escaleras y túneles abiertos para los hombres que cuidaban de su conservación y que acudían cada primavera a limpiar los canales, pintar las tuberías de desagüe y cambiar las tejas rotas.

Charlotte se levantó.

—Vamos, ya casi estamos —aseguró.

Había una escalera que llevaba al tejado siguiente; seguía un pasillo de madera y luego una serie de peldaños de madera que llevaban a una puertecilla cuadrada abierta en la pared. Charlotte abrió el cerrojo y se introdujo, ya estaba en su escondite.

Era una habitación baja, sin ventanas, con el techo en pendiente y el suelo de madera, cuyas astillas podían clavarse fácilmente al menor descuido. Suponía que había sido utilizada en otros tiempos como almacén, pero en cualquier caso ahora ya nadie se acordaba en absoluto de ella. La puerta que había en uno de los extremos conducía a un aposento situado junto al cuarto de los niños, que hacía muchos años que no se usaba. Charlotte había descubierto el escondite cuando tenía ocho o nueve años y lo había utilizado alguna que otra vez en el juego —que a ella se le antojaba haber estado practicando toda la vida— de escapar de la vigilancia. Había cojines en el suelo, velas en jarras y una caja de cerillas. En uno de los cojines yacía un magullado y deformado perro de juguete, que había escondido allí hacía ocho años, después de que Marya, la institutriz, la hubiera amenazado con tirarlo. Sobre una diminuta mesita había, por si hacía falta, una jarrita agrietada llena de lápices de colores y una carpeta de piel granate para escribir. Se hacía el inventario de «Walden Hall» periódicamente y

Charlotte se acordaba de que Mrs. Braithwaite, el ama de llaves, decía que faltaban las cosas más raras

Belinda entró a gatas y Charlotte encendió las velas. Se sacó del corpiño los dos libros y miró sus títulos. Uno se llamaba *Medicina casera* y el otro *El romance de la lujuria*. El libro de medicina parecía el más interesante. Se sentó sobre un cojín y lo abrió. Belinda se sentó junto a ella, con expresión de culpabilidad. Charlotte tenía la sensación de estar a punto de descubrir el secreto de la vida.

Fue pasando páginas. El libro parecía explícito y detallado en lo referente al reumatismo, a las fracturas de huesos y al sarampión, pero al llegar al parto se volvía súbitamente vago y oscuro. Había un misterioso revoltijo de contracciones, ruptura de aguas y un cordón que tenía que atarse en dos sitios, y luego había que cortar con unas tijeras que habían sido sumergidas en agua hirviendo. Este capítulo estaba escrito, evidentemente, para personas que ya sabían mucho sobre la materia. Había un dibujo de una mujer desnuda. Charlotte se dio cuenta, pero estaba demasiado nerviosa para decírselo a Belinda, de que la mujer del dibujo no tenía pelo en cierto lugar donde Charlotte tenía muchísimo. Luego se veía el diagrama de un bebé en el vientre de una mujer, sin ninguna indicación sobre el lugar por donde podría salir el bebé.

Belinda comentó:

—Debe de ser que los médicos te cortan y te abren.

—Entonces, ¿qué hacían en los tiempos antiguos cuando no había médicos? —preguntó Charlotte—. En fin, este libro no nos sirve.

Abrió el otro al azar y leyó en voz alta la primera frase que vino a sus ojos: «Ella se agachó con lasciva lentitud hasta quedar completamente empalada sobre mi rígida verga, y dio principio entonces a sus deliciosos movimientos de balanceo en todas direcciones.» Charlotte frunció el entrecejo y miró a Belinda.

—¿Qué querrá decir? —preguntó Belinda.

Feliks Kschessinski se sentó en un vagón del ferrocarril, aguardando que el tren saliera de la estación de Dover. Hacía frío en el vagón y él se quedó inmóvil. Fuera, todo estaba oscuro, y podía ver su propia imagen reflejada en la ventana: un hombre alto, con un gran bigote, abrigo negro y bombín. En la red de equipajes que tenía sobre su cabeza había una maleta pequeña. Podría pasar muy bien por un representante de un fabricante suizo de relojes, a no ser porque cualquiera que se fijara detenidamente observaría que el abrigo era barato, la maleta de cartón y que su rostro no era el de un vendedor de relojes.

Estaba pensando en Inglaterra. Aún recordaba cuando en su juventud había defendido la monarquía constitucional inglesa como la forma ideal de gobierno. Este pensamiento lo divirtió, y su pálido rostro reflejado en la ventana le dirigió una leve sonrisa. Su idea de la forma de gobierno ideal había cambiado mucho desde entonces.

El tren se puso en marcha, y a los pocos minutos Feliks estaba contemplando la salida del sol sobre los huertos y los campos de lúpulo de Kent. Su asombro ante lo bonita que era Europa no había cambiado. Cuando pudo constatarlo por primera vez sufrió una fuerte impresión, pues, como cualquier otro campesino ruso, habría sido incapaz de imaginarse que el mundo pudiera ser así. Había sido en un tren, recordó. Había atravesado cientos de kilómetros de las escasamente pobladas provincias septentrionales de Rusia, con sus raquíticos árboles, sus miserables aldeas sepultadas en la nieve y sus zigzagueantes carreteras llenas de fango; luego, una mañana, se había despertado para encontrarse en Alemania. Mirando los campos verde claro, las carreteras pavimentadas, las elegantes casas en las limpias aldeas, y los parterres de flores en los andenes soleados de las estaciones, había pensado que se encontraba en el paraíso. Luego, en Suiza se sentó en la galería de un pequeño hotel, calentado por el sol, aunque a la vista de montañas cubiertas de nieve, bebiendo café, comiendo un panecillo recién hecho y crujiente, y pensando que allí la gente debía ser muy feliz.

Ahora, al observar la vuelta a la vida de las granjas inglesas en las primeras horas de la mañana, se acordó de la aurora en su aldea natal, con un cielo gris y en ebullición y un viento amargo; la pradera convertida en pantano salpicado de charcos de hielo y montículos de hierba dura cubiertos de escarcha; él mismo vistiendo una gastada bata de lona, calzados sus pies entumecidos con zapatos de fieltro y zuecos; su padre dando zancadas junto a él, ataviado con las ropas raídas de un pobre cura de aldea, que sostenía que Dios era bueno. Su padre había amado al pueblo ruso porque Dios lo amaba. Para Feliks siempre había sido de una claridad meridiana que Dios odiaba al pueblo, puesto que lo trataba con tanta crueldad.

Aquella discusión había significado el inicio de un largo viaje, un viaje que había llevado a Feliks del cristianismo, pasando por el socialismo, al terror anarquista; de la provincia de Tambov, pasando por San Petersburgo y Siberia, hasta Ginebra. Y en Ginebra había tomado la decisión que le trajo a Inglaterra. Recordó la reunión. Había estado a punto de perdérsela...

Casi se perdió la reunión. Había estado en Cracovia, para negociar con los judíos polacos que introducían ilegalmente la revista *Motín* en Rusia. Llegó a Ginebra ya oscurecido y fue directamente a la pequeña imprenta que Ulrich tenía en una callejuela. El comité de redacción celebraba sesión; cuatro hombres y dos muchachas, reunidos en torno a una vela, en la trastienda de la imprenta, tras la brillante máquina impresora, con la atmósfera cargada de olor a papel de periódico y maquinaria engrasada, estaban planeando la Revolución rusa.

Ulrich puso a Feliks al corriente de todo lo tratado. Había visto a Josef, espía de la Okhrana, la Policía secreta rusa. Josef simpatizaba secretamente con los revolucionarios y proporcionaba información falsa a la Okhrana a cambio de algo de dinero. A veces los anarquistas le daban primicias ciertas pero inofensivas, y a su vez Josef los tenía al corriente de las actividades de la Okhrana.

Esta vez la información de Josef había sido sensacional.

—El Zar quiere una alianza militar con Inglaterra —informó Ulrich a Feliks—. Va a enviar al príncipe Orlov a Londres para negociar. La Okhrana está informada porque se encargará de la seguridad del príncipe en su viaje por Europa.

Feliks se quitó el sombrero y tomó asiento, preguntándose si sería verdad. Una de las chicas, una rusa triste y desaliñada, le trajo un vaso de té. Feliks se sacó del bolsillo medio terrón de azúcar y se lo puso entre los dientes para sorber el té a través de él, a la manera de los campesinos. Ulrich prosiguió:

—El quid está en que Inglaterra podría entonces sostener una guerra contra Alemania y hacer que los rusos entraran en combate.

Feliks hizo un gesto de asentimiento.

—Y no serán los príncipes y condes quienes mueran, sino la gente sencilla —añadió la chica desaliñada.

Feliks sabía que la chica tenía razón. La guerra la llevarían a cabo los campesinos. Él había pasado la mayor parte de su vida entre esa gente. Eran duros, de mentalidad ruda y cerril, pero su ilimitada generosidad y sus fortuitos y espontáneos arranques de alegría, carentes de malicia, indicaban todo lo que podrían llegar a ser en una sociedad decente. No tenían otras preocupaciones que el tiempo, los animales, la enfermedad, los partos y no dejarse engañar por el amo. Durante unos años, hasta el final de la adolescencia, se mantenían fuertes y erguidos, y sabían sonreír, correr veloces y bromear, pero pronto se encorvaban, encanecían, se fatigaban y entristecían. Ahora, el príncipe Orlov se llevaría a esos jóvenes en el esplendor de sus vidas para ponerlos ante los cañones que los matarían o los mutilarían para el resto de sus vidas, en beneficio tan sólo de la diplomacia internacional.

Eran cosas así las que hicieron de Feliks un anarquista.

—¿Qué hay que hacer? —preguntó Ulrich.

—¡Debemos denunciarlo en la primera página de *Motín*! —exclamó la chica desaliñada.

Empezaron a discutir cómo se debía dar la noticia. Feliks escuchaba. Los temas periodísticos llamaban poco su atención. Se dedicaba a distribuir la revista y a escribir artículos sobre la fabricación de bombas, y se sentía profundamente insatisfecho. En Ginebra se había vuelto supercivilizado. Bebía cerveza en lugar de vodka, vestía camisa de cuello duro y corbata, y asistía a conciertos de música de cámara. Trabajaba en una librería. Mientras tanto, Rusia sufría agitaciones. Los obreros del petróleo estaban en guerra con los cosacos, el Parlamento se mostraba impotente y un millón de trabajadores estaban en huelga. El zar Nicolás II era el gobernante más incompetente e inculto que podía ofrecer una aristocracia degenerada. El país era un barril de pólvora que esperaba una chispa, y Feliks quería ser la chispa. Pero volver era fatal. Stalin había regresado, y tan pronto como puso el pie en suelo ruso había sido enviado a Siberia. La Policía secreta conocía a los revolucionarios exiliados mejor que a los que estaban todavía en el interior. A Feliks le molestaban el cuello duro, los zapatos de cuero y todo lo que le rodeaba.

Su mirada recorrió todo aquel grupo de anarquistas: Ulrich, el impresor, de pelo blanco y delantal negro, un intelectual que prestaba a Feliks libros de Proudhon y Kropotkin, pero también un hombre de acción, que había ayudado en cierta ocasión a Feliks a robar en un Banco; Olga, la chica desaliñada, que parecía haberse enamorado de Feliks hasta que un día vio cómo rompía el brazo a un policía y le tuvo miedo; Vera, la poetisa libertina; Yevno, el estudiante de filosofía que hablaba extensamente de una oleada purificadora de sangre y fuego; Hans, el relojero, que escudriñaba el alma de la gente como si la contemplara bajo su lupa; y Piotr, el conde desheredado, autor de brillantes opúsculos de economía y de inspirados editoriales periodísticos revolucionarios. Eran gente sincera, muy trabajadora e inteligente. Feliks sabía cuánto valían, pues él había estado en el interior de Rusia entre los desesperados que aguardaban con impaciencia los periódicos y panfletos ilegales y los hacían pasar de mano en mano hasta que se caían a trozos. Pero no bastaba, ya que los opúsculos sobre economía no servían de protección contra los tiros de la Policía y los artículos incendiarios no iban a hacer arder los palacios.

Ulrich estaba diciendo:

—A esta noticia se le ha de dar mayor difusión de la que puede tener en *Motín*. Quiero que todos los campesinos rusos se enteren de que Orlov va a llevarlos a una guerra inútil y sangrienta por algo que no les concierne en lo más mínimo.

—El primer problema será que nos crean —comentó Olga.

—El primer problema es saber si la noticia es cierta —alegó Feliks.

—Podemos comprobarlo —dijo Ulrich—. Los camaradas de Londres podrían averiguar si Orlov llega en la fecha prevista y si se entrevista con las personas indicadas.

—No basta con difundir la noticia —apostilló Yevno, algo nervioso—. ¡Tenemos que evitarlo!

—¿Cómo? —preguntó Ulrich, mirando al joven Yevno por encima de la montura metálica de sus gafas.

—Hay que asesinar a Orlov; es un renegado que va a traicionar al pueblo y debe ser ejecutado.

—¿Se impedirían así las conversaciones?

—Probablemente, sí —dijo el conde Piotr—. Especialmente, si el asesino fuera un anarquista. Recordad que Inglaterra concede asilo político a los anarquistas, cosa que pone furioso al Zar. Por tanto, si uno de sus príncipes fuera asesinado en Inglaterra por uno de nuestros camaradas, el Zar podría muy bien llegar a enfadarse tanto como para suspender las negociaciones.

—¡Y vaya historia que podríamos contar! —exclamó Yevno—. Podríamos decir que Orlov había sido asesinado por uno de nosotros, por traición al pueblo ruso.

—Todos los periódicos del mundo publicarían esa información —reflexionó Ulrich.

—Pensad en la repercusión que tendría en nuestro país. Sabéis lo que piensan los campesinos rusos sobre el servicio militar obligatorio; es una sentencia de muerte. Celebran un funeral cuando un muchacho entra en el Ejército. Si supieran que el Zar piensa hacerlos combatir en una gran guerra europea, los ríos correrían rojos de sangre.

Feliks pensó que estaba en lo cierto. Yevno siempre hablaba así, pero esta vez estaba en lo cierto.

—Me parece que bajas de las nubes, Yevno —dijo Ulrich—. Orlov va en misión secreta; no circulará por Londres en coche descubierto y saludando a la multitud. Además, conozco a los camaradas de Londres, y nunca han asesinado a nadie. No veo cómo podría hacerse.

—Yo sí —intervino Feliks.

Todos lo miraron. Las sombras cambiaban sobre sus rostros a la vacilante luz de la vela.

—Yo sé cómo puede hacerse. —Su propia voz le resultaba extraña, como si se le encogiera la garganta—. Yo mismo iré a Londres y mataré a Orlov.

La habitación quedó de pronto en silencio, como si toda aquella conversación de muerte y destrucción se hubiera convertido de repente en algo real y concreto, allí mismo. Las miradas sorprendidas de todos ellos se fijaron en él, excepto la de Ulrich, que sonreía ostensiblemente, casi como si él mismo hubiera estado planeando, durante todo el proceso, precisamente aquel mismo final.

2

Londres era de una riqueza increíble. Feliks había visto una riqueza escandalosa en Rusia y mucha prosperidad en Europa, pero no a estos niveles. Aquí nadie vestía andrajosamente. De hecho, aunque hacía calor, todos vestían más de una prenda de abrigo. Feliks vio a carreteros, vendedores ambulantes, barrenderos, trabajadores y recaderos, exhibiendo todos ellos estupendos abrigos, sin agujeros ni remiendos. Todos los niños llevaban botas. Todas las mujeres llevaban sombrero, ¡y qué sombreros! Eran, en su mayoría, enormes, de anchura parecida a la de una rueda de carretilla y adornados con cintas, plumas, flores y frutas. Las calles estaban abarrotadas. En los primeros cinco minutos vio más automóviles de los que había visto en toda su vida. Parecía haber tantos coches a motor como vehículos tirados por caballos. Sobre ruedas o a pie, todo el mundo iba de prisa.

En Picadilly Circus todos los vehículos estaban parados, y la causa de ello era corriente en cualquier ciudad: un caballo se había caído y el carro se había volcado. Una gran muchedumbre se esforzaba en poner nuevamente en pie a la bestia y al carruaje, mientras desde la acera, floristas y damas con el rostro maquillado animaban y bromeaban.

A medida que avanzaba en dirección este, su impresión inicial de gran riqueza se iba modificando en parte. Pasó junto a la cúpula de una catedral llamada St. Paul, según el plano que había comprado en la estación Victoria, y luego se encontró en distritos más pobres. Inesperadamente, las magníficas fachadas de los Bancos y oficinas cedieron su puesto a pequeñas hileras de casas, en diverso estado de deterioro. Había menos coches y más caballos, y los caballos estaban más delgados. La mayoría de las tiendas eran quioscos callejeros. Ya no se veían niños que hicieran recados. Ahora veía a muchos niños con los pies descalzos, aunque ello no tuviera mucha importancia, en su opinión, pues con aquel clima no era necesario que los niños llevaran botas.

Las cosas empeoraron aún más a medida que se adentraba en el East End. Aquí se veían viviendas que se derrumbaban, patios escuálidos y callejuelas apestosas, donde desechos humanos vestidos con harapos hurgaban entre montones de basuras, buscando comida. Luego Feliks entró en Whitechapel High Street, y vio las familiares barbas, el pelo largo y los vestidos tradicionales de judíos ortodoxos de todo tipo, y pequeñas tiendas donde se vendía pescado ahumado y la carne autorizada. Era como estar en un barrio judío ruso, con la sola excepción de que aquí los judíos no parecían asustados.

Se dirigió hacia el número 165 de Jubilee Street, la dirección que le había dado Ulrich. Era un edificio de dos pisos que parecía una capilla luterana. Un letrero en la parte exterior decía que el Club e Instituto de los Amigos de los Trabajadores estaba abierto a todos los trabajadores, prescindiendo de sus opiniones políticas, si bien otro letrero delataba la naturaleza del lugar al indicar que había sido inaugurado en 1906 por Piotr Kropotkin. Feliks se preguntó si se iba a encontrar con el legendario Kropotkin en Londres.

Entró. En el vestíbulo vio un montón de periódicos llamados también «El Amigo de los Trabajadores», pero en yiddish: *Der Arbeiter Fraint*. Los avisos de los pasillos anunciaban lecciones de inglés, una escuela dominical, un viaje a Epping Forest y una conferencia sobre Hamlet. Feliks subió al salón. Su arquitectura confirmó su primera impresión: no había la menor duda de que había sido en otro tiempo la nave de una iglesia no conformista. Sin embargo, había sido transformada mediante la instalación de un escenario en uno de los extremos y de un bar en el otro. Sobre el escenario se veía a un grupo de hombres y mujeres que ensayaban una obra de teatro.

«Quizás es esto lo que hacen los anarquistas en Inglaterra —pensó Feliks—; eso explicaría por qué se les permite tener clubes.»

Siguió hasta el bar. No había indicios de bebidas alcohólicas, pero en el mostrador vio pescado blanco preparado, arenques en escabeche y, ¡qué alegría!, un samovar.

La muchacha que estaba detrás del mostrador lo miró y dijo:

—Nu?

Feliks sonrió.

Una semana después, el mismo día que el príncipe Orlov tenía que llegar a Londres, Feliks comía en un restaurante francés del Soho. Llegó temprano y se sentó ante una mesa situada junto a la puerta. Tomó una sopa de cebolla, un bistec y queso de cabra, y bebió media botella de vino tinto. Encargó el menú en francés y los camareros se mostraron exquisitamente atentos. Acabó en plena hora punta del servicio de comidas. Aprovechando el momento en que tres de los camareros se encontraban en la cocina y los otros dos le daban la espalda, se levantó pausadamente, se acercó a la puerta, tomó el abrigo y el sombrero y se fue sin pagar.

Se alejó calle abajo con cara sonriente. Disfrutaba robando. Pronto había aprendido a vivir en aquella ciudad casi sin dinero. Para desayunar tomaba, en un puesto callejero, una taza de té recién hecho y un trozo de pan, que le costaban dos peniques, y eso era lo único que pagaba. A la hora de la comida robaba frutas o verduras de los puestos callejeros. Por la noche iba a un comedor de beneficencia donde podía tomarse un tazón de caldo y el pan que quisiera a cambio de tener que escuchar un sermón ininteligible y cantar un himno. Tenía cinco libras en metálico, pero las reservaba para casos de emergencia.

Se alojaba en las Dunstan Houses de Stepney Green, un bloque de viviendas de cinco pisos donde vivían la mitad de los más importantes anarquistas de Londres. Tenía un colchón en el suelo, en la habitación de Rudolf Rocker, el carismático y rubio alemán que publicaba *Der Arbeiter Fraint*. El carisma de Rocker no influía en Feliks, que era inmune a su hechizo, si bien respetaba la total entrega de aquel hombre. Rocker y su esposa Milly tenían la casa abierta a los anarquistas, y durante todo el día, y la mitad de la noche, no faltaban visitantes, mensajeros, debates, reuniones de comité, té y cigarrillos. Feliks no pagaba alquiler, pero diariamente aportaba algo a la casa —una libra de salchichas, un paquete de té, unas cuantas naranjas— para la despensa comunitaria. Creían que compraba todas esas cosas, pero en realidad las robaba.

Contó a los demás anarquistas que había venido a estudiar en el Museo Británico para acabar su libro sobre el anarquismo natural en las comunidades primitivas. Le creían. Eran amables, atentos e inofensivos; creían sinceramente que la revolución podía realizarse mediante la educación, los sindicatos, los folletos y las conferencias y los viajes a Epping Forest. Feliks sabía que la mayoría de los anarquistas que se encontraban fuera de Rusia eran así. No era que los odiara, pero en lo más profundo de su ser los despreciaba, porque en el fondo estaban simplemente asustados.

Sin embargo, en grupos así nunca faltaban hombres violentos. Cuando le hicieran falta ya daría con ellos.

En aquellos momentos lo que le preocupaba era la llegada de Orlov y de qué manera podría matarlo; pero eran preocupaciones inútiles e intentaba apartarlas de su mente estudiando inglés. Ya había aprendido un poco en la cosmopolita Suiza. Durante el largo trayecto en tren por Europa había estudiado un libro de texto para niños rusos y una traducción inglesa de su novela preferida, *La hija del capitán*, de Pushkin, que casi se sabía de memoria en ruso. Ahora leía el *Times* todas las mañanas en la sala de lecturas del club de Jubilee Street, y por las tardes recorría las calles y se paraba a hablar con borrachos, vagabundos y prostitutas, las personas a las que más quería, las que rompían con las normas. Las palabras impresas en los libros pronto se confundieron con los sonidos que oía a su alrededor, y ya lograba hacerse entender cuando le interesaba. Pronto podría hablar de política en inglés.

A la salida del restaurante se dirigió hacia el Norte, atravesó Oxford Street y entró en el barrio alemán del oeste de Tottenham Court Road. Entre los alemanes había un grupo numeroso de revolucionarios, si bien, por regla general, eran más bien comunistas que anarquistas. Feliks admiraba la disciplina de los comunistas, pero no le convencía su autoritarismo, y además su temperamento lo incapacitaba para una labor de partido.

Atravesó todo el Regent's Park para salir por la parte norte a la zona residencial de la clase media. Anduvo dando vueltas por aquellas calles con hileras de árboles, mirando en el interior de los pequeños jardines de las residencias de ladrillo pulido con la intención de robar una bicicleta. Había aprendido a montar en bicicleta en Suiza, y había descubierto que era el vehículo ideal para pasar inadvertido, por su fácil manejo y su poca envergadura, y en el tráfico de una ciudad podía competir en velocidad con un automóvil o un carruaje. Por desgracia, los ciudadanos burgueses de esta parte de Londres tenían bien guardadas bajo llave sus bicicletas. Vio una bicicleta en una calle y estuvo a punto de dar un empujón al que la montaba, pero en aquel momento se encontraban allí cerca tres personas más y una furgoneta de reparto de pan, y Feliks no quería dar un espectáculo. Un poco más tarde vio a un chico que repartía comestibles, pero su bicicleta llamaba demasiado la atención con su gran cesta en la parte delantera y una placa de metal colgando de la misma en la que se leía el nombre del tendero. Feliks empezaba a pensar en otro tipo de estrategia, cuando por fin se le presentó lo que iba buscando.

Un hombre de unos treinta años salió de uno de los jardines con una bicicleta. Llevaba un sombrero de paja y una chaqueta a rayas que abultaba su barriga. Apoyó la bicicleta contra la pared del jardín y se agachó para sujetarse los pantalones con pinzas. Feliks se le acercó rápidamente.

El hombre vio su sombra, levantó la vista y musitó:

—Buenas tardes.

Feliks lo derribó de un puñetazo.

El hombre cayó de espaldas y miró a Feliks con una estúpida expresión de sorpresa.

Feliks se arrojó sobre él e hincó una rodilla sobre el botón central de la chaqueta a rayas. El aire escapó del cuerpo del hombre con un silbido y se quedó sin aliento, impotente, jadeante.

Feliks se levantó y miró hacia la casa. Una mujer joven miraba desde la ventana, con la mano en la boca y los ojos muy abiertos, con expresión de terror.

Volvió a mirar al hombre que estaba en el suelo; pasaría algo así como un minuto antes de que se le ocurriera ponerse en pie.

Feliks montó en la bicicleta y se alejó rápidamente.

«Un hombre que no tenga miedo puede hacer lo que quiera», pensó.

Había aprendido esa lección hacía once años, en una vía muerta de ferrocarril en las afueras de Omsk. Había estado nevando...

Estaba nevando. Feliks se sentó en un vagón descubierto del tren, sobre un montón de carbón, helándose de frío.

Había pasado frío durante un año, desde que se escapó de la cuerda de presos en la mina de oro. Aquel año había atravesado Siberia, desde el helado Norte hasta casi los Urales. Ahora tan sólo le separaban ya poco más de mil kilómetros de la civilización y del clima cálido. Había recorrido la mayor parte del camino a pie, aunque alguna que otra vez había subido al tren o a los vagones llenos de pellejos. Prefería viajar con el ganado, porque le daba calor y podía aprovechar su comida. Tenía una vaga noción de que él mismo era poco más que un animal. Nunca se lavaba, su abrigo era una manta que quitó a un caballo, sus harapos estaban llenos de piojos y su cuerpo de pulgas. Su comida favorita consistía en huevos de aves crudos. En cierta ocasión había robado un pony, sobre el que cabalgó hasta hacerle caer muerto, y entonces se comió su hígado. Había perdido la noción del tiempo. Sabía que estaba en otoño por el clima, pero no sabía en qué mes vivía. Frecuentemente, incluso le resultaba imposible recordar lo que había hecho el día anterior. En los momentos de mayor lucidez se daba cuenta de que estaba medio loco. Nunca hablaba con la gente. Cuando llegaba a una ciudad o aldea, la esquivaba y sólo se detenía para buscar algo de comida en el vertedero de basuras. Sólo sabía que tenía que seguir en dirección Oeste, porque allí haría más calor.

Pero el tren del carbón había sido retirado a una vía muerta, y Feliks pensó que la muerte lo rondaba. Había un guardia, un fornido policía con abrigo de piel, para evitar que los campesinos fueran a robar carbón para sus hogares... Al ocurrírsele aquella idea, Feliks se percató de que tenía un momento de lucidez y que podía ser el último. Se estaba preguntando a qué sería debido cuando le llegó el olor de la cena del policía. Pero se trataba de un policía grueso y fornido que tenía un arma.

«No me importa —pensó Feliks—; de todos modos, me estoy muriendo.»

Así que se puso en pie, cogió el trozo de carbón más grande que encontró, caminó tambaleándose hasta la caseta del guarda, se metió dentro y golpeó en la cabeza al sorprendido policía con aquel trozo de carbón.

Había una olla al fuego, con un poco de guisado que

estaba demasiado caliente para poder comérselo. Feliks cogió la olla y la vació sobre la nieve; luego se arrodilló para devorar aquella comida mezclada con la refrescante nieve. Había trozos de patatas, nabos, zanahorias y grandes pedazos de carne. Se lo tragó todo sin masticar. El policía salió de su cobertizo y golpeó a Feliks con su garrote en la espalda. Feliks se revolvió con rabia contra aquel hombre que intentaba impedir que comiera. Se incorporó y se abalanzó sobre él, dándole patadas y arañándolo. El policía se defendía con su garrote, pero Feliks no notaba los porrazos. Agarró al hombre por la garganta y apretó. No iba a permitir que se le escapara. Al poco tiempo se cerraron los ojos de su contrincante, su rostro adquirió un color azulado, después sacó la lengua y Feliks acabó de dar buena cuenta del guisado.

Liquidó toda la comida que había en la barraca, se calentó junto al fuego y durmió en la cama del policía. Cuando se despertó estaba lúcido. Le quitó las botas y el abrigo al cadáver y se fue andando hasta Omsk. Durante el camino hizo un gran descubrimiento sobre sí mismo: había perdido la capacidad de sentir miedo. Algo había ocurrido en su mente, como si algún resorte hubiera quedado bloqueado. Era incapaz de pensar en algo que pudiera asustarlo. Cuando tuviera hambre, robaría; si lo perseguían, se escondería; cuando se viera amenazado, mataría. No había nada que ambicionara. Ya nada podría hacerle daño. El amor, el orgullo, la ambición y la compasión se convirtieron en emociones olvidadas.

Todo aquello podía recuperarlo en determinadas circunstancias, con la sola excepción del miedo.

Cuando llegó a Omsk, vendió el abrigo de piel del policía y se compró unos pantalones, una camisa, un chaleco y un abrigo. Quemó sus harapos y se gastó un rublo en un hotel económico para poder tomar un baño caliente y afeitarse. Comió en un restaurante, sirviéndose de un cuchillo en lugar de los dedos. Vio la primera página de un periódico y se acordó de leer, y fue entonces cuando se dio cuenta de que había regresado de la tumba.

Se sentó en un banco de la estación de Liverpool Street, con su bicicleta apoyada contra la pared que tenía junto a él. Se preguntaba cómo sería Orlov. No sabía nada de aquel hombre, excepto su rango y misión. El príncipe tanto podría ser un aburrido, laborioso y leal servidor del Zar, como un sádico y libertino, o bien un amable anciano de cabellos blancos cuyo mayor placer consistiera en hacer saltar a sus nietos sobre sus rodillas. Pero todo esto carecía de importancia; Feliks, en cualquier caso, lo mataría.

Estaba seguro de que reconocería a Orlov, porque los rusos de ese tipo no tenían ni la menor idea de viajar discretamente, ya fuera en misión secreta o no.

¿Llegaría Orlov? Si así era y lo hacía en el mismo tren que había indicado Josef, y si luego se reunía con el conde de Walden tal como dijo Josef, entonces no cabría duda alguna de que el resto de la información de Josef había sido exacta.

Pocos minutos antes de la hora señalada para la llegada del tren, una berlina tirada por cuatro magníficos caballos se dejó oír estrepitosamente y se dirigió directamente al andén. El cochero iba sentado delante y un lacayo de librea iba de pie en la parte trasera. Un empleado de los ferrocarriles, con abrigo de corte militar y resplandecientes botones, siguió a la berlina. El empleado de los ferrocarriles habló con el cochero y lo guió hasta el extremo del andén. Luego llegó el jefe de estación, de levita y sombrero de copa, con gran empaque, consultando su reloj de bolsillo y contrastándolo con los relojes de la estación. Abrió la puerta de la berlina para que descendiera su ocupante.

El empleado de los ferrocarriles pasó por delante del banco de Feliks y éste, cogiéndole por la manga, le preguntó con la mejor expresión de asombro de ingenuo turista extranjero:

—Por favor, señor, ¿es el rey de Inglaterra?

El empleado sonrió.

—No, amigo, sólo es el conde de Walden.

Y siguió su camino.

De manera que Josef había estado en lo cierto.

Feliks estudió a Walden con la mirada de un asesino. Era alto, aproximadamente de la misma estatura que Feliks, y fornido; un blanco más fácil que el que ofrece un hombre pequeño. Tendría unos cincuenta años. A no ser por una leve cojera, parecía estar en buena forma; podía huir corriendo, pero no muy de prisa. Llevaba un abrigo de mañana, gris claro, muy elegante, y un sombrero de copa del mismo color. Bajo el sombrero, su cabello aparecía corto y sin ondulaciones y tenía una barba puntiaguda al estilo de la del difunto rey Eduardo VII. Se quedó de pie en el andén, apoyándose en un bastón, que podría utilizar como arma, y descansando la pierna derecha. El cochero, el lacayo y el jefe de estación se movían a su alrededor como abejas en torno a la reina. Su postura era relajada. No miraba el reloj. Prescindía de quienes lo rodeaban. Feliks pensó: «Está acostumbrado a esto; toda su vida ha sido un hombre importante entre los demás.»

El tren hizo su aparición; la locomotora echaba humo por la chimenea. «Ahora podría matar a Orlov», pensó Feliks, y por unos instantes sintió la viva emoción del cazador que se encuentra cerca de su presa, pero ya tenía decidido no realizar su cometido aquel día. Estaba allí para observa, no para actuar. En su opinión, la mayoría de atentados anarquistas salían mal por la precipitación o la improvisación. Él era partidario de la planificación y la organización, que para muchos anarquistas eran cosas abominables, pero éstos no se daban cuenta de que un hombre podía planificar sus propios actos, y sólo se convertía en tirano cuando quería organizar las vidas de los demás.

El tren frenaba entre una gran nube de vapor. Feliks se puso en pie y se acercó un poco más al andén. Hacia el extremo del tren había lo que parecía un vagón reservado, que se diferenciaba de los demás por el colorido de su pintura reciente y resplandeciente. Se detuvo exactamente frente a la carroza de Walden. El jefe de estación se adelantó con paso ágil para abrir la puerta.

Feliks permaneció en tensión, escudriñando toda la extensión del andén, observando el espacio entre sombras por el que aparecía su víctima.

Todos esperaron unos instantes; luego salió Orlov. Se detuvo un segundo en la puerta del vagón, el tiempo suficiente para que la mirada de Feliks retratara su imagen. Se trataba de un hombre bajo, que llevaba un pesado abrigo ruso de gran valor, con cuello de piel y sombrero de copa negro. Su rostro tenía un color rosado y juvenil, casi de adolescente, con un pequeño bigote y sin barba. Sonrió tímidamente. Parecía vulnerable.

«¡Cuánto daño han hecho personas de rostro inocente!», pensó Feliks.

Orlov se apeó del tren. Él y Walden se abrazaron, al estilo ruso, pero con rapidez; luego se introdujeron en la berlina.

Feliks observó una cierta precipitación en toda esta actividad.

El lacayo y dos maleteros empezaron a cargar el equipaje en la berlina. Pronto se vio claramente que no iba a caber todo allí, y Feliks sonrió al acordarse de su maleta de cartón, medio vacía.

La berlina dio la vuelta. Parecía que el lacayo se había quedado en la estación para vigilar el resto del equipaje. Los maleteros se acercaron a la ventana y se vio salir un brazo de manga gris que depositó algunas monedas en sus manos. La berlina arrancó. Feliks montó en su bicicleta y la siguió.

En medio de la agitación del tráfico londinense, no le resultaba difícil mantener aquel ritmo. Pudo seguir su pista por la ciudad, a lo largo del Strand y a través del parque de St. James. En el extremo del parque, la berlina siguió durante unos cuantos metros la carretera que lo rodeaba, luego giró bruscamente y entró en un patio amurallado.

Feliks se apeó de la bicicleta y la arrastró por la hierba que bordeaba el parque, hasta detenerse al otro lado de la carretera, junto a la puerta exterior del jardín. Distinguió la berlina parada ante la impresionante entrada de una gran mansión. Por encima del techo de la berlina vio dos sombreros de copa, uno negro y otro gris, desaparecer en el interior del edificio. Luego la puerta se cerró y ya no pudo ver nada más.

Lydia estudió a su hija con ojos críticos. Charlotte estaba frente a un gran espejo de cuerpo entero, probándose el vestido que llevaría para la fiesta de la puesta de largo. Madame Bourdon, la delgada y elegante modista, se afanaba junto a ella con sus alfileres, recogiendo un volante aquí y ajustando otro más allá.

Charlotte irradiaba hermosura e inocencia, que era precisamente lo apropiado en una puesta de largo. El vestido, de tul blanco bordado con lentejuelas, casi llegaba hasta el suelo y cubría en parte sus diminutos zapatos puntiagudos. La línea del cuello, que llegaba hasta la cintura, quedaba realzada por un corpiño de abalorios. La cola tenía unos cuatro metros de tela de plata combinada con gasa de un rosa pálido, un majestuoso nudo blanco y plateado en su extremidad. El cabello castaño de Charlotte iba recogido y sujeto con una diadema que había pertenecido a la anterior Lady Walden, madre de Stephen. Llevaba también las dos plumas blancas reglamentarias.

«Mi niña es ya casi una persona mayor», pensó Lydia.

Y dijo:

—Queda todo precioso, Madame Bourdon.

—Gracias, Milady.

—¡Esto no hay quien lo aguante! —exclamó Charlotte.

Lydia suspiró. Charlotte no podía decir otra cosa. La reprendió:

—Me gustaría que no fueras tan frívola.

Charlotte se arrodilló para recogerse la cola y Lydia le explicó:

—No tienes que arrodillarte. Mira, fíjate en mí y te enseñaré cómo se hace. Vuélvete a la izquierda. —Charlotte obedeció, y la cola quedó recogida por el lado izquierdo—. Recógela con el brazo izquierdo, luego da sólo un cuarto de vuelta a la izquierda. —Entonces la cola se extendió por el suelo delante de Charlotte—. Adelántate, usando la mano derecha para recoger la cola sobre el brazo izquierdo a medida que avances.

—Funciona —comentó Charlotte, sonriente.

Cuando sonreía se podía apreciar el color en sus mejillas. Lydia pensó: «Así acostumbraba ser siempre. Cuando era pequeña, yo siempre sabía lo que había en su mente. Crecer es aprender a engañar.»

—¿Quién te enseñó todas estas cosas, mamá? —preguntó Charlotte.

—La primera esposa de tu tío George, la madre de Belinda, fue quien me inició antes de que hiciera mi presentación.

Lo que intentaba decir era, simplemente: «Estas cosas son fáciles de enseñar, pero las lecciones difíciles sólo las puedes aprender por tu cuenta.»

La institutriz de Charlotte, Marya, entró en la habitación. Era una mujer activa, nada romántica; llevaba un vestido gris oscuro, y era la única criada que Lydia se había traído de San Petersburgo. Su físico no había cambiado en diecinueve años. Lydia no tenía ni idea de la edad que tenía. ¿Cincuenta?, ¿sesenta?

Marya anunció:

—El príncipe Orlov ha llegado, Milady. ¡Oh, Charlotte, estás magnífica!

«Ya casi ha llegado el momento de que Marya la empiece a llamar Lady Charlotte», pensó Lydia.

Y ordenó:

—Baja en cuanto te hayas cambiado, Charlotte.

Charlotte empezó a desabrocharse los corchetes que sostenían la cola. Lydia se fue.

Encontró a Stephen en la sala de recepción, tomando jerez. Él la cogió por el brazo desnudo y le dijo:

—Me encanta verte con vestido de verano.

—Gracias —le contestó ella, sonriente.

Y pensó que también él tenía un aspecto elegante con su abrigo gris y su corbata plateada. Se veía más abundancia de gris y plata en su barba.

«*Podríamos haber sido tan felices tú y yo...*»

De pronto, quiso darle un beso en la cara. Miró por toda la habitación; había un lacayo junto al aparador, sirviendo jerez. Tuvo que refrenar sus impulsos. Se sentó y aceptó un vaso del lacayo.

—¿Cómo está Aleks?

—Como siempre —le contestó Stephen—. Ya verás, bajará en seguida. ¿Cómo le queda el vestido a Charlotte?

—El vestido es maravilloso. Lo que me preocupa es su actitud. Últimamente no quiere ver nada en su verdadero valor. Me disgustaría que se convirtiera en una cínica.

Stephen no quería preocuparse por ello.

—Aguarda a que algún elegante oficial de la guardia empiece a interesarse por ella y pronto cambiará de manera de pensar.

Esta observación disgustó a Lydia, al implicar de hecho que todas las chicas eran esclavas de su naturaleza romántica. Era lo que Stephen acostumbraba decir cuando no quería pensar en algo. Aparecía entonces como lo que no era, un terrateniente campechano y casquivano. Sin embargo, estaba convencido de que Charlotte no era distinta de cualquier otra mujer de dieciocho años, y no estaba dispuesto a creer otra cosa. Lydia sabía que Charlotte tenía en su carácter rasgos un tanto salvajes y nada ingleses que tendrían que ser eliminados.

De manera irracional. Lydia sentía hostilidad hacia Aleks por causa de Charlotte. Él no tenía la culpa, pero era el representante del factor de San Petersburgo, el peligro del pasado. No dejaba de revolverse en la silla y vio cómo Stephen la observaba con mirada perspicaz, hasta que hizo el siguiente comentario:

—No me digas que estás nerviosa por volver a encontrarte con el pequeño Aleks.

Ella se encogió de hombros.

—¡Los rusos son tan imprevisibles!

—Él no es muy ruso.

Sonrió a su marido, pero su momento de intimidad había pasado y ahora sólo se albergaba en su corazón el cariño habitual.

La puerta se abrió y Lydia se impuso calma a sí misma. Aleks entró.

—¡Tía Lydia! —exclamó, y se inclinó sobre su mano.

—¿Cómo estás, Aleksei Andreievich? —dijo formulariamente, y luego suavizó el tono para añadir—: ¡Vaya, sigues aparentando dieciocho años!

—Ojalá los tuviera —contestó él, con ojos centelleantes.

Se interesó por su viaje. Mientras escuchaba su contestación, se preguntaba por qué seguiría soltero. Estaba en posesión de un título que por sí solo bastaba para hacer mella en muchas jóvenes, y no digamos en sus madres; y, como remate, era extraordinariamente apuesto e inmensamente rico.

«Seguro que ha roto unos cuantos corazones», pensó Lydia.

—Tus hermanos y hermana te mandan su cariño y piden tus oraciones —prosiguió Aleks. Luego frunció el entrecejo para decir—: San Petersburgo está muy agitado actualmente; ya no es la ciudad que tú conociste.

Stephen intervino:

—Nos han llegado noticias sobre ese monje.

—Rasputín. La zarina, que ejerce una gran influencia sobre el Zar, cree que Dios habla por él. Pero lo de Rasputín es sólo un síntoma. Las huelgas se suceden, y a veces se producen desórdenes. La gente no cree ya que el Zar sea un santo.

—¿Qué queda por hacer? —preguntó Stephen.

Aleks suspiró.

—Todo. Necesitamos granjas productivas, más fábricas, un Parlamento digno, como el de Inglaterra, reforma agraria, sindicatos, libertad de expresión...

—En tu caso, yo no tendría demasiada prisa para la creación de los sindicatos —aconsejó Stephen.

—Quizá. Con todo, Rusia debe entrar de alguna manera en el siglo xx. O lo hacemos nosotros, la nobleza, o el pueblo acabará con nosotros y serán ellos mismos quienes lo lleven a cabo.

A Lydia le parecía más radical que los radicales.

«¡Cuánto debe de haber cambiado todo en casa para que un príncipe hable así!»

Su hermana Tatiana, la madre de Aleks, hacía referencia en sus cartas a «las dificultades», pero sin dejar entrever que la nobleza corriera auténtico peligro. Pero Aleks se parecía más a su padre, el viejo príncipe Orlov, un animal político. Si siguiera vivo, hablaría igual que Aleks.

Stephen añadió:

—Pero, como sabes, existe una tercera posibilidad; un sistema en el que la aristocracia y el pueblo podrían proseguir en unión.

Aleks sonrió, como si supiera lo que iba a decir:

—¿Y cuál es?

—La guerra.

Aleks asintió con gesto grave.

«Son de la misma opinión», reflexionó Lydia.

Aleks siempre miraba a Stephen; Stephen era para Aleks lo más parecido a un padre, tras la muerte del viejo príncipe.

Charlotte entró y Lydia se quedó mirándola sorprendida. Llevaba un vestido que Lydia no le había visto jamás, de encaje color crema combinado con seda de un marrón chocolate. Lydia jamás lo había escogido, lo que resultaba sorprendente, pero no se podía negar que Charlotte estaba radiante.

«¿Dónde lo compraría? ¿Cuándo empezaría a comprarse la ropa sin contar conmigo? ¿Quién le diría que aquellos colores realzaban su pelo oscuro y sus ojos castaños? ¿Se habrá maquillado? ¿Y por qué no se ha puesto corsé?», se preguntaba Lydia.

También Stephen se quedó mirándola; Lydia observó que se había puesto de pie y poco le faltó para echarse a reír. Venía a ser un dramático reconocimiento de la condición adulta de su hija, y lo más curioso era que estaba claro que se trataba de una reacción involuntaria. En seguida experimentaría una sensación de ridículo y se daría cuenta de que levantarse cada vez que su hija entrara en una habitación era una cortesía muy difícil de mantener en su propia casa.

La impresión que causó en Aleks fue aún mayor. Se puso de pie como si se le disparara un resorte, vertiendo el jerez y sonrojándose. Lydia pensó: «¡Vaya, es tímido!» Se cambió el vaso, que goteaba, de la mano derecha a la izquierda, de manera que no pudo estrecharle la mano por tenerlas ambas ocupadas, y se quedó plantado en su sitio, sin recursos. Fueron unos segundos angustiosos, porque antes de saludar Charlotte tenía que hacerse cargo de la situación. Lydia estaba a punto de hacer alguna observación de puro trámite, sólo para romper el silencio, cuando Charlotte tomó la iniciativa.

Sacó del bolsillo superior de la americana de Aleks su pañuelo de seda para secarle su mano derecha, al tiempo que le decía en ruso:

—¿Cómo está usted, Aleksei Andreievich?

Y le estrechó la mano derecha, seca ya, le tomó el vaso de la mano izquierda, lo enjugó, le secó la mano izquierda, le devolvió el vaso, volvió a colocar el pañuelo en su bolsillo y le hizo sentarse. Seguidamente se sentó junto a él y le rogó:

—Ahora que ya has acabado de verter el jerez, cuéntame algo sobre Diaghilev. Se le tiene por un hombre raro. ¿Lo conoces?

Aleks sonrió.

—Sí, lo conozco.

Mientras Aleks hablaba, Lydia estaba maravillada. Charlotte se había desenvuelto con soltura en una situación delicada, y había sabido salir adelante con una pregunta, que seguramente ya llevaba preparada de antemano, que logró distraer la atención de Orlov sobre sí mismo y hacer que se sintiera cómodo. Y todo lo había hecho con tanta naturalidad como si lo hubiera estado haciendo durante veinte años. ¿Dónde habría adquirido tal aplomo?

Lydia se dio cuenta también de la mirada de su esposo. Tampoco a él le habían pasado inadvertidas la gracia y soltura de Charlotte, y su amplia sonrisa reflejaba con todo esplendor su orgullo paterno.

Feliks paseaba por el parque de St. James, reflexionando sobre lo que había visto. De vez en cuando, su mirada cruzaba la carretera y se fijaba en la airosa fachada blanca de la mansión de los Walden, que se alzaba por encima de la alta pared del patio como una noble cabeza sobre un cuello almidonado.

«Creen que ahí están a salvo», pensó.

Se sentó en un banco, desde el cual podía seguir contemplando el edificio. Veía a su alrededor, en pleno ajetreo, el Londres de la clase media, a las muchachas con sus caprichosos sombreros, a los funcionarios y tenderos camino de sus casas con sus trajes oscuros y sus bombines. No faltaban las chismosas niñeras con sus bebés en los cochecitos o andando a gatas, demasiado abrigados; se veía a caballeros con sombrero de copa yendo o volviendo de los clubes de St. James, y también a lacayos de librea que sacaban a pasear perros diminutos y feos. Una mujer gorda, con una gran bolsa de la compra, se dejó caer en el banco junto a él y dijo:

—¿Qué, mucho calor?

Como dudaba cuál sería la respuesta adecuada, sonrió y miró a otra parte.

Parecía que Orlov se había dado cuenta de que su vida podía correr peligro en Inglaterra. Se había dejado ver sólo durante breves segundos en la estación, y había sido totalmente discreto en la casa. Feliks adivinó que había solicitado de antemano ser recogido por un coche cubierto, pues hacía buen tiempo y la mayoría de personas iban en landós descubiertos.

Hasta el momento, su asesinato había sido planeado en abstracto, reflexionaba Feliks. Había sido tema de política internacional, de disputas diplomáticas, alianzas y acuerdos, posibilidades militares de las hipotéticas reacciones de los lejanos káiseres y zares. Ahora, de pronto, era de carne y hueso; se trataba de un hombre real, con un determinado tipo y constitución; un rostro juvenil con pequeño bigote, un rostro que podría quedar destrozado por una bala; se trataba de un cuerpo pequeño, vestido con un abrigo grueso, que una bomba podría convertir en sangre y harapos; de un cuello bien afeitado, que destacaba sobre una corbata de lunares, un cuello que podía quedar cercenado y sangrando a borbotones.

Feliks se sentía plenamente capaz de ser el autor. Más todavía, lo deseaba ardientemente. Había preguntas, ya se contestarían; había problemas, ya se solucionarían; se necesitaría aplomo, a él le sobraba.

Se imaginaba a Orlov y Walden en el interior de aquella hermosa mansión, vistiendo elegantes y cómodos trajes, rodeado por silenciosos criados. Pronto cenarían en una gran mesa, cuya pulida superficie reflejaría, como un espejo, el mantel de lino almidonado y la cubertería de plata. Comerían con manos pulcras y hasta las uñas de sus dedos estarían perfectamente limpias, y las mujeres llevarían guantes. Sólo consumirían una décima parte de los alimentos ofrecidos y devolverían el resto a la cocina. Podían hablar de las carreras de caballos o de las nuevas modas femeninas, o de un rey al que no todos conocían. Mientras tanto, el pueblo que iba a hacer la guerra tiritaba en chozas bajo el crudo clima ruso, y a pesar de todo era capaz de compartir un tazón sobrante de sopa con un anarquista de paso.

«¡Qué satisfacción matar a Orlov! —pensó—. ¡Qué agradable venganza! Luego ya podré morir tranquilo.»

Se estremeció.

—Va a coger un resfriado —dijo la mujer gorda.

Feliks se encogió de hombros.

—Le tengo una buena chuleta de cordero para la cena y he hecho pastel de manzana —prosiguió la mujer en su monólogo.

Para sus adentros, Feliks se preguntó de qué demonios estaría hablando. Se levantó y caminó por la hierba hacia la casa; luego se sentó en el suelo y se recostó contra un árbol. Tenía que observar aquella casa uno o dos días y ver qué tipo de vida llevaba Orlov en Londres: cuándo salía y adónde iba; cómo viajaba: en calesa, landó, automóvil o en berlina; cuánto tiempo iba a estar con Walden. Lo ideal sería llegar a saber de antemano los desplazamientos de Orlov para así estar al acecho. Podría conseguirlo simplemente estudiando sus costumbres; de lo contrario, tendría que dar con un sistema para descubrir los planes del príncipe por adelantado, tal vez sobornando a uno de los criados de la casa.

Luego quedaba pendiente el arma que iba a emplear y cómo conseguirla. La elección del arma dependería de las circunstancias exactas del asesinato. Preveía que dependería de los anarquistas de Jubilee Street. Ya podía prescindir del grupo dramático amateur, así como de los intelectuales de las Dunstan Houses y sobre todo de aquellos que contaban con medios suficientes. Pero había cuatro o cinco jóvenes descontentos que siempre tenían dinero para bebidas y en contadas ocasiones, cuando conversaban de política, hablaban del anarquismo como expropiación de los expropiadores, que era la jerga empleada para hablar de financiar la revolución mediante el robo. Ellos tendrían armas o sabrían dónde encontrarlas.

Dos muchachas jóvenes con aspecto de dependientas pasaron junto a su árbol y oyó que una de ellas decía:

—...Le dije que si creía que simplemente por llevar a una chica al «Bioscope» y pagarle un vaso de cerveza, podía...

Y siguieron su camino.

Un sentimiento especial se apoderó de Feliks. Se preguntó si había sido suscitado por las muchachas, pero no, no significaban nada para él.

«¿Seré aprensivo? —pensó—. No. ¿Satisfecho? No, eso vendrá después. ¿Nervioso? No creo.»

Acabó imaginándose que era feliz.

No dejaba de resultarle muy raro.

Aquella noche, Walden fue a la habitación de Lydia. Tras haberse amado, ella se quedó dormida y él siguió echado en la oscuridad, con la cabeza de Lydia sobre su hombro, acordándose de San Petersburgo en 1895.

Por aquellos días estaba siempre viajando; América, África, Arabia, sobre todo porque Inglaterra no era lo suficientemente grande para su padre y él juntos. Consideraba a la sociedad de San Petersburgo alegre pero relamida. Le gustaban el paisaje ruso y el vodka. Los idiomas se le daban bien, pero el ruso era el más difícil que había encontrado y aceptó alegremente el reto que suponía.

Como heredero de un condado, Stephen se veía obligado a realizar una visita de cortesía al embajador británico, y el embajador, a su vez, debería invitar a Stephen a las fiestas y hacer su presentación. Stephen acudía a las fiestas porque le gustaba jugar con los oficiales y emborracharse con las actrices. Fue en una recepción en la Embajada británica donde vio por primera vez a Lydia.

Ya había oído hablar de ella con anterioridad. Se hablaba de ella como ejemplo máximo de virtud y de extraordinaria belleza. Era bella, de una belleza frágil y discreta, su piel era pálida, su cabello era de un rubio también pálido y llevaba un vestido blanco. Era modesta, respetable y de una educación exquisita. Nada parecía afectarla, y Stephen muy pronto prescindió de su compañía.

Pero más adelante le tocó sentarse junto a ella en una cena y tuvieron que conversar. Todos los rusos hablaban francés, y si aprendían una tercera lengua era el alemán, de manera que Lydia sabía muy poco inglés. Afortunadamente, el francés de Stephen era bueno. El problema mayor era encontrar un tema de conversación. Él dijo algo sobre el Gobierno ruso, a lo que ella contestó con las perogrulladas reaccionarias que estaban en boga por aquel entonces. Habló de su afición preferida, la caza mayor en África, y, por unos instantes, ella se mostró atraída por la narración, hasta que al referirse a los negros pigmeos desnudos, se sonrojó y se volvió hacia el otro lado para hablar con el otro vecino de mesa. Stephen se dijo a sí mismo que no estaba muy interesado por ella, porque era el tipo de muchacha con la que uno se casa y él no pensaba casarse. Con todo, la joven se despidió dejando la inquietante sensación de que en ella se encerraba algo más de lo que se veía a simple vista.

Tumbado en la cama con ella, diecinueve años más tarde, Walden pensó: «Todavía sigue produciéndome esa inquietante sensación», y sonrió en la oscuridad con un dejo de tristeza.

La había vuelto a ver, una vez más, aquella tarde en San Petersburgo. Acabada la cena, se había perdido por aquella especie de laberinto que era el edificio de la Embajada y se encontró en la sala de música. Allí estaba sola, sentada ante el piano, llenando la sala con una música frenética y apasionada. La melodía era desconocida y casi discordante, pero fue Lydia la que fascinó a Stephen. Su belleza pálida e intocable había desaparecido. Sus ojos resplandecían, su cabeza se erguía airosa, su cuerpo temblaba de emoción, y toda ella parecía otra mujer.

Jamás olvidó aquella música. Luego supo que se trataba del concierto de piano en si menor bemol de Tchaikovsky, y desde entonces lo iba a escuchar siempre que se le presentaba una oportunidad, si bien jamás comentó con Lydia el porqué.

Cuando salió de la Embajada volvió al hotel para cambiarse de ropa, ya que tenía que ir a jugar a las cartas a medianoche. Era un buen jugador, pero no de los que se autodestruyen: sabía hasta dónde podía perder y cuando lo había perdido dejaba de jugar. De acumular grandes deudas habría tenido que pedir a su padre que las pagara, y hasta ahí no quería llegar. Algunas veces ganó grandes cantidades de dinero, mas para él no radicaba en eso el atractivo del juego, sino en el compañerismo con otros hombres, en la bebida y el trasnochar.

No asistió a aquella reunión de medianoche. Pritchard, su mayordomo, le estaba haciendo el nudo de la corbata, cuando el embajador británico llamó a la puerta de la *suite* del hotel. Parecía que Su Excelencia acabara de levantarse de la cama y se hubiera vestido precipitadamente. Lo primero que se le ocurrió pensar a Stephen fue que había estallado algún tipo de revolución y que todos los británicos tenían que correr a refugiarse en la Embajada.

El embajador empezó diciendo:

—Lamento traerle malas noticias. Será mejor que se siente. Es un cable de Inglaterra. Se trata de su padre.

El viejo tirano había muerto de un ataque al corazón a los sesenta y cinco años.

—Maldita sea —exclamó Stephen—. ¿Tan pronto?

—Le acompaño en el sentimiento —prosiguió el embajador.

—Le agradezco en el alma que haya venido usted personalmente.

—A su disposición en todo lo que pueda servirle.

—Es usted muy amable.

El embajador le dio un apretón de manos y se fue.

Stephen se quedó mirando al cielo, con su pensamiento en el anciano. Había sido inmensamente alto, con una voluntad de hierro y un temperamento agrio. Su sarcasmo lograba que las lágrimas asomaran a los ojos. Había tres maneras de tratar con él: volverse como él, rendirse o marcharse. La madre de Stephen, una victoriana agraciada y débil, se había rendido y murió joven. Stephen se había marchado.

Se imaginó a su padre en el ataúd y pensó:

«Ahora sí que ya no puede nada. Ya no puede hacer que las doncellas lloren o que los lacayos tiemblen, o que los niños huyan a esconderse. Ya no puede arreglar matrimonios, desahuciar a los inquilinos o rechazar los proyectos de ley del Parlamento. Ya no enviará más ladrones a la cárcel, ni trasladará más agitadores a Australia. La ceniza vuelve a la ceniza, el polvo al polvo.»

Pasados algunos años, revisó su opinión sobre su padre. Ahora, en 1914, a la edad de cincuenta años, Walden ya admitía que había heredado algunos de los valores de su padre: su amor a la cultura, su fe en el racionalismo, su entrega a las buenas obras como justificación de la existencia del hombre. Pero por aquel entonces, en 1895, sólo había existido amargura.

Pritchard trajo una bandeja con una botella de whisky y dijo:

—Es un día triste, Milord.

Aquel *Milord* sorprendió a Stephen. Él y su hermano tenían sus propios títulos señoriales; Stephen era Lord Highcombe, pero los criados siempre les llamaban *señor*, y *Milord* quedaba reservado al padre. Ahora, por supuesto, Stephen era el conde de Walden. Además del título, entraba en posesión de varios miles de hectáreas en el sur de Inglaterra, de una gran extensión de terreno en Escocia, seis caballos de carreras, «Walden Hall», una quinta en Montecarlo, un coto de caza en Escocia, y un escaño en la Cámara de los Lores.

Tendría que vivir en «Walden Hall». Era la casa solariega, en la que el conde residía habitualmente. Tomó la decisión de instalar luz eléctrica. Vendería unas granjas e invertiría en propiedades de Londres y en los ferrocarriles norteamericanos. Pronunciaría su discurso de presentación en la Cámara de los Lores; ¿sobre qué hablaría? Probablemente sobre política exterior. Tendría que ocuparse de los colonos, administrar las casas. Tendría que estar presente en las recepciones de la temporada, y organizar cacerías, con sus correspondientes fiestas y bailes.

Necesitaba una esposa.

El papel de conde de Walden no podía ser representado por un soltero. En todas aquellas fiestas tenía que haber una anfitriona, alguien que contestara a las invitaciones, preparara los menús con las cocineras, asignara las habitaciones y se sentara al otro extremo de la gran mesa del comedor de «Walden Hall». Tenía que haber una condesa de Walden.

Tenía que haber un heredero.

—Necesito una esposa, Pritchard.

—Sí, Milord. Se acabaron nuestros días de soltería.

Unos días después, Walden visitó al padre de Lydia y le pidió su autorización formal para poder visitarla.

Pasados veinte años, le resultaba difícil imaginarse cómo pudo haberse comportado de una manera tan irresponsable, aunque fuera joven. Jamás se había preguntado si se trataba de la esposa adecuada para él; tan sólo si tenía el necesario rango para ser condesa. Jamás se había planteado si podría hacerla feliz. Se había imaginado que aquella pasión oculta que ella reflejaba mientras tocaba el piano iba a ser dirigida hacia él, pero estaba equivocado.

La visitó diariamente durante dos semanas; no había manera de poder llegar a casa con tiempo para asistir a los funerales de su padre, y entonces se declaró, no a ella, sino a su padre. Su padre contempló el compromiso con la misma visión pragmática que Walden. Walden explicó que quería casarse inmediatamente, aunque estuviera de luto, porque tenía que volver a su país para dirigir su finca. El padre de Lydia lo comprendió perfectamente. Seis semanas más tarde se casaban.

«¡Qué joven más arrogante y atontado fui! —pensó—. Del mismo modo que imaginé que Inglaterra siempre regiría el mundo, creí que yo siempre sería dueño de mi corazón.»

La luna asomó por detrás de una nube e iluminó el dormitorio. Se inclinó para ver el rostro de Lydia durmiendo.

«No preví esto —pensó—. No pensé que me iba a enamorar irremediable y desesperadamente de ti. Sólo pedía que nos quisiéramos el uno al otro, y al final tú te contentaste con eso, pero yo no. Nunca pensé que iba a necesitar tu sonrisa, a suspirar por tus besos, a anhelar que vinieras a mi habitación por la noche; nunca pensé que llegaría a sentir miedo, terror a perderte.»

Ella murmuró algo entre sueños y se volvió. Él sacó el brazo que tenía debajo de su cuello, y luego se sentó en el borde de la cama. Si se quedaba más tiempo, se adormilaría y no le gustaba que la doncella de Lydia los sorprendiera a ambos en la cama cuando entrara con el té por la mañana. Se puso la bata y las zapatillas y salió sin hacer ruido de la habitación, pasó por los vestidores gemelos y entró en su dormitorio.

«¡Qué afortunado soy!», pensó mientras se disponía a dormir.

Walden pasó revista a la mesa del desayuno. Había café, té chino e indio; jarras de crema, leche y jugos de fruta; una gran fuente de copos de avena calientes; platos con bizcochos y tostadas, tarros de mermelada, miel y compota. En el aparador había una hilera de bandejas de plata, calentadas cada una de ellas con su propia lámpara de alcohol, que contenían huevos revueltos, salchichas, bacon, riñones y pescado. En la mesa fría había filetes de ternera, jamón y lengua. En el frutero, en mesa aparte, se amontonaban mandarinas, naranjas, melones y fresas. Supuso que aquel despliegue pondría de buen humor a Aleks.

Se sirvió huevos y riñones y se sentó.

«Los rusos querrán cobrarse su parte —pensó—. Van a pedir algo a cambio de su promesa de ayuda militar.»

Le preocupaba pensar cuál sería el precio. Si pedían algo cuya concesión no estaba en manos de Inglaterra, toda la negociación se vendría abajo inmediatamente, y entonces...

Su misión era asegurar que no fracasara estrepitosamente.

Iba a tener que manipular a Aleks. Cuando lo pensaba se sentía incómodo. El hecho de que conociera al muchacho desde hacía tanto tiempo tendría que servirle de ayuda, pero en realidad habría resultado más fácil negociar con cierta dureza con alguien que personalmente le resultara indiferente.

«Tengo que dejar mis sentimientos a un lado —pensó—. Tenemos que ganarnos a Rusia.»

Se sirvió café y tomó unos bizcochos y miel. Un minuto después entró Aleks, con rostro resplandeciente y acicalado.

—¿Has dormido bien? —le preguntó Walden.

—Maravillosamente bien.

Aleks tomó una mandarina y empezó a comérsela con tenedor y cuchillo.

—¿Sólo vas a tomar eso? —preguntó Walden—. A ti te gustaba el desayuno inglés; recuerdo que comías copos de avena, crema, huevos, ternera y fresas, y terminabas pidiendo a la cocinera más tostadas.

—Pero ya no soy un adolescente en plena crecimiento, tío Stephen.

«No debería olvidarlo», pensó Walden.

Tras el desayuno fueron al salón de mañana.

—Nuestro nuevo plan quinquenal para el Ejército y la Armada va a hacerse público de un momento a otro —dijo Aleks.

«He ahí su manera de actuar —pensó Walden—. Te dice algo antes de pedirte algo.»

Se acordó de Aleks cuando le dijo:

«Me propongo leer a Clausewitz este verano tío. A propósito, ¿puedo traer un invitado a la cacería de Escocia?»

—El presupuesto para los próximos cinco años es de siete mil quinientos millones de rublos —prosiguió Aleks.

A diez rublos por libra esterlina, Walden calculó que sumaban setecientos cincuenta millones de libras.

—Se trata de un programa importante —dijo—, pero ojalá lo hubierais empezado hace cinco años.

—Ojalá hubiera sido así —confirmó Aleks.

—La cosa es que el programa apenas habrá empezado antes de que entremos en guerra.

Aleks se encogió de hombros.

Walden pensó:

«Por supuesto que no se comprometerá anunciando de

antemano la fecha en que Rusia entrará en guerra.»

—Lo primero que tenéis que hacer es aumentar el calibre de los cañones en los acorazados.

Aleks negó con la cabeza.

—Nuestro tercer acorazado está a punto de ser botado. El cuarto está en construcción. Ambos tendrán cañones de doce pulgadas.

—No es suficiente, Aleks. Churchill ha instalado cañones de quince pulgadas en los nuestros.

—Y hace bien. Nuestros comandantes lo saben, pero no los políticos. Ya conoces Rusia, tío: se desconfía por completo de las ideas nuevas. Cualquier innovación dura una eternidad.

«Estamos con las espadas en alto», pensó Walden.

Y preguntó:

—¿Cuál es vuestro primer objetivo?

—Van a gastarse inmediatamente cien millones de rublos en la flota del mar Negro.

—Yo diría que el mar del Norte es más importante.

«Al menos para Inglaterra.»

—Nuestro punto de vista es más asiático que el vuestro; nuestro vecino incómodo es Turquía, no Alemania.

—Podrían aliarse las dos.

—No hay duda de que podrían. —Aleks dudó unos instantes—. La gran debilidad de la armada rusa —prosiguió— es que no tenemos puerto de aguas cálidas.

Parecía que se trataba del inicio de un discurso preparado y Walden pensó que estaban entrando ya en el meollo de la cuestión, pero prosiguió con su tanteo:

—¿Y qué me dices de Odesa?

—En la costa del mar Negro. Mientras los turcos posean Constantinopla y Gallípoli, tienen bajo control el paso entre el mar Negro y el Mediterráneo; de modo que, desde un planteamiento estratégico, el mar Negro podría ser considerado también como un lago interior.

—Y de ahí que el Imperio ruso haya estado intentando abrirse paso hacia el Sur durante cientos de años.

—¿Por qué no? Somos eslavos y muchos de los pueblos balcánicos son eslavos. Si quieren la independencia, cuentan, desde luego, con nuestra simpatía.

—Seguro. Y por tanto, si lo consiguen, probablemente permitirán el acceso de vuestra armada al Mediterráneo.

—El control eslavo de los Balcanes nos ayudaría. El control ruso sería una ayuda mayor.

—Sin duda, aunque no está a la vista, me parece a mí.

—¿Te gustaría que lo examináramos más detalladamente?

Walden abrió la boca con intención de hablar para volverla a cerrar de golpe.

«Ya está —pensó—, eso es lo que quieren; ése es el precio. No podemos darle a Rusia los Balcanes, ¡por el amor de Dios! Si el acuerdo depende de eso, no habrá acuerdo...»

Aleks seguía hablando:

—Si hemos de combatir a vuestro lado, debemos ser fuertes. Esa zona de la que estamos hablando es la que necesitamos reforzar, de ahí que acudamos naturalmente a vosotros para que nos ayudéis.

No se podía resumir con mayor sencillez: dadnos los Balcanes y pelearemos a vuestro lado. Recobrando la calma, Walden frunció el entrecejo, como si estuviera sorprendido, y dijo:

—Si Gran Bretaña tuviera el control de los Balcanes, podríamos, por lo menos teóricamente, daros esa zona. Pero no podemos daros lo que no tenemos, de modo que no veo cómo podemos reforzaros, tal como tú lo planteas, en ese sector.

La respuesta de Aleks fue tan rápida que forzosamente debía tenerla prevista:

—Pero podríais reconocer los Balcanes como zona de influencia rusa.

«Ah, eso no está mal. Hasta aquí sí podríamos llegar», pensó Walden.

Se sintió como si le quitaran un enorme peso de encima. Decidió poner a prueba la determinación de Aleks antes de dar por finalizada la conversación y dijo:

—Ciertamente, podríamos llegar a un acuerdo para apoyaros en aquella zona, con preferencia sobre Austria o Turquía.

Aleks hizo un gesto de disconformidad y replicó con tono firme:

—Queremos algo más que eso.

Aquel forcejeo había valido la pena. Aleks era joven y tímido, pero no se lo podía manipular. Las cosas se complicaban.

Walden necesitaba ahora tiempo para reflexionar. Para Gran Bretaña, hacer lo que quería Rusia significaría un giro importante en su política de relaciones internacionales, y tales cambios, como los movimientos de la corteza terrestre, producían terremotos en lugares imprevisibles.

—Tal vez quieras hablar con Churchill antes de que vayamos más lejos —dijo Aleks, iniciando una sonrisa.

«Sabes de sobra que quiero», pensó Walden.

Y de pronto se dio cuenta de lo bien que Aleks había llevado todo el asunto. Primero había asustado a Walden con una petición absolutamente descabellada; luego, cuando planteó la auténtica petición, Walden se había sentido tan aliviado que la había acogido con satisfacción.

Creía que iba a manipular a Aleks, pero, llegado el caso, fue Aleks quien supo manipularle a él; sin embargo, Walden sonrió y dijo:

—Estoy orgulloso de ti, hijo mío.

Aquella mañana, Feliks resolvió cuándo, dónde y cómo iba a matar al príncipe Orlov.

El plan empezó a dibujarse en su mente mientras leía el *Times* en la biblioteca del club de Jubilee Street. Su imaginación se vio iluminada por un párrafo en la columna titulada «Circular de la Corte»:

El príncipe Aleksei Andreievich Orlov llegó ayer de San Petersburgo. Será huésped del conde y de la condesa de Walden durante su estancia en Londres.

el príncipe Orlov será presentado a Sus Majestades el rey y la reina en la Corte el jueves 4 de junio.

Ahora ya estaba seguro de que Orlov iba a encontrarse en un lugar determinado, en una fecha concreta y a una hora exacta. Una información de este tipo resultaba esencial para un asesinato cuidadosamente planeado. Feliks había previsto que lograría la información hablando con alguno de los criados de Walden, o bien observando a Orlov e identificando alguna cita habitual. Ahora ya no tenía necesidad de asumir los riesgos implicados en entrevistar a los criados o en seguir la pista a unas personas. Se preguntó si Orlov sabría que sus movimientos estaban siendo anunciados en los periódicos, como para ayudar a los asesinos. En su opinión, se trataba de algo típicamente inglés.

El problema siguiente era saber cómo aproximarse suficientemente a Orlov para matarle. Incluso a Feliks iba a resultarle difícil introducirse en el palacio real. Pero también el *Times* le dio la respuesta a ese interrogante. En la misma página de la «Circular de la Corte», entre el reportaje de un baile ofrecido por Lady Bailey y una lista de últimas voluntades testamentarias, leyó:

AUDIENCIA DEL REY

DISPOSICIONES PARA LOS COCHES

A fin de facilitar las disposiciones para llamar a los coches de los invitados a la recepción de Sus Majestades en el palacio de Buckingham, se nos ruega que informemos que, en el caso de que los invitados tengan el privilegio de entrar por el acceso de Pimlico, el cochero de cada vehículo, a su regreso para recoger a los invitados, deberá entregar al policía de servicio, situado a la izquierda de la puerta exterior, una cartulina en la que conste escrito claramente el nombre de la dama o caballero a quien pertenezca el coche; y en cuanto a los coches de los demás invitados, que regresen para recogerlos por la entrada general, deberá ser entregada una cartulina similar al policía de servicio, situado a la izquierda de la arcada que conduce al Cuadrángulo del Palacio.

A fin de lograr que los invitados se beneficien de las disposiciones anteriores, es necesario que un lacayo acompañe cada carruaje, dado que no está prevista otra manera de llamar a los coches que la de entregar los nombres a los lacayos que aguarden junto a la puerta, con quienes regresarán los vehículos. Las puertas estarán abiertas para la recepción de los invitados a la 8.30.

Feliks lo leyó varias veces. Había algo en la prosa del *Times* que le hacía muy difícil su comprensión. Parecía querer decir, por lo menos, que a la salida de los invitados sus lacayos irían corriendo a buscar sus coches, que estarían estacionados en algún otro lugar.

Habría alguna manera, pensó, de introducirse en el coche de Walden cuando regresara a palacio a recogerlos, pero seguía existiendo un serio problema. No tenía pistola.

Le habría resultado bastante fácil procurarse una en Ginebra, pero hubiera sido arriesgado cruzar con ella las fronteras internacionales; le habrían podido negar su entrada en Inglaterra, en caso de registrarle el equipaje.

Seguro que resultaría igualmente fácil hacerse con una pistola en Londres, pero no sabía cómo, y no era partidario de preguntar abiertamente. Se había fijado en las tiendas de armas del West End de Londres y observado que todos los clientes que entraban y salían en ellas pertenecían, sin excepción, a la clase alta. A él no le habrían atendido en ninguna de ellas, aun en el caso de que hubiera dispuesto del dinero necesario para comprar aquellas armas de fuego de precisión y de bella factura. Pasaba parte de su tiempo en bares con clientela perteneciente a las clases inferiores, en los que era seguro que se compraban y vendían armas entre criminales, pero no pudo ver ningún caso, lo que no era de extrañar. Su única esperanza estaba en los anarquistas. Había entrado en contacto con los que consideraba «serios», pero nunca hablaban de armas, sin duda debido a la presencia de Feliks. El problema radicaba en que él no llevaba suficiente tiempo entre ellos como para que pudieran confiar en él. Siempre había espías de la Policía en los grupos anarquistas, y si bien ello no impedía que los anarquistas dispensaran una buena acogida a los recién llegados, al mismo tiempo sabían mostrarse cautelosos.

Ahora ya no le quedaba tiempo para una averiguación indirecta. Tendría que preguntar directamente cómo se podían conseguir armas. Haría falta mucho tacto, e inmediatamente después tendría que cortar sus lazos con Jubilee Street y trasladarse a otra parte de Londres, para evitar así el riesgo de ser localizado.

Tenía en buen concepto a los jóvenes e impulsivos judíos de Jubilee Street. No estaban contentos y eran violentos. A diferencia de sus padres, se negaban a trabajar como esclavos en los talleres explotadores del East End, cosiendo trajes que la aristocracia encargaba a los sastres de Saville Row. Y a diferencia de sus padres, no hacían caso de los sermones moralizantes de los rabinos; pero no acababan de ver claro si la solución de sus problemas se hallaban en la política o en el crimen.

Creyó que quien le ofrecía mejores perspectivas era Nathan Sabelinsky, un hombre que rondaba los veinte años, de apariencia más bien eslava, que vestía camisas de cuello almidonado y un chaleco amarillo. Feliks lo había visto alrededor de los apostadores de Commercial Road, debía tener dinero para gastárselo en el juego y en ropa.

Recorrió con su mirada toda la biblioteca. Los demás ocupantes eran un anciano dormido, una mujer con un grueso abrigo que estaba leyendo *Das Kapital* en alemán y tomando notas, y un judío lituano inclinado sobre un periódico ruso, que leía con la ayuda de una lupa. Feliks salió de la habitación y bajó las escaleras. No había pistas de Nathan ni de ninguno de sus amigos. Era demasiado temprano para él, y si realmente trabajaba debía hacerlo de noche.

Feliks volvió a las Dunstan Houses. Metió la maquinilla de afeitar, la muda limpia y la camisa de repuesto en la maleta de cartón y le explicó a Milly, la esposa de Rudolf Rocker:

—He encontrado habitación. Volveré esta noche para dar las gracias a Rudolf.

Sujetó la maleta en el portaequipajes de la bicicleta y se encaminó al Oeste, hacia el centro de Londres, y luego hacia el Norte, hasta Camden Town. Allí encontró una calle de casas altas, en otros tiempos espléndidas viviendas, que habían sido construidas para familias pertenecientes a una clase media con aspiraciones, que ya se habían trasladado a las zonas residenciales, al final de las nuevas líneas del ferrocarril. En una de ellas, Feliks alquiló una habitación en mal estado a una irlandesa llamada Bridget, y le pagó diez chelines como anticipo del alquiler de dos semanas.

Al mediodía regresó a Stepney, frente a la casa de Nathan en Sidney Street. Era una casita que formaba parte de una hilera de casas de las que tienen dos habitaciones arriba y dos abajo. La puerta estaba abierta de par en par. Feliks entró.

El ruido y el olor fueron para él como una sacudida. Allí, en una habitación de unos cuatro metros cuadrados, entre quince y veinte personas confeccionaban ropas. Los hombres trabajaban a máquina, las mujeres cosían a mano y los niños planchaban los vestidos acabados. El vapor que se desprendía de las tablas de planchar se mezclaba con el olor a sudor. Las máquinas martilleaban, las planchas silbaban y los trabajadores charlaban en yiddisch sin parar. Las piezas ya cortadas y a punto de coser se amontonaban en cualquier espacio libre del suelo. Nadie levantó la cabeza para mirar a Feliks; todos ellos trabajaban con un afán increíble.

Se dirigió a la persona más cercana, una muchacha que

amamantaba un bebé y cosía a mano los botones de la manga de una chaqueta.

—¿Está Nathan? —preguntó.

—En el piso de arriba —le contestó ella, sin abandonar su trabajo.

Feliks salió de la habitación y subió por una escalera estrecha. En cada uno de los dos pequeños dormitorios había cuatro camas. La mayoría eran utilizadas por quienes trabajaban de noche. Encontró a Nathan en la habitación del fondo, sentado en la cama, abrochándose los botones de la camisa.

Nathan vio a Feliks y le saludó:

—Feliks, *wie gehts!*

—Necesito hablar contigo —dijo Feliks en yiddisch.

—Pues habla.

—Ven afuera.

Nathan se puso el abrigo y salieron a Sidney Street. Se quedaron al sol junto, a la ventana abierta del taller; su conversación quedaba apagada por el ruido del interior.

—El negocio de mi padre —explicó Nathan—. Paga cinco peniques a la chica que cose a máquina un par de pantalones, en lo que emplea una hora. Paga otros tres peniques a las chicas que cortan, planchan y cosen los botones. Luego lleva los pantalones a un sastre del West End y a él le pagan nueve peniques. Un penique de beneficio, lo suficiente para comprar un trozo de pan. Si le pide al sastre del West End diez peniques le echará de la tienda, y le dará el trabajo a uno de los muchos sastres judíos que están en la calle con sus máquinas de coser bajo el brazo. Yo no voy a vivir así.

—¿Por eso eres anarquista?

—Ésos hacen los vestidos más bonitos del mundo, pero ¿te has fijado cómo visten ellos?

—¿Y cómo cambiarán las cosas? ¿Por la violencia?

—Creo que sí.

—Estaba seguro de que pensabas así. Nathan, necesito una pistola.

Nathan se echó a reír con nerviosismo.

—¿Para qué?

—¿Para qué quieren generalmente los anarquistas las pistolas?

—Dímelo tú a mí, Feliks.

—Para robar a los ladrones, para oprimir a los tiranos, para matar a los asesinos.

—¿Cuál de esas cosas vas a hacer?

—Te lo diré si realmente quieres saberlo...

Nathan se quedó pensativo unos instantes, y luego contestó:

—Ve a la taberna «Frying Pan», en la confluencia de Brick Lane y Thrawl Street. Habla con Garfield, el enano.

—Gracias —dijo Feliks, incapaz de disimular un tono triunfal en el timbre de su voz—. ¿Cuánto tendré que pagar?

—Cinco chelines por una pistola pequeña.

—Quisiera otra más segura.

—Las pistolas buenas son caras.

—Será cuestión de regatear. —Feliks estrechó la mano de Nathan—. Gracias.

Nathan le vio montar en la bicicleta.

—Ya me dirás algo luego.

—Ya lo leerás en los periódicos —sonrió Feliks.

Le dijo adiós con la mano y se fue pedaleando.

Recorrió en su bicicleta Whitechapel Road y Whitechapel High Street; luego, torciendo a la derecha, entró en Osborn Street. Inmediatamente el aspecto de las calles cambió. Ésta era la parte más desatendida de Londres que había visto hasta el momento. Las calles eran estrechas y estaban muy sucias, la atmósfera cargada y apestosa, la gente miserable en su mayor parte. Los desagües estaban taponados por la suciedad. Pero, a pesar de todo, la actividad que se observaba recordaba una colmena. Los hombres subían y bajaban con carretones, la multitud se arremolinaba junto a los tenderetes callejeros, las prostitutas se apostaban en todas las esquinas, y los talleres de los carpinteros y zapateros ocupaban hasta las aceras.

Feliks dejó su bicicleta frente a «Frying Pan»: si se la llevaban tendría que robar otra. Para entrar en la taberna tuvo que pasar por encima de algo que parecía un gato muerto. Dentro había una sola habitación, baja y desnuda, con un mostrador en el extremo más alejado. Los hombres y mujeres de edad estaban sentados en los bancos que rodeaban las paredes, mientras los jóvenes estaban de pie en medio de la habitación. Feliks fue al mostrador y pidió un vaso de cerveza y una salchicha fría.

Miró a su alrededor y divisó a Garfield, el enano. No lo había visto antes porque el hombre estaba de pie sobre una silla. Medía poco más de un metro, tenía una voluminosa cabezota y su rostro aparentaba mediana edad. Un perrazo negro estaba echado en el suelo, junto a su silla. Hablaba con dos hombres de gran envergadura y aspecto belicoso que vestían chalecos de cuero y camisas sin cuello. Quizás eran sus guardaespaldas. Feliks se fijó en sus grandes barrigas, al tiempo que sonreía pensando: «Me los voy a comer vivos.» Los dos hombres tenían en las manos jarras de cerveza de litro, pero el enano bebía algo que parecía ginebra. El tabernero sirvió a Feliks la bebida y la salchicha.

—Y un vaso de la mejor ginebra —encargó Feliks.

Una mujer joven que estaba ante el mostrador lo miró, preguntó si era para ella, y le sonrió con coquetería, enseñando unos dientes invadidos por la piorrea. Feliks miró a otra parte.

Cuando le sirvieron la ginebra, pagó y se dirigió al grupo que estaba junto a una ventanuca que daba a la calle. Feliks se detuvo entre ellos y la puerta, y dirigiéndose al enano, inquirió:

—¿Míster Garfield?

—¿Quién lo busca? —respondió Garfield, con voz chillona.

Feliks le ofreció el vaso de ginebra:

—¿Me permite hablarle de negocios?

Garfield tomó el vaso, lo apuró y contestó:

—No.

Feliks se tragó la cerveza. Era más dulce y menos efervescente que la cerveza suiza.

—Quiero comprar una pistola —dijo.

—Entonces no sé por qué ha venido aquí.

—Me dieron su dirección en el club de Jubilee Street.

—Anarquista, ¿verdad?

Feliks no contestó.

Garfield lo miró de arriba abajo.

—¿Qué clase de pistola querría, en caso de que yo tuviera alguna?

—Un revólver. Uno bueno.

—¿Algo así como un «Browning» de siete disparos?

—Sería perfecto.

—No tengo ninguno. Si lo tuviera no se lo vendería. Y si lo vendiera tendría que cobrar cinco libras.

—Me dijeron que una libra como máximo.

—Le informaron mal.

Feliks reflexionó. El enano había decidido que, como extranjero y anarquista, lo podría engañar.

«Bien —pensó—, le seguiremos el juego.»

—No puedo dar más de dos libras.

—No podría rebajar a menos de cuatro.

—¿Se incluiría en ese precio una caja de municiones?

—De acuerdo, cuatro libras incluida la caja de municiones.

—Estupendo —dijo Feliks.

Observó que uno de los guardaespaldas reprimía una mueca. Tras pagar las bebidas y la salchicha, a Feliks le quedaban tres libras, quince chelines y un penique.

Garfield hizo un gesto con la cabeza a uno de sus compañeros. El hombre pasó detrás del mostrador y salió por la puerta trasera. Feliks se comió la salchicha. Un minuto o dos más tarde el hombre volvió con lo que parecía un fardo de trapos. Se quedó mirando a Garfield, quien hizo un gesto de asentimiento. El hombre hizo entrega del fardo a Feliks.

Feliks deshizo el fardo de trapos y encontró un revólver y una cajita. Sacó el arma de sus envoltorios y la examinó.

—Bájala; no hace falta que se la enseñes a todo el mundo —dijo Garfield.

La pistola estaba limpia y engrasada, y el mecanismo funcionaba sin dificultades.

—Si no le echo una mirada, ¿cómo sabré que está bien? —replicó Feliks.

—¿Dónde te crees que estás, en «Harrods»?

Feliks abrió la caja de municiones y cargó la recámara con movimientos rápidos y expertos.

—¡Aparta esa mierda! —chilló el enano—. Dame en seguida el dinero y lárgate. No me jodas más, imbécil.

Feliks sintió en su garganta un acceso de tensión y notó, al tragar, que le faltaba saliva. Dio un paso atrás y apuntó con la pistola al enano.

—Jesús, María y José —murmuró Garfield.

—¿Tendré que probar la pistola? —preguntó Feliks.

Los dos guardaespaldas se apartaron en direcciones contrarias, de modo que Feliks no pudiera cubrir a ambos con una sola pistola. El corazón de Feliks se sobresaltó; no había esperado aquella reacción tan inteligente de ellos. Su próximo movimiento sería lanzarse sobre él. La taberna se quedó de pronto en silencio. Feliks se dio cuenta de que no podría llegar hasta la puerta antes de que uno de los guardaespaldas lo alcanzara. El perrazo gruñó, como si olfateara la tensión del ambiente.

Feliks sonrió y disparó contra el perro.

El ruido del disparo resultó ensordecedor en aquella habitación. Nadie se movió. El perro se desplomó, desangrándose. Los guardaespaldas del enano se quedaron petrificados donde estaban.

Feliks dio un nuevo paso hacia atrás, alargó la mano a su espalda y llegó hasta la puerta. La abrió, sin dejar de apuntar a Garfield con la pistola y salió.

Dio un portazo, escondió la pistola en el bolsillo de su abrigo y montó en la bicicleta.

Oyó cómo abrían la puerta de la taberna. Se alejó de allí y empezó a pedalear. Alguien le agarró por la manga del abrigo. Pedaleó con más fuerza y logró soltarse. Oyó un disparo y se agachó por puro reflejo. Alguien gritó. Esquivó a un vendedor de helados y giró en una esquina. A lo lejos el silbato de un policía. Miró atrás. Nadie lo seguía.

Medio minuto después se había perdido entre el gentío de Whitechapel.

«Quedan seis balas», pensó.

3

Charlotte estaba a punto. El vestido, la principal obsesión durante mucho tiempo, quedaba perfecto. Como remate llevaba una sola rosa roja a la altura de los hombros, y en la mano un ramito de las mismas flores, recubiertas de gasa. Su diadema de diamantes quedaba firmemente sujeta sobre su pelo recogido y las dos plumas blancas habían sido fijadas con seguridad. El conjunto resultaba maravilloso.

Ella estaba asustada.

—Cuando entre en el Salón del Trono —dijo a Marya— la cola se enredará, la diadema se me caerá sobre los ojos, el pelo se soltará, las plumas se ladearán, me pisaré el vestido y rodaré por los suelos. Todos los invitados allí reunidos empezarán a reírse y la que lo hará más ostensiblemente será su majestad la reina. Saldré corriendo de palacio, hasta llegar al parque para tirarme al estanque.

—No debería hablar así —corrigió Marya. Y luego, más cariñosa, añadió—: Será la más encantadora de todas.

La madre de Charlotte entró en el dormitorio. Tomó a Charlotte por los hombros y se la quedó mirando.

—Cariño, estás preciosa —le dijo, y la besó.

Charlotte rodeó con sus brazos el cuello de su madre y apretó su mejilla contra la de ella, tal como acostumbraba hacer cuando era pequeña, y quedaba fascinada por la suavidad aterciopelada que irradiaba su madre. Cuando se separó, quedó sorprendida al ver que a su madre se le habían escapado unas lágrimas.

—Tú también estás muy guapa —dijo.

El vestido de Lydia era de *charmeuse* marfil, con una cola de brocado del mismo tono bordeado de gasa purpúrea. Al estar casada, llevaba tres plumas en el pelo, en vez de las dos de Charlotte. Su ramillete era de guisantes de olor y rosas.

—¿Estás a punto? —preguntó.

—Estoy lista desde hace siglos —contestó Charlotte.

—Recógete la cola.

Charlotte se recogió la cola de la manera que le habían enseñado.

Su madre hizo un gesto de aprobación.

—¿Salimos?

Marya abrió la puerta. Charlotte se apartó a un lado para que su madre saliera primero, pero ella le dijo:

—No, cariño, ésta es tu noche.

Marcharon en procesión por el pasillo y bajaron hasta el rellano. Marya iba la última. Al llegar al rellano, Charlotte oyó una explosión de aplausos.

Todo el personal estaba reunido al pie de la escalera: el ama de llaves, la cocinera, los lacayos, las doncellas, las camareras, los mozos de establo y las criadas. Incontables rostros, llenos de orgullo y alegría, clavaron en ella su mirada. A Charlotte le emocionó todo ese cariño y se dio cuenta de que también para todos ellos era una gran noche.

Su padre ocupaba el centro de todo aquel grupo y causaba una impresión magnífica, vestido con frac de terciopelo negro, calzón corto y medias de seda, con la espada a la cintura y un sombrero de tres picos en la mano.

Charlotte bajó lentamente la escalera.

Su padre la besó y le dijo:

—Mi pequeña.

La cocinera, que la conocía desde hacía tanto tiempo que podía tomarse alguna libertad, la cogió por la manga y le susurró:

—Está maravillosa, Milady.

Charlotte le estrechó la mano y le dijo:

—Gracias, Mrs. Harding.

Aleks hizo una reverencia. Estaba resplandeciente con su uniforme de almirante de la Armada rusa.

«Qué hombre tan elegante —pensó Charlotte—; tal vez alguien se enamore de él esta noche.»

Dos lacayos abrieron la puerta central. Walden tomó a Charlotte por el codo y la encaminó suavemente hacia fuera. Su esposa seguía del brazo de Aleks.

«Si soy capaz de no pensar en nada esta noche y dejarme llevar como un autómata a donde me lleva la gente, seguro que todo saldrá bien», pensó Charlotte.

El carruaje estaba ya preparado en el exterior. William, el cochero, y Charles, el lacayo, estaban en posición de firmes a cada lado de la puerta, vestidos con la librea de los Walden. William, corpulento y canoso, estaba tranquilo, pero Charles parecía nervioso. Stephen introdujo a Charlotte en el carruaje y ella se sentó agradecida.

«Todavía no me he caído», pensó.

Los otros tres se introdujeron también. Pritchard, antes de cerrar la puerta, colocó un cesto de gran tamaño en el suelo del carruaje.

Éste se puso en marcha.

Charlotte miró aquel gran cesto.

—¿Acaso vamos de merienda al campo? —preguntó—. ¡Pero si sólo es medio kilómetro!

—Ya lo entenderás cuando veas la cola —comentó su padre—. Tardaremos casi una hora en llegar.

Por un momento, Charlotte pensó que más que nerviosa iba a estar aburrida aquella noche.

No se equivocó, el carruaje se detuvo a la altura del Almirantazgo en el Mall, a medio kilómetro aproximadamente de Buckingham Palace. Papá abrió el gran cesto y sacó una botella de champaña. En el cesto había también bocadillos de pollo, guisantes de invernadero y pastel.

Chalotte bebió una copa de champaña, pero no pudo comer nada. Miraba por la ventana. Las aceras estaban atestadas de ociosos que contemplaban aquel desfile de potentados. Vio a un hombre alto, de cara delgada y agraciada, apoyado en una bicicleta y mirando con gran interés su carroza. Algo relacionado con su aspecto hizo que Charlotte sintiera un escalofrío y apartara su mirada.

Tras una salida tan triunfal de casa, observó que el contraste que suponía permanecer sentada haciendo cola, la serenaba. En el momento en que la carroza atravesaba las puertas de acceso a palacio y se aproximaba a la entrada principal empezó a sentirse más natural: indiferente, irreverente e impaciente.

El carruaje se detuvo y la puerta se abrió. Charlotte, recogiéndose la cola sobre el brazo izquierdo, se levantó la falda con la mano derecha, descendió y entró en palacio.

El gran salón alfombrado en rojo era una llamarada de luz y color. A pesar de su indiferencia, experimentó una viva emoción al ver toda aquella afluencia de mujeres vestidas de blanco y hombres con uniformes resplandecientes. Los diamantes brillaban, las espadas resonaban y las plumas se agitaban. Los alabarderos de palacio, con casacas rojas, estaban en posición de firmes a uno y otro lado.

Charlotte y su madre dejaron los abrigos en el guardarropía; luego, escoltadas por Walden y Aleks, atravesaron lentamente el salón y subieron por la escalera principal, entre la guardia del rey con sus alabardas y abundancia de rosas rojas y blancas. Desde allí pasaron por la galería de pinturas a la primera de las tres salas para las grandes recepciones, con enormes lámparas de araña y suelos de madera resplandecientes como el cristal. Aquí se acababa el desfile y todos los invitados aguardaban, formando grupos, charlando y admirándose mutuamente los vestidos. Charlotte vio a su prima Belinda con tío George y tía Clarissa. Las dos familias se saludaron.

Tío George llevaba el mismo atuendo que su padre, pero debido a su obesidad y su cara rubicunda, le sentaba pésimamente. Charlotte no entendía cómo tía Clarissa, que era joven y guapa, pudo llegar a casarse con una persona así.

Walden inspeccionaba la sala como si buscara a alguien.

—¿Has visto a Churchill? —preguntó a tío George.

—Caramba, ¿para qué lo necesitas?

Walden se sacó el reloj.

—Hemos de ocupar nuestro sitio en el Salón del Trono. Te dejamos al cuidado de Charlotte, si nos lo permites, Clarissa.

Papá, mamá y Aleks se alejaron.

Belinda dijo a Charlotte:

—Tu vestido es magnífico.

—Es terriblemente incómodo.

—¡Sabía que ibas a decir eso!

—Tú estás siempre tan guapa.

—Gracias. —Belinda bajó el tono de su voz—. Creo que el príncipe Orlov es muy elegante.

—Es muy dulce.

—Creo que es más que dulce.

—¿Qué insinúas con esa mirada?

Belinda bajó todavía más el volumen de su voz.

—Tú y yo pronto tendremos que hablar largo y tendido.

—¿Sobre qué?

—¿Te acuerdas de lo que hablamos en el escondite, cuando nos llevamos aquellos libros de la biblioteca de «Walden Hall»?

Charlotte miró a sus tíos, pero éstos se habían vuelto a hablar con un hombre de piel morena y turbante de raso rosado.

—Claro que me acuerdo.

—Sobre aquello.

De pronto se hizo el silencio. Los invitados se retiraron hacia los lados de la sala para dejar pasillo en medio. Charlotte miró a su alrededor y vio que el rey y la reina entraban en la sala de recepción, seguidos por sus pajes, varios miembros de la familia real y la guardia de corps india.

Todas las mujeres que se encontraban en el salón hicieron una reverencia y se percibió el susurro especial que produce la seda.

En el Salón del Trono, la orquesta oculta en la Galería de los Trovadores tocaba el *Dios salve al rey*. Lydia miró hacia el enorme portal custodiado por gigantes dorados. Dos ayudantes entraron de espaldas, con una maza de oro el uno y una de plata el otro. El rey y la reina avanzaron con paso majestuoso, con una leve sonrisa. Subieron al estrado y se quedaron de pie ante los dos tronos gemelos. El resto de sus acompañantes ocuparon su lugar en las inmediaciones, permaneciendo en pie.

La reina María llevaba un vestido de brocado de oro y una corona de esmeraldas.

«No es ninguna belleza —pensó Lydia—, pero dicen que él la adora.»

Había estado prometida primero al hermano mayor de su esposo, que había muerto de neumonía, y el cambio al nuevo heredero del trono había parecido entonces fríamente político. Sin embargo, ahora todos coincidían en que era una buena reina y una buena esposa. A Lydia le habría gustado conocerla personalmente.

Empezaron las presentaciones. Una tras otra, las esposas de los embajadores se adelantaban, hacían una reverencia al rey, otra a la reina, y luego se retiraban sin volver la espalda. Seguían los embajadores, vestidos todos con gran variedad de llamativos uniformes de ópera cómica, todos excepto el embajador de Estados Unidos, que vestía el traje normal negro de etiqueta, como indicando a todo el mundo que los norteamericanos no eran en realidad partidarios de aquellas tonterías.

Mientras se desarrollaba el ritual, Lydia iba recorriendo con su mirada toda la sala, el raso carmesí de las paredes, el friso heroico bajo el techo, los enormes candelabros y los miles de flores. Le gustaba la pompa y la solemnidad, los vestidos hermosos y el meticuloso ceremonial; la conmovían y serenaban a la vez. Su mirada coincidió con la de la duquesa de Devonshire, que era la dama encargada del vestuario de la reina, y ambas cambiaron una discreta sonrisa. Localizó a John Burns, el presidente socialista de la Cámara de Comercio, y le divirtió contemplar el curioso bordado dorado en su traje de etiqueta.

Acabada la presentación del cuerpo diplomático, el rey y la reina se sentaron. La familia real, los diplomáticos y la nobleza más antigua lo hicieron a continuación. Lydia y Walden, junto con la nobleza inferior, tuvieron que permanecer de pie.

Finalmente, se inició la presentación de las «debutantes». Cada una de las muchachas se detenía en la entrada del Salón del Trono mientras un asistente tomaba la cola de su brazo y la extendía tras ella. Luego se iniciaba el interminable paseo por la alfombra roja hasta los tronos, con todos los ojos clavados en ella. Si una muchacha era capaz de mostrarse airosa y sin asomo de nerviosismo en aquellas circunstancias, seguro que sabría presentarse con naturalidad en cualquier lugar.

Cuando la «debutante» se aproximaba al estrado hacía entrega de su tarjeta de invitación al camarero mayor, quien leía en voz alta su nombre. Ella hacía una reverencia al rey, luego a la reina. Lydia pensó que eran pocas las muchachas que hacían la reverencia con elegancia. A ella le había costado mucho que Charlotte llegara a hacerlo con soltura; quizás a las demás madres les habría ocurrido otro tanto. Tras las reverencias, la joven proseguía su camino, sin dar la espalda a los tronos, hasta unirse finalmente a los asistentes que contemplaban la escena.

Las muchachas se sucedían unas a otras con tal proximidad que cada una de ellas corría el peligro de pisar la cola de quien la precedía. A Lydia le parecía que la ceremonia se había vuelto menos personal, más mecánica. Ella había hecho su presentación ante la reina Victoria en la ceremonia de 1896, al año siguiente de su matrimonio con Walden. La anciana reina no se había sentado en el trono, sino en un alto escabel, y daba la impresión de que estaba de pie. Lydia había quedado sorprendida al constatar la estatura de Victoria. Ella había tenido que besar la mano de la reina. Aquella parte de la ceremonia había sido suprimida ahora, quizá para ahorrar tiempo. Daba la sensación de que la Corte se había convertido en una fábrica que realizaba el máximo número posible de puestas de largo en el más breve espacio de tiempo. Con todo, las muchachas de hoy no conocían esta diferencia y probablemente no les preocuparía si lo supieran.

Súbitamente, Charlotte hizo su aparición en la puerta de entrada y un asistente extendió la cola de su vestido; a continuación le dio un suave impulso y se puso en marcha sobre la alfombra roja, con la cabeza erguida, con un semblante de perfecta serenidad y confianza. Lydia pensó:

«Éste es el momento que tanto he esperado.»

La muchacha que precedía a Charlotte hizo su reverencia, y de pronto ocurrió lo inesperado.

En lugar de incorporarse tras la reverencia, la «debutante» miró al rey, alargó sus brazos en gesto suplicante y gritó en voz alta:

—¡Majestad, por amor de Dios, cesad de torturar a las mujeres!

«¡Una sufragista!», pensó Lydia.

Sus ojos centelleantes se fijaron en su hija. Charlotte estaba de pie, inmóvil, a mitad de su camino hacia el estrado, contemplando aquel cuadro con una expresión de horror en su rostro, que había palidecido.

El silencio de sorpresa en el Salón del Trono sólo duró unos segundos. Dos gentileshombres de cámara fueron los primeros en reaccionar. Se adelantaron como movidos por un resorte, tomaron a la muchacha firmemente, uno por cada brazo, y se la llevaron sin contemplaciones.

El rostro de la reina adquirió un color carmesí. El rey supo mantener su aplomo, como si nada hubiera ocurrido. Lydia volvió a mirar a Charlotte, mientras pensaba:

«¿Por qué le habrá tocado a mi hija ir detrás de ella?»

Ahora todas las miradas estaban clavadas en Charlotte. Lydia quería gritarle: «¡Haz como si no hubiera ocurrido nada! ¡Continúa con sencillez!»

Charlotte se mantenía quieta. Sus mejillas recuperaron

en parte su color. Lydia pudo ver cómo realizaba una profunda inspiración.

Luego avanzó. Lydia retuvo el aliento. Charlotte hizo entrega de su cartulina de invitación al camarero mayor, quien anunció:

—Presentación de Lady Charlotte Walden.

Charlotte se detuvo ante el rey.

Lydia le aconsejó interiormente: «¡Cuidado!»

Charlotte hizo su reverencia a la perfección.

Y la repitió ante la reina.

Dio media vuelta para retirarse.

Lydia dejó escapar un profundo suspiro.

La mujer que estaba junto a Lydia, una baronesa a la que ella recordaba vagamente, pero a la que no conocía en realidad, susurró:

—Ha sabido dominar la situación.

—Es mi hija —dijo Lydia, con una sonrisa.

A Walden le agradó en el fondo la acción de la sufragista. Pensó: «¡Vaya una chica fogosa!» Por supuesto que si hubiera sido *Charlotte* quien hubiera actuado así en la Corte, se habría sentido horrorizado, pero como había sido la hija de otro, contempló el incidente como un agradable paréntesis en la interminable ceremonia. Se había dado cuenta de cómo Charlotte había sabido seguir con serenidad; no podía esperar otra cosa de ella. Era una damita muy segura de sí misma, y en su opinión, Lydia debería felicitarse por la educación de la muchacha en lugar de preocuparse continuamente.

Hacía años, él disfrutaba en estas ocasiones. Cuando era joven le gustaba mucho vestirse de etiqueta y hacer un buen papel. En aquellos días tuvo también sus grandes oportunidades. Ahora se sentía ridículo con el calzón corto y medias de seda, por no hablar de la dichosa espada de hoja de acero. Y había asistido a tantas recepciones que el colorido del ritual ya no le fascinaba en absoluto.

Se preguntaba cómo se sentiría el rey Jorge con todo aquello. A Walden le gustaba el rey. Por supuesto que, en comparación con su padre Enrique VII, Jorge era una persona más bien anodina e irrelevante. La multitud jamás gritaría: «¡Viva el viejo Georgie!», como habían gritado: «¡Viva el viejo Teddy!», pero, en definitiva, les gustaba Jorge por su tranquilo encanto y por la vida sencilla que llevaba.

Sabía ser enérgico, si bien hasta entonces lo había tenido que demostrar en raras ocasiones; y a Walden le gustaba el hombre que sabía disparar en el momento preciso. Walden creía que sabría salir airoso de todo.

Finalmente, desfiló e hizo su reverencia la última de las «debutantes», y el rey y la reina se levantaron. La orquesta volvió a tocar el himno nacional. El rey hizo una inclinación y la reina una reverencia, primero a los embajadores, luego a las esposas de los embajadores, a continuación a las duquesas, y finalmente a los ministros. El rey tomó a la reina de la mano. Los pajes recogieron la cola de la reina. Los asistentes se retiraron caminando de espaldas. La pareja real salió, seguida por el resto de los invitados, según el orden de prioridad.

Se fueron distribuyendo por los tres salones preparados para la cena: uno para la familia real y sus amistades más allegadas, otro para el Cuerpo Diplomático, y el tercero para el resto de los invitados. Walden era amigo, pero no amigo íntimo del rey, de modo que se quedó con la asamblea general. Aleks fue con los diplomáticos.

En el comedor, Walden se volvió a reunir con su familia. Lydia estaba resplandeciente.

—Felicidades, Charlotte —dijo Walden.

—¿Quién era aquella muchacha? —preguntó Lydia.

—Oí decir que es hija de un arquitecto —contestó Walden.

—Eso lo explica todo —comentó Lydia.

Charlotte se quedó extrañada.

—¿Por qué eso lo explica todo?

Walden sonrió.

—Tu madre quiere decir que la chica no está bien de la cabeza.

—Pero, ¿por qué cree que el rey tortura a las mujeres?

—Se refería a las sufragistas. Pero dejemos eso por esta noche; éste es un gran momento para nosotros. Vamos a cenar. Todo parece muy apetitoso.

Había una gran mesa bufete repleta de flores, con platos calientes y fríos. Sirvientes de librea real escarlata y oro aguardaban para ofrecer a los invitados langosta, filetes de trucha, codornices, jamón de York, huevos de chorlito, y una gran variedad de pasteles y postres. Walden se sirvió un gran plato y se sentó para dar cuenta de él. Después de estar más de dos horas de pie en el Salón del Trono, tenía hambre.

Walden creía que tarde o temprano Charlotte tenía que enterarse de quiénes eran las sufragistas, de sus huelgas de hambre y la consiguiente alimentación forzada; pero el asunto no era agradable, y cuanto más tiempo permaneciera en la feliz ignorancia, tanto mejor. A su edad la vida tenía que consistir en fiestas y meriendas al aire libre, vestidos y sombreros, chismes y flirteos.

Pero todo el mundo hablaba del «incidente» y de «aquella muchacha». El hermano de Walden, George, se sentó junto a él y dijo sin más preámbulos:

—Es una tal Mary Blomfield, hija del difunto Sir Arthur Blomfield. Su madre estaba en la sala de recepción en aquel momento. Cuando se le dijo lo que había hecho su hija, se desmayó al instante.

Parecía que gozaba con aquel escándalo.

—Lo único que podía hacer, creo yo —comentó Walden.

—Menuda deshonra para la familia —siguió George—. Ya no se volverán a ver Blomfield en la Corte durante dos o tres generaciones.

—No los echaremos de menos.

—No.

Walden vio a Churchill abriéndose paso entre la gente para llegar hasta donde ellos estaban sentados. Le había escrito a Churchill contándole su conversación con Aleks, y estaba impaciente por discutir el próximo paso, pero no allí. Miró a otra parte, esperando que Churchill entendiera su insinuación. Tendría que aprender mucho más para llegar a captar un mensaje tan sutil.

Churchill se inclinó sobre la silla de Walden.

—¿Podemos charlar los dos unos minutos?

Walden miró a su hermano. La expresión de George era de horror. Walden lo miró, resignado, y se levantó.

—Vamos a pasear a la galería de los cuadros —propuso Churchill.

Walden se fue con él.

—Supongo que usted también me dirá que de esta protesta sufragista tiene toda la culpa el Partido Liberal —dijo Churchill.

—Pues así es —concedió Walden—. Pero no creo que sea de eso de lo que usted quiere hablar.

—No, claro.

Los dos hombres paseaban el uno junto al otro por aquella galería. Churchill dijo:

—No podemos reconocer los Balcanes como zona de influencia rusa.

—Ya me temía que dijera eso.

—¿Para qué quieren los Balcanes? Dejando de lado, claro está, todas esas tonterías sobre la simpatía hacia el nacionalismo eslavo.

—Quieren un paso de acceso al Mediterráneo.

—Eso redundaría en beneficio nuestro, si fueran nuestros aliados.

—Exactamente.

Llegaron al final de la galería y se detuvieron. Churchill dijo:

—¿Hay alguna manera de que les demos ese paso sin tener que rehacer el mapa de la península balcánica?

—Lo he estado pensando.

Churchill sonrió.

—Y ya tiene una contraoferta.

—Sí.

—Oigámosla.

Walden dijo:

—De lo que aquí tratamos es de tres porciones de mar: el Bósforo, el mar de Mármara y los Dardanelos. Si les podemos dar esas tres vías marítimas, no necesitarán los Balcanes. Imagínese por un momento que el pasaje entre el mar Negro y el Mediterráneo se pudiera declarar vía internacional, con libre acceso a los barcos de todas las naciones garantizado conjuntamente por Rusia e Inglaterra.

Churchill se puso a pasear otra vez, despacio, preocupado. Walden andaba a su lado, esperando su respuesta.

Finalmente, Churchill dijo:

—Ese paso debe ser una vía marítima internacional, en cualquier caso. Lo que usted sugiere es que ofrezcamos, como si fuera una concesión, algo que, de cualquier forma, nosotros queremos.

—Sí.

Churchill levantó la vista e hizo una repentina mueca.

—Puestos a hacer combinaciones maquiavélicas, no hay nadie que supere a la aristocracia inglesa. Muy bien. Adelante, haga esa propuesta a Orlov.

—¿No quiere plantearlo en el Consejo de Ministros?

—No.

—¿Ni siquiera al ministro de Asuntos Exteriores?

—No en esta etapa de las conversaciones. Seguro que los rusos querrán modificar la propuesta; querrán, por lo menos, detalles de cómo se va a asegurar esa garantía. Por eso lo expondré ante el Consejo de Ministros cuando la propuesta esté plenamente elaborada.

—Muy bien.

Walden sólo quería saber hasta qué punto estaría informado el Gabinete de lo que Churchill y él estaban preparando. Churchill también podía ser maquiavélico. ¿Habría gato encerrado?

—¿Dónde está Orlov ahora? —preguntó Churchill.

—En el comedor de !os diplomáticos.

—Vamos a proponérselo ahora mismo.

Walden hizo un gesto de disconformidad, y comprendió que se tachara a Churchill de impulsivo.

—Éste no es el momento.

—No podemos esperar a que llegue el momento adecuado, Walden. Cada día cuenta.

«Hace falta un hombre de más talla que tú para intimidarme», pensó Walden.

Y dijo:

—Tiene que dejar eso a mi criterio, Churchill. Se lo propondré a Orlov mañana por la mañana.

Churchill parecía dispuesto a discutir, pero se contuvo con un visible esfuerzo y dijo:

—No creo que Alemania vaya a declarar la guerra esta noche. Muy bien. —Miró su reloj—. Le dejo. Manténgame informado.

—Por supuesto. Adiós.

Churchill bajó las escaleras y Walden regresó a la sala de la cena. La fiesta estaba finalizando. Ahora que el rey y la reina habían desaparecido y todo el mundo había cenado, ya no había motivo para quedarse. Walden reunió a toda la familia y bajaron juntos. Se encontró con Aleks en el gran salón.

Mientras las damas iban al guardarropía, Walden pidió a uno de los asistentes que llamara a su carruaje.

Mientras esperaba pensó que, en resumidas cuentas, la velada había resultado todo un éxito.

El Mall le recordaba a Feliks las calles del distrito moscovita de las Viejas Caballerizas. Era una amplia y recta avenida que iba de Trafalgar Square a Buckingham Palace. A un lado había una serie de edificios importantes, incluido el palacio de St. James. Al otro lado, el parque de St. James. Los carruajes y automóviles de los personajes se alineaban a uno y otro lado del Mall, ocupando la mitad de su extensión. Los chóferes y cocheros se apoyaban en sus vehículos, aburridos e inquietos, aguardando que los llamaran a palacio para recoger a sus amos.

El carruaje de Walden esperaba en el lado del parque del Mall. Su cochero, con la librea azul y rosa de los Walden, estaba de pie junto a los caballos, leyendo un periódico a la luz de una de las farolas de la carretera. Unos cuantos metros más allá, desde la oscuridad del parque, Feliks lo observaba.

Feliks estaba desesperado. Su plan se había venido abajo.

No había entendido la diferencia entre las palabras inglesas «cochero» y «lacayo», y por consiguiente no había interpretado bien el aviso del *Times* sobre la llamada de los carruajes. Él había entendido que el cochero se quedaría en la puerta exterior de palacio hasta que su amo saliera, y entonces iría corriendo a buscar el carruaje. En aquel momento, así lo había planeado Feliks, él habría dominado al cochero, se habría puesto su librea y habría conducido el carruaje hasta palacio.

Lo que en realidad sucedió fue que el cochero se quedó junto al vehículo y el lacayo esperó ante la entrada exterior de palacio. Cuando hiciera falta el carruaje, el lacayo acudiría corriendo, y entonces él y el cochero irían a recoger a los pasajeros. Eso significaba que Feliks tendría que dominar a dos personas, no a una, y la dificultad residía en que lo tenía que hacer sigilosamente, de modo que ninguno de los otros centenares de criados que se encontraban en el Mall observara nada anormal.

Desde que se dio cuenta de su error, hacía un par de horas, se había estado planteando el problema, mientras observaba al cochero que conversaba con sus colegas, examinaba un «Rolls-Royce» cercano, practicaba una especie de juego con monedas de medio penique, y limpiaba las ventanas del carruaje. Lo más sensato habría sido abandonar el plan y matar a Orlov otro día.

Pero Feliks detestaba aquella idea. Por un lado, no era seguro que se presentara otra buena oportunidad. Por otro, quería matarle ahora. Ya le había parecido oír la detonación de la pistola y ver cómo caía el príncipe; había preparado el cable cifrado que enviaría a Ulrich a Ginebra; había contemplado el nerviosismo en la pequeña imprenta y luego los titulares de los periódicos de todo el mundo, y seguidamente la onda final de la revolución recorriendo toda Rusia.

«No puedo aplazarlo más; tengo que hacerlo ahora», pensó.

Mientras observaba, un hombre joven con librea verde se acercó al cochero de Walden y le saludó:

—Hola, ¿qué tal, William?

«O sea que el cochero se llama William», se dijo Feliks.

—No nos podemos quejar, John —bromeó William.

—¿Algo nuevo en los periódicos? —preguntó John.

—Pues sí, la revolución. El rey dice que el año próximo todos los cocheros podrán entrar en palacio para cenar y los señoritos se quedarán esperando en el Mall.

—Estoy seguro de que así será.

—Y que lo digas.

John se fue.

«Me puedo deshacer de William —pensó Feliks—, pero, ¿qué hago con el lacayo?»

En su mente recompuso la probable película de los acontecimientos. Walden y Orlov aparecerían por la puerta de palacio. El portero avisaría al lacayo de Walden, quien iría corriendo desde el palacio hasta el carruaje, a unos trescientos metros de distancia aproximadamente. El lacayo vería a Feliks vestido con las ropas del cochero y cundiría la alarma.

¿Y si al llegar el lacayo al lugar donde estaba el carruaje ya no estuviera allí?

¡Buena idea!

El lacayo se preguntaría si se había confundido de lugar. Miraría por todas partes. Buscaría el carruaje alarmado. Finalmente, aceptaría los hechos y volvería a palacio para informar a su amo de que no lo encontraba. Para entonces, Feliks estaría conduciendo el carruaje y a su propietario por el parque.

¡Aún era posible hacerlo!

Era más arriesgado que antes, pero no imposible.

Ya no quedaba tiempo para la reflexión. Los dos o tres primeros lacayos habían iniciado su carrera hacia el Mall. Fue llamado el «Rolls-Royce» que estaba delante del carruaje de Walden. William se puso la chistera, preparándose para salir.

Feliks salió de entre los arbustos y se adelantó unos pasos hacia donde estaba él, llamándole:

—¡Eh, eh, William!

El cochero miró hacia él, frunciendo el entrecejo.

Feliks le indicó que se acercara con urgencia:

—¡Venga aquí, de prisa!

William dobló su periódico, vaciló unos instantes y echó a andar lentamente hacia Feliks.

Éste hizo que su propia tensión diera a su voz una entonación de pánico.

—¡Mira! —exclamó señalando hacia los arbustos—. ¿Sabes algo de esto?

—¿Qué? —preguntó William, intrigado.

Se acercó al sitio y miró hacia el lugar que le estaba señalando Feliks.

—Esto. —Feliks le mostró la pistola—. Si das la alarma, te mataré.

William quedó aterrorizado. Feliks podía ver la blancura de sus ojos en la penumbra. Se trataba de un hombre robusto, pero no tan joven como él.

«Si hace alguna tontería y complica las cosas, lo mataré», pensó Feliks con ferocidad.

—Echa a andar —le ordenó.

El hombre vaciló.

«Tengo que apartarlo de la luz.»

—¡Anda, hijo de puta!

William se metió entre los arbustos.

Feliks lo siguió. Cuando se hubieron alejado unos cincuenta metros del Mall, Feliks ordenó:

—Párate.

William se paró y se volvió.

«Si quiere pelear, ahora será el momento», pensó Feliks. Y le ordenó:

—Quítate la ropa.

—¿Qué?

—¡Desnúdate!

—Usted está loco —musitó William.

—Tienes razón, ¡estoy loco! ¡Quítate la ropa!

William dudó unos instantes.

«Si disparo, ¿vendrá la gente corriendo? ¿Ahogarían los arbustos la detonación? ¿Podría matarle sin agujerearle el uniforme? ¿Podría quitarle el abrigo y escaparme corriendo antes de que llegase alguien?»

Amartilló la pistola.

William empezó a desnudarse.

Feliks podía oír la creciente actividad del Mall: los automóviles se ponían en marcha, los arneses cascabeleaban, resonaban sobre el asfalto los cascos de los caballos, y los hombres se gritaban unos a otros, así como los caballos.

De un momento a otro podía llegar corriendo el lacayo en busca del carruaje de Walden.

—¡Más de prisa! —ordenó.

William quedó en paños menores.

—Eso también —le dijo Feliks.

William vaciló y Feliks levantó la pistola.

William se quitó la camiseta y los calzoncillos y se quedó desnudo, tiritando de miedo, tapándose los genitales con las manos.

—Vuélvete —ordenó Feliks.

William se volvió de espaldas.

—Échate al suelo, boca abajo.

Y así lo hizo.

Feliks dejó la pistola en el suelo. A toda prisa, se quitó el abrigo y el sombrero y se puso la librea y la chistera que William había dejado en el suelo. Se fijó en los pantalones cortos y las medias blancas, pero decidió prescindir de esa ropa; cuando estuviera sentado en la carroza nadie se daría cuenta de sus pantalones y botas, especialmente bajo la escasa luz de los faroles.

Se metió la pistola en el bolsillo de su propio abrigo y se lo echó doblado sobre el brazo. Recogió la ropa de William, haciendo un fardo con ella.

William intentó moverse para mirar.

—¡No te muevas! —le ordenó Feliks, secamente.

Sin hacer ruido, se fue.

William se quedaría allí unos instantes, desnudo como estaba; después intentaría volver a la casa de Walden sin que nadie lo viera. Era muy poco probable que informara de que le habían robado la ropa antes de que pudiera hacerse con otra, a menos que fuera un hombre de un extraordinario impudor. Por supuesto, si supiera que Feliks iba a matar al príncipe Orlov, podría prescindir de todo pudor, pero, ¿cómo iba a adivinar semejante cosa?

Feliks escondió la ropa de William entre unos arbustos y luego salió a las luces del Mall.

Era entonces cuando las cosas podían salir mal. Hasta el momento, sólo había sido una persona sospechosa que acechaba entre los arbustos. A partir de entonces, era sencillamente un impostor. Si uno de los amigos de William, John, por ejemplo, le mirara a la cara de cerca, se habría acabado el juego.

Se subió rápidamente al carruaje, puso su propio abrigo en el asiento, se ajustó la chistera, quitó el freno y agitó las riendas. El carruaje se puso en movimiento por la carretera.

Lanzó un suspiro de alivio.

«De momento he llegado hasta aquí —pensó—; ahora llegaré hasta Orlov.»

Mientras circulaba Mall abajo, iba mirando las aceras, por si veía a un hombre corriendo con la librea azul y rosa. Lo peor que ahora le podía ocurrir era que el lacayo de Walden lo viera, reconociera sus colores, y se subiera a la parte trasera del carruaje. Feliks lanzó una maldición cuando un automóvil se le puso delante, obligándole a aminorar la marcha de los caballos. Miró por todas partes con ansiedad. No se veía ni el menor rastro del lacayo. Unos momentos después la carretera quedó libre y pudo proseguir su camino.

Divisó un espacio vacío al final de la avenida, a la derecha, la parte más alejada del parque. El lacayo iría por la acera opuesta y no vería el carruaje. Se metió en aquel espacio y frenó.

Se bajó del asiento y se quedó detrás de los caballos, vigilando la acera de enfrente. Se preguntaba si saldría con vida de esto.

En su plan original era muy probable que Walden se introdujera en la carroza sin apenas echar una mirada al cochero, pero ahora se daría cuenta seguramente de que faltaba el lacayo. El portero de palacio tendría que abrir la puerta de la carroza y bajar la escalerilla. ¿Se pararía Walden para hablar con el cochero, o dejaría las preguntas para después, una vez en casa? Si dirigía la palabra a Feliks, entonces éste tendría que contestar y su voz lo delataría.

«¿Qué haré entonces?», pensó.

«Mataré a Orlov ante la puerta de palacio y cargaré con las consecuencias.»

Vio al lacayo de azul y rosa corriendo por el otro lado del Mall.

Feliks subió de un salto al carruaje, soltó el freno y entró en el patio de Buckingham Palace.

Había cola. Delante de él, hermosas mujeres y hombres bien alimentados subían a sus carruajes y vehículos. Tras él, en algún lugar del Mall, el lacayo de Walden estaría corriendo arriba y abajo, buscando el carruaje. ¿Cuánto tardaría en volver?

Los criados de palacio tenían un sistema rápido y eficaz para introducir a los invitados en los vehículos. Mientras unos invitados entraban en la carroza que les esperaba frente a la puerta, otro criado iba llamando a los propietarios de la siguiente, y un tercer criado preguntaba el nombre de las personas que ocupaban el tercer lugar.

La cola se movió y un criado se aproximó a Feliks.

—El conde de Walden —dijo éste, y el criado volvió a entrar.

«Ojalá no salgan demasiado pronto», deseó Feliks.

La cola avanzó, y ahora sólo tenía delante de él un automóvil.

«Ojalá no se le pare el motor», se repetía.

El chófer abrió las puertas a una pareja anciana. El vehículo arrancó.

Llevó la carroza hasta el porche, deteniéndola algo adelantada, de modo que él quedara fuera del haz de luz procedente del interior, y de espaldas a las puertas de palacio.

Aguardó, sin atreverse a mirar a su alrededor.

Oyó la voz de una joven que preguntaba en ruso:

—¿Y cuántas damas te han propuesto matrimonio esta noche, primo Aleks?

Una gota de sudor resbaló hasta los ojos de Feliks y se la enjugó con el dorso de la mano.

—¿Dónde demonios se ha metido mi lacayo? —preguntó un hombre.

Feliks metió la mano en el bolsillo del abrigo que tenía a su lado y asió la culata del revólver.

«Quedan seis balas», pensó.

Por el rabillo del ojo vio cómo un criado de palacio se adelantaba, y un momento después oyó cómo se abría la puerta del carruaje. El vehículo se balanceó ligeramente al entrar alguien en él.

—Oye, William, ¿dónde está Charles?

La tensión de Feliks aumentó. Le parecía sentir que la mirada de Walden le penetraba por detrás de la cabeza. Se volvió al oír la voz de la chica, que desde el interior de la carroza dijo:

—Sube, papá.

—William se nos está quedando sordo...

Las palabras de Walden quedaron ahogadas al entrar en el carruaje. Se oyó un portazo.

—¡En marcha, cochero! —dijo el criado de palacio.

Feliks respiró con fuerza y el coche se puso en marcha.

El alivio de la tensión hizo que se sintiera algo inseguro por un momento. Luego, a medida que sacaba el carruaje del patio, sentía incrementarse su alegría. Orlov estaba en su poder, encerrado en una cabina que tenía detrás, como un animal caído en la trampa. Ahora nadie podría detener a Feliks.

Entró en el parque.

Asiendo las riendas con la derecha, trató de introducir su brazo izquierdo por la parte superior del abrigo. Hecho esto, cambió las riendas a la mano izquierda y metió el brazo derecho. Se puso en pie y se subió el abrigo sobre los hombros. Palpó el bolsillo y tocó la pistola.

Se volvió a sentar y se lió una bufanda alrededor del cuello.

Estaba a punto.

Ahora sólo tenía que escoger el momento.

Sólo disponía de unos minutos. La mansión de Walden quedaba a poco más de un kilómetro del palacio. La noche anterior había recorrido el trayecto en bicicleta para reconocer el camino. Había descubierto dos sitios apropiados, en los que un farol iluminaría a su víctima y unos matorrales cercanos y muy espesos facilitarían su posterior huida.

Para llegar al primero sólo quedaban cincuenta metros escasos. Cuando estaba llegando vio a un hombre con traje de etiqueta que se detuvo bajo el farol para encender un cigarro. Pasó de largo.

El segundo estaba en una curva de la carretera. Si allí encontraba a alguien más, no tendría otro remedio que probar suerte y disparar contra el intruso si fuera necesario.

Seis balas.

Vio la curva. Hizo aligerar el trote de los caballos. Oyó reír a la muchacha en el interior de la carroza.

Llegó a la curva. Sus nervios estaban tan tensos como las cuerdas de un piano.

Ahora.

Soltó las riendas y frenó con fuerza. Los caballos se asustaron, la carroza se tambaleó y se detuvo bruscamente.

Oyó chillar a una mujer y gritar a un hombre en el interior de la carroza. Algo en la voz de aquella mujer le sorprendió, pero no era aquél el momento de preguntarse el porqué. Saltó a tierra, se subió la bufanda sobre la boca y la nariz, sacó el revólver del bolsillo y lo amartilló.

Rebosante de fuerza y rabia, abrió de un tirón la puerta de la carroza.

4

Una mujer gritó y el tiempo se detuvo.

Feliks conocía aquella voz. Su sonido le golpeó como un mazazo. La impresión que le causó le dejó paralizado.

Tenía que localizar a Orlov, apuntarle con la pistola, apretar el gatillo, asegurarse de su muerte con otro disparo, luego darse la vuelta para meterse corriendo entre los arbustos...

Pero lo que hizo fue buscar la procedencia de aquel grito y ver aquel rostro. Le resultó sorprendentemente familiar, como si acabara de verlo por última vez hacía tan sólo un día, y no diecinueve años. Sus ojos estaban desencajados por el pánico y su boquita roja permanecía abierta.

Lydia.

Se quedó ante la puerta de la carroza, boquiabierto bajo la bufanda, sin que la pistola apuntara a nadie, y pensó:

«Mi Lydia, aquí en esta carroza...»

Mientras la miraba era vagamente consciente de que Walden se estaba moviendo con misteriosa lentitud, muy cerca de él, a su izquierda; pero lo único que Feliks pudo pensar fue:

«Así es como acostumbraba mirar, con los ojos abiertos de par en par y boquiabierta, cuando yacía desnuda debajo de mí, con sus piernas sobre mi cintura, y empezaba a gritar de gozo...»

Luego vio que Walden había sacado su espada.

«¡Vaya por Dios, una espada!»

Y su filo brillaba a la luz del farol, al tiempo que descendía velozmente. Feliks se movió con excesiva lentitud y retraso, y la espada se abatió sobre su mano derecha, haciendo caer el revólver, que se disparó al golpear contra el suelo.

La detonación deshizo el encanto.

Walden volvió a levantar la espada y la dirigió contra el corazón de Feliks. Éste se movió a un lado. La punta de la espada le atravesó el abrigo y la chaqueta y se le clavó en el hombro. Con un rápido salto hacia atrás se pudo sacar la espada. Notó que un chorro de sangre caliente se derramaba por el interior de su camisa.

Buscó con su mirada la pistola caída sobre la carretera, pero no consiguió dar con ella. Volvió a levantar la vista y vio cómo Walden y Orlov chocaban entre sí, al intentar salir los dos al mismo tiempo por la estrecha puerta de la carroza. El brazo derecho de Feliks colgaba sin movimiento a un lado. Se dio cuenta de que estaba desarmado e impotente. Ni siquiera podía estrangular a Orlov, porque su brazo derecho había quedado inutilizado. Había fracasado totalmente, y todo era debido a la voz de una mujer del pasado.

«Después de todo lo que he hecho —pensó amargamente—, después de todo lo que he hecho...»

Con gran desesperación, dio media vuelta y se alejó corriendo.

—¡Maldito traidor! —rugió Walden.

En su huida, Feliks sentía el dolor de la herida. Oyó que alguien corría tras él. Sus pisadas eran demasiado tenues para ser las de Walden. Era Orlov quien lo estaba persiguiendo. Se sintió al borde de la histeria al pensarlo.

«¡Orlov es quien me persigue y yo el que huye!»

Salió precipitadamente de la carretera para meterse entre los arbustos. Oyó gritar a Walden:

—¡Aleks, vuelve, tiene una pistola!

«No saben que la he perdido —pensó Feliks—. Si todavía la tuviera, podría matar a Orlov ahora.»

Corrió todavía un poco más y luego se paró para escuchar. No pudo oír nada. Orlov había vuelto atrás.

Se apoyó en un árbol. Estaba agotado por la corta carrera. Una vez recuperado el aliento se quitó la chaqueta y la librea robadas, y se tocó con cuidado las heridas. Le dolían terriblemente, lo que, en su opinión, era probablemente una buena señal, ya que si hubieran sido muy graves no tendría sensibilidad. El hombro no dejaba de sangrar. Tenía un gran corte en la parte carnosa de la mano, entre el pulgar y el índice, que sangraba abundantemente.

Tenía que salir del parque antes de que a Walden se le ocurriera dar la voz de alarma.

Haciendo un esfuerzo se quitó el abrigo. Abandonó la librea en el suelo. Introdujo la mano derecha bajo la axila izquierda y la apretó para aliviar el dolor y disminuir la pérdida de sangre. Agotado, se dirigió hacia el Mall.

Lydia.

Era la segunda vez que ella provocaba una catástrofe en su vida. La primera, en 1895, fue en San Petersburgo...

No. No iba a pensar en ella, todavía no. Ahora necesitaba todas sus energías para él.

Vio con gran alivio que su bicicleta estaba donde la había dejado, bajo las ramas colgantes de un gran árbol. Se la llevó a través de la hierba hasta el borde del parque. ¿Habría alertado Walden ya a la Policía? ¿Estarían buscando a un hombre alto con un abrigo oscuro? Se quedó mirando el panorama del Mall. Los lacayos seguían todavía corriendo, los motores de los coches no cesaban de rugir, los carruajes seguían maniobrando. ¿Cuánto tiempo habría pasado desde que Feliks había subido al carruaje de Walden? ¿Veinte minutos? En ese tiempo el mundo habría cambiado.

Inspiró profundamente y siguió andando con la bicicleta hasta la carretera. Todo el mundo estaba ocupado, nadie lo miraba. Con la mano derecha en el bolsillo del abrigo, montó en la máquina. Tomó impulso y empezó a pedalear, llevando el manillar con la mano izquierda.

Por todos los alrededores de palacio había policías. Si Walden los movilizaba, rápidamente podrían acordonar el parque y las carreteras que lo rodeaban. Feliks miró hacia delante, hacia el arco del Almirantazgo. No se veía ninguna señal que interceptara el tráfico.

Una vez que atravesara el arco, estaría en el West End y ya lo habrían perdido.

Empezaba a acostumbrarse a ir en bicicleta con una sola mano y aumentó la velocidad.

Cuando se aproximaba al arco, un automóvil se puso a su lado y, al mismo tiempo, un policía se situó en la carretera algo más adelante. Feliks paró la bicicleta y se preparó para echar a correr, pero el policía sólo estaba deteniendo el tráfico para permitir que otra carroza, que probablemente pertenecía a alguna autoridad, saliera a la carretera. Cuando el coche salió, el policía saludó, y luego hizo un gesto a los demás para que siguieran su camino.

Feliks atravesó el arco en bicicleta y entró en Trafalgar Square.

Era medianoche, pero el West End estaba resplandeciente con las calles iluminadas y repletas de gente y de tráfico. Había policías por todas partes y no se veía a ningún otro ciclista. Feliks llamaría la atención. Pensó abandonar la bicicleta y volver andando a Camden Town, pero no estaba seguro de poder recorrer todo el camino a pie, pues se estaba apoderando de él un cansancio abrumador.

Desde Trafalgar Square subió por St. Martin's Lane, y luego abandonó las calles principales para tomar las callejuelas de Theatreland. Una calle oscura quedó iluminada de repente al abrirse las puertas de unos vestuarios por las que salieron unos actores charlando y riendo. Más lejos oyó unos gemidos y suspiros y pasó junto a una pareja que hacía el amor de pie en un portal.

Cruzó hasta Bloomsbury. Allí se acentuaban el silencio y la oscuridad. Pedaleó en dirección norte hasta Gower Street, pasó ante la fachada clásica de la desierta Universidad. Pedalear representaba un esfuerzo cada vez mayor y todo le dolía.

«Sólo queda un kilómetro o dos», pensó.

Se apeó de la bicicleta para cruzar la transitada Euston Road. Las luces de los semáforos le deslumbraban. Le estaba resultando difícil concentrar la vista.

Frente a Euston Station volvió a subir a la bicicleta y a pedalear. Se sentía desfallecer por momentos. Un farol le deslumbró. La rueda delantera se desvió y, tras tropezar con el bordillo, Feliks cayó al suelo

Permaneció allí, aturdido y sin fuerzas. Abrió los ojos y vio que se acercaba un policía. Hizo un esfuerzo y se quedó de rodillas.

El policía preguntó:

—¿Ha bebido?

Feliks pudo contestar:

—Creo que me voy a desmayar.

El policía lo cogió con la mano derecha y de un tirón lo puso en pie. El dolor de la herida del hombro le hizo recuperar a Feliks sus sentidos. Supo mantener en el bolsillo la mano derecha que sangraba.

El policía olfateó y exclamó:

—¡Hum!

Su actitud se volvió más afable al descubrir que Feliks no olía a alcohol.

—¿Se va encontrando mejor?

—Sí, ya estoy casi bien.

—Extranjero, ¿verdad?

El policía se había dado cuenta de su acento.

—Francés —dijo Feliks—. Trabajo en la Embajada.

El policía extremó su amabilidad.

—¿Quiere que llame un taxi?

—No, gracias. Ya estoy cerca.

El policía recogió la bicicleta.

—En su caso, me la llevaría andando.

Felis cogió la bicicleta.

—Eso voy a hacer.

—Muy bien, señor. *Bong nu-ii.*

—*Bonne nuit*, policía.

Feliks se esforzó por sonreír. Arrastrando la bicicleta con la mano izquierda, se alejó a pie. Y tomó la decisión de girar en la primera callejuela para sentarse y descansar un poco. Miró hacia atrás por encima del hombro; el policía seguía observándole. Se esforzó por seguir andando, aunque necesitaba urgentemente tumbarse en el suelo.

«La calle próxima», pensaba.

Pero, cuando llegaba, la pasaba, diciéndose:

«Ésta no, la siguiente.»

Y así llegó a su casa.

Parecían haber transcurrido muchas horas cuando se encontró ante la puerta de la casa de amplia terraza de Camden Town. Se acercó a mirar entre la niebla el número de la puerta, para asegurarse de que no se equivocaba.

Para llegar a su habitación tenía que bajar unos cuantos peldaños hasta el sótano. Apoyó la bicicleta contra la barandilla de hierro mientras abría la pequeña puerta exterior Entonces cometió el error de intentar bajar también la bicicleta. Se le fue de las manos y se le cayó, armando un gran alboroto. Al poco tiempo, la patrona hizo su aparición en la puerta de la calle, arropada con un chal.

—¿Qué diablos pasa? —preguntó.

Feliks se sentó en un escalón y no contestó. Optó por no moverse durante unos instantes, hasta sentirse con fuerzas. Bridget bajó y le ayudó a ponerse de pie.

—Ha bebido demasiado —le dijo.

Le ayudó a bajar las escaleras hasta la puerta del sótano.

—Deme la llave —le dijo.

Feliks tuvo que servirse de la mano izquierda para sacar la llave del bolsillo del pantalón. Se la dio y abrió la puerta. Entraron y él se quedó en medio de la pequeña habitación mientras ella encendía la lámpara.

—Déjeme que le quite el abrigo —le dijo.

Él dejó que se lo quitara, y entonces ella vio las manchas de sangre.

—¿Se ha peleado?

Feliks se tendió sobre el colchón, y Bridget prosiguió:

—Me da la sensación de que ha perdido.

—Así fue —contestó Feliks, y se desmayó.

Un terrible dolor hizo que recuperara el conocimiento. Abrió los ojos y vio que Bridget lavaba sus heridas con algo que quemaba como el fuego.

—Tendrán que darle unos puntos en esta mano —dijo.

—Mañana —susurró Feliks.

Le hizo beber de una taza. Era agua caliente, mezclada con ginebra.

—No tengo coñac —explicó.

Se tendió boca arriba y dejó que lo vendara.

—Podría ir a buscar al médico, pero no le podría pagar.

—Mañana.

Bridget se levantó.

—Mañana, lo primero que haré será venir a ver cómo sigue.

—Gracias.

Se fue y finalmente Feliks quiso empezar a recordar.

Lo que ha venido ocurriendo a lo largo de los siglos ha sido que unas cuantas personas se han apropiado de todo lo que permite a los hombres incrementar la producción o simplemente mantenerla. La tierra pertenece a unos cuantos que pueden impedir a la comunidad su cultivo. Las minas de carbón, que representan el trabajo de muchas generaciones, pertenecen a unos pocos. La maquinaria para los tejidos de encaje, que representa en su perfeccionamiento actual el trabajo de tres generaciones de tejedores de Lancashire, también pertenece a unos pocos, y si los nietos del mismo tejedor que inventó la primera máquina para el tejido de encajes reclamaran su derecho de poner en funcionamiento una de estas máquinas, les dirían: «¡No toquéis! ¡Esta máquina no es vuestra!» Los ferrocarriles son de unos cuantos accionistas, que tal vez ignoren dónde se encuentra el ferrocarril que les aporta unos beneficios anuales superiores a los de un rey medieval. Y si los hijos de los miles de hombres que murieron al abrir los túneles se reunieran formando una multitud famélica y andrajosa, para pedir pan o trabajo a los accionistas, serían recibidos con bayonetas y a tiros.

Feliks levantó la vista del folleto de Kropotkin. La librería estaba vacía. El librero era un viejo revolucionario que se ganaba la vida vendiendo novelas a mujeres ricas y guardaba gran cantidad de literatura subversiva en la trastienda. Feliks pasaba allí mucho tiempo.

Tenía diecinueve años. Estaba a punto de ser expulsado de la prestigiosa Academia Espiritual por hacer novillos, por indisciplina, por llevar el pelo largo y asociarse con los nihilistas. Tenía hambre y estaba sin un céntimo, y pronto no tendría ni casa, y la vida era maravillosa. Él sólo se preocupaba de todo lo que fueran ideas, y aprendía todos los días cosas nuevas sobre poesía, historia, psicología y, sobre todo, política.

Las leyes sobre la propiedad no están hechas para garantizar al individuo o a la sociedad el disfrute del producto de su propio trabajo. Al contrario, están hechas para robar al productor una parte de lo que ha creado. Cuando, por ejemplo, la ley proclama el derecho de fulano de tal a una casa, no está proclamando su derecho a una casita de campo que se ha construido, o a una casa que ha levantado con la ayuda de sus amigos. ¡Si así fuera, nadie pondría en duda su derecho! Al contrario, lo que la ley proclama es su derecho a una casa que no es producto de su trabajo.

Las consignas anarquistas le habían parecido ridículas cuando las oyó por primera vez: la propiedad es un robo, el gobierno tiranía, la anarquía es justicia. Fue sorprendente, cuando empezó a reflexionar en serio sobre su contenido, cómo las empezó a considerar no sólo verdaderas, sino de una evidencia aplastante. El punto de vista de Kropotkin sobre las leyes no admitía discusión. No hacían falta leyes para impedir el robo en la aldea natal de Feliks; si un campesino robaba el caballo a otro, o una silla, o el abrigo que le había bordado su esposa, entonces toda la aldea buscaría al culpable que estaba en posesión de los bienes y lo obligaría a devolverlo. El único robo permitido era el del propietario que exigía la renta, y el policía estaba allí para apoyar aquel robo. Lo mismo pasaba con el Gobierno. Los campesinos no necesitaban que nadie les dijera cómo tenían que compartir el arado y los bueyes para sus campos: llegaban a un acuerdo entre ellos mismos. Sólo se les tenía que forzar para arar los campos del amo.

Se nos habla continuamente de los beneficios aportados por las leyes y las sanciones, pero, ¿han intentado alguna vez esos oradores sopesar los beneficios atribuidos a las leyes y sanciones con los efectos degradantes de tales sanciones en la Humanidad? ¡Pensad solamente en todas las malas pasiones suscitadas en la Humanidad por los atroces castigos infligidos en nuestras calles! El hombre es el animal más cruel de la Tierra. ¿Y quién ha fomentado y desarrollado sus crueles instintos, sino el rey, el juez y los sacerdotes, quienes armados con la ley desgarraron sus carnes, vertieron pez hirviendo en las heridas, desgajaron sus miembros, hicieron crujir sus huesos, aserraron a los hombres para mantener su autoridad? Pensad solamente en el torrente de maldad que generan en la sociedad humana los «informes» de los jueces, pagados con dinero contante y sonante por el Gobierno, bajo el pretexto de ayudar al descubrimiento del «crimen». Id tan sólo a las prisiones y estudiad en qué se convierte el hombre cuando queda empapado en el vicio y la corrupción que rezuman de las mismas paredes de nuestras prisiones. Pensad finalmente en la corrupción y maldad de espíritu que propagan entre los hombres las ideas de la obediencia, auténtica esencia de la ley, del castigo, de la autoridad que tiene derecho a castigar, de la necesidad de verdugos, carceleros e informadores; en una palabra, todas las atribuciones de la ley y de la autoridad. Pensad en todo ello y es seguro que llegaréis a la conclusión de que una ley que inflige sanciones es una abominación cuya existencia no se debe permitir.

Los pueblos sin organización política y, por tanto, menos depravados que nosotros mismos, han entendido perfectamente que el hombre al que se llama «criminal» es simplemente un desgraciado; y que el remedio no está en azotarlo, encadenarlo o matarlo, sino en ayudarlo mediante el cuidado más fraternal, mediante hábitos de vida entre hombres honrados.

Feliks tuvo una vaga idea de que había entrado un cliente en la tienda y estaba de pie junto a él, pero siguió concentrado en Kropotkin.

¡Basta de leyes! ¡Basta de jueces! La libertad, la igualdad y unos sentimientos prácticos humanitarios son las únicas barreras eficaces que podemos oponer a los instintos antisociales de algunos de nosotros.

Al cliente se le cayó un libro y él perdió el hilo del discurso. Apartó la vista del folleto, vio el libro en el suelo junto a la larga falda de la cliente, y automáticamente se inclinó para recogérselo. Al entregárselo vio su rostro.

Lanzó un suspiro y dijo con absoluta sinceridad:

—¡Si es un ángel!

Era rubia y menuda, llevaba un abrigo de piel gris pálido que hacía juego con el color de sus ojos, y todo en ella tenía un tono pálido, suave y rubio. Pensó que jamás vería a una mujer más hermosa, y estaba en lo cierto.

Ella lo miró fijamente y se sonrojó, pero sin desviar su mirada. Parecía, increíblemente, que también ella encontraba algo fascinante en él.

Tras unos momentos, él miró su libro. Era *Ana Karenina*. Y dijo:

—Basura sentimental.

Ojalá no hubiera dicho nada, porque sus palabras rompieron el encanto. Ella tomó el libro y se fue. Él vio entonces que iba acompañada de una doncella, porque le entregó el libro a ésta al salir de la tienda. La doncella pagó el libro. Mirando por la ventana, Feliks vio que la mujer entraba en un carruaje.

Preguntó al librero quién era. Se enteró de que se llamaba Lydia y de que era hija del conde Shatov.

Averiguó dónde vivía el conde, y al día siguiente estuvo rondando frente a su casa con la esperanza de verla. Entró y salió dos veces, en su carruaje, antes de que un mozo saliera y obligara a Feliks a marcharse. No le importó, porque la última vez que pasó en su carruaje, ella lo había mirado directamente.

Al día siguiente fue a la librería. Estuvo leyendo durante horas *Federalismo, socialismo y antiteología,* de Bakunin, sin entender ni una sola palabra. Cada vez que pasaba un carruaje, miraba por la ventana. Cada vez que entraba un cliente en la librería, su corazón se sobresaltaba.

Ella entró ya avanzada la tarde.

Esta vez dejó a la doncella fuera. Saludó quedamente al librero y fue a la trastienda, donde estaba Feliks. Ambos se quedaron mirándose fijamente. Feliks pensó:

«Me ama, ¿por qué vendría si no?»

Quiso hablar con ella, pero lo que hizo fue rodearla con sus brazos y besarla. Ella también lo besó, con ganas, abriendo la boca, estrechándolo entre sus brazos y clavándole los dedos en la espalda.

Siempre les ocurría lo mismo. Cuando se veían se lanzaban el uno contra el otro, como animales dispuestos a pelear.

Volvieron a encontrarse dos veces más en la librería y una vez, ya oscurecido, en el jardín de la quinta Shatov. Aquella vez, en el jardín, ella llevaba puesto su camisón. Feliks introdujo sus manos bajo su camisón de lana y fue recorriendo con ellas todo su cuerpo, con tanto atrevimiento como si se tratara de una mujer de la calle, palpando, explorando y frotando, mientras ella era un prolongado gemido.

La joven le entregó dinero para que pudiera alquilar una habitación propia, y a partir de entonces fue a verlo casi a diario durante seis maravillosas semanas.

La última vez fue cuando ya empezaba a atardecer. Él estaba sentado en la mesa, arropado con una manta a causa del frío, leyendo *¿Qué es la propiedad?*, de Proudhon, a la luz de una vela. Cuando oyó sus pasos por la escalera, se quitó los pantalones.

Ella entró rápidamente; llevaba una vieja capa marrón con capucha. Lo besó, chupó sus labios, lo mordió en la barbilla y lo pellizcó en los costados.

Se dio la vuelta y se quitó la capa. Debajo llevaba un vestido de noche blanco que habría costado cientos de rublos.

—Desabróchame de prisa —le pidió.

Feliks empezó a desabrochar los corchetes de la espalda de su vestido.

—Estoy de paso para una recepción en la Embajada británica; sólo me queda una hora —explicó casi sin aliento—. Por favor, date prisa.

Con las prisas, arrancó uno de los corchetes del vestido.

—Maldita sea, te lo he roto.

—No importa.

Se acabó de quitar el vestido, luego las enaguas, la camisa y las bragas, quedándose con el corsé, las medias y los zapatos. Se arrojó entre sus brazos. Al mismo tiempo que lo besaba, le bajó los calzoncillos y dijo:

—Oye, qué bien huele tu cosa.

Cuando decía obscenidades, él se salía de sus casillas.

La joven sacó los pechos por encima del corsé y dijo:

—Muérdemelos. Muérdemelos con fuerza. Esta noche quiero sentirlo todo.

Poco después se separó de él. Se echó de espaldas en la cama. Donde acababa el corsé, brillaba la humedad sobre el escaso vello rubio de entre sus muslos.

Separó las piernas y las levantó, abriéndose para él. Feliks clavó sus ojos en ella por unos instantes, y luego se dejó caer encima. Ella tomó el pene con sus manos y se lo introdujo con avidez.

Los tacones de sus zapatos desgarraron la piel de la espalda de Feliks, pero él ni se inmutó.

—¡Mírame! —le pidió ella—. ¡Mírame!

La miró con ojos que denotaban admiración.

En el rostro de ella se dibujó una expresión de pánico al tiempo que exclamaba:

—¡Mírame, me estoy corriendo!

Entonces, con la mirada fija en la de él, abrió la boca y gritó.

—¿Crees que los demás son como nosotros? —preguntó ella.

—¿En qué sentido?

—Sucios.

Levantó la cabeza de su regazo y le sonrió.

—Sólo los afortunados.

Miró su cuerpo, curvado entre sus piernas, y dijo:

—Eres tan robusto y fuerte; eres perfecto. Fíjate, qué vientre tan liso y qué pulcras tus posaderas, y qué estilizados y vigorosos son tus muslos. —Recorrió con su dedo el perfil de su nariz—. Tienes el rostro de un príncipe.

—Soy un campesino.

—No cuando estás desnudo. —Se sentía con ganas de rememorar—. Antes de conocerte, yo estaba interesada en el cuerpo de los hombres y todo lo demás, pero solía fingir, incluso conmigo misma, que no lo estaba. Entonces apareciste tú y ya no pude fingir más.

Él le lamió la parte interior de las pantorrillas y ella se estremeció.

—¿Has hecho esto alguna vez con otra chica?

—No.

—Creo que ya lo sabía, de alguna manera. De ti irradia algo salvaje, libre como un animal; nunca obedeces a nadie, haces simplemente lo que quieres.

—Nunca había encontrado a una chica que me dejara.

—Todas lo están deseando, en realidad. A cualquier chica le gustaría.

—¿Por qué? —preguntó él, egocéntricamente.

—Porque tu rostro es tan cruel y tus ojos tan amables.

—¿Fue por eso por lo que me dejaste que te besara en la librería?

—No te dejé, no tuve otra salida.

—Pudiste gritar pidiendo socorro en aquel momento.

—Por entonces ya sólo quería que lo repitieras.

—Debería haber adivinado cómo eras tú en realidad.

Ahora le tocaba a ella mostrarse egocéntrica.

—¿Cómo soy realmente?

—Fría como el hielo en la superficie, caliente como el infierno por debajo.

A ella se le escapó la risa.

—Soy una excelente actriz. Todo San Petersburgo cree que soy muy buena. Me ponen como ejemplo para las muchachas más jóvenes, igual que Ana Karenina. Ahora que sé lo mala que soy en realidad, tengo que fingir que soy dos veces más virginal que antes.

—No puedes ser dos veces más virginal.

—Tal vez todos ellos estén también fingiendo —concluyó ella—. Fíjate en mi padre. Si supiera que estoy aquí, de esta manera, se moriría de rabia. Pero él tendría los mismos sentimientos cuando fue joven, ¿no te parece?

—Creo que esto es un imponderable —contestó Feliks—. Pero, ¿qué haría realmente si lo descubriera?

—Te azotaría.

—Primero tendría que cogerme. —A Feliks le vino de repente un pensamiento—. ¿Qué edad tienes?

—Voy a cumplir dieciocho.

—Vaya por Dios, me podrían meter en la cárcel por seducirte.

100

—Haría que mi padre te sacara.

Se volvió y se quedó mirándola.

—¿Qué vamos a hacer, Lydia?

—¿Cuándo?

—A la larga.

—Vamos a continuar como amantes hasta que alcance la mayoría de edad, y entonces nos casaremos.

Él se quedó mirándola.

—¿De veras?

—Por supuesto. —Parecía verdaderamente sorprendida de que él no hubiera llegado a la misma conclusión—. ¿Qué otra cosa podríamos hacer?

—¿Tú quieres casarte conmigo?

—¡Sí! ¿No es eso lo que tú quieres?

—Oh, claro —dijo él en un suspiro—. Eso es lo que quiero.

Ella se sentó, con las piernas extendidas a uno y otro lado de la cara de él, y acarició su pelo:

—Entonces, eso es lo que haremos.

—Nunca me has contado cómo te las arreglas para escaparte y venir hasta aquí —dijo Feliks.

—No es nada interesante —le contestó—. Digo mentiras, soborno a los criados y corro algún riesgo. Esta noche, por ejemplo. La recepción en la Embajada empieza a las seis y media. Salí de casa a las seis y llegaré allí a las siete y cuarto. La carroza está en el parque; el cochero cree que estoy paseando con mi doncella. La doncella está ahí enfrente, pensando en qué se va a gastar los diez rublos que le daré por mantener la boca cerrada.

—¡Vaya! Rápido, házmelo con la lengua antes de que tenga que marcharme.

Aquella noche Feliks se durmió y soñó con el padre de Lydia, a quien nunca había visto, cuando irrumpieron en su habitación con linternas. Se despertó en seguida y saltó de la cama. Al principio creyó que unos estudiantes de la Universidad le estaban gastando una broma, pero uno de ellos le dio un puñetazo en la cara y una patada en el estómago, y comprendió que se trataba de la Policía secreta.

Supongo que iban a arrestarle a causa de lo de Lydia y quedó horrorizado al pensar en ella. ¿Sería deshonrada públicamente? ¿Estaría su padre tan loco como para hacerla testificar ante un tribunal en contra de su amante?

Observó cómo la Policía metía todos sus libros y un paquete de cartas en una saca. Todos los libros eran prestados, pero ninguno de sus propietarios era tan tonto como para poner su nombre en ellos. Las cartas eran de su padre y de su hermana Natasha; nunca había recibido cartas de Lydia y ahora se alegraba de ello.

Lo obligaron a salir del edificio y lo metieron en un carruaje de cuatro ruedas. Atravesaron el Puente de la Cadena y luego siguieron por los canales, como queriendo evitar las calles principales.

—¿Me van a llevar a la prisión Litovski? —preguntó Feliks.

Nadie le contestó, pero cuando pasaron por el Puente de Palacio se dio cuenta de que lo llevaban a una fortaleza de siniestra reputación, la de San Pedro y San Pablo, y su corazón se derrumbó.

Al otro lado del puente, el carruaje giró a la izquierda y entró por un pasaje oscuro y arqueado. Se paró ante una puerta y Feliks fue llevado a una sala de recepción, donde un oficial del Ejército lo miró y escribió algo en un libro. Volvió a subir al vehículo y lo llevaron hacia el interior de la fortaleza. Se detuvieron ante otra puerta y esperaron varios minutos hasta que un soldado la abrió por dentro. Desde allí, Feliks tuvo que atravesar a pie una serie de estrechos pasillos hasta una tercera puerta de hierro que llevaba a una habitación húmeda.

El director de la prisión estaba sentado ante una mesa, y le dijo:

—Se le acusa de ser anarquista. ¿Lo admite?

Feliks se alegró.

«¡O sea, que no tenía nada que ver con Lydia!»

—¿Si lo admito? —contestó—. Me enorgullezco.

Uno de los policías entregó un libro en el que firmó el director. Le quitaron la ropa dejándolo en cueros, y luego le dieron una bata de franela verde, un par de medias gruesas de lana y un par de zapatillas de fieltro amarillo demasiado grandes para él.

Desde allí, un soldado armado lo condujo a través de otros pasillos más lóbregos hasta una celda. Una puerta pesada de roble se cerró tras él, y oyó cómo cerraban con llave.

En la celda había una cama, una mesa, una banqueta y una palangana. La ventana era una abertura en una pared de enorme grosor. El suelo estaba cubierto de fieltro pintado, y las paredes recubiertas con una especie de tapicería amarilla.

Feliks se sentó en la cama.

Aquí fue donde Pedro I había torturado y dado muerte a su propio hijo. Aquí fue donde la princesa Tarakanova había sido encerrada en una celda que se inundaba de tal forma que las ratas reptaban por su cuerpo para no morir ahogadas. Aquí fue donde Catalina II enterró con vida a sus enemigos.

«Dostoievski fue encarcelado aquí —pensó Feliks con orgullo—, así como Bakunin, que estuvo encadenado a una puerta durante dos años. Nechayev murió aquí.»

Feliks se alegró de estar en tan heroica compañía y al mismo tiempo le aterrorizó el pensamiento de que podría quedarse allí para siempre.

Se oyó cómo una llave giraba en la cerradura. Un hombre pequeño, calvo y con gafas entró, provisto de una pluma, una botella de tinta y papel. Lo colocó todo en la mesa y ordenó:

—Escribe los nombres de todas las personas subversivas que conoces.

Feliks se sentó y escribió: Karl Marx, Friedrich Engels, Piotr Kropotkin, Jesucristo...

El hombre calvo le arrebató el papel. Fue a la puerta de la celda e hizo una señal. Entraron dos fornidos guardias. Ataron a Feliks a la mesa y le quitaron las zapatillas y las medias. Empezaron a darle latigazos en las plantas de los pies.

La tortura se prolongó durante toda la noche.

Cuando le arrancaron las uñas, empezó a dar nombres y direcciones inventadas, pero le dijeron que sabían que eran falsos.

Cuando le quemaron la piel de los testículos con la llama de una vela, dio el nombre de todos sus amigos estudiantes, pero siguieron diciéndole que estaba mintiendo. Cada vez que se desmayaba lo reanimaban. A veces se detenían durante algún tiempo y dejaban que creyera que todo había terminado por fin; luego volvían a empezar y él les pedía que lo mataran para acabar con tanto dolor. Siguieron torturándolo mucho después de que les hubiera dicho todo lo que sabía.

Hacia la madrugada se desmayó por última vez.

Cuando se despertó estaba echado en la cama. Tenía vendajes en los pies y en las manos. El dolor era terrible. Quería matarse, pero estaba demasiado débil para moverse.

El hombre calvo entró en la celda por la tarde. Cuando lo vio, Feliks empezó a sollozar, aterrorizado. El hombre se limitó a sonreírle y se fue.

Ya nunca más volvió.

Un médico visitaba a Feliks diariamente. Y él intentó sin éxito sacarle alguna información. ¿Sabía alguien del exterior que Feliks estaba allí? ¿Se había enviado algún mensaje? ¿Había intentado visitarle alguien? El médico se limitaba a cambiarle los vendajes y se iba.

Feliks especulaba. Lydia habría ido a su habitación y lo habría encontrado todo en desorden. Algún vecino le habría dicho que la Policía secreta se lo había llevado. ¿Qué habría podido hacer ella entonces? ¿Realizar frenéticas averiguaciones, sin que le importara su reputación? ¿Habría sido discreta y habría visitado al ministro del Interior, con alguna historia sobre el novio de su doncella al que habían metido en la cárcel por error?

Todos los días confiaba que le llegaría alguna palabra suya, pero jamás le llegó.

Ocho semanas después, podía andar casi con toda normalidad y le pusieron en libertad sin ninguna explicación.

Fue a su aposento. Esperaba encontrarse allí con un mensaje suyo, pero no había nada, y su habitación había sido alquilada a otro. Se preguntó por qué Lydia no habría seguido pagando el alquiler.

Fue a su casa y llamó a la puerta principal. Un criado contestó. Feliks dijo:

—Feliks Davidovich Kschessinski presenta sus saludos a Lydia Shatova...

El criado cerró con un portazo.

Finalmente fue a la librería. El viejo librero le dijo:

—Hola, tengo un recado para ti. Lo trajo ayer su doncella.

Feliks abrió el sobre con dedos temblorosos. No estaba escrito por Lydia, sino por la doncella, y decía:

> *Me han despedío y estoy sin trabajo y todo por su culpa, ella se casó y se fue a Inglaterra ayer ahora ya conose usted el presio del pecao.*

Miró al librero con lágrimas de angustia en sus ojos, y llorando le preguntó:

—¿No hay nada más?

No supo nada más durante diecinueve años.

Las normas habituales habían quedado temporalmente suspendidas en la mansión de Walden, y Charlotte estaba sentada en la cocina con los criados.

La cocina estaba limpísima, ya que, por supuesto, la familia había cenado fuera. El fuego se había apagado en el gran fogón y las ventanas altas estaban abiertas de par en par, facilitando la entrada del aire fresco de la noche. La loza empleada para la comida de los criados estaba alineada ordenadamente en el aparador; los cuchillos y cucharas de las cocineras colgaban de una hilera de garfios; las innumerables fuentes y sartenes estaban guardadas en los grandes armarios de roble.

Charlotte no había tenido tiempo de asustarse. En primer lugar, cuando la carroza se detuvo tan abruptamente en el parque, se había quedado simplemente sorprendida; luego, ya sólo se había preocupado de que su madre dejara de chillar. Cuando llegaron a casa se había encontrado algo débil, pero ahora, mirando hacia atrás, todo aquello le parecía más bien emocionante.

Los criados sentían lo mismo. Resultaba reconfortante sentarse en torno a aquella gran mesa de madera blanqueada y comentar lo sucedido con aquellas personas que formaban parte de su vida: la cocinera, que siempre se había portado con ella maternalmente; Pritchard, a quien Charlotte respetaba porque papá lo respetaba; la eficiente y capacitada Mrs. Mitchell, quien, como ama de llaves, siempre encontraba solución a cualquier problema.

William, el cochero, era el héroe del momento. Describió varias veces la mirada salvaje en los ojos de su asaltante cuando le amenazó con la pistola. Calentándose, bajo la mirada horrorizada de la segunda camarera, se recobraba rápidamente de la vergüenza de haber tenido que entrar en la cocina en cueros.

—Por supuesto —explicaba Pritchard—, yo creo, naturalmente, que el ladrón sólo quería la ropa de William. Yo sabía que Charles estaba en palacio, de modo que él podía conducir el carruaje. Pensé que lo mejor sería no informar a la Policía hasta hablar primero con su señoría.

Charles, el lacayo, contó:

—Imaginaos lo que sentiría cuando vi que no estaba la

carroza. Me dije a mí mismo: «Estoy seguro de que estaba aquí. Oh, bueno, habrá sido que William la ha cambiado de sitio.» Me puse a correr por el Mall en todas direcciones, y miré por todas partes. Finalmente volví a palacio. «Hay un problema —le digo al portero—, ha desaparecido la carroza del conde de Walden.» Y él va y me dice: «¿Walden?», con un tono grosero...

Mrs. Mitchell interrumpió:

Los criados de palacio se creen más importantes que la misma nobleza...

—Y va y me dice: «Walden ya se ha ido, compañero.» Yo pensé: «Cáspita, voy a buscarla.» Me pongo a correr por el parque y a medio camino de casa me encuentro con la carroza, y a Milady con un ataque de histeria, ¡y a Milord con la espada ensangrentada!

—Y, después de todo, no robaron nada —observó Mrs. Mitchell.

—Un lunático —dijo Charles—. Un desconcertante lunático.

Hubo un asentimiento general.

La cocinera sirvió el té, empezando por Charlotte.

—¿Cómo está Milady ahora? —preguntó.

—¡Oh, está perfectamente! —replicó Charlotte—. Se fue a la cama y se tomó una dosis de láudano. Ahora ya debe de estar dormida.

—¿Y los señores?

—Papá y el príncipe Orlov están en la sala tomándose una copa de coñac.

La cocinera lanzó un gran suspiro.

—Ladrones en el parque y sufragistas en palacio, ¡no sé adónde vamos a llegar!

—Se producirá una revolución socialista —comentó Charles—. Acordaos de mis palabras.

—Nos asesinarán a todos en nuestras camas —apostilló la cocinera, lúgubremente.

Charlotte preguntó:

—¿Qué quería decir la sufragista con eso de que el rey tortura a las mujeres?

Mientras hablaba, miraba a Pritchard, que algunas veces estaba dispuesto a explicarle aquellas cosas que al parecer ignoraba.

—Se refería a lo de la alimentación forzosa —explicó Pritchard—. Parece que es algo doloroso.

—¿Alimentación forzosa?

—Cuando no quieren comer, se les hace comer a la fuerza.

Charlotte estaba intrigada.

—¿Cómo diablos se hace eso?

—De varias maneras —continuó Pritchard, con una expresión que indicaba que no iba a contar detalladamente todas ellas—. Un tubo introducido por la nariz es una de ellas.

—¿Y qué les darán? —preguntó la segunda camarera.

—Probablemente, sopa —intervino Charles.

—¡No lo puedo creer! —exclamó Charlotte—. ¿Por qué se tienen que negar a comer?

—Es una protesta —siguió Pritchard—. Crea dificultades a las autoridades de la cárcel.

—¿Cárcel? —Charlotte seguía sorprendida—. ¿Por qué están en la cárcel?

—Por romper ventanas, fabricar bombas, amenazar la paz...

—Pero, ¿qué es lo que quieren?

Se produjo un silencio, al constatar los criados que Charlotte no tenía ni idea de lo que era una sufragista.

Finalmente, Pritchard dijo:

—Quieren el voto para las mujeres.

—¡Ah!

Y Charlotte pensó:

«¿Acaso sabía yo que las mujeres no podían votar?»

No estaba segura. Nunca había reflexionado sobre estas cosas.

Creo que esta conversación ha ido ya demasiado lejos —cortó con tono firme Mrs. Mitchell—. Tendrá problemas, Mr. Pritchard, por meter ideas falsas en la cabeza de Milady.

Charlotte sabía que Pritchard nunca tenía problemas, porque era prácticamente el amigo de papá, y preguntó:

—¿Por qué se preocuparán tanto sobre eso de votar?

Se oyó el timbre y todos miraron instintivamente el cuadro en el que quedaban registradas las llamadas.

—La puerta central —dijo Pritchard—. ¡A estas horas de la noche!

Se fue echándose encima el abrigo.

Charlotte se tomó el té. Se sentía cansada. Y llegó a la conclusión de que las sufragistas eran desconcertantes y más bien inspiraban miedo, pero a pesar de todo quería saber más.

107

Pritchard volvió y dijo:

—Por favor, cocinera, deme un plato de bocadillos. Charles, lleve un sifón fresco a la sala de recepción.

Empezó a preparar platos y servilletas y una bandeja.

Charlotte intervino:

—Bueno, vamos, dinos quién es.

—Un caballero de Scotland Yard —contestó Pritchard.

Basil Thomson era un hombre de cabeza redonda con escaso cabello de color claro, espeso bigote y penetrante mirada. Walden había oído hablar de él. Su padre había sido arzobispo de York. Thomson había sido educado en Eton y Oxford, y había prestado servicio en Colonias como comisionado y como primer ministro de Tonga. Había regresado a su país para hacerse abogado y luego había trabajado en el servicio de prisiones, acabando como director de la cárcel de Dartmoor, y que tenía un gran prestigio en lo referente a la dispersión de concentraciones tumultuosas. De prisiones había pasado a trabajar con la Policía y se había convertido en un experto en el East End de Londres, que era una amalgama de criminalidad y anarquismo. Su experiencia lo había llevado a ocupar el cargo de mayor responsabilidad de la Brigada Especial, la Policía política.

Walden le hizo sentar y empezó a relatar los acontecimientos de aquella noche. Mientras hablaba, no perdía de vista a Aleks. El muchacho mantenía aparentemente la calma, pero su rostro estaba pálido; seguía apurando su vaso de coñac con soda y con la mano izquierda asía el brazo de su silla.

En un momento determinado, Thomson interrumpió a Walden para preguntar:

—¿Se dio cuenta cuando le recogió la carroza de que faltaba el lacayo?

—Sí, ciertamente —respondió Walden—. Pregunté al cochero dónde estaba, pero al parecer el cochero no me oyó. Luego, como había tanta confusión en la puerta de palacio, y mi hija me decía que me diera prisa, decidí averiguarlo todo una vez en casa.

—Nuestro facineroso confiaba en todo ello, por supuesto. Debe de tener nervios de acero. Prosiga.

—El carruaje se detuvo de improviso en el parque, y aquel hombre abrió de golpe la puerta.

—¿Qué aspecto tenía?

—Alto. Llevaba una bufanda o algo parecido sobre el rostro. Pelo negro. Unos ojos de mirada fija.

—Todos los criminales tienen ojos de mirada fija —comentó Thomson—. Anteriormente, ¿pudo el cochero verlo mejor?

—No mucho. Entonces llevaba sombrero y, desde luego, estaba oscuro.

—Hum... ¿Y después?

Walden inspiró profundamente. En aquel momento había sentido más indignación que miedo, pero ahora, al rememorar los hechos, le aterrorizó pensar lo que podría haberles ocurrido a Aleks, Lydia o Charlotte. Continuó:

—Lady Walden chilló y parece ser que esto desconcertó al individuo. Quizá no esperaba encontrar a una mujer en el carruaje. De cualquier modo, vaciló. —«Y gracias a Dios que lo hizo», pensó—. Le clavé la espada y se le cayó la pistola.

—¿Le hizo mucho daño?

—Lo dudo. No pude moverme en tan reducido espacio y, por supuesto, la espada no estaba muy afilada. Con todo, le hice sangre. ¡Ojalá hubiera rebanado su maldita cabeza!

El mayordomo entró y la conversación se interrumpió. Walden se dio cuenta de que había estado hablando en voz muy alta e intentó apaciguarse. Pritchard les sirvió bocadillos y coñac con soda.

—Mejor que usted siga levantado, Pritchard, pero diga a los demás que se vayan a la cama —le indicó Walden.

—Muy bien, Milord.

Cuando se fue, Walden prosiguió:

—Es posible que se tratara tan sólo de un robo. He dejado que los criados crean eso y también Lady Walden y Charlotte. Sin embargo, un ladrón no tenía necesidad de un plan tan elaborado, por lo menos así lo veo yo. Estoy absolutamente convencido de que se trataba de un atentado contra la vida de Aleks.

Thomson miró a Aleks.

—Me temo que sí. ¿Tiene usted idea de cómo sabía dónde encontrarle?

Aleks cruzó una pierna sobre otra.

—Mis movimientos no han sido secretos.

—Eso hace que las cosas cambien. Dígame, señor: ¿ha sido amenazada su vida alguna vez?

—Vivo entre amenazas —contestó Aleks, con voz firme—. Hasta ahora, no ha habido ningún atentado.

—¿Hay alguna razón especial por la que usted pueda ser blanco de los nihilistas o revolucionarios?

—Para ellos es suficiente que yo sea un prín..., príncipe.

Walden se dio cuenta de que los problemas de la clase dirigente inglesa, con las sufragistas, los liberales y los sindicatos, eran trivialidades comparados con los que afrontaba Rusia, y experimentó conmiseración al pensar en Aleks.

Aleks prosiguió con voz tranquila y controlada:

—Sin embargo, se me considera algo reformista dentro del panorama ruso. Podían escoger a una víctima más apropiada.

—Incluso en Londres —asintió Thomson—. Siempre hay uno o dos aristócratas rusos en Londres durante la temporada.

—¿Cuáles son sus conclusiones? —preguntó Walden.

Thomson explicó:

—Me pregunto si el facineroso no estaría enterado de lo que el príncipe Orlov está haciendo aquí, y si el objetivo del ataque de esta noche no sería el de sabotear sus conversaciones.

Walden hizo un gesto de duda.

—¿Cómo podían haberse enterado de eso los revolucionarios?

—Son simples especulaciones —comentó Thomson—. ¿Habría sido ésta una manera eficaz de sabotear sus conversaciones?

—Muy eficaz, sin duda —contestó Walden. Este pensamiento le produjo un escalofrío—. Si le dijeran al zar que su sobrino había sido asesinado en Londres por un revolucionario, sobre todo si se trataba de un ruso revolucionario expatriado, montaría en cólera. Ya sabe usted, Thomson, lo que piensan los rusos de nosotros y nuestra acogida a sus subversivos; nuestra política de puertas abiertas viene causando fricciones a nivel diplomático desde hace años. Una cosa así podría significar la ruptura de las relaciones anglorusas durante veinte años. Entonces ya no se podría hablar de una alianza.

Thomson asintió.

—Me lo temía. Bien, no podemos hacer nada más esta noche. Haré que mi departamento empiece su trabajo de madrugada. Registraremos el parque para buscar pistas y entrevistaremos a sus criados, y espero detener a algunos anarquistas en el East End.

—¿Cree que cogerán a ese hombre? —preguntó Aleks.

Walden deseaba que Thomson diera una respuesta tranquilizante, pero no fue así. Thomson respondió:

—No será fácil. Se trata claramente de un conspirador, de modo que en algún sitio se esconderá. No contamos con ninguna descripción exacta. A menos que sus heridas le lleven al hospital, nuestras posibilidades son mínimas.

—Podría intentar matarme otra vez —dijo Aleks.

—De ahí que debamos adoptar una táctica de evasión. Mi consejo es que usted se vaya de esta casa mañana. Reservaremos la planta superior de un hotel para usted, bajo nombre falso, y le asignaremos un guardaespaldas. Lord Walden tendrá que reunirse con usted en secreto, y usted, por supuesto, tendrá que prescindir de todos los compromisos sociales.

—Por supuesto.

Thomson se puso en pie.

—Es muy tarde. Pondré en marcha todo esto.

Walden pulsó el timbre para llamar a Pritchard.

—¿Tiene algún vehículo aguardándole, Thomson?

—Sí. Ya hablaremos por teléfono mañana por la mañana.

Pritchard despidió a Thomson y Aleks se fue a acostar. Walden le recordó a Pritchard que cerrara con llave y luego subió las escaleras.

No tenía sueño. Mientras se desnudaba, se fue relajando y experimentando todas aquellas emociones conflictivas que hasta entonces había mantenido a raya. Se sintió orgulloso de sí mismo, en primer lugar.

«Después de todo —pensó—, saqué la espada y puse en fuga al asaltante. ¡No está mal para un cincuentón con una pierna gotosa!»

Luego se sintió deprimido al recordar con qué frialdad habían estado discutiendo todos ellos las consecuencias diplomáticas de la muerte de Aleks, un Aleks brillante, alegre, tímido, elegante, despierto, a quien Walden había visto hacerse todo un hombre.

Se metió en la cama y permaneció despierto, reviviendo el momento en que la puerta del carruaje se abrió de improviso y apareció allí aquel hombre con la pistola; y ahora sentía miedo, no por él o Aleks, sino por Lydia y Charlotte. El pensamiento de que las podrían haber matado lo hizo estremecerse en la cama. Se acordó de cuando tenía entre sus brazos a Charlotte, hacía dieciocho años, cuando tenía el pelo rubio y carecía de dientes; se acordó de cuando aprendía a andar, cayéndose siempre sentada; se acordó de cuando le regaló un pony y se quedó pensando que entonces experimentó la mayor emoción de su vida al ver la alegría con que ella lo recibió. La recordaba hacía tan sólo unas horas, en su presentación ante los reyes, con la cabeza erguida, como una hermosa mujer.

«Si se muriera —pensó—, no creo que pudiera resistirlo. Y si mataran a Lydia, me quedaría solo.»

Este pensamiento le hizo levantarse para ir a su habitación. Había una lámpara de noche junto a su cama. Estaba profundamente dormida, de espaldas, con la boca entreabierta y el cabello como una madeja rubia sobre la almohada. Tenía una apariencia suave y vulnerable.

«Nunca he sabido hacerte entender cuánto te amo», pensó.

Y de pronto tuvo necesidad de tocarla, de sentir que estaba caliente y con vida. Se metió en la cama y la besó. Sus labios correspondieron, pero no se despertó.

«Lydia, no sabría vivir sin ti», pensó.

Lydia había permanecido despierta durante mucho tiempo, pensando en aquel hombre de la pistola. Le había causado una impresión brutal, y había chillado presa del terror más absoluto, pero hubo algo más que todo eso. Hubo algo en aquel hombre, algo en su presencia, en su complexión, o en sus ropas, que le pareció terriblemente siniestro, de manera casi sobrenatural, como si se tratara de un espíritu. ¡Ojalá hubiera podido verle los ojos!

Al cabo de un tiempo se tomó otra dosis de láudano y se quedó dormida. Soñó que el hombre de la pistola entraba en su habitación y se acostaba con ella. Era su propia cama, pero en el sueño volvía a tener dieciocho años. El hombre puso su pistola sobre la blanca almohada, junto a su cabeza. Todavía llevaba la bufanda sobre el rostro. Se dio cuenta de que ella lo amaba. Lo besó en los labios a través de la bufanda.

Él le hizo el amor magníficamente. Ella empezó a pensar que estaría soñando. Quería ver su rostro. Preguntó: «¿Quién eres?» Y una voz le contestó: «Stephen.» Sabía que no era así, pero la pistola sobre la almohada se había convertido de alguna manera en la espada de Stephen, con la punta ensangrentada, y empezó a dudar. Se agarró al hombre que tenía encima, temerosa de que se acabara el sueño antes de quedar satisfecha. Entonces, vagamente, empezó a sospechar que estaba haciendo en realidad aquello que estaba haciendo en sueños; con todo, el sueño no se interrumpió. Un gran placer físico se apoderó de ella. Empezó a perder el control. En el preciso instante en que alcanzaba el clímax, el hombre del sueño se quitó la bufanda de su rostro, y en aquel momento Lydia abrió sus ojos y vio la cara de Stephen encima de ella, y entonces entró en una especie de éxtasis y por primera vez en diecinueve años gritó de placer.

5

Charlotte aguardaba con sentimientos encontrados el próximo baile para celebrar la entrada en sociedad de Belinda. Nunca había asistido a un baile en la ciudad; tan sólo a bailes en el campo, muchos de ellos en «Walden Hall». Le gustaba bailar y sabía que lo hacía bien, pero odiaba todo ese tinglado, como de feria de ganado, que obligaba a permanecer sentada entre las que no sacaban a bailar, esperando a que un chico decidiera solicitar un baile. Se preguntaba si no podría hacerse de modo más civilizado entre la «gente de postín».

Llegaron a la casa de los tíos George y Clarissa, en Mayfair, media hora antes de medianoche, que, según mamá, era lo más temprano que se podía llegar decentemente a un baile en Londres. Un toldo a rayas y una alfombra roja conducían desde el bordillo hasta la puerta del jardín, que había sido transformada en algo parecido a un arco de triunfo romano.

Pero aún fue mayor la sorpresa de Charlotte cuando vio lo que había al otro lado del arco. Todo el jardín lateral había sido convertido en un atrio romano. Miró a su alrededor, maravillada. El césped y los parterres habían sido recubiertos para el baile con un entarimado de madera, pintado a cuadros blancos y negros, imitando losas de mármol. Una columnata de pilares blancos, adornados con guirnaldas de laurel, bordeaba el suelo. Más allá de los pilares, en una especie de claustro, había bancos para quienes quisieran sentarse al aire libre. En medio del suelo, una fuente, con la figura de un niño y un delfín, vertía su agua sobre un tazón de mármol, y la corriente quedaba iluminada por faros giratorios de colores. En la galería de un dormitorio del piso superior, una banda de música tocaba *ragtimes*. Guirnaldas de zarzaparrilla y rosas decoraban las paredes, y cestas de begonias colgaban de la galería. Un enorme techo de lona, pintado de azul celeste, cubría toda la zona, desde los aleros de la casa hasta la pared del jardín.

—¡Es realmente impresionante! —exclamó Charlotte.

Walden le dijo a su hermano:

—Vaya gentío, George.

—Hemos invitado a ochocientas personas. ¿Qué diablos te ocurrió en el parque?

—Bueno, no fue tanto como se dijo —respondió Walden, con una sonrisa forzada.

Cogió a George del brazo y fueron a hablar más allá.

Charlotte estudiaba a los invitados. Todos los hombres vestían de rigurosa etiqueta: corbata blanca, chaleco blanco y frac. En opinión de Charlotte, éste sentaba muy bien a los jóvenes, o por lo menos a los delgados; les daba un aire elegante al bailar. Observando los vestidos, llegó a la conclusión de que el suyo y el de su madre, aunque de buen gusto, quedaban algo anticuados, con sus talles de avispa, sus volantes y colas. Tía Clarissa llevaba un vestido largo, liso y sin adornos, con una falda excesivamente ajustada para poder bailar con ella, y Belinda lucía unos pantalones de harén.

Charlotte se dio cuenta de que no conocía a nadie y se preguntó:

«¿Quién bailará conmigo, después de papá y tío George?»

Sin embargo, el hermano menor de tía Clarissa, Jonathan, bailó un vals con ella; luego la presentó a tres compañeros suyos de Oxford, y bailó con cada uno de ellos. Su conversación le pareció monótona; todos ellos decían que la pista de baile estaba bien y la banda —Gottliebís— también, y con ello terminaba su conversación. Charlotte intentó hacerles hablar.

—¿Crees que se debe conceder el voto a las mujeres?

Y las respuestas fueron:

—Desde luego que no.

—No tengo ninguna opinión.

—No serás una de *ellas*, ¿verdad?

El último de sus acompañantes, que se llamaba Freddie, la acompañó al interior para la cena. Era un joven esbelto, de rasgos regulares y pelo rubio. Charlotte pensó que era guapo. Estaba acabando su primer año en Oxford. Le dijo que Oxford era más bien alegre, pero confesó que él no era uno de esos a quienes les entusiasmaba leer libros, y creía que no volvería en octubre.

El interior de la casa estaba festoneado con flores y radiante de luz eléctrica. Para cenar había sopa fría o caliente, langosta, codorniz, fresas, helado y guisantes de invernadero.

Freddie comentó:

—Siempre el mismo tipo de comida para la cena. Todos acuden al mismo proveedor.

—¿Vas a muchos bailes? —le preguntó Charlotte.

—Me temo que así es. Mientras dura la temporada.

Charlotte bebió una copa de champán, con la esperanza de que aquello la entonaría; después dejó a Freddie y fue recorriendo toda una serie de salones. En uno de ellos se estaba jugando a varios tipos de bridge. En otro, dos ancianas duquesas mantenían una conversación. En el tercero, los hombres de más edad jugaban al billar mientras los más jóvenes fumaban. Charlotte encontró a Belinda allí con un cigarrillo en la mano. A Charlotte nunca le había inspirado curiosidad el tabaco, a menos que una quisiera demostrar sofisticación. Belinda, ciertamente, parecía muy sofisticada.

—Me encanta tu vestido —dijo Belinda.

—No, no lo creo. Pero tú sí estás sensacional. ¿Cómo convenciste a tu madrastra para que te dejara vestir así?

—A ella le encantaría llevar otro igual.

—Parece mucho más joven que mamá. Y desde luego lo es.

—Y al ser madrastra, es muy distinto. ¿Y qué fue todo aquello que te pasó al salir de palacio?

—¡Oh, fue algo extraordinario! ¡Un loco nos apuntó con una pistola!

—Tu madre me lo estaba contando. Quedarías aterrorizada, ¿no?

—Yo estaba demasiado atareada intentando calmar a mamá. Luego sentí un miedo mortal. ¿Por qué me dijiste en palacio que querías tener una larga conversación conmigo?

—¡Ah! Escucha. —Se llevó aparte a Charlotte, alejándose de los hombres jóvenes—. He descubierto cómo salen.

—¿Qué?

—Los bebés.

—¡Oh! —Charlotte era toda oídos—. Cuenta, cuenta.

Belinda bajó la voz.

—Salen por entre las piernas, por donde haces pipí.

—Es demasiado pequeño.

—Se ensancha.

«Es terrible», pensó Charlotte.

—Pero eso no es todo —prosiguió Belinda—. Me he enterado de cómo empieza todo.

—¿Cómo?

Belinda tomó a Charlotte del codo y se fueron andando hasta un extremo del salón. Se pararon frente a un espejo con guirnaldas de rosas. La voz de Belinda era sólo un susurro:

—¿Sabes?, cuando te casas tienes que irte a la cama con tu marido.

—¿En serio?

—Sí.

—Papá y mamá tienen habitaciones separadas.

—Pero, ¿no se comunican?

—Sí.

—Eso es para que puedan meterse en la misma cama.

—¿Por qué?

—Porque para tener un bebé el marido tiene que meter su verga en ese sitio por donde salen los bebés.

—¿Qué es una verga?

—¡Chisss! Es una cosa que los hombres tienen entre sus piernas... ¿No has visto nunca un cuadro del *David* de Miguel Ángel?

—No.

—Bueno, es una cosa con la que hacen pipí. Se parece a un dedo.

—¿Y tienes que hacer *eso* para tener bebés?

—Sí.

—¿Y todas las personas casadas tienen que hacerlo?

—Sí.

—¡Es tremendo! ¿Quién te contó todo esto?

—Viola Pontadarvy. Juró que era verdad.

Y, de alguna manera, Charlotte sabía que era verdad. Escuchar todo aquello era como rememorar algo que había olvidado. Parecía, inexplicablemente, que tuviera sentido. No obstante, se sentía físicamente impresionada. Venía a ser aquella sensación ligeramente desagradable que a veces tenía en sueños, cuando una terrible sospecha se convertía en realidad, o cuando tenía miedo de caerse y de pronto se daba cuenta de que se estaba cayendo.

—Estoy más que contenta de que te hayas enterado —dijo—. Si una se casara sin saberlo... ¡Vaya fastidio!

—Se da por supuesto que tu madre ha de explicártelo todo la noche antes de tu boda, pero si tu madre es muy tímida, pues... tú misma lo descubres sobre la marcha.

—¡Loado sea el cielo por Viola Pontadarvy! —A Charlotte le asaltó una duda—. ¿Tendrá algo que ver todo esto con lo de... sangrar, ya sabes, todos los meses?

—No sé.

—Supongo que sí. Todo está relacionado, todas esas cosas de las que no habla la gente. Bueno, ahora sabemos por qué no hablan de ello; es tan desagradable...

—La cosa que tienes que hacer en la cama se llama relación sexual, pero Viola dice que la gente ordinaria lo llama follar.

—Sí que sabe cosas...

—Tiene hermanos. Se lo dijeron hace años.

—¿Y ellos cómo se enteraron?

—Por los chicos mayores de la escuela. Ellos están siempre interesados en todas estas cosas.

—Bueno —admitió Charlotte—, sí que tiene una especie de terrible fascinación.

De pronto vio reflejada en el espejo a tía Clarissa.

—¿Qué hacéis vosotras dos secreteando en un rincón? —inquirió.

Charlotte se puso colorada, pero, por lo visto, tía Clarissa no esperaba respuesta, ya que prosiguió:

—Belinda, por favor, muévete y habla con la gente... Es tu fiesta.

Se fue y las dos muchachas se trasladaron a los salones. Éstos estaban dispuestos de forma circular, de modo que se pudieran recorrer hasta volver al lugar de partida, en la parte superior de la escalera.

Charlotte dijo:

—No creo que yo pudiera jamás llegar a hacer eso.

—¿De veras que no? —fue la respuesta de Belinda, con expresión divertida.

—¿Qué quieres decir?

—No sé. Lo he estado pensando. Podría ser muy bonito.

Charlotte se la quedó mirando. Belinda se puso algo nerviosa y dijo:

—Tengo que ir a bailar. Luego nos veremos.

Bajó las escaleras. Charlotte se quedó mirando cómo bajaba, mientras se preguntaba cuántos secretos sorprendentes tendría que revelarle la vida.

Volvió al comedor y se tomó otra copa de champán.

«¡Vaya manera tan curiosa de perpetuar la raza humana!», pensó.

Suponía que los animales hacían algo parecido. ¿Y cómo lo harían los pájaros? No, los pájaros ponían huevos. ¡Y vaya palabras! *Verga* y *follar*. Todos estos centenares de personas elegantes y refinadas que tenía a su alrededor sabían aquellas palabras, pero jamás las empleaban. Y como nunca se pronunciaban, resultaban chocantes. Y por ser chocantes, nunca se decían. No dejaba de haber algo tonto en todo aquello. Si el Creador había ordenado que la gente debe follar, ¿por qué fingir que no lo hacían?

Apuró su copa y salió a la pista de baile. Sus padres estaban bailando una polka, y lo hacían bastante bien. Su madre se había recuperado del incidente del parque, aunque éste todavía seguía haciendo mella en el cerebro de su padre. Estaba muy elegante con su corbata blanca y el frac. Cuando tenía la pierna mala, no bailaba, por lo que quedaba claro que aquella noche no sentía molestias. Tenía una sorprendente agilidad en los pies para un hombre de su complexión. Su madre parecía estar pasándolo bien. Ella sabía relajarse cuando bailaba. Su acostumbrada y estudiada reserva desaparecía y sonreía radiante, dejando sus tobillos al descubierto.

Cuando acabó la polka, Walden divisó a Charlotte y caminó hacia ella.

—¿Me permite este baile, Lady Charlotte?

—No faltaría más, Milord.

Era un vals. Su padre parecía distraído, pero la hacía girar sobre la pista con mano experta. Se preguntaba si estaría tan radiante como mamá. Probablemente no. Inesperadamente cruzó por su mente la imagen de su padre y de su madre follando, y encontró aquella idea terriblemente turbadora.

Su padre le preguntó:

—¿Estás disfrutando en tu primer gran baile de gala?

—Sí, gracias —contestó modosamente.

—Pareces pensativa.

—Estoy extremando mi buena educación.

Las luces y los brillantes colores se le velaron ligeramente y, de pronto, tuvo que hacer un esfuerzo para mantenerse en pie. Se asustó porque podría caerse como una tonta. Su padre se dio cuenta de su falta de equilibrio y la sostuvo con mayor firmeza. Poco después acabó el baile.

Su padre se la llevó de la pista y le preguntó:

—¿Te encuentras bien?

—Sí, pero me quedé como aturdida unos instantes.

—¿Has estado fumando?

Charlotte se puso a reír.

—¡Qué va!

—Ése es el principal motivo por el que las jóvenes se sienten mareadas en los bailes. Hazme caso. Cuando quieras probar el tabaco, hazlo en privado.

—No tengo ningún interés por hacer la prueba.

Se quedó sentada durante el baile siguiente y entonces Freddie hizo una nueva aparición. Mientras bailaba con él, se le ocurrió pensar que todos los hombres y mujeres jóvenes, incluidos Freddie y ella, deberían estar buscando marido o esposa durante la temporada de bailes, especialmente en bailes de aquella categoría. Por primera vez pensó en Freddie como un posible marido. Era algo increíble.

«Entonces, ¿qué tipo de marido quiero yo?», se preguntó.

Realmente, no tenía ni idea.

Freddie contó:

—Jonathan me dijo simplemente: «Freddie, ve con Charlotte», pero, si no estoy mal informado, tu nombre es Charlotte Walden —dijo Freddie.

—Así es. ¿Y tú quién eres?

—Pues el marqués de Chalfont.

«Así pues —pensó Charlotte—, somos socialmente compatibles.»

Poco después, ella y Freddie entablaron conversación con Belinda y los amigos de Freddie. Hablaron sobre una nueva obra de teatro llamada *Pigmalión*, de la que se decía que era muy divertida y al mismo tiempo vulgar. Los chicos hablaban de ir a un combate de boxeo, y Belinda decía que ella también quería ir, pero todos le contestaron que ni hablar. Discutieron sobre la música de jazz. Uno de ellos tenía algunos conocimientos y había estado viviendo en Estados Unidos algún tiempo; pero a Freddie no le gustaba e hizo comentarios rimbombantes sobre «la negrificación de la sociedad». Todos bebían café y Belinda se fumó otro cigarrillo. Charlotte empezaba a divertirse.

Fue la madre de Charlotte la que irrumpió y deshizo la reunión:

—Tu padre y yo nos vamos —le dijo—. ¿Quieres que te enviemos luego el carruaje para recogerte?

Charlotte ya se sentía cansada.

—No, me iré con vosotros —le contestó—. ¿Qué hora es?

—Las cuatro.

Fueron a buscar los abrigos. Su madre le preguntó:

—¿Has pasado una buena velada?

—Sí, gracias, mamá.

—Yo también. ¿Quiénes eran esos jóvenes?

—Conocen a Jonathan.

—¿Estuvieron simpáticos?

—La conversación se iba haciendo cada vez más interesante.

Su padre ya había mandado traer el carruaje. A medida que se alejaban de las resplandecientes luces de la fiesta, Charlotte se acordaba de lo que les había ocurrido la última vez que viajaron en la carroza y sintió miedo.

Sus padres estaban cogidos de la mano. Parecían felices. Charlotte se sentía marginada. Se puso a mirar por la ventana. A la luz de la aurora pudo ver a cuatro hombres con sombreros de copa que subían por Park Lane, al parecer de vuelta a casa procedentes de algún club nocturno. Cuando la carroza giró por Hyde Park Corner, Charlotte vio algo raro.

—¿Qué es eso? —preguntó.

Su madre miró hacia fuera.

—¿Qué es, cariño?

—Lo de la acera. Parece gente.

—Exacto.

—¿Y qué están haciendo?

—Durmiendo.

Charlotte quedó horrorizada. Había unos ocho o diez, junto a la pared, arropados con abrigos, mantas y periódicos. No pudo ver si eran hombres o mujeres, pero algunos bultos eran pequeños, como si fueran niños.

—¿Por qué duermen ahí? —preguntó.

—No lo sé, cariño —le respondió su madre.

Walden intervino:

—Porque no tienen otro sitio donde dormir, por supuesto.

—¿No tienen casa?

—No.

—No sabía que hubiera gente tan pobre —comentó Charlotte—. Es tremendo.

Pensó en todas las habitaciones de la casa de tío George, en la comida distribuida por todas las mesas para que la fueran tomando los ochocientos invitados, todos los cuales habían cenado, y los lujosos vestidos que estrenaban llegada la temporada, mientras otra gente se acostaba sobre periódicos. Y dijo:

—Tenemos que hacer algo por ellos.

—¿Nosotros? —preguntó su padre—. ¿Qué tenemos que hacer nosotros?

—Construir casas para ellos.

—¿Para todos ellos?

—¿Cuántos hay?

Su padre se encogió de hombros.

—Miles.

—¡Miles! Creí que eran sólo ésos. —Charlotte quedó desolada—. ¿No se podrían construir casas pequeñas?

—No es rentable ser dueño de una casa, sobre todo en las actuales condiciones del mercado.

—Quizá tengas que hacerlo, en cualquier caso.

—¿Por qué?

—Porque el fuerte debe cuidar del débil. Yo he oído cómo le decías eso a Mr. Samson.

Samson era el alguacil de «Walden Hall», quien siempre procuraba ahorrar dinero en las reparaciones efectuadas en las viviendas que tenían arrendadas.

—Nosotros ya nos ocupamos de mucha gente —dijo su padre—. Todos los criados a quienes pagamos un sueldo, todos los colonos que trabajan nuestra tierra y viven en nuestras viviendas, todos los trabajadores de las compañías en las que invertimos, todos los empleados del Gobierno a los que se paga con nuestros impuestos...

—No creo que todo eso sirva de excusa —interrumpió Charlotte—. Esos pobres están durmiendo en la calle. ¿Qué harán en invierno?

Lady Walden intervino con tono firme:

—Tu padre no tiene por qué excusarse. Él nació aristócrata y ha cuidado con esmero de su hacienda. Tiene derecho a su riqueza. Esa gente de la calle son vagos, criminales, borrachos y maleantes.

—¿Incluso los niños?

—No seas impertinente. Recuerda que todavía tienes mucho que aprender.

—Ahora empiezo a darme cuenta —contestó Charlotte.

Cuando el carruaje giró para entrar en el patio de la casa, Charlotte divisó a uno de los que dormían en la calle junto al portal de su casa. Optó por echar una ojeada.

El carruaje se paró junto a la puerta principal. Charles ayudó a bajar a su esposa y luego a Charlotte. Ésta atravesó corriendo el patio. William ya estaba cerrando las puertas de acceso.

—Espere un poco —le dijo Charlotte.

Oyó decir a su padre:

—¿Qué diablos...?

Salió corriendo a la calle.

Quien allí dormía era una mujer. Estaba echada sobre la acera con los hombros apoyados sobre el muro del patio. Llevaba botas de hombre, medias de lana, un sucio abrigo azul y un sombrero muy grande, ya pasado de moda, con un manojo de roñosas flores artificiales en las alas. Tenía la cabeza torcida a un lado y su rostro quedaba vuelto hacia Charlotte.

Había algo familiar en aquel rostro ovalado y en su amplia boca. La mujer era joven...

Charlotte gritó:

—¡Annie!

La durmiente abrió los ojos.

Charlotte se la quedó mirando horrorizada. Hacía dos meses, Annie estaba de criada en «Walden Hall», vestida con un uniforme limpio y almidonado y una cofia blanca en la cabeza; una hermosa muchacha, de generoso busto y risa incontenible.

—Annie, ¿qué te ha ocurrido?

Annie apoyó sus hombros en la pared para levantarse e imitó una patética reverencia.

—¡Oh, Lady Charlotte! Confiaba en verla a usted, fue siempre tan amable conmigo; no sé adónde acudir...

—Pero, ¿cómo has llegado a esto?

—Me despidieron, Milady, sin papeles, cuando descubrieron que estaba esperando un bebé; ya sé que hice mal...

—Pero si no estás casada...

—Pero salía con Jimmy, el ayudante del jardinero...

Charlotte se acordó de todo lo que le había revelado Belinda, y se dio cuenta de que si todo aquello era verdad sería realmente posible que las chicas tuvieran bebés sin estar casadas.

—¿Dónde está el bebé?

—Lo perdí.

—¿Que lo perdiste?

—Quiero decir, que vino demasiado pronto, Milady; nació muerto.

—¡Es terrible! —musitó Charlotte. Era algo que ignoraba que fuera posible—. ¿Y por qué no está Jimmy contigo?

—Se embarcó. Seguro que me quería, lo sé, pero le espantaba tenerse que casar, sólo tenía diecisiete años... —Annie se puso a llorar.

Charlotte oyó la voz de su padre:

—Charlotte, ven inmediatamente.

Ella se volvió hacia él. Estaba en el portal con su traje de etiqueta, con el sombrero de copa en la mano, y de pronto apareció ante ella como un viejo enorme, engreído, cruel. Y le dijo:

—Ésta es una de las criadas por las que tanto te preocupas.

Walden miró a la chica.

—¡Annie! ¿Qué significa todo esto?

Annie contestó:

—Jimmy se fue, Milord, y no me pude casar, y no puedo encontrar otro trabajo porque aquí no me entregaron los papeles, y como me daba vergüenza volver a casa, me vine a Londres...

—Viniste a Londres a mendigar —replicó Walden desabridamente.

—¡Papá! —gritó Charlotte.

—Lo entiendo perfectamente...

Apareció Lady Walden y ordenó:

—Charlotte, ¡apártate de esa perdida!

—No es una perdida, es Annie.

—¡Annie! —chilló su madre—. ¡Es una mujer caída!

—¡Basta ya! —dijo Walden—. Nuestra familia no discute en la calle. Entremos inmediatamente.

Charlotte rodeó con su brazo a Annie.

—Necesita un baño, ropa nueva y un desayuno caliente.

—¡No seas ridícula! —dijo Lady Walden.

La visión de Annie parecía haberla vuelto casi histérica.

—Muy bien —intervino Walden—. Llévatela a la cocina. Las criadas ya deben de estar levantadas. Diles que cuiden de ella. Y luego vienes a verme a la sala de estar.

Lady Walden insistió:

—Stephen, esto es una locura...

—Entremos —repitió su esposo.

124

Y entraron todos.

Charlotte llevó a Annie abajo, a la cocina. Una criada estaba limpiando el hornillo y una ayudante de cocina estaba cortando el bacon para el desayuno. Eran sólo las cinco y cinco; Charlotte no sabía que empezaban a trabajar tan temprano. Ambas se quedaron mirándola cuando la vieron entrar, con su vestido de baile, con Annie a su lado.

Charlotte dijo:

—Os presento a Annie. Trabajaba en «Walden Hall». No ha tenido mucha suerte, pero es una buena chica. Tiene que tomar un baño. Traedle ropa nueva y quemad la vieja. Luego le dais el desayuno.

Durante unos instantes, ambas quedaron sin habla; luego, la pinche de cocina dijo:

—Muy bien, Milady.

—Hasta luego, Annie —se despidió Charlotte.

Annie la cogió por el brazo.

—¡Oh, gracias, Milady!

Charlotte se fue.

«Ahora vendrá el lío», pensó mientras subía las escaleras.

No estaba demasiado preocupada. Tuvo casi la sensación de que sus padres la habían traicionado. ¿De qué le habían servido sus años de educación, cuando en una sola noche podía descubrir que no le habían enseñado las cosas más importantes? Sí, ellos habían de proteger a las jóvenes, mas para Charlotte el término apropiado habría sido el de engaño. Cuando pensaba en lo ignorante que había sido hasta aquella noche, se sentía como una imbécil y eso la indignaba.

Entró en la sala de estar.

Su padre estaba junto al fuego, con un vaso en la mano. Su madre estaba sentada al piano tocando acordes en do menor; una expresión de dolor se reflejaba en su rostro. Habían bajado las cortinas. La sala tenía un aspecto extraño por la mañana, con las colillas de los cigarros en los ceniceros y la fría luz de la mañana reflejada en el contorno de los objetos. Era un salón de noche y hacían falta lámparas y calor, bebidas y lacayos, y mucha gente vestida de etiqueta.

Hoy todo parecía distinto.

—Bien, vamos a ver, Charlotte —empezó su padre—. Tú no sabes qué clase de mujer es Annie. La despedimos por un motivo, ¿sabes? Hizo algo muy malo que no puedo explicarte...

—Ya sé lo que hizo —interrumpió Charlotte, sentándo-se—. Y sé con quién lo hizo. Un jardinero llamado Jimmy.

Su madre lanzó una exclamación.

Walden prosiguió:

—¡No creo que tengas la menor idea de lo que estás diciendo!

—Y si no la tengo, ¿de quién es la culpa? —explotó Charlotte—. ¿Cómo puedo haber llegado a cumplir dieciocho años sin enterarme de que hay gente tan pobre que tiene que dormir en la calle, de que a las criadas que esperan un bebé se las despide, y de que..., que... los hombres no están hechos de la misma manera que las mujeres? ¡No empecéis a decirme que no entiendo estas cosas y que me queda mucho por aprender! ¡Me he pasado toda la vida aprendiendo, y ahora me doy cuenta de que casi todo eran mentiras! ¿Cómo os atrevéis? ¿Cómo os atrevéis?

Y rompió a llorar, y sintió rabia por perder el dominio de sí misma.

Oyó que su madre decía:

—¡Oh, esto ya es demasiado!

Su padre se sentó junto a ella y le cogió la mano.

—Lamento que te sientas así —dijo—. A todas las jóvenes se las mantiene en la ignorancia de ciertas cosas. Es por su propio bien. Nunca te hemos mentido. Si no te hablamos de la crueldad y vulgaridad del mundo fue tan sólo para que pudieras disfrutar de tu infancia durante el mayor tiempo posible. Quizá cometimos un error.

Lady Walden intervino brevemente:

—¡Queríamos mantenerte al margen de los problemas en que se metió Annie!

—Yo no lo diría así —corrigió Walden, con suavidad.

La rabia de Charlotte se evaporó. Volvió a sentirse como una niña. Quiso apoyar la cabeza en el hombro de su padre, pero su orgullo no se lo permitió.

—¿Vamos a perdonarnos todos mutuamente y a ser amigos de nuevo? —preguntó su padre.

Una idea que había ido creciendo con lentitud en la mente de Charlotte tomó ahora cuerpo y dijo sin pensarlo dos veces:

—¿Me permitiríais tomar a Annie como mi doncella personal?

—Bueno... —contestó su padre.

—¡Ni pensarlo! —saltó Lady Walden, histéricamente—. ¡Ni hablar! ¿Que una muchacha de dieciocho años, hija de un conde, tenga por doncella a una mujer marcada? No, ¡absoluta e indiscutiblemente no!

—Entonces, ¿qué va a ser de ella? —preguntó Charlotte, con gran serenidad.

—Tenía que haberlo pensado cuando... Tenía que haberlo pensado antes.

Su padre explicó:

—Charlotte, no podemos tener a una mujer de mala fama viviendo en esta casa. Aunque yo lo autorizara, los criados se escandalizarían. La mitad de ellos no guardarían el secreto. Ya oiremos murmuraciones sólo por haberla dejado entrar en la cocina. Ya ves, no somos sólo mamá y papá quienes esquivamos a tales personas... Es la sociedad en general.

—Entonces, le compraré una casa —dijo Charlotte—, le haré un préstamo y seré su amiga.

—Tú no tienes dinero —dijo su madre.

—Mi abuelo ruso me dejó algo.

—Pero el dinero está bajo mi custodia hasta que cumplas los veintiún años, y no permitiré que lo uses para eso —replicó su padre.

—Entonces, ¿qué va a ser de ella? —preguntó Charlotte, con desesperación.

—Voy a hacer un trato contigo —respondió su padre—. Le daré dinero para que compre una vivienda decente, y me ocuparé de que encuentre trabajo en una fábrica.

—¿Y cuál es mi papel en este trato?

—Me tienes que prometer que no mantendrás contactos con ella, jamás.

Charlotte se sentía muy cansada. Su padre tenía respuesta para todo. Ya no podía seguir discutiendo con él, ni le quedaban fuerzas para insistir. Lanzó un suspiro.

—Muy bien —concluyó.

—Buena chica. Así pues, te sugiero que vayas a verla y le cuentes la solución que hemos encontrado, y luego te despides.

—No creo que la pueda mirar a los ojos.

Su padre le acarició la mano.

—Te quedará muy agradecida, ya verás. Cuando hayas hablado con ella, vete a la cama. Yo me ocuparé de todos los detalles.

Charlotte no sabía si había salido ganando o perdiendo, si papá había sido cruel o amable, si Annie se sentiría salvada o despreciada.

—Muy bien —dijo con aire cansado.

Quiso decirle a su padre que lo quería, pero no le salieron las palabras. Al cabo de un momento se levantó y salió de la habitación.

Al día siguiente del fracaso, Bridget despertó a Feliks al mediodía. Se sentía muy débil. Bridget estaba junto a su cama con un gran tazón en la mano. Feliks se incorporó y tomó el tazón. La bebida era maravillosa. Sabía a leche caliente, azúcar, mantequilla derretida y trocitos de pan. Mientras la tomaba, Bridget recorrió toda la habitación, poniéndola en orden y cantando una canción sentimental sobre los chicos que dieron sus vidas por Irlanda.

Salió para volver con otra irlandesa de su edad que era enfermera. La mujer dio unos puntos a la herida de la mano y puso un vendaje en la herida del hombro. Feliks dedujo de la conversación que se trataba de la que ayudaba a abortar en el barrio. Bridget le contó que Feliks se había peleado en una taberna. La enfermera cobró un chelín por la visita y le dijo:

—No se morirá. Si se hubiera dejado visitar en seguida, no se habría desangrado tanto. Ahora va a sentirse débil durante varios días.

Cuando se fue, Bridget se quedó hablando con él. Era una mujer maciza, alegre, que rondaba los sesenta. Su esposo se había metido en algún lío en Irlanda y había tenido que refugiarse en el anonimato de Londres, donde murió de una borrachera, según ella. Tenía dos hijos que eran policías en Nueva York y una hija que estaba de criada en Belfast. Había en ella un dejo de tristeza que aparecía en algunas observaciones ocasionales, de un humor sarcástico, relacionadas generalmente con los ingleses.

Mientras explicaba por qué Irlanda debía tener un Gobierno autónomo, Feliks se quedó dormido. Lo volvió a despertar al atardecer para que tomara sopa caliente.

Al día siguiente, sus heridas empezaron a curarse ostensiblemente, y comenzó a sentir el dolor de sus heridas emotivas. Volvía a experimentar la desesperación y el enojo contra sí mismo que había experimentado en el parque cuando huyó corriendo. ¡Huir corriendo! ¿Cómo pudo ocurrir?

Lydia.

Ahora era Lady Walden.

Sintió náuseas. Se puso a pensar detallada y fríamente.

Se había enterado de que se casó y se fue a Inglaterra. Desde luego, se casaría con toda seguridad con un aristócrata que fuera a la vez una persona con un gran interés para Rusia. Estaba también clarísimo que la persona que negociara con Orlov tenía que pertenecer a la clase dirigente y conocer perfectamente la problemática rusa.

«No podía haberme imaginado que iba a ser una misma persona —pensó Feliks—, pero tenía que haber previsto esa posibilidad.»

La coincidencia no era tan extraordinaria como había parecido, pero no dejaba de ser menos inquietante. Por dos veces en su vida, Feliks se había sentido absoluta, ciega y delirantemente feliz. La primera fue cuando, a la edad de cuatro años, antes de que muriera su madre, le regalaron una pelota roja. La segunda, cuando Lydia se enamoró de él. Pero la pelota roja jamás se la habían quitado.

No podía imaginarse una felicidad mayor que la experimentada con Lydia, ni un disgusto más aplastante que el que vino a continuación. A partir de entonces, no se habían repetido ciertamente aquellos altibajos en la vida emotiva de Feliks. Cuando ella se fue, él empezó a recorrer como un vagabundo la campiña rusa, vestido como un monje, predicando el evangelio anarquista. Les decía a los campesinos que la tierra era suya porque la trabajaban; que la madera de los bosques sólo pertenecía a quien talaba un árbol; que nadie tenía derecho a gobernarlos sino ellos mismos, y que, como el autogobierno era sinónimo de ningún gobierno, se le daba el nombre de anarquía. Era un predicador estupendo e hizo muchos amigos, pero no volvió a enamorarse y confiaba en que jamás le ocurriría.

Su fase como predicador había acabado en 1899, durante la huelga estudiantil nacional, cuando fue detenido como agitador y enviado a Siberia. Sus años de vagabundo habían hecho que se acostumbrara al frío, al hambre y al dolor; pero ahora, trabajando en una cuerda de presos, sirviéndose de herramientas de madera para extraer oro de una mina, obligado a seguir trabajando cuando el hombre junto al que estaba encadenado había caído muerto, viendo cómo azotaban a niños y mujeres, llegó a conocer la oscuridad, la amargura, la desesperación y finalmente el odio. En Siberia había aprendido la realidad de la vida: robar o caerse de inanición, esconderse o recibir golpes, luchar o morir. Allí había adquirido astucia y crueldad. Allí había aprendido la verdad definitiva sobre la opresión: que actúa enfrentando a las víctimas entre sí y no contra sus opresores.

Huyó y empezó su largo viaje hacia la locura, que acabó cuando mató al policía en las afueras de Omsk y se percató de que ya no tenía miedo a nada.

Volvió a la civilización como un verdadero revolucionario. Le parecía increíble que hubiera sentido escrúpulos alguna vez por lanzar bombas contra los nobles que mantenían aquellas minas de trabajos forzados en Siberia. Estaba furioso por las masacres llevadas a cabo por el Gobierno contra los judíos en el oeste y sur de Rusia. Estaba harto de las peleas entre bolcheviques y mencheviques en el segundo congreso del Partido Socialdemócrata. Se inspiraba en la revista que llegaba de Ginebra, titulada *Pan y Libertad*, con la cita de Bakunin en su membrete editorial: «El impulso de destruir es también un impulso creativo.» Finalmente, odiando al Gobierno, desencantado de los socialistas y convencido por los anarquistas, fue a una ciudad fabril llamada Bialistock y fundó un grupo llamado «Lucha».

Aquéllos habían sido los años gloriosos. Jamás olvidaría al joven Nisan Farber, que había degollado al propietario de la fábrica a la salida de la sinagoga el Día de la Expiación. Feliks en persona había matado al jefe de Policía. Luego llevó la lucha a San Petersburgo, donde fundó otro grupo anarquista, «Los Desautorizados», y planeó con éxito el asesinato del gran duque Sergei. Aquel año, 1905, hubo en San Petersburgo muertes, robos de Bancos, huelgas y tumultos; la revolución parecía estar a la vuelta de la esquina. Entonces llegó la represión, más fiera, más eficaz y mucho más sanguinaria de lo que habían sido los revolucionarios hasta entonces. La Policía secreta se presentó a medianoche en los hogares de «Los Desautorizados» y fueron detenidos todos, menos Feliks, que mató a un policía, hirió a otro y pudo escapar a Suiza, ya que por aquel entonces nadie era capaz de detenerlo, tales eran la decisión, fuerza, indignación y crueldad que había alcanzado.

En todos aquellos años, e incluso en los tranquilos años pasados en Suiza, jamás había amado a nadie. Había habido personas por las que había sentido un cálido afecto —un porquerizo de Georgia, un viejo judío fabricante de bombas de Bialistock, Ulrich de Ginebra—, pero todos ellos sólo estaban de paso en su vida. También había habido mujeres. Muchas mujeres percibían su naturaleza violenta y se alejaban de él asustadas, pero las que lo encontraban atractivo llegaban a sentirse extremadamente atraídas por él. En alguna que otra ocasión había caído en la tentación, y siempre se había arrepentido en mayor o menor grado. Sus padres habían muerto y hacía veinte años que no veía a su hermano. Mirando atrás, veía su vida después de Lydia como un deslizarse lentamente hacia la insensibilidad. Pudo sobrevivir gracias a que se había vuelto cada vez más insensible, a través de sus experiencias de cárcel, tortura, cuerda de presos y la larga y accidentada huida de Siberia. Ya nunca más se preocupó por sí mismo; ésta era, estaba convencido, la explicación de su falta de miedo, ya que uno sólo podía sentir miedo por algo que le preocupara.

Y así vivía contento.

No sentía amor por las personas sino por la gente. Sentía compasión por los campesinos famélicos en general, por los niños enfermos y los soldados asustados y los mineros lisiados en general. No sentía odio contra nadie en particular: tan sólo contra los príncipes, los terratenientes, los capitalistas y los generales.

Al hacer entrega de toda su persona a una causa superior sabía que venía a ser como un sacerdote, y sobre todo como uno en especial: su padre. Ya no sentía frustración alguna al hacer esa comparación. Respetaba la magnanimidad de su padre y despreciaba la causa a la que sirvió. Él, Feliks, había escogido la verdadera causa. Su vida no iba a ser inútil.

Éste era el Feliks que se había ido formando con los años, cuando su madura personalidad emergía de la fluidez de su juventud. Le pareció que lo que más le había desconcertado cuando oyó el grito de Lydia fue acordarse de que podría haber sido un Feliks diferente, un hombre cálido y amante, un hombre sexual, un hombre capaz de sentir los celos, la avaricia, la venidad y el miedo. Y se preguntó: «¿Habría sido yo un hombre así?» Un hombre así habría anhelado detener su mirada en sus grandes ojos grises y acariciar su pelo rubio, verla derretirse en una risa incontenible cuando intentaba aprender a silbar, discutir con ella sobre Tolstoi, comer pan negro y arenques ahumados con ella, y observar cómo descomponía su hermoso rostro al probar el vodka por primera vez. Ese hombre habría sido juguetón.

Habría estado también preocupado. Se preguntaría si Lydia era feliz. Dudaría en apretar el gatillo por miedo a que pudiera herirla el rebote de una bala. Podría haber tenido reparos en matar a su sobrino en caso de que ella quisiera al muchacho. Ese hombre habría sido un mal revolucionario.

«No —pensó cuando se fue a dormir aquella noche—, no quisiera ser ese hombre. No es ni siquiera peligroso.»

Por la noche soñó que mataba a Lydia, pero cuando se despertó no pudo recordar si aquello lo había entristecido.

Al tercer día salió. Bridget le dio una camisa y un abrigo que habían pertenecido a su marido. No le quedaban bien porque él había sido más bajo y ancho de espaldas que Feliks. Los pantalones y botas de Feliks seguían estando en buenas condiciones, y Bridget había quitado las manchas de sangre.

Arregló la bicicleta, que se le estropeó al caérsele por las escaleras. Enderezó una rueda que se había torcido, puso un parche en una cámara que se había pinchado y recubrió el cuero del sillín, que se le había roto. Se subió y recorrió una corta distancia, pero se dio cuenta en seguida de que no estaba bastante fuerte para seguir mucho más. Y se puso a andar.

Era un maravilloso día de sol. En una tienda de compraventa en Mornington Crescent entregó medio penique y el abrigo del marido de Bridget a cambio de otro abrigo más ligero que le quedaba mejor. Sentía una alegría especial, paseando por las calles de Londres en verano.

«¡No tengo nada de que sentirme satisfecho! —pensó—. Mi estupenda, bien organizada y atrevida preparación del asesinato se vino abajo porque una mujer gritó y un hombre de mediana edad sacó una espada. ¡Menudo fracaso!»

Comprendió que quien lo había animado era Bridget. Había visto que estaba en apuros y le había prestado ayuda sin pensárselo dos veces. Le recordó el gran corazón de la gente por cuya causa él disparaba y tiraba bombas y dejaba que le hirieran con una espada. Eso le daba fuerzas.

Se dirigió a St. James Park y se detuvo en el sitio que le era familiar, frente a la casa de Walden. Recorrió con su vista la construcción de piedra blanca y las altas y elegantes ventanas, y pensó:

«Podéis derribarme, pero no llegaréis a ponerme fuera de combate; si supierais que vuelvo a estar aquí, os echaríais a temblar dentro de vuestros zapatos de la mejor piel.»

Se sentó para observar. El problema de su fracaso radicaba en que había puesto en guardia a su posible víctima. Ahora resultaría dificilísimo matar a Orlov, porque estaría tomando toda clase de precauciones. Pero Feliks acabaría por enterarse de cuáles eran esas precauciones y de cómo esquivarlas.

A las once de la mañana el carruaje salió y Feliks creyó ver tras el cristal una perilla y un sombrero de copa: Walden. Regresó a la una. Volvió a salir a las tres, esta vez con un sombrero femenino en el interior, perteneciente seguramente a Lydia o quizás a la hija de la familia; fuera quien fuera, regresó a las cinco. Al atardecer llegaron varios invitados y la familia, al parecer, cenó en casa. No se veía la menor pista de Orlov. Más bien parecía que se había trasladado a otro lugar.

«Pero daré con él», pensó.

De regreso a Camden Town compró un periódico. Al llegar a casa, Bridget le ofreció té, de modo que leyó el periódico y se quedó con ella mientras lo leía. No se decía nada de Orlov, ni en la Circular de la Corte ni en las Notas de Sociedad.

Bridget vio lo que estaba leyendo y dijo sarcásticamente:

—Es una lectura interesante para un individuo como tú. Seguro que estás acabando de decidir a cuál de los bailes de esta noche acudirás.

Feliks sonrió y no contestó.

—¿A quién vas a matar? Confío que al maldito rey. —Bebía el té ruidosamente—. Bueno, no me mires así. Parece que me vayas a rebanar el cuello. No te preocupes. Yo no diré nada de ti. Mi marido lo hizo en sus tiempos con unos cuantos ingleses.

Feliks quedó estupefacto. ¡Lo había adivinado y estaba de acuerdo! No supo qué decir. Se puso en pie y dobló el periódico.

—Eres una buena mujer —dijo.

—Si tuviera veinte años menos, te daría un beso. Vete antes de que me propase.

—Gracias por el té —dijo Feliks, y se fue.

Pasó el resto de la tarde sentado en la habitación del sótano, con la mirada fija en la pared, de color gris amarillento, pensando:

«Por descontado que Orlov se ha escondido, pero, ¿dónde? Si no estaba en casa de Walden, podría estar en la Embajada rusa, o en casa de algún funcionario de la Embajada, o en un hotel, o en casa de alguno de los amigos de Walden. Incluso podría estar fuera de Londres, en una casa de campo. No hay manera de comprobar todas estas posibilidades.»

No iba a resultar fácil. Empezaba a preocuparse.

Pensó en seguir a Walden a todas partes. Era lo mejor que podía hacer, pero resultaría infructuoso. Aunque una bicicleta pudiera seguir a un coche por Londres, podría resultar agotador para el ciclista y Feliks sabía que no podría aguantarlo varios días seguidos. En el caso de que Walden, en un período de tres días, visitara varias casas particulares, dos o tres despachos, un hotel o dos y una Embajada, ¿cómo podría Feliks saber en cuál de esos edificios se encontraba Orlov? Era posible, pero llevaría mucho tiempo.

Mientras, seguirían las negociaciones y la guerra estaría cada vez más cerca.

Y podría ser, después de todo, que Orlov siguiera viviendo en casa de Walden y simplemente hubiera decidido no salir.

Feliks se quedó dormido dándole vueltas al problema y por la mañana despertó con la solución.

Iría a preguntárselo a Lydia.

Se limpió las botas, se lavó el pelo y se afeitó. Pidió a Bridget que le prestara una bufanda de algodón blanco con la que podría disimular la falta de corbata. En la tienda de ropa usada de Mornington Crescent encontró un bombín que le sentaba bien. Se miró en el espejo agrietado y deslustrado del propietario de la tienda. Parecía peligrosamente respetable. Prosiguió su marcha.

No tenía ni idea de cómo reaccionaría Lydia. Estaba completamente seguro de que no lo había reconocido en la noche del fracaso; él llevaba el rostro cubierto y su chillido no fue más que la reacción a la vista de un hombre desconocido que empuñaba una pistola. En el caso de que pudiera entrar a verla, ¿qué haría ella? ¿Lo echaría? ¿Empezaría inmediatamente a quitarse la ropa como solía hacer? ¿Se comportaría simplemente con indiferencia, pensando en él como a alguien a quien conoció en su juventud, y por quien ya no sentía nada?

Él quería que quedara impresionada y aturdida y que siguiera enamorada de él, de modo que pudiera sonsacarle un secreto.

De pronto no lograba recordar qué aspecto tenía. Era muy extraño. Sabía que tenía una altura determinada, que no era ni gorda ni delgada, que tenía el cabello claro y los ojos grises, pero no podía reconstruir su imagen. Si se concentraba en su nariz la podía ver, o podía imaginársela vagamente, sin una forma definida, a la tenue luz de un atardecer en San Petersburgo, pero cuando trataba de concentrarse en ella desaparecía.

Llegó al parque y se quedó dudando frente a la casa. Eran las diez. ¿Se habrían levantado ya? En cualquier caso, pensó que lo mejor sería esperar a que Walden saliera de la casa. Se le ocurrió que incluso podría ver a Orlov en el salón, ahora que no llevaba ningún arma.

«Si fuera así, lo estrangularía entre mis manos», pensó con ferocidad.

Se preguntaba qué estaría haciendo Lydia en este preciso momento. Podría estarse vistiendo.

«¡Ah, sí! —pensó—. Me la imagino en corsé, cepillándose el pelo frente al espejo.»

O podría estar desayunando. Habría huevos, carne y pescado, pero ella sólo comería medio bollo tierno y un trozo de manzana.

El carruaje apareció en la entrada. Un minuto o dos después, alguien entró y se dirigió hacia la puerta exterior. Feliks estaba frente a la carroza en el momento de su salida. Se encontró mirando directamente a Walden, tras la ventana de la carroza y a Walden mirándole a él. Feliks sintió ganas de gritar: «¡Eh, Walden, yo me la tiré primero!», pero lo que hizo fue una mueca y se quitó el sombrero. Walden inclinó la cabeza en señal de agradecimiento y la carroza siguió su camino.

Feliks se preguntaba por qué se sentiría tan exaltado.

Atravesó la puerta exterior y cruzó el patio. Vio que había flores en todas las ventanas de la casa y pensó:

«Ah, claro, siempre le gustaron las flores.»

Subió los peldaños del pórtico y tiró de la campanilla de la puerta central.

«Quizás avise a la Policía», pensó.

Un momento después, un sirviente abrió la puerta. Feliks entró y saludó:

—Buenos días.

—Buenos días, señor —contestó el sirviente.

«O sea, que mi aspecto es respetable.»

—Desearía ver a la condesa de Walden. Se trata de un asunto urgente. Mi nombre es Konstantin Dmitrich Levin. Estoy seguro que me recordará de San Petersburgo.

—De acuerdo, señor. ¿Konstantin...?

—Konstantin Dmitrich Levin. Permítame que le entregue mi tarjeta.

Feliks rebuscó en los bolsillos de su abrigo.

—¡Qué lástima, no he traído ninguna!

—No se preocupe, señor, Konstantin Dmitrich Levin.

—Exacto.

—Tenga la bondad de esperar aquí; voy a ver si la condesa está en casa.

Feliks asintió y el sirviente se fue.

6

El escritorio estantería Reina Ana era uno de los muebles preferidos de Lydia en su casa de Londres. Tenía una antigüedad de doscientos años; era de laca negra decorada en oro, con escenas vagamente chinas de pagodas, sauces, islas y flores. Su parte delantera se podía bajar y entonces se convertía en escritorio y al mismo tiempo aparecían detrás unas casillas revestidas de terciopelo rojo para cartas y diminutos cajoncitos para papel y plumas. Había grandes cajones en la base abombada, y en la parte superior, al nivel de los ojos, una vez que uno se sentaba, quedaba una estantería de libros con una puerta espejo. El antiguo espejo reflejaba a sus espaldas, oscura y extraña, la habitación de mañana.

Sobre el escritorio había una carta inacabada dirigida a su hermana de San Petersburgo, madre de Aleks. La escritura de Lydia era pequeña y desaliñada. Había escrito en ruso: *No sé qué pensar de Charlotte*, y luego se había detenido. Estaba sentada, mirando el espejo oscuro y meditando.

Aquélla se estaba convirtiendo en una temporada de acontecimientos en el peor sentido de la palabra. Tras la protesta de la sufragista en la Corte y el loco del parque, había pensado que ya no podían sobrevenir más catástrofes. Y durante algunos días había reinado la calma. Charlotte había

137

culminado con éxito su entrada en sociedad. Aleks ya no se encontraba allí como un obstáculo para la ecuanimidad de Lydia, ya que se había refugiado en el hotel «Savoy» y no aparecía en reuniones de sociedad. El baile de Belinda había constituido un enorme éxito. Aquella noche, Lydia se había olvidado de sus preocupaciones y lo había pasado maravillosamente bien. Había bailado el vals, la polka, el pasodoble, el tango e incluso el paso turco. Había tenido como pareja a la mitad de la Cámara de los Lores, a varios jóvenes de gran empaque, y, sobre todo, a su esposo. En realidad, no era nada *chic* bailar con el propio marido tanto tiempo como ella lo hizo. Pero Stephen estaba tan elegante con la corbata blanca y el frac y bailaba tan bien, que ella había hecho lo que más le apetecía. Su matrimonio, de eso no había duda, pasaba por una de sus etapas más felices. Volviendo la vista atrás, tuvo la impresión de que a menudo ocurría lo mismo al llegar la temporada. Y fue entonces cuando irrumpió Annie para estropearlo todo.

Lydia sólo recordaba vagamente a Annie como doncella de «Walden Hall». No era fácil conocer a todos los sirvientes en una casa tan grande como aquélla, pues el personal interno se acercaba a las cincuenta personas, aparte de los jardineros y mozos. No todos los sirvientes se conocían; en cierta ocasión, Lydia había parado a una doncella que pasaba por el salón para preguntarle si Lord Walden estaba en su habitación, y había recibido la siguiente contestación:

—Iré a verlo, señora. ¿A quién debo presentar?

Sin embargo, Lydia se acordaba del día en que Mrs. Braithwaite, el ama de llaves de «Walden Hall», le había ido con la noticia de que Annie se tendría que ir porque estaba embarazada. Mrs. Braithwaite no dijo «embarazada», sino que había sido «sorprendida en transgresión moral». Ambas, Lydia y Mrs. Braithwaite, estaban perplejas, pero no sorprendidas, pues no era la primera vez que les ocurría aquello a las doncellas y seguiría ocurriendo. Tenía que ser despedida; era la única manera de dirigir una casa respetable y, naturalmente, no se podían dar buenos informes en estas circunstancias. Sin un «papel», una doncella no podía encontrar otro trabajo en el servicio, por supuesto; pero normalmente no tenían necesidad de otro trabajo, ya que o bien se casaban con el padre de la criatura, o bien se iban a casa de su madre. Eso sí, transcurridos algunos años, cuando ya hubiera criado a sus hijos, esa muchacha podía incluso volver a entrar en la misma casa, como ayudante de lavandería o de cocina, o con alguna otra responsabilidad en la que no tuviera contacto con sus amos.

Lydia había pensado que la vida de Annie seguiría ese curso. Se acordó de que un joven ayudante de jardinería se había ido sin avisar y se había embarcado; aquella noticia le había llamado la atención por lo difícil que resultaba encontrar en aquel tiempo chicos para trabajar como jardineros por un sueldo razonable, si bien, por supuesto, nadie le contó nunca la relación existente entre Annie y el joven.

«No somos duros; somos unos amos relativamente generosos. Pero Charlotte reaccionó como si la situación de Annie fuera culpa mía. No sé de dónde saca esas ideas. ¿Qué fue lo que dijo? "Sé lo que hizo Annie y con quién lo hizo." Por el amor de Dios, ¿dónde aprendería esa criatura a hablar de esa forma? Dediqué toda mi vida a que creciera pura, limpia y decente, no como yo, ni pensarlo...», pensó Lydia.

Mojó la pluma en el tintero. Le habría gustado hacer partícipe de sus tribulaciones a su hermana, pero resultaba muy difícil por carta. Creía que ya resultaba bastante difícil cara a cara. En realidad, con la que quería compartir sus ideas era con Charlotte.

«¿Por qué será que cuando lo intento me pongo a chillar como una histérica?»

Entonces entró Pritchard.

—Un caballero llamado Konstantin Dmitrich Levin desea verla, Milady.

Lydia frunció el entrecejo.

—Me parece que no lo conozco.

—El caballero dijo que se trataba de un asunto urgente, Milady, y creía que usted lo recordaría de San Petersburgo.

Pritchard parecía dudar.

Lydia vaciló unos instantes. El nombre le resultaba claramente familiar. De vez en cuando, algunos rusos a quienes apenas conocía la iban a visitar a Londres. Por lo general, se ofrecían, para empezar, a llevar recados y acababan pidiendo que les prestaran el dinero del pasaje. A Lydia no le importaba ayudarles.

—Bien —contestó—. Hágalo pasar.

Pritchard salió. Lydia volvió a mojar la pluma y escribió: «¿Qué se puede hacer cuando una criatura ha cumplido ya dieciocho años y se rige por su propio albedrío? Stephen me dice que me preocupo demasiado. Quisiera...»

«Ni siquiera hablo claramente con Stephen —pensó—. Apenas si produce unos sonidos aprobatorios.»

La puerta se abrió y Pritchard anunció:

—El señor Konstantin Dmitrich Levin.

Lydia habló por encima del hombro, en inglés:

—Estaré con usted en seguida, Mr. Levin.

Oyó que el mayordomo cerraba la puerta, mientras ella escribía: «*poder creerlo*». Dejó la pluma en la mesa y se volvió.

Él le habló en ruso:

—¿Cómo estás, Lydia?

—¡Oh, Dios mío! —susurró Lydia.

Fue como si algo frío y pesado cayera sobre su corazón y le faltó el aliento. Feliks estaba frente a ella: alto y delgado como siempre, con un abrigo raído y bufanda, y con un superfluo sombrero inglés en la mano izquierda. Le resultaba tan familiar como si le hubiera visto ayer. Seguía teniendo el cabello largo y negro, sin el menor indicio de canas. Ahí estaban su piel blanca, la nariz como la hoja de un arma curvada, su boca amplia y sus ojos tristes y suaves.

—Siento haberte sorprendido —se excusó.

Lydia no podía hablar. Luchaba contra un mar de encontradas emociones: sorpresa, miedo, gozo, horror, afecto y temor. Fijó en él la mirada. *Estaba más viejo.* Tenía arrugas en el rostro: dos pronunciados pliegues en las mejillas y otros dos que descendían a ambos lados de su encantadora boca. Parecían causadas por el dolor y las contrariedades. En su expresión se adivinaba algo que antes no estaba allí, tal vez rudeza o crueldad, o simplemente inflexibilidad. Parecía cansado.

Él también la estaba estudiando.

—¡Pareces una niña! —exclamó con tono de admiración.

Apartó los ojos de él. Los latidos de su corazón eran vigorosos. El temor se convirtió en la sensación dominante. Y pensó:

«Si Stephen volviera temprano y entrara aquí ahora y me mirara con esos ojos que preguntan: "¿Quién es este hombre?" y yo me sonrojara y no supiera qué decir...»

—Me gustaría que dijeras algo —suplicó Feliks.

Volvió a mirarle. Y haciendo un esfuerzo dijo:

—Márchate.

—No.

De repente se dio cuenta de que no tenía fuerza de voluntad para hacerlo marchar. Se fijó en la campana para avisar a Pritchard. Feliks sonrió como si supiera lo que ella había pensado y dijo:

—Han pasado diecinueve años.

—Has envejecido —dijo ella, abruptamente.

—Tú has cambiado.

—¿Qué esperabas?

—Esperaba esto —contestó—. Que temerías reconocer que te alegra verme.

Siempre había podido ver en su alma con aquellos ojos tiernos. ¿Para qué disimular?

«Él sabía todo lo relacionado con el disimulo —recordó—. Él la había entendido desde el primer momento en que fijó sus ojos en ella.»

—Y bien —preguntó—, ¿no te alegras?

—Y también tengo miedo —contestó ella, y entonces se dio cuenta de que había admitido que se alegraba—. ¿Y tú? —añadió en seguida—. ¿Cómo te encuentras?

—Yo no me encuentro ya de ninguna manera —respondió.

Su rostro se arrugó con una sonrisa extraña y dolorosa. Era una expresión que jamás le había visto en otro tiempo. Y ella sintió instintivamente que en aquel momento le estaba diciendo la verdad.

Acercó una silla y se sentó junto a ella. Lydia se echó atrás, crispada.

—No te voy a hacer daño —dijo él.

—¿Hacerme daño? —Lydia soltó una breve carcajada que resonó con inesperada dureza—. ¡Vas a arruinar mi vida!

—Tú echaste a perder la mía —replicó él, y en seguida frunció el ceño como si se hubiera sorprendido a sí mismo.

—Oh, Feliks, no fue ésa mi intención.

Él, de repente, se sintió tenso. Se produjo un silencio enojoso. Volvió a sonreír con aquella expresión de dolor y preguntó:

—¿Qué pasó?

Ella vaciló. Y se dio cuenta de que todos aquellos años había estado anhelando contárselo. Empezó:

—Aquella noche que me rasgaste el vestido...

—¿Qué vas a hacer con este desgarrón en tu vestido? —preguntó Feliks.

—La doncella me echará una puntada antes de que llegue a la Embajada —contestó Lydia.

—¿Tu doncella lleva siempre consigo aguja e hilo?

—¿Para qué, si no, iba a llevar a la doncella conmigo cuando salgo a cenar?

—Claro, ¿para qué?

Él estaba echado en la cama, mirando cómo se vestía. Ella sabía que le gustaba mirarla. En esta ocasión la imitó cuando se subía las bragas, hasta hacerla desternillar de risa.

Ella se puso el vestido y él se lo estiró.

—Todo el mundo tarda una hora en vestirse para una velada —comentó—. Hasta que te conocí, no tenía ni idea de que se podía hacer en sólo cinco minutos. Abróchame.

Se miró en el espejo y se alisó el cabello mientras él le abrochaba los corchetes de la espalda. Cuando hubo acabado la besó en el hombro. Arqueó el cuello y dijo:

—No empieces otra vez.

Recogió su vieja capa marrón y se la entregó a él para que le ayudara a ponérsela.

—Cuando te vas, se va la luz —dijo él.

Ella se emocionó porque él no acostumbraba mostrarse sentimental, y dijo:

—Ya sé cómo te sientes.

—¿Volverás mañana?

—Sí.

En la puerta, ella lo besó.

—Gracias.

—Te quiero muchísimo —contestó él.

Se fue, y mientras bajaba las escaleras oyó un ruido a sus espaldas. Se volvió. El vecino de Feliks la estaba observando desde la puerta del apartamento contiguo. Pareció desconcertado cuando vio que lo miraban. Ella le dirigió un cortés saludo y él se retiró. La idea de que probablemente los habría oído hacer el amor a través de la pared cruzó su mente. No le preocupaba. Sabía que lo que estaba haciendo era malo y vergonzoso, pero no quería pensar en ello.

Salió a la calle. Su doncella la esperaba en la esquina. Juntas fueron andando hasta el parque donde les esperaba la carroza. Era una tarde fría, pero Lydia se sentía como si estuviera encendida por su propio calor. A menudo se preguntaba si la gente se daría cuenta, sólo mirándola, de que había estado haciendo el amor.

El cochero bajó la escalerilla de la carroza y esquivó su mirada.

«Él lo sabe», pensó sorprendida.

Pero luego se dijo que se trataba de pura fantasía.

En la carroza la doncella arregló de prisa la espalda del vestido de Lydia y ésta cambió la capa marrón por un abrigo de pieles. La doncella ordenó el pelo de Lydia y ésta le dio diez rublos por su silencio. Luego llegaron a la Embajada británica.

Lydia se acabó de arreglar y entró.

Le pareció que no le resultaba difícil asumir su otra personalidad y convertirse en la modesta y virginal Lydia que conocía la alta sociedad. En cuanto entró en el mundo real quedó aterrorizada por la fuerza bruta de su pasión por Feliks y se convirtió muy de veras en un trémulo lirio. No era comedia. Es más, durante la mayor parte de las horas del día sabía que esa doncella bien educada era su propio ser, y creía que de alguna manera debía estar poseída mientras se encontraba con Feliks. Pero cuando él estaba allí, y también cuando ella estaba sola en la cama, a medianoche, ella sabía que era su persona oficial la que era mala, ya que le habría negado el mayor gozo que jamás había conocido.

Así entró en el salón, vestida con la adecuada blancura, con aspecto juvenil y algo nerviosa.

Encontró a su primo Kiril, que era teóricamente su escolta. Era un viudo de treinta y pico años, un hombre irascible que trabajaba en el Ministerio de Asuntos Exteriores. Él y Lydia no se querían mucho, pero como su esposa había muerto y a los padres de Lydia no les gustaba salir, Kiril y Lydia se habían puesto de acuerdo para que se los invitara juntos. Lydia siempre le decía que no se preocupara por ir a buscarla.

De esta manera podía arreglárselas para encontrarse con Feliks clandestinamente.

—Te has retrasado —dijo Kiril.

—Lo siento —contestó ella, sin pizca de sinceridad.

Kiril la introdujo en el salón. Fueron saludados por el embajador y su esposa y luego fueron presentados a Lord Highcombe, hijo mayor del conde de Walden. Era un hombre alto y elegante, de unos treinta años, vestido con un traje elegante pero más bien sobrio. Tenía un aspecto muy inglés, con su pelo corto, castaño claro, y sus ojos azules. Tenía un rostro sonriente y abierto y Lydia lo encontró apaciblemente atractivo. Hablaba bien el francés. Iniciaron una elegante conversación que se prolongó durante unos minutos; luego fue presentado a alguien más.

—Parece bastante agradable —dijo Lydia a Kiril.

—No te dejes engañar —le respondió Kiril—. Se rumorea que es un borrachín.

—Me sorprendes.

—Juega a las cartas con algunos oficiales que conozco, y me contaron que algunas noches bebe allí a escondidas.

—Siempre sabes muchas cosas de la gente, y todas malas.

Los delgados labios de Kiril se contrajeron en una sonrisa.

—¿Es mía o suya la culpa?

—¿Por qué está aquí? —preguntó Lydia.

—¿En San Petersburgo? Bueno, dicen que tiene un padre muy rico y dominante, con quien no se entiende; de ahí que se dedique, a su antojo, a la bebida y al juego por todo el mundo, esperando que el viejo se muera.

Lydia no esperaba volver a hablar con Lord Highcombe, pero la esposa del embajador, considerándolos a los dos buenos partidos, los sentó el uno junto al otro para la cena. Durante el segundo plato, él intentó entablar conversación y preguntó:

—¿No conocerá usted al ministro de Hacienda?

—Pues no, lo siento —dijo Lydia, con frialdad.

Lo conocía perfectamente, por supuesto, y era uno de los grandes favoritos del Zar, pero se había casado con una mujer que no sólo estaba divorciada sino que también era judía, lo que hacía que resultara complicado invitarlo. De pronto, pasó por su pensamiento cuán duramente criticaría Feliks todos aquellos perjuicios, pero entonces el inglés volvía a hablarle:

—Tengo gran interés por conocerlo. Tengo entendido que es terriblemente activo y avanzado. Su proyecto del ferrocarril transiberiano es maravilloso. Pero la gente dice que no es un hombre muy refinado.

—Estoy segura de que Sergei Yulevich Witte es un servidor leal de nuestro adorado soberano —replicó Lydia, educadamente.

—Sin duda —corroboró Highcombe, y se volvió a la dama que tenía al otro lado.

«Cree que soy aburrida», pensó Lydia.

Algo más tarde, ella le preguntó:

—¿Viaja usted mucho?

—Casi sin parar —contestó—. Voy a África prácticamente todos los años, para dedicarme a la caza mayor.

—¡Qué interesante! ¿Qué caza?

—Leones, elefantes..., una vez un rinoceronte.

—¿En la jungla?

—La caza se realiza en los campos de pastoreo del Este, pero en cierta ocasión fui muy al Sur, hasta la selva tropical, simplemente por conocerla.

—¿Y es tal como se describe en los libros?

—Sí, incluso lo de los pigmeos negros y desnudos.

Lydia notó que se sonrojaba y se volvió.

«¿Por qué tenía que decir eso?», se preguntó.

Ya no le habló más. Ya habían hablado bastante para cumplir con la etiqueta, y quedaba claro que a ninguno de los dos le interesaba seguir adelante.

Acabada la cena, tocó un poco en el maravilloso piano de cola del embajador; luego Kiril la llevó a casa. Se fue directamente a la cama a soñar con Feliks.

A la mañana siguiente, tras el desayuno, un criado le dijo que fuera al estudio de su padre.

El conde era un hombre pequeño, delgado e irascible, de cincuenta y cinco años. Lydia era la más pequeña de sus cuatro hijos; los demás, una hermana y dos hermanos, estaban todos casados. Su madre vivía, pero siempre estaba enferma. El conde sabía poco de su familia. Al parecer, se pasaba la mayor parte del tiempo leyendo. Tenía un viejo amigo que venía a jugar al ajedrez. Lydia tenía un vago recuerdo de un tiempo en que las cosas eran diferentes y formaban una familia alegre, sentados en torno a una gran mesa para la cena, pero de eso hacía ya mucho tiempo. Ahora, que la llamaran al estudio de su padre, sólo tenía un significado: complicaciones.

Cuando Lydia entró, estaba de pie delante del escritorio, con las manos a la espalda y una mueca de rabia en su rostro. La doncella de Lydia se hallaba junto a la puerta con lágrimas en las mejillas. Lydia supo entonces de dónde había surgido la complicación y le sobrevino un temblor.

No hubo preámbulos. Su padre empezó a gritar:

—¡Te has estado viendo con un joven en secreto!

Lydia se cruzó de brazos para detener así su temblor.

—¿Cómo se enteró? —preguntó con una mirada acusadora dirigida a la doncella.

Su padre masculló algo desagradable.

—No la mires a ella —dijo—. El cochero me contó tus paseos extraordinariamente prolongados por el parque. Ayer hice que te siguieran. —Su voz volvió a subir de tono—. ¿Cómo pudiste obrar así, como una campesina?

«¿Cuánto sabría? ¡Seguro que todo no!», se dijo Lydia.

—Estoy enamorada.

—¿Enamorada? —rugió—. ¡Querrás decir que estás en celo!

Lydia pensó que estaba a punto de pegarle. Retrocedió varios pasos y se preparó para echar a correr. Estaba enterado de todo. Era la ruina total. ¿Qué haría ella?

Él prosiguió:

—Lo peor de todo es que posiblemente no te podrás casar con él.

Lydia estaba horrorizada. Estaba dispuesta a que la echaran de casa, a quedarse sin un céntimo y humillada, pero él se proponía infligirle un castigo aún peor.

—¿Por qué no me puedo casar con él? —gritó.

—Porque prácticamente es un siervo de la gleba, anarquista por añadidura. ¿No entiendes? ¡Has arruinado tu vida!

—¡Entonces déjame que me case con él y viva en la ruina!

—¡No! —aulló.

Se produjo un silencio tenso. La doncella, con lágrimas en los ojos, seguía sollozando monótona y entrecortadamente. Lydia oyó el sonido de un timbre.

—Esto matará a tu madre —añadió el conde.

Lydia susurró:

—¿Qué vas a hacer?

—De momento quedarás confinada en tu habitación. Tan pronto como lo tenga arreglado, entrarás en un convento.

Lydia lo miró horrorizada, sin apartar los ojos. Era una sentencia de muerte. Escapó corriendo de la habitación.

«No volver a ver a Feliks jamás», un pensamiento que le resultaba absolutamente insoportable. Las lágrimas bañaban su rostro. Fue corriendo a su dormitorio. No iba a poder aguantar tanto sufrimiento.

«Me moriré, me moriré», pensaba.

Antes que abandonar a Feliks para siempre, abandonaría para siempre a su familia. En cuanto se le ocurrió aquella idea se dio cuenta de que era su única salida y de que tenía que ponerla en práctica en seguida, antes de que su padre enviara a alguien que la encerrara bajo llave en su habitación.

146

Miró en su bolso; sólo tenía unos cuantos rublos. Abrió su joyero. Sacó una pulsera de diamantes, una cadena de oro y varios anillos, y lo apretujó todo en su bolso. Se puso el abrigo, bajó corriendo por la escalera de servicio y salió por la puerta de los criados.

Anduvo de prisa por las calles. La gente se quedaba mirándola, al verla correr vestida tan elegantemente y con lágrimas en el rostro. No le importaba. Había abandonado la sociedad para siempre. Se iba a escapar con Feliks.

Pronto quedó agotada y fue reduciendo su carrera hasta andar a paso normal. De pronto todo aquel asunto no parecía tan desastroso. Ella y Feliks podían irse a Moscú o a una ciudad del campo, o incluso al extranjero, a Alemania tal vez. Feliks tendría que buscar trabajo. Tenía cultura, de modo que por lo menos podría encontrar trabajo de oficinista o posiblemente algo mejor. Ella podía ganar algo de dinero cosiendo. Alquilarían una casa pequeña y la arreglarían sin gastar demasiado. Tendrían hijos, chicos fuertes y niñas guapas. Las cosas que iba a perder le parecían de poco valor: vestidos de seda, chismorreos de sociedad, sirvientes por todas partes, casas enormes y alimentos delicados.

¿Qué importaba todo eso al lado de vivir con él? Se irían a la cama y dormirían juntos, ¡qué romántico!, saldrían a pasear, cogidos de la mano, sin preocuparse de quienes les vieran enamorados. Se sentarían junto al fuego por la noche, jugando a cartas, o leyendo, o simplemente conversando. Siempre que quisiera, ella lo podría tocar, o besarlo o desnudarse para él.

Llegó a su casa y subió las escaleras. ¿Cuál sería su reacción? Quedaría sorprendido, luego se entusiasmaría, y en seguida procuraría ser práctico. Diría que tenían que irse inmediatamente, porque su padre podía enviar gente tras ellos para volvérsela a llevar. Se mostraría decidido. Diría: «Iremos a X», y hablaría de los billetes, de la maleta y de los disfraces.

Sacó la llave de su bolso, pero la puerta de su apartamento estaba abierta y colgando, sesgada, sobre sus goznes. Entró, llamando:

—Feliks, soy yo... ¡Oh!

Se paró en la misma entrada. Todo estaba revuelto, como si hubieran robado o se hubieran peleado. Feliks no estaba allí.

De pronto, se apoderó de ella un gran temor.

Recorrió el pequeño apartamento, como aturdida, mirando estúpidamente detrás de las cortinas y debajo de la cama. Habían desaparecido todos sus libros. El colchón había sido acuchillado. El espejo estaba roto, el mismo en el que se habían estado contemplando mientras se amaban una tarde de nieve.

Lydia iba perdida de una parte a otra por el zaguán. El inquilino del apartamento vecino estaba en su portal. Lydia lo miró. Y preguntó:

—¿Qué pasó?

—Lo detuvieron anoche —contestó.

Y el cielo se le cayó encima.

Sentía que se desmayaba. Se apoyó contra la pared.

«¡Detenido! ¿Por qué? ¿Dónde está? ¿Quién lo había detenido? ¿Cómo iba a poder escapar con él si estaba en la cárcel?»

—Al parecer era anarquista. —El vecino hizo una mueca sugerente y añadió—: ¿Qué otra cosa podría haber sido si no?

Ya era más de lo que podía aguantar, que hubiera ocurrido todo esto el mismo día en que su padre había...

—Mi padre —susurró Lydia—. Mi padre fue quien lo hizo.

—Tiene mala cara —dijo el vecino—. ¿Quiere pasar y sentarse un rato?

A Lydia no le gustó la expresión de su rostro. No podía hacer frente a aquel hombre, en el que se veía una mirada lujuriosa. Recuperó el dominio de sí misma, y, sin responderle, empezó a bajar lentamente las escaleras y salió a la calle.

Andaba despacio, sin rumbo fijo, pensando qué iba a hacer. De alguna manera tendría que sacar a Feliks de la cárcel. No tenía ni idea de cómo podía lograrlo. ¿Habría de apelar al ministro del Interior? ¿Al Zar? No sabía cómo llegar hasta ellos, a no ser solicitando una audiencia. Podía escribir..., pero necesitaba a Feliks hoy. ¿Podría visitarlo en la cárcel? Por lo menos, así se enteraría de cómo estaba y él vería que se estaba preocupando por su liberación. Tal vez si se presentara en una carroza, elegantemente vestida, podría causar impresión al carcelero..., pero no sabía dónde estaba la cárcel, podría haber más de una, y no tenía carroza; y si volvía a casa su padre la encerraría bajo llave y ya no podría ver más a Feliks...

Se secó las lágrimas. Era tan ignorante acerca del mundo de la política, de las cárceles y de los criminales...

¿A quién podría dirigirse? Los amigos anarquistas de Feliks estarían enterados de todas aquellas cosas, pero nunca había visto a ninguno de ellos ni sabía dónde encontrarlos.

Pensó en sus hermanos. Max estaba al frente de la hacienda familiar en el campo, y él vería a Feliks con los ojos de su padre y aprobaría por completo todo lo que éste había hecho. Dmitri, el casquivano y afeminado Dmitri, simpatizaría con Lydia, pero no serviría de nada.

Sólo se podía hacer una cosa. Tendría que ir a rogarle a su padre la liberación de Feliks.

Agotada, se volvió para dirigirse a su casa.

La rabia que sentía contra su padre aumentaba a cada paso que daba. Él era quien tenía que amarla, cuidarla y preocuparse por su felicidad... ¿y qué hacía? Intentaba destrozar su vida. Ella sabía lo que quería; sabía lo que la iba a hacer feliz. ¿De quién era la vida? ¿Quién tenía derecho a decidir?

Llegó a casa enfurecida.

Fue directamente al estudio y entró sin llamar. Y acusó:

—Has ordenado su detención.

—Sí —contestó su padre.

Había cambiado de táctica. Su máscara de indignación había desaparecido para dejar paso a una expresión pensativa y calculadora.

—Tienes que hacer que lo suelten inmediatamente —dijo Lydia.

—En estos momentos lo están torturando.

—No —exclamó Lydia—. ¡Oh, no!

—Están golpeándole en la planta del pie... —Lydia chilló y su padre levantó la voz—: ...con bastones finos y flexibles...

Sobre la mesa había un cortaplumas.

—...Que pronto causan heridas en la piel delicada...

«Lo mataré...»

—...Hasta que hay tanta sangre...

Lydia sufrió un ataque de locura.

Cogió el cortaplumas y se abalanzó contra su padre. Levantó el arma en alto para bajarla con toda su fuerza, dirigiéndola contra su cuello enjuto, al tiempo que no dejaba de chillar:

—¡Te odio, te odio, te odio...!

Él se apartó, la cogió por la muñeca, hasta hacerle soltar el cortaplumas y de un empujón la hizo sentar.

Rompió a llorar histéricamente.

Transcurridos unos minutos, su padre empezó a hablar de nuevo, con mucha calma, como si nada hubiera ocurrido.

—Podría haber ordenado el cese inmediato de las torturas —prosiguió—. Puedo hacer que suelten al muchacho cuando yo quiera.

—¡Oh, por favor! —dijo Lydia entre sollozos—. Haré todo lo que digas.

—¿De veras? —preguntó.

Ella elevó su mirada con los ojos arrasados en lágrimas. Un arrebato de esperanza la calmó. ¿Sería verdad? ¿Liberaría a Feliks? Y repitió:

—Lo que quieras, lo que quieras.

—Mientras estabas fuera, tuve una visita —dijo él, en tono casual—. El conde de Walden. Me pidió permiso para verte.

—¿Quién?

—El conde de Walden. Era Lord Highcombe cuando lo viste anoche, pero su padre ha muerto esta misma noche, de modo que ahora el conde es él.

Lydia se quedó mirando fijamente a su padre sin entender. Recordó su encuentro con el inglés, pero no podía comprender por qué ahora, de repente, su padre lo traía a colación. Y le rogó:

No me tortures. Dime lo que tengo que hacer para que Feliks quede en libertad.

—Cásate con el conde de Walden —dijo su padre, bruscamente.

Lydia dejó de llorar. Clavó su mirada en él, incapaz de articular palabra. ¿Habría entendido bien? Parecía una locura.

Él prosiguió:

—Walden quiere casarse en seguida. Abandonarías Rusia para irte a Inglaterra con él. Este desgraciado suceso quedaría olvidado y nadie se tendría que enterar de nada. Es la solución ideal.

—¿Y Feliks? —preguntó Lydia con un suspiro.

—La tortura cesaría hoy. El muchacho sería puesto en libertad en el mismo momento en que tú salieras para Inglaterra. Nunca lo volverías a ver en tu vida.

—No —susurró Lydia—. ¡Por el amor de Dios, no!

Se casaron ocho semanas después.

—¿Intentaste, de veras, apuñalar a tu padre? —preguntó Feliks, entre horrorizado y divertido.

Lydia asintió.

«Gracias a Dios, no ha adivinado todo lo demás», pensó.

—Estoy orgulloso de ti —dijo Feliks.

—Fue algo terrible.

—Él era un hombre terrible.

—Ya no pienso de esa manera.

Se produjo una pausa. Feliks dijo con voz queda:

—O sea, que después de todo nunca me traicionaste.

El impulso que la movía a estrecharlo entre sus brazos se hacía casi irresistible. Hizo un esfuerzo para permanecer sentada, fría e inmóvil. Superó aquel momento.

—Tu padre cumplió su palabra —musitó él—. Las torturas cesaron aquel día. Me pusieron en libertad al día siguiente de tu partida para Inglaterra.

—¿Cómo te enteraste de mi paradero?

—Me llegó un recado de la doncella. Lo dejó en la librería. Por supuesto que no se enteró del buen negocio que habías hecho.

Las cosas que se tenían que decir eran tantas y de tanto peso que se sentaron en silencio. Lydia seguía teniendo miedo a moverse. Observó que constantemente él mantenía la mano derecha en el bolsillo del abrigo. No recordaba que anteriormente tuviera esa costumbre.

—¿Aún no sabes silbar? —preguntó súbitamente.

Ella no pudo evitar la risa.

—Jamás lo conseguí.

Volvieron a quedar sumergidos en el silencio. Lydia quería que se fuera, y con igual desesperación quería que se quedara. Finalmente preguntó:

—¿Qué has estado haciendo desde entonces?

Feliks se encogió de hombros.

—Viajando mucho. ¿Y tú?

—Educando a mi hija.

Para ambos parecía como si los años intermedios constituyeran un punto de referencia poco atractivo.

—¿Qué te hizo venir aquí? —preguntó Lydia.

—Oh... —Por unos instantes, Feliks pareció quedar confundido por la pregunta—. Necesito ver a Orlov.

—¿A Aleks? ¿Por qué?

—Hay un anarquista en la cárcel. Debo convencer a Or-

151

lov para que lo suelten... Ya sabes cómo están las cosas en Rusia; no hay justicia, todo son influencias.

—Aleks ya no está aquí. Alguien intentó robarnos cuando íbamos en nuestro carruaje y se asustó.

—¿Dónde podría encontrarlo? —preguntó Feliks, que de repente parecía tenso.

—En el hotel «Savoy», pero dudo que te reciba.

—Puedo intentarlo.

—Es importante para ti, ¿verdad?

—Sí.

—¿Sigues... metido en política?

—Es mi vida.

—La mayoría de los jovenes pierden interés con los años.

Él esbozó una sonrisa triste.

—La mayoría de los jóvenes se casan y forman una familia.

Lydia estaba rebosante de compasión.

—Feliks, lo siento muchísimo.

Él alargó su brazo y le cogió una mano. Ella se soltó de un tirón y se puso en pie.

—No me toques —le dijo.

Él la miró sorprendido.

—Aunque tú no hayas aprendido la lección, yo sí la he aprendido —prosiguió—. Me educaron con la convicción de que la lujuria es mala y destructora. Por algún tiempo, cuando estábamos... juntos... dejé de creerlo, o por lo menos así lo pretendí. Y mira lo que ocurrió. Destrocé mi vida y la tuya. Mi padre tenía razón: la lujuria destruye. Ya no lo he olvidado y nunca lo olvidaré.

Feliks la miró con tristeza.

—¿Es eso lo que te dices a ti misma?

—Es verdad.

—La moralidad de Tolstoi. Hacer el bien tal vez no te haga feliz, pero hacer el mal seguro que te hará desgraciado.

Ella inspiró profundamente.

—Ahora quiero que te vayas y no vuelvas jamás.

Él se quedó mirándola en silencio; luego se puso en pie.

—Muy bien —dijo.

Lydia sintió que su corazón iba a estallar.

Feliks dio un paso hacia ella. Lydia estaba inmóvil, sabiendo que debía alejarse de él, pero incapaz de hacerlo. Él le puso las manos en los hombros y la miró a los ojos, y ya fue demasiado tarde. Ella se acordaba de lo que solía ocurrir cuando ambos se miraban a los ojos y se vio perdida. Feliks se le acercó más y la besó, estrechándola entre sus brazos. Ocurrió lo de siempre: su boca insaciable sobre sus labios suaves, activa, amorosa, amable, hizo que ella se derritiera por momentos. Estrechó el cuerpo de él contra el suyo. Le ardía todo el cuerpo. Se estremeció de placer. Le buscó las manos y las tomó entre las suyas, sólo para tener algo que asir, una parte de su cuerpo que agarrar, que estrujar con todas sus fuerzas...

Feliks lanzó un grito de dolor.

Se separaron. Ella, perpleja, lo miró fijamente.

Él se llevó la mano derecha a la boca. Lydia vio que tenía una herida y que al estrujar ella su mano la había hecho sangrar. Quiso cogerle la mano y pedirle perdón, pero él se retiró. Se había producido un cambio en él, el encanto había quedado roto. Se volvió y se dirigió a la puerta. Horrorizada, observó cómo se iba. Dio un portazo. Lydia gritó por la pérdida.

Permaneció en pie durante unos instantes con la mirada fija en el lugar que había ocupado. Se sintió como si la hubieran destrozado. Se dejó caer en una silla. Empezó a estremecerse de manera incontrolable.

Sus emociones se arremolinaron y agitaron durante varios minutos, incapaz de pensar en nada. Finalmente se asentaron, dejando una sensación predominante: la tranquilidad de no haber sucumbido a la tentación de contarle el último capítulo de la historia. Aquél era un secreto alojado en lo más profundo de su ser, como un trozo de metralla en una herida ya curada, y allí quedaría hasta su muerte y se iría con ella al sepulcro.

Feliks se detuvo en el salón para ponerse el sombrero. Se miró en el espejo y en su rostro se dibujó una mueca de triunfo salvaje. Dio un último toque a su atuendo y salió al sol del mediodía.

Era tan crédula... Se había creído su historia imaginaria sobre un marino anarquista, y le había revelado, sin dudarlo un instante, dónde podría encontrar a Orlov. Rebosaba de gozo al ver que la tenía todavía bajo su poder.

«Se casó con Walden por mí —pensó— y ahora la he obligado a traicionar a su marido.»

Sin embargo, la entrevista había tenido unos momentos

peligrosos para él. Mientras le estaba contando su historia había observado su rostro y una pena tremenda había aflorado en su interior, una tristeza especial que le producía ganas de llorar, pero hacía ya tanto tiempo que no vertía lágrimas; su cuerpo parecía haberse olvidado de cómo se hacía y aquellos momentos peligrosos pasaron.

«Realmente, no soy vulnerable a los sentimientos —se dijo a sí mismo—: le mentí, traicioné su confianza en mí, la besé y huí; la utilicé. Hoy los hados me son favorables. Es un buen día para una tarea peligrosa.»

Había perdido la pistola en el parque, de modo que necesitaba una nueva arma. Para un asesinato en la habitación de un hotel, una bomba sería más adecuada. No sería necesario apuntar con exactitud, porque allí donde cayera mataría a todos los presentes en la habitación. Feliks pensó que si daba la casualidad de que en aquel momento Walden se encontrara con Orlov, mejor que mejor. Y pasó por su mente que en ese caso Lydia le habría ayudado a matar a su marido.

Alejó a Lydia de su mente y empezó a pensar en la química.

Fue a una droguería de Camden Town y compró dos litros de ácido común concentrado. El ácido venía en dos botellas de litro, y le costó cuatro chelines y cinco peniques, incluido el precio de los envases, que eran recuperables.

Se llevó las botellas a casa y las dejó en el suelo del sótano.

Volvió a salir y compró dos litros más del mismo ácido en otra tienda. El tendero le preguntó para qué lo quería y él contestó que para la limpieza, con lo que el hombre se dio por satisfecho.

En una tercera tienda compró dos litros más de otro ácido. Finalmente, adquirió medio litro de glicerina pura y una varilla de vidrio de treinta centímetros de longitud.

Se había gastado dieciséis chelines y ocho peniques, pero recuperaría cuatro chelines y tres peniques al devolver las botellas. Eso haría que el gasto total ascendiera a menos de tres libras.

Como había comprado los ingredientes en tiendas distintas, ninguno de los tenderos tuvo motivos para sospechar que iba a fabricar explosivos.

Subió a la cocina de Bridget y pidió a ésta el cuenco de loza de mayor capacidad que tuviera.

—¿Vas a preparar un pastel? —le preguntó.

—Sí —contestó él.

—Entonces no nos hagas volar a todos por los aires.

—¡Qué va!

Pero por si acaso, ella tomó la precaución de pasarse toda la tarde con una vecina.

Feliks volvió a bajar las escaleras, se quitó la chaqueta, se remangó la camisa y se lavó las manos.

Cogió el recipiente y lo puso en el fregadero.

Contempló la hilera de grandes botellas marrones, con sus tapones de vidrio esmerilado, alineadas en el suelo.

La primera parte del trabajo no era muy peligrosa.

Mezcló los dos ácidos en el cuenco de Bridget, esperó que se enfriara el recipiente, y luego volvió a meter la mezcla en las botellas.

Lavó el cuenco, lo secó, lo colocó otra vez en el fregadero, y vertió en él la glicerina.

El fregadero estaba cerrado con un tapón de goma pendiente de una cadena. Colocó transversalmente el tapón en el agujero, de modo que éste quedara tapado sólo en parte. Abrió el grifo. Cuando el nivel del agua llegó casi hasta el borde del cuenco, redujo el volumen del grifo sin cerrarlo del todo, de manera que el agua saliera a medida que entraba y su nivel en el fregadero se mantuviera constante sin rebosar e introducirse en el recipiente.

Lo que venía ahora había matado a más anarquistas que la Okhrana.

Cautelosamente, empezó a añadir el ácido mezclado a la glicerina, revolviendo cuidadosamente pero constantemente con la varilla de vidrio.

La habitación del sótano estaba muy caldeada.

De vez en cuando, una voluta de humo marrón rojizo salía del recipiente, señal de que la reacción química empezaba a descontrolarse; entonces, Feliks tenía que parar de añadir ácido sin dejar de revolver, hasta que el agua que se vertía por el fregadero enfriaba el cuenco y moderaba la reacción. Cuando desaparecía la humareda, aguardaba uno o dos minutos para proseguir luego la mezcla.

«Así murió Ilia —recordó—; de pie ante el fregadero de un sótano, mezclando ácidos y glicerina; quizás iba con prisas. Cuando finalmente pudieron retirar los escombros, no encontraron ni rastro de Ilia.»

Pasó la tarde y empezó a oscurecer. El aire se enfrió, pero Feliks seguía sudando igual. Su mano era tan firme como una roca. Podía oír a los niños que jugaban en la calle y repetían cantando: «Sal, mostaza, vinagre, pimienta, sal, mostaza, vinagre, pimienta.» Ojalá tuviera hielo. Ojalá tuviera luz eléctrica. La habitación se llenó de una humareda ácida. Tenía la garganta reseca. La mezcla del recipiente se mantenía clara.

Se encontró soñando despierto con Lydia. En ese sueño la vio entrar en el sótano, totalmente desnuda, sonriente, y él le dijo que se fuera porque tenía trabajo.

«Sal, mostaza, vinagre, pimienta.»

Vertió la última botella de ácido con tanta lentitud y suavidad como la primera.

Sin dejar de revolver, aumentó el volumen de agua del grifo de modo que ésta entrara en el cuenco; entonces eliminó meticulosamente el ácido sobrante.

Una vez acabada la operación, tenía ante sí un recipiente lleno de nitroglicerina.

Era un líquido explosivo, veinte veces más poderoso que la pólvora. Podía hacerse explotar mediante un detonador, si bien éste no era absolutamente imprescindible, ya que también se podía hacer explotar con una cerilla encendida o incluso mediante el calor de un fuego cercano. Feliks había conocido a un loco que llevaba una botella de nitroglicerina en el bolsillo superior de la chaqueta, hasta que el calor de su cuerpo provocó su explosión, causándole la muerte y la de otras tres personas y un caballo en una calle de San Petersburgo. Una botella de nitroglicerina explotaba si se la golpeaba o simplemente se la dejaba caer en el suelo, o se agitaba, o incluso si se la movía con cierta brusquedad.

Con el máximo cuidado, Feliks introdujo una botella limpia en el recipiente y dejó que se fuera llenando lentamente con el explosivo. Una vez llena, cerró la botella, asegurándose de que no quedara nitroglicerina entre el cuello de la botella y el tapón de vidrio esmerilado.

Quedó algún líquido en el recipiente. Desde luego, no se podía verter en el fregadero.

Feliks fue a su cama y cogió la almohada. El relleno parecía ser de borra de algodón. Hizo un agujerito en la almohada y sacó parte del relleno. Eran trozos de trapos mezclados con plumas. Echó una parte en la nitroglicerina que quedaba en el recipiente y absorbió el líquido bastante bien. Feliks añadió más relleno hasta que empapó todo el líquido; entonces hizo una pelota con todo ello y la envolvió con periódicos. Así adquiría mayor estabilidad, como la dinamita; de hecho, eso era: dinamita. Explotaría con mayor lentitud que el líquido puro. Al encender el periódico podía explotar o no; lo que verdaderamente hacía falta era una pajita de papel absorbente rellena de pólvora. Pero Feliks no quería servirse de la dinamita, ya que lo que él necesitaba era algo fiable y de efectos inmediatos.

Volvió a lavar y secar el cuenco. Taponó el fregadero, lo llenó de agua y luego, cuidadosamente, colocó la botella de nitroglicerina en el agua, para mantenerla fría.

Volvió a subir a la cocina de Bridget para devolverle el cuenco de loza.

Bajó de nuevo y contempló la bomba en el fregadero.

«No he tenido miedo. En toda la tarde, nunca he tenido miedo de morir. Sigo sin tener miedo», pensó.

Eso lo puso de buen humor. Salió para hacer un recorrido de exploración por el hotel «Savoy».

7

Walden observó que tanto Lydia como Charlotte estaban como abatidas a la hora del té. También él estaba preocupado. La conversación resultó deshilvanada.

Después de cambiarse para la cena, Walden se sentó en el salón y saboreó una copa de jerez, haciendo tiempo hasta que bajaran su esposa y su hija. Iban a cenar fuera, en «Pontadarvy's». Era otra noche cálida. Hasta entonces habían tenido un verano estupendo, aunque sólo fuera por el tiempo.

El confinamiento de Aleks en el hotel «Savoy» no había servido para acelerar el lento ritmo de las negociaciones con los rusos. Aleks inspiraba afecto, como un gatito, y tenía los dientes sorprendentemente afilados de un gatito. Walden le había presentado la contraoferta, una vía fluvial internacional del mar Negro al Mediterráneo. Aleks había dicho sencillamente que no era suficiente, ya que en tiempo de guerra, cuondo el estrecho resultara vital, ni Gran Bretaña ni Rusia, con la mejor voluntad del mundo, podrían impedir que los turcos cerraran el canal. Rusia no sólo quería el derecho de paso, sino también la fuerza para exigir su cumplimiento.

Mientras Walden y Aleks discutían sobre cómo se podría conceder a Rusia aquella fuerza, los alemanes habrían completado el ensanche del canal de Kiel, un proyecto estratégicamente crucial que facilitaría a sus acorazados el paso de los campos de batalla del mar del Norte a la seguridad del Báltico. Además, las reservas de oro de Alemania alcanzaban su cota más elevada, como resultado de las maniobras financieras que habían motivado la visita de Churchill a «Walden Hall» en mayo. Alemania nunca podría estar mejor preparada para la guerra; cada día que pasaba hacía más inaplazable una alianza anglo-rusa, pero Aleks tenía los nervios bien templados y no haría ninguna concesión precipitada.

Y a medida que Walden obtenía más información sobre Alemania, su industria, su Gobierno, su ejército y sus recursos naturales, se daba perfecta cuenta de que este país contaba con grandes posibilidades de sustituir a Gran Bretaña como la nación más poderosa del mundo. A él personalmente le preocupaba poco que Gran Bretaña fuera la primera, la segunda o la novena, con tal de que fuera libre. Amaba a Inglaterra. Estaba orgulloso de su país. Su industria proporcionaba trabajo a millones de personas, y su democracia era un modelo para el resto del mundo. Su población era cada vez más culta, y en ese proceso un mayor número de sus habitantes tenía derecho al voto. Incluso las mujeres lo tendrían, antes o después, especialmente si dejaban de romper los cristales de las ventanas. Amaba los campos y las montañas, la ópera y los teatros de variedades, el resplandor frenético de la metrópoli y el ritmo lento, relajante, de la vida del campo. Estaba orgulloso de sus inventores, de sus dramaturgos, de sus financieros y artesanos. Inglaterra era un lugar más que estupendo, y no iba a ser asolada por los invasores prusianos de cabeza cuadrada, al menos si estaba en manos de Walden evitarlo.

Estaba preocupado porque no veía con claridad que él pudiera evitarlo. Se preguntaba hasta qué punto entendía realmente la Inglaterra moderna, con sus anarquistas y sufragistas, dirigida por jóvenes fogosos como Churchill y Lloyd George, sacudida por fuerzas aún más disgregadoras como el naciente Partido Laborista y los cada vez más poderosos sindicatos. Personas como Walden todavía gobernaban; las esposas formaban la Buena Sociedad y los maridos constituían la clase dirigente, pero el país no resultaba tan gobernable como lo había sido hasta entonces. A veces tenía la sensación, terriblemente deprimente, de que se iba perdiendo el control de todo.

Charlotte entró, recordándole que no era sólo en el campo de la política donde estaba perdiendo influencia. Todavía llevaba puesto el vestido de la hora del té.

—Tenemos que marcharnos pronto —le dijo Walden.

—Si me lo permites, me quedaré en casa —contestó—. Me duele un poco la cabeza.

—No podrás tomar una cena caliente, a menos que avises en seguida a la cocinera.

—No es necesario. Tomaré algo en mi habitación.

—Estás pálida. Bebe una copita de jerez; te abrirá el apetito.

—Muy bien.

Se sentó, y su padre le llenó una copa. Al entregársela, le dijo:

—Annie ya tiene trabajo y un hogar.

—Me alegro —contestó ella fríamente.

Walden respiró profundamente.

—Tengo que reconocer que no obré bien en aquel asunto —confesó.

—¡Oh! —exclamó Charlotte, sorprendida.

«¿Tan raro resulta que admita que me he equivocado?», se preguntó él.

Y prosiguió:

—Por supuesto que ignoraba que su... joven... se había escapado y ella se veía obligada a pasar por la vergüenza de tener que volver con su madre. Pero tendría que haberme enterado. Como tú dijiste muy bien, ella estaba bajo mi responsabilidad.

Charlotte no dijo nada, pero se sentó a su lado en el sofá y le tomó la mano.

Aquello lo emocionó. Y añadió:

—Tienes un corazón noble y espero que seguirás así siempre. Y confío que aprenderás a manifestar tus generosos sentimientos con un poco más... de ecuanimidad.

Ella lo miró y aseguró:

—Lo intentaré, papá.

—Me pregunto, a menudo, si te habremos protegido demasiado. Por supuesto, fue tu madre quien decidió de qué manera debíamos educarte, pero debo confesar que yo estuve de acuerdo con ella casi siempre. Hay quienes dicen que no se debe proteger a los niños de, digamos, lo que podríamos llamar los hechos de la vida, pero son los menos y, por lo general, suelen ser gente tremendamente vulgar.

Guardaron silencio unos instantes. Como de costumbre, Lydia tardaba una eternidad en vestirse para la cena. Había más cosas que Walden quería decirle a Charlotte, pero no sabía si tendría la suficiente valentía. Ensayó en su mente varias introducciones, a cuál más embarazosa. Allí estaba ella sentada a su lado, en cómodo silencio, y él se preguntaba si la joven tendría alguna idea de por dónde iban sus pensamientos.

Lydia iba a estar lista de un momento a otro. Ahora o nunca. Se aclaró la garganta.

—Te casarás con un hombre bueno y a su lado te enterarás de muchas cosas que son misteriosas y que ahora tal vez te preocupen un poco. —«Bastaría con esto —pensó—; ahora es el momento de retroceder, de evitar el problema. ¡Ánimo!»—. Pero hay una cosa que sí debes saber por adelantado. Es tu madre quien debe decírtela, en realidad, pero tal vez no lo haga, por eso te la voy a decir yo.

Encendió un cigarro, sólo para tener ocupadas sus manos. Ya había pasado esa línea de la que no se puede retroceder. Confiaba en que ahora Lydia haría su aparición y pondría ya punto final a la conversación, pero no ocurrió así.

—Dijiste que sabes lo que Annie y el joven hicieron. Bueno, no están casados y por tanto obraron mal. Pero cuando se está casado es una cosa ciertamente muy bonita.

Notaba cómo enrojecía su rostro y confiaba en que ella no levantara su mirada precisamente entonces.

—Es muy bueno desde el simple punto de vista físico, ¿sabes? —se lanzó—. No se puede describir, quizá sea algo así como sentir el calor junto al fuego del hogar... Sin embargo, lo principal es algo que estoy seguro que tú no puedes percibir; es lo maravilloso que todo ello resulta, en conjunto, desde un punto de vista espiritual. De algún modo, viene a ser la expresión de todo el afecto, ternura y respeto y..., en fin, simplemente el amor que hay entre un hombre y su mujer. Cuando se es joven no se entiende necesariamente todo esto. Las chicas, especialmente, tienden a ver sólo el aspecto..., digamos, grosero, y algunas personas desafortunadas nunca descubren su lado bueno. Pero si tú estás atenta a ello y eliges como marido a un hombre bueno, amable, sensato, seguro que todo irá bien. Por eso te lo he dicho. ¿Te he puesto muy nerviosa?

Para su sorpresa, ella se volvió para darle un beso en la mejilla y contestó:

—Sí, pero no tanto como te has puesto tú.

Y eso le hizo reír.

Pritchard entró.

—El carruaje está a punto, Milord, y Milady está esperando en el salón.

Walden se levantó.

—Ahora, ni una palabra a mamá —susurró a Charlotte.

—Empiezo a comprender por qué todo el mundo dice que eres una persona tan buena —dijo Charlotte—. Os deseo una buena velada.

—Adiós —dijo él.

Y, mientras iba al encuentro de su esposa, pensó: «De todas formas, algunas veces me explico bien.»

Tras aquello, Charlotte casi cambió de idea sobre asistir a la reunión de las sufragistas.

Se había sentido rebelde, tras el incidente de Annie, cuando vio un cartel pegado en la ventana de una joyería en Bond Street. Su encabezamiento, EL VOTO PARA LAS MUJERES, le había llamado la atención; luego se había dado cuenta de que la sala en la que iba a celebrarse la reunión no quedaba lejos de su casa. El aviso no daba los nombres de los oradores, pero Charlotte había leído en los periódicos que la famosa Mrs. Pankhurst hacía su aparición en tales reuniones sin previo aviso. Charlotte se había detenido para leer el cartel, fingiendo (para no implicar a Marya, que la acompañaba) que estaba mirando unas pulseras. Mientras leía, salió un chico de la tienda y empezó a quitar el cartel de la ventana. Fue en aquel lugar, en aquel preciso instante, cuando Charlotte decidió asistir a la reunión.

Con todo, su padre la había hecho sudar. Fue una sorpresa comprobar que también él era falible, vulnerable, e incluso humilde; y todavía le resultó más revelador oírle hablar de la unión sexual como si se tratara de algo hermoso. Se dio cuenta de que ya no estaba resentida interiormente contra él por permitirle crecer en la ignorancia. De repente comprendió su punto de vista.

Pero nada de eso cambiaba el hecho de que continuara sintiéndose terriblemente ignorante y no pudiera confiar en que sus padres le contaran toda la verdad de las cosas, especialmente de las relacionadas con las sufragistas, por ejemplo. Y tomó una decisión: «Sí, iré.»

Tocó la campana para llamar a Pritchard y le pidió que le llevara una ensalada a su habitación; luego subió ella. Una de las ventajas de ser mujer era la de que nadie la atosigaba nunca con preguntas cuando decía que le dolía la cabeza; al parecer era corriente que las mujeres tuvieran, de vez en cuando, dolor de cabeza.

Cuando le sirvieron lo que había pedido, comió algo hasta la hora en que los criados empezaban a cenar; entonces se puso el abrigo y el sombrero y se fue.

Era un cálido atardecer. Caminó con paso ligero hacia Knightsbridge. Sentía una peculiar sensación de libertad y se dio cuenta de que era la primera vez que iba por las calles de una ciudad completamente sola.

«Podría hacer cualquier cosa. No tengo citas concertadas ni dama de compañía. Nadie sabe dónde estoy. Podría cenar en un restaurante. Podría tomar un tren para Escocia. Podría irme a un hotel. Podría subir a un ómnibus. Podría comerme una manzana en la calle y tirar el corazón en el desagüe», pensó.

Creía que llamaba la atención, pero nadie la miraba. Siempre había tenido la vaga impresión de que si salía sola, unos hombres extraños la iban a molestar de maneras diversas. Pero, al parecer, ninguno la veía. Los hombres no estaban acechando; iban a algún sitio, con sus trajes de etiqueta o de estambre, o con levita.

«¿Dónde estará el peligro?», pensó.

Luego se acordó del loco del parque y apresuró el paso.

A medida que se acercaba al local observó un mayor número de mujeres que caminaban en la misma dirección. Algunas iban en parejas o en grupos, pero muchas iban solas, como Charlotte. Se sintió más segura.

Ante el local se aglomeraban cientos de mujeres. Muchas con los colores de las sufragistas: púrpura, verde y blanco. Algunas distribuían folletos o vendían un periódico llamado *El voto para las mujeres*. Se encontraban por allí algunos policías, con una expresión forzada de divertido menosprecio. Charlotte se puso en la cola para entrar.

Al llegar a la puerta, una celadora, con brazal, le pidió seis peniques. Charlotte dio media vuelta con un ademán automático, y entonces constató que no iba con ella Marya, ni un lacayo o doncella que pudieran pagar. Iba sola y no tenía dinero. No se le había ocurrido que tendría que pagar para entrar en el local. Tampoco sabía dónde habría encontrado los seis peniques en caso de que hubiera previsto su necesidad.

—Lo siento —dijo—. No tengo dinero..., no sabía...

Se dio la vuelta para marcharse, pero la celadora consiguió detenerla.

—Bueno —dijo la mujer—, si no tiene dinero, entre gratis.

Por su acento pertenecía a la clase media, y, aunque le habló con amabilidad, Charlotte se imaginó que pensaría: «¡Con un vestido tan elegante y sin dinero!»

—Gracias..., le mandaré un cheque... —contestó Charlotte.

Luego entró, colorada como un tomate.

«Gracias a Dios que no se me ocurrió cenar en un restaurante o tomar el tren. Nunca había tenido necesidad de preocuparme por llevar dinero encima», pensó.

Su dama de compañía siempre llevaba dinero para los gastos menores, papá tenía cuenta en todas las tiendas de Bond Street, y si quería almorzar en «Claridge's» o tomar el café de la mañana en el «Café Royal», bastaba simplemente con dejar su tarjeta sobre la mesa para que enviaran la cuenta a su padre. Pero seguro que él no iba a pagar una cuenta como ésta.

Tomó asiento en una de las primeras filas de la sala. No quería perderse nada, después de todas las complicaciones.

«Si voy a hacer cosas así, a menudo tendré que pensar en la manera de contar con dinero en efectivo, peniques manoseados y soberanos de oro y billetes de Banco arrugados», pensó.

Echó una mirada a su alrededor. El lugar estaba casi abarrotado de mujeres con algún que otro hombre. Las mujeres pertenecían, en su mayoría, a la clase media; predominaban los vestidos de sarga y algodón sobre los de cachemira y seda. Unas cuantas mujeres tenían un porte de clara distinción y elegancia por encima del término medio; hablaban en voz más baja y llevaban menos joyas, y todas esas mujeres, como la propia Charlotte, parecían vestidas con abrigos de la temporada pasada y con sombreros ordinarios, como para no llamar la atención. Por lo que Charlotte pudo ver, no había entre el público mujeres pertenecientes a la clase obrera.

Sobre el estrado había una mesa adornada con un estandarte púrpura, verde y blanco, en el que se leía: «El voto para las mujeres.» Sobre la mesa había un pequeño atril. Detrás, una hilera de seis sillas.

Al pensar Charlotte que todas aquellas mujeres se rebelaban contra los hombres, no sabía si emocionarse o avergonzarse.

El público aplaudió cuando cinco mujeres hicieron su

aparición en el escenario. Vestían impecablemente, aunque no muy a la moda; ninguna de ellas llevaba falda de medio paso ni sombrero ajustado. ¿Eran verdaderamente personas como éstas las que rompían los cristales de las ventanas, acuchillaban cuadros y tiraban bombas? Su aspecto era demasiado respetable.

Empezaron los discursos. Para Charlotte resultaban poco inteligibles. Hablaban de organización, finanzas, peticiones, enmiendas, divisiones y elecciones para cubrir vacantes. Se sentía incómoda; no estaba aprendiendo nada. ¿Tendría que leer libros relacionados con el tema, antes de asistir a una reunión, a fin de poder entender los procedimientos? Después de casi una hora, estaba a punto de marcharse, pero entonces la oradora de turno fue interrumpida.

Aparecieron dos mujeres al fondo del escenario. Una de aspecto atlético y con chaqueta de automovilista, daba su brazo y acompañaba a otra menuda y delicada, con abrigo de entretiempo, verde pálido, y amplio sombrero. El público prorrumpió en aplausos. Las mujeres del escenario se pusieron en pie. Los aplausos se incrementaron con gritos y vivas. Alguien se levantó cerca de Charlotte, y en cuestión de segundos fue imitada por las otras mil.

Mrs. Pankhurst se encaminó poco a poco hasta el atril.

Charlotte podía verla con toda claridad. Era lo que la gente llama una mujer elegante. Tenía unos ojos oscuros y profundos, una boca amplia y recta y una barbilla pronunciada. Habría sido hermosa de no ser por su nariz gruesa y achatada. Su rostro enjuto, así como sus manos y el color amarillento de su piel, reflejaban los efectos de sus repetidos encarcelamientos y huelgas de hambre. Su figura era débil, delgada y grácil.

Levantó las manos y los gritos y aplausos cesaron casi instantáneamente.

Empezó a hablar. Tenía una voz potente y clara, pero no chillona. A Charlotte le sorprendió su acento de Lancashire. Dijo:

—En 1894 fui elegida responsable de la casa de caridad en la Junta de Tutores de Manchester. La primera vez que visité aquel lugar quedé horrorizada al ver a niñitas de siete y ocho años fregando de rodillas las frías losas de aquellos largos pasillos. Esas niñas iban vestidas, tanto en invierno como en verano, con batas de algodón fino, de cuello bajo y manga corta. Por la noche, no llevaban nada en absoluto, ya que los camisones se consideraban algo excesivo para las pobres. El hecho de que la bronquitis fuera crónica en ellas, casi todo el año, no había sugerido a los tutores efectuar ningún cambio en su manera de vestir. Apenas si hace falta añadir que, hasta mi llegada, todos los tutores eran hombres.

»Me di cuenta de que en la casa de caridad había mujeres embarazadas que fregaban el suelo y realizaban las más duras tareas, casi hasta el mismo momento en que sus bebés llegaban al mundo. Muchas de ellas eran solteras, jovencísimas, unas criaturas. A estas pobres madres se les permitía permanecer en el hospital durante dos semanas escasas. Luego tenían que elegir entre quedarse en la casa de caridad y ganarse la vida fregando el suelo y demás trabajos, en cuyo caso se las separaba de sus bebés, o pedir su libertad. Podían quedarse y ser pobres, o podían irse, irse con un bebé de dos semanas en los brazos, sin esperanza, sin hogar, sin dinero, sin ningún sitio a donde ir. ¿Qué pasaba con aquellas mujeres y qué pasaba con sus desventuradas criaturas?

Charlotte quedó asombrada por la discusión pública de temas tan delicados. Madres solteras..., simples criaturas..., sin hogar, sin dinero... ¿Y por qué se las tenía que separar de sus bebés en la casa de caridad? ¿Sería verdad todo aquello?

Lo peor estaba por llegar.

La voz de Mrs. Pankhurst se elevó un poco:

—Según la ley, si un hombre que destroza a una chica paga una suma total de veinte libras, la casa albergue queda exenta de inspección. Mientras la inclusa acepte una criatura cada vez y se hayan pagado las veinte libras, los inspectores no pueden hacer una inspección en la casa.

Inclusa..., un hombre que destroza a una chica..., eran términos desconocidos para Charlotte, pero resultaban terriblemente claros.

—Por supuesto, los bebés mueren con espantosa rapidez, y entonces la inclusa puede acoger libremente a otra víctima. Durante años las mujeres han intentado cambiar la Ley de los Pobres, proteger a los hijos ilegítimos y hacer imposible que cualquier rico desvergonzado eluda su responsabilidad ante su propio hijo. ¡Una y otra vez se ha intentado, pero siempre se ha fracaso —y aquí su voz se convirtió en un grito apasionado— porque las únicas que realmente se preocuparon del tema no son más que mujeres!

Su auditorio prorrumpió en aplausos y una mujer muy próxima a Charlotte gritó:

—¡Así se habla, así se habla!

Charlotte se volvió a la mujer, la cogió por el brazo y le preguntó:

—¿Es verdad? ¿Es verdad?

Pero Mrs. Pankhurst había reemprendido su discurso.

—¡Ojalá tuviera tiempo y fuerzas para contaros todas las tragedias de las que fui testigo durante el tiempo que estuve en aquella junta! En nuestro departamento de ayuda exterior, entré en contacto con viudas que luchaban desesperadamente por mantener sus hogares y familias unidas. La ley concedía a estas mujeres una ayuda inadecuada y no había otra salida que la casa de caridad. Aunque la mujer estuviera amamantando al niño, la ley la consideraba igual que a un hombre fuerte y sano. Se dice que las mujeres deben quedarse en casa y cuidar de sus hijos. Yo solía desconcertar a mis colegas varones diciéndoles: «¡Cuando las mujeres tengan derecho al voto, procurarán que las mujeres *puedan* permanecer en casa y cuidar de sus hijos!»

»En 1899 entré en la Oficina del Registro de Nacimientos y Defunciones de Manchester. Incluso tras mi experiencia en la Junta de Tutores me impresionaba constantemente el poco respeto que había en el mundo hacia las mujeres y los niños. Me he encontrado con muchachitas de trece años que venían a mi despacho para registrar el nacimiento de sus bebés, ilegítimos, por supuesto. En la mayoría de los casos no había nada que hacer. La edad de consentimiento está fijada a los dieciséis años, pero un hombre puede, por lo general, alegar que creía que la madre había cumplido los dieciséis. Durante el tiempo que ejercí el cargo, la madre jovencísima de un hijo ilegítimo abandonó su bebé en la calle y éste murió. La madre fue juzgada por asesinato y condenada a muerte. El hombre, que desde el punto de vista de la justicia era el auténtico asesino de la criatura, no recibió el menor castigo.

»En aquellos días me pregunté muchas veces qué era lo que se debía hacer. Me había afiliado al Partido Laborista, creyendo que a través de sus consejos se podía conseguir algo de vital importancia, alguna demanda en favor del derecho al voto de las mujeres que los políticos no pudieran ya ignorar. No se logró nada.

»Durante aquellos años, todas mis hijas se habían ido

haciendo mayores. Un día, Cristabel me dejó maravillada con la siguiente observación:

»—¿Cuánto tiempo lleváis las mujeres luchando por el voto? En lo que de mí dependa, yo quiero obtenerlo.

»Desde entonces, han sido dos mis consignas: la primera, el voto para las mujeres, y la segunda, que en lo que de mí dependa, ¡yo quiero obtenerlo!

Alguien gritó: «¡Y yo también!», y se reprodujeron los gritos y aplausos.

Charlotte se sentía aturdida. Era como si ella, al igual que Alicia en el país de las maravillas, hubiera atravesado el espejo y se encontrara en un mundo en el que nada era lo que parecía. En lo que se escribía en los periódicos sobre las sufragistas, no se mencionaba la Ley de los Pobres, ni las madres de trece años (¿era posible?) ni a muchachitas que enfermaban de bronquitis en las casas de caridad. Charlotte no habría creído nada de todo esto, de no haberlo visto con sus propios ojos en Annie, una muchachita de Norfolk, decente, normal, durmiendo en las calles de Londres tras ser «destrozada» por un hombre. ¿Qué importancia tenía la rotura de unos cuantos cristales de las ventanas, al lado de cosas así?

—Pasaron muchos años antes de que encendiéramos la antorcha de la militancia. Habíamos intentado todas las demás medidas y nuestros años de trabajo, sufrimiento y sacrificio nos habían enseñado que el Gobierno no iba a ceder ante lo que era recto y justo, sino tan sólo ante sus propias conveniencias. Nos vimos obligadas a procurar que la inseguridad e inestabilidad se apoderaran de todos los sectores de la vida inglesa. Tuvimos que poner en la picota la ley inglesa y denunciar a los tribunales de justicia como escenarios de una farsa; nos vimos obligadas a desacreditar al Gobierno ante los ojos de todo el mundo; tuvimos que provocar el deterioro de los deportes ingleses, dañar la economía, destruir propiedades importantes, desmoralizar el mundo de la Buena Sociedad, avergonzar a las Iglesias, trastornar todo el sistema de vida ordenada; tuvimos que desplegar toda la guerra de guerrillas que pudiera tolerar el pueblo de Inglaterra. Cuando éste llegue al punto de decir al Gobierno: «Pongan fin a esto de la única manera posible: dando a las mujeres de Inglaterra su propia representación», entonces apagaremos nuestra antorcha.

»El gran estadista norteamericano Patrick Henry resumió así las causas que llevaron a la revolución norteamericana:

"Lo hemos pedido, lo hemos demostrado, lo hemos suplicado, nos hemos llegado a postrar a los pies del trono, y todo ha sido en vano. Tenemos que luchar; lo repito, señor, tenemos que luchar." Patrick Henry estaba abogando por matar a la gente como el único medio adecuado de asegurar la libertad política de los hombres. Las sufragistas no han hecho eso y nunca lo harán. De hecho, el espíritu que mueve a sus militantes es el de un profundo y permanente respeto por la vida humana.

»Fue con este espíritu con el que nuestras mujeres empezaron la guerra el año pasado. El 31 de enero una serie de campos de golf fueron quemados con ácido. El 7 y el 8 de febrero se cortaron los cables de teléfonos y telégrafos en algunos lugares, y durante algunas horas todas las comunicaciones entre Londres y Glasgow quedaron suspendidas. Unos días después se rompieron los cristales de algunos de los clubes más elegantes de Londres, los invernaderos de orquídeas de Kew fueron destrozados y el frío acabó con gran cantidad de flores de inapreciable valor. La sala de joyas de la Torre de Londres fue invadida y se rompió una vitrina. El 18 de febrero, una casa de campo que se estaba construyendo en Walton-on-the-Hill para Mr. Lloyd George fue destruida en parte tras la explosión de una bomba en la madrugada, antes de que llegaran los trabajadores.

»Más de mil mujeres han ido a la cárcel en el curso de esta campaña de agitación, han cumplido penas y han salido de la cárcel con la salud deteriorada, debilitadas en su cuerpo, pero no en su espíritu. Ninguna de estas mujeres sería, en caso de ser libres, transgresora de la ley. Son mujeres que creen seriamente que el bienestar de la humanidad exige este sacrificio; creen que los males terribles que están asolando nuestra civilización jamás serán eliminados hasta que las mujeres consigan el voto. Sólo hay una manera de detener esta agitación, sólo una manera de poner fin a esta agitación. ¡Y no es la de deportarnos!

—¡No! —gritó alguien.

—¡Ni la de encerrarnos en calabozos!

Toda aquella multitud gritó:

—¡No!

—¡Es la de hacernos justicia!

—¡Sí!

Charlotte se encontró gritando con todas las demás. La diminuta mujer del estrado parecía irradiar una justa indignación. Sus ojos resplandecían, cerró los puños, levantó la barbilla y su voz subía y bajaba con la emoción.

—El fuego del sufrimiento cuya llama está sobre nuestras hermanas encarceladas nos está quemando también a nosotras. Porque nosotras sufrimos con ellas, compartimos su aflicción y pronto participaremos de su victoria. Este fuego infundirá en los oídos de muchas que están dormidas una sola palabra: «Despertad», y ya nunca más quedarán adormiladas. Descenderá con una letanía sobre muchas que hasta ahora han estado mudas y que irán a predicar la nueva de la liberación. Su luz será vista desde remotísimos lugares por mujeres que sufren y se sienten tristes y oprimidas, e irradiará en sus vidas una nueva esperanza. Porque el espíritu que existe hoy en las mujeres no puede ser extinguido; es más fuerte que cualquier tiranía, crueldad u opresión; ¡es más fuerte, incluso, que la misma muerte!

A lo largo de todo el día, una terrible sospecha asedió constantemente a Lydia.

Tras el almuerzo se había retirado a su habitación para descansar. No le había sido posible dejar de pensar en Feliks. Seguía siendo vulnerable a su magnetismo; era una tontería fingir lo contrario. Pero ya no era una débil muchacha. Contaba con sus propios recursos, y estaba decidida a no perder el control y a no permitir que Feliks destrozara la vida plácida que con gran empeño había logrado.

Pensó en todas las preguntas que no le había hecho. ¿Qué estaba haciendo en Londres? ¿Cómo se ganaba la vida? ¿Cómo se las había arreglado para saber dónde vivía?

Había dado a Pritchard un nombre falso. Estaba claro que había temido que no lo dejara entrar. Se daba perfecta cuenta de por qué le había resultado familiar el nombre de Konstantin Dmitrich Levin; era el nombre de uno de los personajes de *Ana Karenina*, el libro que ella estaba comprando cuando se encontró con Feliks por primera vez. Era un seudónimo con doble significado, una discreta mnemotecnia que iluminó un sinfín de vagos recuerdos, como una rememoración agradable de la infancia. Habían discutido sobre la novela. Lydia había dicho que era brillantemente real, pues ella sabía lo que ocurría cuando se desataba la pasión en el alma de una mujer respetable; Ana *era* Lydia. Pero el libro no era sobre Ana, dijo Feliks; era sobre Levin y su búsqueda para encontrar una respuesta a la pregunta: «¿Cómo debo vivir?» La respuesta de Tolstoi era: «Tú conoces en tu corazón lo que es recto.» Feliks argüía que era este tipo de moralidad tonta, deliberadamente ignorante de la historia, de la economía y de la psicología, la que había llevado a la clase dirigente rusa a la incompetencia y la degeneración más absolutas. Ésa fue la noche en que comieron setas en vinagre y ella probó el vodka por primera vez. Acostumbraba llevar un vestido color turquesa que daba un tono azulado a sus ojos grises. Feliks había besado los dedos de sus pies y luego...

Sí, fue astuto al recordarle todo aquello.

«¿Llevaba mucho tiempo en Londres, o había venido simplemente a ver a Aleks?», se preguntaba.

Posiblemente debería haber una razón para acercarse a un almirante en Londres en busca de la puesta en libertad de un marino encarcelado en Rusia. Por primera vez se le ocurrió pensar a Lydia que Feliks podría no haber dicho toda la verdad. En definitiva, él seguía siendo un anarquista. En 1895 era un pacifista convencido, pero podría haber cambiado.

Si Stephen supiera que le había dicho a un anarquista dónde encontrar a Aleks...

Esto la había preocupado a la hora del té. La había preocupado mientras la doncella le recogía el cabello, con el resultado de que el pelo no le había quedado bien y daba pena verla. La había preocupado durante la cena y ello había motivado su raro comportamiento con la marquesa de Quort, Mr. Chamberlain y un joven llamado Freddie, que repetidamente dijo en voz alta que confiaba en que lo de Charlotte no fuera nada grave.

Se acordó del corte en la mano de Feliks que le arrancó aquel grito cuando ella se la apretó. Apenas si pudo ver la herida, pero parecía ser lo bastante seria como para necesitar algunos puntos.

Sin embargo, sólo fue al final de la velada, ya de nuevo en casa, sentada en su dormitorio y cepillándose el cabello, cuando se le ocurrió relacionar a Feliks con el loco del parque.

El pensamiento la asustó tanto que se le cayó un cepillo con incrustaciones de oro sobre la mesa del tocador y rompió un pequeño frasco de perfume.

¿Y si Feliks hubiera venido a Londres a matar a Aleks?

¿Y si fue Feliks quien atacó el carruaje en el parque, no para robarles, sino para llegar a Aleks? ¿No tenía el hombre de la pistola la misma altura y envergadura de Feliks?

En líneas generales, sí. Y Stephen lo había herido con su espada...

Entonces Aleks se había ido de casa porque estaba asustado (o quizás, ahora se daba cuenta, porque sabía que el «robo» había sido un intento de asesinato) y Feliks no sabría dónde encontrarlo y de ahí que se lo hubiera preguntado a Lydia...

Se miró en el espejo. La mujer que vio en él tenía los ojos grises, las cejas y el pelo rubios, un rostro bonito y el cerebro de un gorrión.

¿Sería verdad? ¿Podría Feliks haberla engañado de aquel modo? Sí..., porque él había pasado diecinueve años con la idea de que ella lo había traicionado.

Recogió los pedazos de cristal del frasco roto y los puso en un pañuelo; luego secó el perfume derramado. Ahora no sabía qué hacer. Tendría que avisar a Stephen, pero, ¿cómo?

«A propósito, un anarquista vino a verme esta mañana y me preguntó dónde había ido Aleks y como había sido mi amante le dije...»

Tendría que inventarse una historia. Pensó durante unos instantes. En otros tiempos, había sido una mentirosa descarada, pero ahora estaba desentrenada. Finalmente decidió que podría arreglárselas combinando las mentiras que Feliks le había contado a ella y a Pritchard.

Se puso un manto de cachemira sobre el camisón de seda y se fue derecha al dormitorio de Stephen.

Lo encontró sentado junto a la ventana, en pijama y bata, con un vaso de coñac en una mano y un puro en la otra, mirando al parque iluminado por la luz de la luna. Se sorprendió al verla entrar, porque siempre era él quien iba a su habitación por la noche. Se levantó con una sonrisa de bienvenida y la abrazó. Ella vio que interpretaba mal su visita; creía que había ido a hacer el amor.

—Quiero hablar contigo —dijo ella.

Él la soltó. Parecía disgustarse.

—¿A estas horas de la noche?

—Creo que he cometido un gran disparate.

—Mejor será que me lo cuentes.

Se sentaron a los lados del frío hogar. De pronto cruzó por la mente de Lydia que ojalá hubiera ido a hacer el amor. Y dijo:

—Esta mañana recibí la visita de un hombre. Dijo que me había conocido en San Petersburgo. En fin, el nombre me resultó familiar y pensé que lo recordaba muy vagamente... Ya sabes lo que pasa, a veces...

—¿Cómo se llamaba?

—Levin.

—Sigue.

—Dijo que quería ver al príncipe Orlov.

De pronto, Stephen prestó gran atención:

—¿Por qué?

—Algo relacionado con un marinero que había sido encarcelado injustamente. Ese tal... Levin quería presentar su petición personal para la liberación del hombre.

—¿Qué le dijiste?

—Le di la dirección del hotel «Savoy».

Stephen lanzó un juramento:

—¡Maldita sea! —Y luego pidió disculpas—: ¡Perdóname!

—Después se me ocurrió que Levin podría estar tramando algo malo. Tenía un corte en una mano y me acordé de que tú heriste al loco del parque..., o sea que, ya ves, todo se me fue apareciendo cada vez con mayor claridad. He hecho algo terrible, ¿verdad?

—No es culpa tuya. En realidad es mía. Tendría que haberte contado la verdad sobre el hombre del parque, pero pensé que sería mejor no asustarte. Me equivoqué.

—¡Pobre Aleks! —dijo Lydia—. ¡Pensar que alguien quiere matarlo! ¡Es tan bueno!

—¿Qué aspecto tenía Levin?

La pregunta desconcertó a Lydia. Por un momento había estado pensando en «Levin» como en un asesino desconocido; ahora se veía obligada a describir a Feliks:

—Pues... alto, delgado, de pelo castaño, de mi edad, ruso obviamente; un rostro hermoso, bien proporcionado...

«Y yo suspiro por él.»

Stephen se levantó:

—Voy a llamar a Pritchard para que me acompañe al hotel.

Lydia quería decir: «No, déjalo, ¿por qué no me llevas ahora a la cama? Necesito tu calor y ternura.»

Pero lo que dijo fue:

—Lo siento muchísimo.

—Tal vez sea mejor así —dijo Stephen.

Ella lo miró sorprendida.

—¿Por qué?

—Porque cuando vaya al hotel «Savoy» para asesinar a Aleks, le cogeré.

173

Y entonces Lydia se dio cuenta de que, con toda seguridad, antes de que acabara todo aquello uno de los hombres a los que amaba mataría al otro.

Feliks sacó con cuidado la botella de nitroglicerina del fregadero. Cruzó la habitación como si andara sobre cáscaras de huevos. Su almohada estaba sobre el colchón. Había agrandado el descosido hasta algo más de un centímetro y ahora introdujo la botella por aquel agujero en la almohada. Dispuso todo el relleno alrededor de la botella de modo que ésta quedara protegida por un material que amortiguara los golpes. Recogió la almohada y, acunándola como a un bebé, la colocó en una maleta abierta. Cerró la maleta y respiró más a sus anchas.

Se puso el abrigo, la bufanda y su respetable sombrero. Con todo cuidado enderezó la maleta de cartón y luego la levantó.

Salió.

El viaje hasta el West End fue una pesadilla.

Evidentemente no podía usar la bicicleta, pero incluso el ir a pie era algo para acabar con los nervios de cualquiera. A cada segundo le parecía ver aquella botella de vidrio marrón en su almohada; cada vez que su pie tocaba el suelo se imaginaba la pequeña onda del impacto subiéndole por el cuerpo para luego descender por el brazo hasta la maleta; en su mente veía las moléculas de nitroglicerina vibrando cada vez más de prisa debajo de la mano.

Pasó junto a una mujer que estaba fregando la acera frente a su casa. Se bajó de la acera, no fuera a resbalar sobre la parte mojada, y la mujer, burlona, le gritó:

—¿Qué, jefe? Mejor no mojarse los pies, ¿verdad?

Al pasar frente a una fábrica en Euston vio a toda una legión de aprendices que salía corriendo tras una pelota. Feliks se quedó totalmente inmóvil mientras ellos corrían a su alrededor, dándose empujones y peleándose por la pelota. Entonces alguien le dio a ésta un buen puntapié y desaparecieron con la misma rapidez con que habían llegado.

Cruzar Euston Road era una cita con la muerte. Se detuvo en el bordillo durante cinco minutos aguardando una buena interrupción en el incesante tráfico, y finalmente tuvo que cruzar casi corriendo.

En Tottenham Court Road entró en una papelería de

primera categoría. En la tienda todo era calma y silencio. Colocó suavemente la maleta sobre el mostrador. Un dependiente, de chaqué, le preguntó:

—¿En qué puedo servirlo, señor?

—Un sobre, por favor.

El dependiente frunció el entrecejo.

—¿Sólo uno, señor?

—Sí.

—¿De algún tamaño especial, señor?

—Normal, pero de buena calidad.

—Tenemos de color azul, marfil, *eau-de-nil*, crema, beige...

—Blanco.

—Muy bien, señor.

—Y una hoja de papel.

—Una hoja de papel, señor.

Le cobraron tres peniques. En principio, hubiera preferido escaparse sin pagar, pero no podía correr con la bomba en la maleta.

Charing Cross Road estaba atestada de gente, camino del trabajo en las tiendas y oficinas.

Resultaba del todo imposible andar sin recibir empujones. Feliks se quedó un rato en un portal, sin saber qué hacer. Finalmente, optó por llevar la maleta en los brazos para protegerla de aquellas hordas desatadas.

En Leicester Square se refugió en un Banco. Se sentó ante uno de los escritorios donde los clientes rellenaban sus cheques. Había una bandeja con plumas y un tintero. Colocó la maleta en el suelo entre sus pies Se relajó unos instantes. Los dependientes del Banco, de levita, pasaban sosegadamente con papeles en las manos. Feliks tomó una pluma y escribió en el sobre:

> *Príncipe A. Orlov*
> *Hotel Savoy*
> *Strand, London W.*

Dobló la hoja de papel en blanco y la introdujo en el sobre, simplemente para que tuviera su peso normal; no quería que pareciera un sobre vacío. Pasó la lengua por la parte engomada del sobre y lo cerró. Luego, sin prisas, recogió la maleta y salió del Banco.

En Trafalgar Square humedeció su pañuelo en la fuente y se refrescó la cara con él.

Pasó Charing Cross Station y caminó en dirección este,

a lo largo del paseo del Támesis. Cerca de Waterloo Bridge, un grupito de golfos, recostados en el muro de protección, arrojaban piedras contra las gaviotas del río. Feliks habló con el que le pareció el más inteligente del grupo:

—¿Quieres un penique?

—¡Sí, jefe!

—¿Tienes las manos limpias?

—Sí, jefe. —El muchacho mostró un par de manos mugrientas.

«Tendrán que servirle», pensó Feliks.

—¿Sabes dónde está el hotel «Savoy»?

—Claro.

Feliks supuso que esto significaba lo mismo que «Sí, jefe». Entregó al chico el sobre y un penique.

—Cuenta hasta cien despacio, luego lleva este sobre al hotel. ¿Entendido?

—Sí, jefe.

Feliks subió los peldaños del puente. Estaba muy transitado por hombres con bombín que cruzaban el río, procedentes del lado de Waterloo. Feliks se unió a la procesión.

Entró en una papelería y compró el *Times*. A la salida, un joven entraba alocadamente. Feliks alargó el brazo y lo detuvo, gritando:

—¡Mire por dónde va!

El hombre lo miró sorprendido. Mientras Feliks salía, oyó que aquel hombre decía al tendero:

—Vaya tipo tan nervioso, ¿verdad?

—Es un extranjero —le contestó el tendero cuando Feliks estaba ya en la calle.

Giró en el Strand y entró en el hotel. Se sentó en el vestíbulo y colocó la maleta en el suelo entre sus pies.

«Ya falta poco», pensó.

Desde su asiento se veían las dos puertas y la mesa de recepción del portero. Introdujo la mano en el abrigo y consultó un imaginario reloj de bolsillo, luego abrió el periódico y se dispuso a esperar, como si fuera temprano para su cita.

Acercó aún más la maleta a su asiento y alargó las piernas a uno y otro lado para protegerla del accidental puntapié de cualquier transeúnte despistado. El vestíbulo estaba atestado; faltaba poco para las diez.

«Es la hora del desayuno para la clase dirigente», pensó Feliks. Él no había comido; hoy no tenía apetito.

Examinó a las demás personas que se hallaban en el vestíbulo, mirando por encima del *Times*. Había dos hombres que parecían detectives. Feliks se preguntó si obstaculizarían su huida.

«Pero incluso en el caso de que oyeran la explosión —pensó—, ¿cómo sabrían cuál de las docenas de personas que atraviesan el vestíbulo fue la responsable? Nadie sabe cómo soy yo. Sólo lo sabrían si me cogieran. Tengo que evitar que me detengan.»

Se preguntaba si el golfillo vendría. Después de todo, el chaval ya tenía su penique. Podría muy bien haber tirado el sobre al río y haber entrado en una confitería. Si así fuera, Feliks no tendría más remedio que repetir todo aquel galimatías hasta dar con un golfillo que fuera de fiar.

Leyó un artículo del periódico, levantando la vista a cada instante. El Gobierno quería que quienes ayudaban económicamente a la Unión Social y Política de mujeres pagaran los daños causados por las sufragistas. Tenía en proyecto una nueva legislación que haría eso posible.

«Qué imbecilidades llegan a cometer los gobiernos cuando se vuelven intransigentes —pensó Feliks—. Lo que harán todos es dar el dinero anónimamente. ¿Dónde se habrá metido ese golfillo?»

Se preguntó qué estaría haciendo Orlov en aquel preciso instante. Con toda probabilidad, estaría en una de las habitaciones del hotel, unos pocos metros sobre su cabeza, desayunando, afeitándose, escribiendo una carta o manteniendo una conversación con Walden.

«Me gustaría matar a Walden también», pensó Feliks.

Era probable que aparecieran los dos por el vestíbulo en cualquier momento. Eso ya sería demasiado.

«¿Qué haría yo si así fuera? —pensó Feliks—. Arrojaría la bomba y moriría feliz.»

A través de la puerta de vidrio vio al golfillo.

El chaval venía por el estrecho pasillo que llevaba a la entrada del hotel. Feliks podía ver que llevaba el sobre en la mano; lo tenía cogido por una de las puntas, casi con repugnancia, como si estuviera sucio y él limpio, en vez de todo lo contrario. Se acercó a la puerta, pero lo detuvo un empleado con chistera. Estuvieron hablando algo que no pudo oír desde dentro, y luego el chiquillo se fue. El empleado entró en el vestíbulo con el sobre en la mano.

La tensión de Feliks aumentó: «¿Saldrá todo bien?»

El empleado depositó la carta sobre la mesa del jefe de recepción.

El jefe de recepción la miró, tomó un lápiz, anotó algo en la parte superior derecha —¿un número de habitación?— y llamó a un botones.

¡Por ahora todo iba bien!

Feliks se levantó, cogió con cuidado la maleta y se dirigió hacia las escaleras.

El botones lo adelantó en el primer piso y siguió subiendo.

Feliks siguió detrás de él.

Resultaba casi demasiado fácil.

Dejó que el botones se le adelantara un rellano, luego aligeró el paso sin perderlo de vista.

En el quinto piso el chico se metió por el pasillo.

Feliks se paró y observó.

El chico llamó a una puerta. Ésta se abrió. Salió una mano que recogió la carta.

«Ya estás en mi poder, Orlov.»

El botones se iba ya cuando lo llamaron. Feliks no pudo oír las palabras. Dieron al chico una propina y él dijo:

—Muchísimas gracias, señor, es usted muy amable.

Cerraron la puerta.

Feliks echó a andar por el pasillo.

El chico vio la maleta y fue a cogérsela, preguntando:

—¿Le ayudo, señor?

—No —respondió Feliks con voz autoritaria.

—Muy bien, señor —dijo el muchacho, y siguió su camino.

Feliks llegó hasta la habitación de Orlov. ¿No había más medidas de seguridad? Walden tal vez pensara que un asesino no podría llegar a la habitación de un hotel, pero Orlov tendría que estar mejor informado. Durante unos instantes, Feliks sintió la tentación de marcharse para pensar más detenidamente o hacer un reconocimiento más exhaustivo, pero estaba ya demasiado cerca de Orlov.

Colocó la maleta sobre la alfombra, frente a la puerta.

Abrió la maleta, metió la mano en la almohada y, con gran cuidado, extrajo la botella marrón.

Se enderezó lentamente.

Llamó a la puerta.

8

Walden miró el sobre. La dirección estaba escrita con letra clara y ordinaria. Era obra de un extranjero, pues un inglés habría escrito *Príncipe Orlov* o *Príncipe Aleksei*, pero no *Príncipe A. Orlov*. A Walden le habría gustado saber su contenido, pero Aleks se había cambiado de hotel a medianoche y Walden no podía abrirlo en su ausencia; después de todo, se trataba de la correspondencia de otra persona.

Se lo devolvió a Basil Thomson, quien no tuvo esa clase de escrúpulos.

Thomson abrió el sobre y sacó una simple cuartilla.

—¡En blanco! —exclamó.

Llamaron a la puerta.

Todos se pusieron rápidamente en movimiento. Walden fue hacia las ventanas, alejadas de la puerta y fuera de la línea de fuego, y se quedó tras un sofá, dispuesto a agacharse. Los dos detectives se distribuyeron uno a cada lado de la habitación y sacaron las pistolas. Thomson se quedó de pie en medio de la habitación tras una amplia y confortable poltrona.

Volvieron a llamar.

Thomson gritó:

—¡Entre! Está abierto.

La puerta se abrió y allí estaba él.

179

Walden se agarró fuertemente al respaldo del sofá. Aquel hombre daba miedo.

Era un hombre alto, con bombín y un abrigo negro abrochado hasta el cuello. Su rostro era alargado, sombrío, blanco. Con la mano izquierda sostenía una botella de color marrón. Sus ojos recorrieron toda la habitación y comprendió en seguida que le habían tendido una trampa.

Alzó la botella, gritando:

—¡Nitro!

—¡No disparéis! —chilló Thomson a los detectives.

El miedo se apoderó de Walden. Sabía lo que significaba la nitroglicerina; si la botella se caía morirían todos. Él quería vivir; no quería morir de repente y abrasado.

Se produjo un prolongado silencio. Nadie se movió. Walden se fijó en el rostro del asesino. Reflejaba astucia, dureza, decisión. En aquella breve y terrible pausa quedaron grabados en la mente de Walden todos y cada uno de sus rasgos: nariz aguileña, amplia boca, ojos tristes, pelo negro y abundante que asomaba por los bordes del sombrero.

«¿Estará loco? —se preguntó Walden—. ¿Será un amargado? ¿Un hombre sin corazón? ¿Un sádico?»

Lo único que su rostro no reflejaba era miedo.

Thomson rompió el silencio:

—Entréguese —ordenó—. Ponga la botella en el suelo. No haga locuras.

Walden estaba pensando: «Si los dos detectives disparan y el hombre cae, llegaré a tiempo para cogerle la botella antes de que se estrelle contra el suelo...»

—No.

El asesino se quedó inmóvil, con la botella en el aire. Walden constató: «Me está mirando a mí, no a Thomson; me está estudiando, como si me encontrara fascinante; fijándose en los detalles, preguntándose cuál es mi rasgo distintivo. Es una mirada personal. Está tan interesado en mí como yo lo estoy en él. Se ha dado cuenta de que Aleks no está aquí... ¿Qué hará ahora?»

El asesino habló a Walden en ruso:

—No eres tan estúpido como pareces.

«¿Será un suicida? ¿Nos matará a todos con él? Lo mejor será darle conversación...», siguió pensando Walden.

Entonces aquel hombre huyó.

Walden lo oyó correr por el pasillo.

Walden se dirigió a la puerta. Los otros tres iban delante de él.

Una vez en el pasillo, los detectives se arrodillaron en el suelo apuntando con sus pistolas. Walden vio cómo se escapaba el asesino con paso extrañamente ligero, con el brazo izquierdo cayendo recto a un lado, manteniendo la botella tan inmóvil como le era posible en su carrera.

«Si se le escapa ahora —pensó Walden—, ¿nos matará a esta distancia? Probablemente, no.»

Thomson estaba pensando lo mismo y ordenó:

—¡Disparad!

Se oyó el disparo simultáneo de dos pistolas.

El asesino se detuvo y se volvió.

¿Estaba herido?

Echó hacia atrás el brazo y lanzó contra ellos la botella. Thomson y los dos detectives se arrojaron al suelo. Walden vio al momento que si la nitroglicerina explotaba cerca de donde estaban, de nada les serviría estar echados en el suelo.

La botella fue dando vueltas y más vueltas mientras volaba hacia ellos. Iba a caer en el suelo, a poco más de un metro de Walden. Si llegaba a tocar el suelo, con toda seguridad explotaría.

Walden corrió hacia la botella que volaba por los aires.

Descendía formando un arco poco pronunciado. Alargó hacia ella las dos manos. La cogió. Sus dedos parecieron resbalar sobre el vidrio. Se le caía, estaba aterrorizado, casi se le escapó, pero acabó asiéndola de nuevo...

«No te escurras, por el amor de Dios, no te escurras...»

Y como un guardameta que para un balón, la apoyó contra su cuerpo, y dio varias vueltas siguiendo la misma dirección que llevaba la botella; luego perdió el equilibrio y cayó de rodillas, manteniéndose erguido, asiendo todavía la botella y pensando que con toda seguridad iba a morir.

No pasó nada.

Los otros tenían los ojos clavados en él, que ya estaba arrodillado y acunando la botella entre sus brazos, como a un bebé recién nacido.

Uno de los detectives se desmayó.

Feliks se quedó mirando a Walden unos segundos; luego dio media vuelta y empezó a correr escaleras abajo.

Walden era sorprendente. ¡Menuda serenidad, coger aquella botella!

Oyó un grito lejano:

—¡Perseguidle!

«Otra vez lo mismo —pensó—; tengo que volver a escaparme. ¿Qué me pasa?»

Las escaleras no se acababan nunca. Oyó que otros bajaban tras él. Sonó un disparo.

En el rellano siguiente chocó con un camarero que llevaba una bandeja. El camarero cayó y los cubiertos y toda la comida salieron volando por los aires.

Su perseguidor estaba a uno o dos rellanos de él. Llegó al pie de la escalera. Compuso un poco su figura y entró en el vestíbulo.

Seguía estando lleno.

Se sintió como si estuviera caminando sobre la cuerda floja.

Por el rabillo del ojo divisó a los dos hombres que había identificado como posibles detectives. Estaban muy enfrascados en una conversación, con gesto preocupado; debían de haber oído disparos lejanos.

Atravesó lentamente el vestíbulo, dominando el casi irresistible impulso de apretar a correr. Tenía la impresión de que las miradas de todo el mundo estaban clavadas en él. Supo mantener la mirada al frente, imperturbable.

Alcanzó la puerta y salió.

—¿Coche, señor? —preguntó el portero.

Feliks se precipitó en el interior del coche de punto que estaba aguardando y éste se puso en marcha.

Cuando el vehículo giró para introducirse en el Strand, se volvió para mirar hacia el hotel. Uno de los detectives que se encontraban en el piso superior salió precipitadamente por la puerta, seguido por los dos que estaban en el vestíbulo. Hablaban con el portero, quien señaló hacia el coche de Feliks. Los detectives sacaron las pistolas y corrieron tras el coche.

El tráfico era muy intenso. El coche se detuvo en el Strand.

Feliks se apeó de un salto.

—¿Eh, qué pasa, hombre? —gritó el cochero.

Feliks se escurrió entre el tráfico hasta el otro extremo de la carretera y corrió en dirección norte.

Miró hacia atrás por encima del hombro. Todavía lo seguían.

Tenía que mantener la distancia hasta que pudiera hacerles perder su pista entre un laberinto de callejuelas, o en una estación de tren.

Infundió sospechas a un policía uniformado que lo vio

correr desde el otro lado de la calle. Un minuto después, los detectives vieron al policía, que empezó a gritar y se unió a su persecución.

Feliks corría a mayor velocidad. El corazón le martilleaba y le faltaba el aliento por momentos.

Dio la vuelta a una esquina y se escondió en el mercado de frutas y verduras de Covent Garden.

Las calles empedradas con guijarros estaban atestadas de camiones y carros tirados por caballos. Había mozos del mercado por doquier, transportando cajas de madera sobre sus cabezas o empujando carretones. Hombres de gran musculatura y en camiseta bajaban cajas de manzanas de los carros. Hombres con bombín vendían y compraban cajas de lechugas, tomates y fresas, de cuyo transporte se ocupaban hombres con gorra. El griterío era ensordecedor.

Feliks se adentró en el corazón del mercado.

Se escondió detrás de un montón de cestos vacíos y observó por las aberturas. Al poco rato vio a sus perseguidores. Se quedaron quietos, mirando en todas direcciones. Hablaron algo y luego los cuatro se fueron cada uno por un lado a registrar.

«O sea que Lydia me traicionó —pensó Feliks una vez recuperado el aliento—. ¿Sabía ya de antemano que iba tras Orlov para matarlo? No, no puede ser. Aquella mañana no fingía; no disimulaba cuando me besó. Pero si se hubiera creído la historia de la liberación del marinero, casi seguro que no le habría dicho nada a Walden. Bueno, quizá se dio cuenta luego de que le había mentido, y fue entonces cuando avisó a su marido, porque no quería colaborar en el asesinato de Orlov. No fue exactamente una traición.»

«La próxima vez no me besará.»

«Ya no habrá una próxima vez.»

El policía de uniforme se acercaba a donde estaba él.

Se movió entre el montón de cestos y se acurrucó en un hueco, tapado por las cajas que había a su alrededor.

«En fin —pensó—, me escapé de la trampa que me tendieron. Gracias a Dios por la nitroglicerina.»

«Pero son *ellos* quienes me han de temer.»

«Soy yo el cazador, quien coloca las trampas.»

«Walden es el peligro. Ya se ha interpuesto por segunda vez en mi camino. ¿Quién hubiera pensado que un aristócrata de pelo canoso iba a tener tanto coraje?»

Se preguntó dónde estaría el policía. Sacó la cabeza y se encontró cara a cara con él.

El rostro del policía iba adquiriendo una expresión de sorpresa en el momento en que Feliks lo agarró por el abrigo y, de un tirón, lo introdujo en su reducido escondite.

El policía tropezó.

Feliks puso una zancadilla. Cayó al suelo. Feliks cayó sobre él, lo cogió por la garganta y empezó a apretar.

Feliks odiaba a los policías.

Se acordó de Bialistock, cuando los esquiroles asesinos habían abatido con barras de hierro a los trabajadores frente a la fábrica, mientras la Policía lo observaba todo sin intervenir. Se acordó de la masacre, cuando los gamberros asolaron salvajemente el barrio judío, incendiando las casas, dando patadas a los ancianos y violando a las muchachas, mientras la Policía, entre risas, lo observaba todo. Se acordó del «Domingo Sangriento», cuando las tropas abrieron fuego repetidamente contra la pacífica multitud frente al Palacio de Invierno, y la Policía lo contemplaba todo entre gritos de alegría. Volvió a ver mentalmente a los policías que le habían llevado a la fortaleza de San Pedro y San Pablo, para torturarlo, y a los que le habían escoltado hasta Siberia y le habían robado el abrigo, y a los que habían irrumpido en la reunión de los huelguistas en San Petersburgo blandiendo sus porras y golpeando a las mujeres en la cabeza..., siempre pegan a las mujeres.

Un policía era un trabajador que había vendido su alma.

Feliks apretó con más fuerza.

Los ojos del policía se cerraron y dejó de ofrecer resistencia.

Feliks apretó todavía más.

Oyó un ruido. Volvió la cabeza.

Un crío de dos o tres años comía una manzana, mientras observaba cómo él estrangulaba al policía.

«¿Qué espero?», pensó Feliks.

Soltó al policía.

La criatura se acercó a mirar al hombre inconsciente.

Feliks miró fuera. No se veía a ninguno de los detectives.

El chiquillo preguntó:

—¿Está dormido?

Feliks huyó.

Salió del mercado sin ver a ninguno de sus perseguidores. Se dirigió al Strand.

Empezaba a cobrar seguridad.

En Trafalgar Square subió a un ómnibus.

Walden no podía quitarse aquel pensamiento de encima: «Estuve a punto de morir; estuve a punto de morir.»

Se sentó en la *suite* del hotel mientras Thomson volvía a reunir a su equipo de detectives. Alguien le ofreció un vaso de coñac y soda y fue entonces cuando se dio cuenta de que le temblaban las manos. No podía borrar de su mente la imagen de aquella botella de nitroglicerina en sus manos.

Intentó concentrarse en Thomson. El policía cambió visiblemente a medida que hablaba con sus hombres; se sacó las manos de los bolsillos, se sentó en el borde de la silla y su voz pausada se hizo tajante.

Walden empezó a tranquilizarse a medida que Thomson hablaba.

—Esta vez se nos ha escurrido entre los dedos —se lamentó—. No volverá a pasar. Ahora ya sabemos algo de él, y vamos a enterarnos de muchas cosas más. Sabemos que estuvo en San Petersburgo en el año noventa y cinco o antes, porque Lady Walden lo recuerda. Sabemos que estuvo en Suiza, porque la maleta en la que llevaba la bomba era suiza. Y sabemos cómo es.

«Esa cara», pensó Walden, y apretó los puños.

Thomson prosiguió:

—Watt, quiero que tú y tus muchachos gastéis algún dinero en el East End. Nuestro hombre es, casi con toda seguridad, ruso, de modo que probablemente es anarquista y judío, pero no os fiéis de eso. Vamos a ver si averiguamos su nombre. Si lo logramos, enviaremos un cable a Zurich y a San Petersburgo para pedir información.

»Richard, tú ocúpate del sobre. Seguramente sólo compró uno; al dependiente de la tienda le será fácil recordar esa venta.

»Woods, preocúpate de la botella. Es una botella «Winchester» con tapón de vidrio. El fondo de la botella lleva estampado el nombre del fabricante. Averigua quiénes las venden en Londres. Haz que tu equipo recorra todas las tiendas para ver si algún dependiente de droguería recuerda a un cliente que responda a los datos de nuestro hombre. Habrá comprado los ingredientes para la nitroglicerina en varias tiendas distintas, por supuesto, y si damos con esas tiendas sabremos por qué parte de Londres hemos de buscarlo.

Walden estaba impresionado. No había pensado que el asesino hubiera podido dejar tantas pistas. Empezó a sentirse mejor.

Thomson se dirigió a un joven con sombrero de fieltro y cuello sin almidonar:

—Taylor, a ti te toca el trabajo más importante. Lord Walden y yo hemos visto al asesino muy poco, pero Lady Walden ha podido verlo durante mucho tiempo. Vendrás con nosotros a visitarla y con su ayuda y la nuestra dibujarás su retrato. Quiero que se hagan copias de este retrato esta misma noche para que mañana a mediodía ya esté distribuido por todas las comisarías de Londres.

Walden pensó: «Seguro que ahora ese individuo ya no se nos escapa.» Luego recordó que lo mismo había pensado cuando planearon la trampa de la habitación del hotel, y de nuevo empezó a temblar.

Feliks se miró al espejo. Se había cortado mucho el pelo, como un prusiano, y se había depilado las cejas, que le quedaron finísimas. Dejaría de afeitarse inmediatamente; de modo que al cabo de un día su aspecto sería desaliñado y al cabo de una semana su boca y barbilla quedarían tapadas. Por desgracia, no había manera de disimular su nariz. Se había comprado un par de gafas de segunda mano con montura metálica. Los cristales eran pequeños, de modo que podía ver por encima de ellos. Había cambiado el bombín y el abrigo negro por una chaqueta azul de marinero y una gorra de lana con visera.

Un examen minucioso revelaba que se trataba de la misma persona, pero para un observador casual parecía otra completamente distinta.

Sabía que tendría que abandonar la casa de Bridget. Había comprado todos los productos químicos en un radio de un kilómetro o dos, y cuando la Policía lo descubriera iniciarían un registro casa por casa. Tarde o temprano se presentarían en aquella calle y alguno de los vecinos diría: «Sé quién es; vive en el sótano de Bridget.»

Estaba huyendo. Era humillante y deprimente. Ya había tenido que huir en otras ocasiones, pero siempre después de matar a alguien, nunca antes.

Recogió su maquinilla de afeitar, su muda, su dinamita casera y un libro de cuentos de Pushkin, e hizo un hatillo con su camisa limpia. Luego se fue a casa de Bridget.

—¡Jesús, María y José! ¿Qué te has hecho en las cejas? —exclamó ésta—. Estabas tan guapo.

—Tengo que irme —dijo él.

Ella miró su fardo.

—Ya veo tu equipaje.

—Si viene la Policía, no hace falta que les mientas.

—Les diré que te eché por sospechar que eras anarquista.

—Adiós, Bridget.

—Quítate esas ridículas gafas y dame un beso.

Feliks la besó en la mejilla y se fue.

—Buena suerte, chico —dijo ella como despedida.

Tomó su bicicleta y, por tercera vez desde su llegada a Londres, se fue a buscar un sitio para vivir.

Pedaleaba lentamente. Ya no se encontraba débil a causa de la herida que le hizo la espada, pero un sentimiento de fracaso inundaba su espíritu. Atravesó la parte norte de Londres y la City, luego cruzó el río por el London Bridge. Ya en la otra parte, se dirigió hacia el Sudeste, pasando por una taberna llamada «The Elephant and Castle».

La zona de Old Kent Road era la clase de suburbio en la que podía encontrar una habitación barata sin que se le hicieran preguntas. Alquiló una habitación en el quinto piso de un edificio de viviendas, propiedad, según le notificó lúgubremente el encargado, de la Iglesia de Inglaterra. Aquí no podría fabricar nitroglicerina, pues no había agua en la habitación, ni siquiera en el edificio..., simplemente una fuente y un excusado en el patio.

La habitación era siniestra. Había una trampa para ratones en un rincón, y la única ventana estaba tapada con papel de periódico. La pintura se estaba cayendo y el colchón apestaba. El encargado, un hombre encorvado y gordo, que arrastraba por el suelo sus zapatillas de fieltro, tosiendo, dijo:

—Si quiere arreglar la ventana, le puedo conseguir un cristal barato.

—¿Dónde puedo guardar mi bicicleta? —preguntó Feliks.

—Yo, en su caso, la subiría hasta aquí; en cualquier otro sitio se la birlarán.

Con la bicicleta en la habitación sólo quedaba espacio suficiente para ir de la puerta a la cama.

—Me quedo la habitación —dijo Feliks.

—Me tendrá que dar doce chelines ahora mismo.

—Usted me dijo que tres chelines por semana.

—Cuatro semanas por adelantado.

Feliks le pagó. Tras la compra de las gafas y el cambio de ropa, sólo le quedaba una libra y diecinueve chelines.

El encargado dijo:

—Si quiere adecentarla, le puedo conseguir pintura a mitad de precio.

—Ya se lo diré —contestó Feliks.

La habitación estaba cochambrosa, pero eso era lo que menos le preocupaba.

Al día siguiente tenía que volver a iniciar la búsqueda de Orlov.

—¡Stephen! ¡Gracias a Dios que estás bien! —exclamó Lydia.

Él la abrazó.

—Por supuesto que estoy bien.

—¿Qué pasó?

—Me temo que nuestro hombre se escapó.

Tan intensa fue su sensación de alivio, que casi se desmayó. Desde que Stephen dijo: «Cogeré a ese hombre», había estado doblemente horrorizada; primero, al pensar que Feliks matara a Stephen, y luego porque, de no ser así, ella sería la responsable por segunda vez en su vida del encarcelamiento de Feliks. Sabía lo que había tenido que sufrir la primera vez, y sólo pensarlo le provocaba náuseas.

Stephen dijo:

—Creo que ya conoces a Basil Thomson, y éste es Mr. Taylor, el dibujante de la Policía. Vamos a ayudarle entre todos a que realice el dibujo del rostro del asesino.

El corazón de Lydia se sobresaltó. Tendría que pasar horas tratando de describir a su amante en presencia de su marido.

«¿Cuándo acabará todo esto?», pensó.

Stephen prosiguió:

—A propósito, ¿dónde está Charlotte?

—De compras —contestó Lydia.

—Bien. No quiero que se entere de todo esto. Y, sobre todo, no quiero que sepa adónde ha ido Aleks.

—No me lo digas a mí tampoco —interrumpió Lydia—. Prefiero no saberlo. Así no podré volver a cometer el mismo error.

Se sentaron y el dibujante sacó su cuaderno de notas. Una y otra vez dibujó aquel rostro. Lydia podría haberlo dibujado en sólo cinco minutos. Al principio, ella intentó despistar al artista diciendo que no era exactamente así, cuando algo le salía perfecto, y que le quedaba exacto cuando se equivocaba en algo, pero tanto Stephen como Thomson habían visto a Feliks claramente, aunque por muy poco tiempo, y ellos la hacían rectificar. Finalmente, temerosa de que la descubrieran, acabó por colaborar plenamente, consciente todo el tiempo de que podía estarles ayudando a encarcelar nuevamente a Feliks. Acabaron por lograr un gran parecido con el rostro que Lydia amaba.

Luego sus nervios quedaron tan destrozados que se tomó una dosis de láudano y se fue a la cama. Soñó que iba a San Petersburgo, al encuentro de Feliks. Con la aplastante lógica de los sueños, parecía que ella guiaba un carruaje para tomar el barco con dos duquesas que, en la vida real, la habrían expulsado de la alta sociedad si hubieran conocido su pasado. Sin embargo, se equivocaron y fueron a Bournemouth en lugar de Southampton. Allí se detuvieron a descansar, aunque eran las cinco y el barco zarpaba a las siete. Las duquesas dijeron a Lydia que por la noche ellas se acostarían juntas y se acariciaron viciosamente. Por alguna razón ello no representaba la menor sorpresa, aun cuando ambas eran de edad muy avanzada. Lydia no cesaba de decir: «Hemos de irnos ya», pero ellas no le prestaban atención. Llegó un hombre con un recado para Lydia. La firma decía: «Tu amante anarquista.» Lydia ordenó al mensajero: «Diga a mi amante anarquista que voy a intentar coger el barco de las siete.» Ya está: se descubrió el secreto. Las duquesas se intercambiaron guiños de complicidad. A las siete menos veinte, todavía en Bournemouth, Lydia se dio cuenta de que aún no había preparado el equipaje. Empezó a darse prisa, metiendo sus cosas en las maletas, pero sin acabar de encontrar lo que buscaba, mientras pasaban los segundos y ya se hacía demasiado tarde y su maleta nunca acababa de llenarse; entonces, presa de pánico, se fue sin equipaje, se subió al carruaje y lo puso en marcha hasta perderse por el puerto de Bournemouth, sin poder salir de la ciudad, y despertó sin haberse aproximado a Southampton.

Entonces, echada en la cama, con el corazón palpitando alocadamente, los ojos abiertos de par en par y la mirada fija en el techo, pensó: «Sólo fue un sueño. Gracias a Dios. ¡Gracias a Dios!»

Feliks se fue triste a la cama y se' despertó de mal humor.

Estaba enfadado consigo mismo. El asesinato de Orlov no era una tarea sobrehumana. Aquel hombre podría ser protegido, pero no se le podía tener encerrado bajo llave en un local subterráneo, como se hace con el dinero de un Banco; además, también el dinero de las cajas fuertes podía ser robado. Feliks era inteligente y decidido. Con paciencia y persistencia, acabaría por superar todos los obstáculos que se cruzaran en su camino.

Lo estaban persiguiendo. Bueno, no lo atraparían. Andaría por calles secundarias, evitaría a sus vecinos, y se mantendría alerta constante ante los uniformes azules de la Policía. Desde que había iniciado su carrera de violencia, lo habían perseguido muchas veces, sin que nunca lograran detenerlo.

Así pues, se levantó, se lavó en la fuente del patio, no se afeitó, se puso la gorra de lana, la chaqueta de marinero y las gafas, desayunó en un salón de té y se fue en bicicleta, sin pasar por las calles principales, hasta St. James's Park.

Lo primero que vio fue un policía de uniforme paseándose por delante de la casa de Walden.

Aquello significaba que ya no podría situarse en el lugar acostumbrado para observar la casa. Tenía que retirarse hasta el interior del parque, y observar desde lejos. Tampoco podía quedarse mucho tiempo en el mismo lugar para no llamar la atención, en caso de que el policía estuviera muy alerta.

Hacia el mediodía, un automóvil salió de la casa. Feliks fue corriendo a buscar su bicicleta.

No había visto entrar el coche, de modo que presumiblemente era el de Walden. Hasta entonces, la familia siempre se había desplazado en carruaje, pero seguramente tendrían vehículos tirados por caballos y también de motor. Feliks estaba demasiado lejos como para poder ver quién iba dentro del coche. Confiaba que fuese Walden.

El coche se dirigió a Trafalgar Square. Feliks cruzó por la hierba para interceptarlo.

Cuando Feliks salió a la carretera, divisó el coche a unos cientos de metros. Se mantuvo fácilmente a la misma distancia mientras daba la vuelta a Trafalgar Square, luego el coche se distanció, al encaminarse hacia el Norte por Charing Cross Road.

Pedaleaba con velocidad, aunque sin excesivo esfuerzo. Por un lado, no quería llamar la atención, y por otro, deseaba conservar sus energías, pero esta precaución resultó excesiva, porque cuando llegó a Oxford Street perdió el coche de vista. Se enfadó muchísimo consigo mismo por su imprevisión. ¿Qué dirección habría tomado? Cabían cuatro posibilidades: izquierda, recto, derecha o muy a la derecha.

Se aventuró y siguió recto.

En el embotellamiento de la salida de Tottenham Court Road volvió a ver el coche y suspiró tranquilizado. Lo alcanzó de nuevo cuando giraba en dirección este. Se arriesgó a acercarse para ver el interior. Delante iba un hombre con la gorra de chófer. Detrás alguien con pelo grisáceo y barba: ¡Walden!

«Lo mataré a él también —pensó Feliks—; juro que lo mataré.»

En el embotellamiento formado frente a Euston Station adelantó al coche y se situó delante de él, arriesgándose a que Walden lo pudiera ver cuando el vehículo se pusiera a su altura. Continuó llevando la delantera mientras descendían por Euston Road, mirando constantemente hacia atrás, por encima del hombro, para asegurarse de que el coche de Walden seguía detrás. Se detuvo en el cruce de King's Cross, respirando fatigosamente, hasta que el coche lo volvió a adelantar. Allí giró hacia el Norte. Él miró en otra dirección mientras pasaba a su lado, para reemprender luego su persecución.

El tráfico seguía siendo bastante intenso y así pudo seguir su marcha, aunque ya empezaba a sentirse cansado. Comenzaba a creer que Walden iba a ver a Orlov. Una casa en la parte norte de Londres, discreta y residencial, podría resultar un buen escondite. Su nerviosismo aumentó. Podría matarlos a los dos.

Aproximadamente unos dos kilómetros más adelante, el tráfico empezó a ser más fluido. El coche era grande y potente. Feliks tuvo que pedalear cada vez más de prisa, sudando a mares.

«¿Cuánto quedará?», pensó.

De nuevo el intenso tráfico de Holloway Road le proporcionó un breve respiro; luego, el coche volvió a tomar velocidad en Seven Sisters Road. Él seguía con toda la rapidez posible. Ahora, en cualquier momento, el coche podía abandonar la carretera principal; tal vez estuviera ya a pocos metros de su destino.

«¡Sólo necesito un poquito de suerte!», pensó.

Hizo un último esfuerzo. Las piernas le dolían y su respiración era jadeante. El coche fue distanciándose cada vez más, irremisiblemente. Cuando le tomó una delantera de cientos de metros y todavía siguió acelerando, se vio obligado a desistir de su persecución.

Dejó que la bicicleta siguiera avanzando por la fuerza de la inercia hasta que se paró y se quedó sentado en ella a un lado de la carretera, sobre el manillar, agotado.

«Siempre ocurre igual —pensó con amargura—; la clase dirigente lucha confortablemente. Walden, sin ir más lejos, va sentado en un espacioso y cómodo vehículo, fumándose un puro, sin tener siquiera que conducir.»

Estaba claro que Walden salía de la ciudad. Orlov podría estar en cualquier lugar al norte de Londres, a una distancia de medio día de viaje en un rápido automóvil. Feliks quedó completamente derrotado una vez más.

A falta de otra idea mejor, dio media vuelta para dirigirse a St. James's Park.

Charlotte aún seguía bajo los efectos del discurso de Mrs. Pankhurst.

Por supuesto que seguiría existiendo miseria y sufrimiento mientras todo el poder estuviera en manos de medio mundo, y esa mitad no tuviera ni idea de los problemas de la otra mitad. Los hombres aceptaban un mundo brutal e injusto, porque no resultaba brutal e injusto para ellos, sino para las mujeres. Si las mujeres tuvieran poder, no quedaría nadie a quien oprimir.

Al día siguiente de la reunión de las sufragistas, se amontonaban en su mente especulaciones de ese tipo. Veía a todas las mujeres que había a su alrededor: criadas, dependientas, niñeras en el parque, e incluso a su madre, bajo una nueva luz. Tenía la impresión de que empezaba a entender cómo funcionaba el mundo. Ya no sentía ningún resentimiento contra sus padres por haberle mentido. En realidad, no le habían mentido, a no ser por omisión; además, por lo que se refería al engaño, se engañaban a sí mismos casi tanto como la habían engañado a ella. Y papá le había hablado con franqueza, saliéndose de su norma habitual de conducta. Con todo, quería averiguar algunas cosas por sí misma, para poder estar segura de la verdad.

Por la mañana se hizo con algo de dinero mediante el sencillo método de salir de compras con un lacayo, a quien pidió que le diera un chelín.

Luego, mientras él se quedaba esperándola en el carruaje, ante la entrada principal de «Liberty's», en Regent Street, se escabulló por una entrada lateral y fue a Oxford Street, donde había una vendedora del periódico de las sufragistas, *El voto para las mujeres*. Le costó un penique. Charlotte volvió a «Liberty's» y, en el guardarropa de señoras, escondió el periódico debajo del vestido. Luego regresó al coche, que la estaba esperando.

Leyó el periódico en su habitación, después de comer. Se enteró de que el incidente de palacio, cuando su puesta de largo, no había sido la primera ocasión en que se había presentado ante el rey y la reina la situación de las mujeres. En diciembre último, tres sufragistas con elegantísimos vestidos de noche se habían parapetado en un palco de Covent Garden. Esta vez se trataba de una sesión de gala de *Jeanne d'Arc*, de Raymond Roze, a la que asistían el rey y la reina, acompañados de una gran comitiva. Al acabar el primer acto, una de las sufragistas se puso en pie e inició una arenga con un megáfono, dirigida al rey. Tardaron media hora en derribar la puerta y en llevarse a las mujeres del palco. Luego, cuarenta sufragistas más situadas en las primeras filas de la galería y puestas en pie, empezaron a arrojar cientos de folletos sobre las butacas de platea y abandonaron en masa el local.

El rey se había negado, antes y después de este incidente, a recibir en audiencia a Mrs. Pankhurst. Apoyándose en que todos los ciudadanos tenían un antiguo derecho que les autorizaba a reclamar ante el rey por las injusticias de que eran víctimas, las sufragistas anunciaron que una delegación iría a palacio, acompañada de miles de mujeres.

Charlotte observó que esa marcha iba a celebrarse aquel mismo día, aquella misma tarde, ahora.

Ella quería estar allí.

«No sirve de nada comprender lo que está mal —se dijo a sí misma— si no hago nada por arreglarlo.» Y todavía resonaba en sus oídos el discurso de Mrs. Pankhurst: «El espíritu que anima hoy en día a las mujeres ya no puede ser sofocado...»

Papá se había ido con Pritchard en el automóvil. Mamá se había acostado después de comer, como de costumbre.

Nadie la iba a detener.

Se puso un vestido sencillo y su sombrero y abrigo menos llamativos y a continuación bajó silenciosamente las escaleras y salió a la calle.

Feliks rondaba por el parque, sin perder de vista la casa, exprimiéndose el cerebro.

Tenía que enterarse, como fuera, de adónde iba Walden con su coche. ¿Y cómo podría conseguirlo? ¿Podría volver a intentarlo con Lydia? Arriesgándose un poco, podría burlar al policía y entrar en la casa, pero, ¿podría volver a salir? ¿No daría Lydia la señal de alarma? Aunque lo dejara marchar, difícilmente le revelaría el secreto del escondite de Orlov, ahora que ya sabía por qué se lo preguntaba. Quizá pudiera seducirla, pero, ¿dónde y cuándo?

Era imposible seguir al coche de Walden en bicicleta. ¿Podría hacerlo con otro coche? Podía robar uno, pero no sabía conducir. ¿Podría aprender? Pero, incluso en ese caso, ¿no se daría cuenta el chófer de Walden de que lo seguían?

Si lograra esconderse en el coche de Walden... Eso implicaba introducirse en el garaje, abrir el maletero, pasarse dentro varias horas, contando siempre con que no quisieran meter algo dentro del mismo antes del viaje. Aquella jugada era demasiado arriesgada para apostar por ella.

El chófer lo tiene que saber, por supuesto. ¿Sería posible sobornarlo? ¿Emborracharlo? ¿Secuestrarlo? Cuando Feliks iba elaborando en su mente todas estas posibilidades, vio salir de la casa a una muchacha.

Se preguntó quién sería. Tal vez fuera una criada, ya que la familia siempre salía y volvía en carruaje, pero había salido por la puerta principal, y Feliks nunca había visto a ningún criado salir por allí. Podría ser la hija de Lydia. Quizá sabía dónde estaba Orlov.

Feliks optó por seguirla.

Se dirigía hacia Trafalgar Square. Tras esconder su bicicleta entre los arbustos, Feliks fue tras ella para observarla más de cerca. Su vestido no parecía el de una criada. Recordó que había una muchacha en la carroza la noche en que intentó, por primera vez, matar a Orlov. No se pudo fijar bien en ella, porque toda su atención, desgraciadamente, había quedado concentrada en Lydia. Durante sus muchos días de vigilancia ante la casa, había distinguido de vez en cuando a una muchacha en la carroza, y Feliks acabó por pensar que debía tratarse de la misma muchacha. Se había escabullido para ir a algún sitio en secreto, mientras su padre estaba fuera y su madre estaba ocupada.

Mientras la seguía por Trafalgar Square, pensó que había en ella algo que le resultaba vagamente familiar. Estaba seguro de que nunca la había visto de cerca, pero al mismo tiempo tenía la sensación del *déjà vu*, cuando observaba su elegante figura recorrer las calles, con la espalda erguida y paso rápido y decidido. De vez en cuando, al ver su rostro de perfil, cuando se volvía para cruzar una calle, y la curva de su barbilla, o quizás algo en sus ojos, parecía despertarle algún recuerdo lejano en la memoria. ¿Le recordaba a Lydia de joven? «No, en absoluto», constató. Lydia siempre había parecido pequeña y frágil, y todos sus rasgos eran delicados. Esa muchacha tenía un rostro enérgico y anguloso. A Feliks le recordaba el cuadro de un artista italiano que había visto en una pinacoteca de Ginebra. Al cabo de un rato, le vino a la memoria el nombre del pintor: Modigliani.

Se aproximó aún más, y poco después pudo ver todo su rostro. Su corazón dio un brinco y pensó: «Es sencillamente hermosa.»

¿Adónde iría? ¿Tal vez a reunirse con un amigo? ¿A comprar algo prohibido? ¿A hacer algo que no aprobarían sus padres, como, por ejemplo, al cine o a una sala de música?

La teoría del amigo parecía la más probable. Y también la que ofrecía mayores posibilidades, desde el punto de vista de Feliks. Podría descubrir quién era el amigo y amenazar a la muchacha con hacer público el secreto, a menos que le dijera dónde estaba Orlov. Por supuesto, que no se lo iba a decir en seguida, sobre todo si le habían advertido que un asesino iba tras la pista de Orlov, pero puesta ante el dilema del amor de un joven y la seguridad de un primo ruso, Feliks suponía que una muchacha optaría por el aspecto romántico.

Oyó un rumor a lo lejos. Siguió a la mujer cuando ésta dobló una esquina. De repente se encontró en una calle repleta de mujeres en manifestación. Muchas iban vestidas con los colores de las sufragistas: verde, blanco y púrpura. Otras muchas llevaban estandartes. Se contaban por miles. Una banda cercana tocaba marchas.

La muchacha se unió a la manifestación y siguió su curso.

«¡Estupendo!», pensó Feliks.

La ruta estaba acordonada por policías, pero en su mayoría estaban de cara a las manifestantes, de modo que Feliks pudo caminar por la acera a sus espaldas. Fue siguiendo la manifestación, sin perder de vista a la muchacha. Había necesitado un poco de suerte y ahí la tenía. ¡Era una sufragista! Era vulnerable al chantaje, pero podría haber otros medios más sutiles para manipularla.

«De una u otra forma, conseguiré de ella lo que quiero», decidió Feliks.

Charlotte estaba emocionada. La manifestación estaba bien organizada, incluso con servicio de orden. La mayoría de quienes participaban en aquella marcha iban bien vestidas y tenían una apariencia respetable. La banda tocaba un airoso pasodoble. Incluso se veía a unos cuantos hombres portadores de una pancarta en la que se leía: «Luchad contra un Gobierno que niega a las mujeres el derecho al voto parlamentario.» Charlotte ya no se sentía desplazada por puntos de vista heréticos. «¡Vaya —pensó—, todas estas miles de mujeres piensan y sienten como yo!» Algunas veces, durante las últimas veinticuatro horas, se había preguntado si los hombres tendrían razón al decir que las mujeres eran débiles, estúpidas e ignorantes, porque a veces ella se sentía débil y estúpida, y realmente era una ignorante. Ahora pensaba: «Si nos educamos a nosotras mismas no seremos ignorantes, y si pensamos por nuestra cuenta no seremos estúpidas, y si luchamos juntas no seremos débiles.»

La banda empezó a tocar el himno *Jerusalén* y las mujeres cantaban la letra. Charlotte se unió con energía:

No cesaré en la lucha mental
ni dejaré que mi espada se me duerma en las manos

«No me importa que alguien me vea —pensaba desafiante—, ¡ni siquiera las duquesas!»

hasta que hayamos construido Jerusalén
en la Inglaterra de los verdes y apacibles prados.

La marcha cruzó Trafalgar Square y entró en el Mall. De repente aparecieron allí muchos más policías, que no quitaban la vista de encima a las mujeres. También se veían muchos espectadores, hombres en su mayoría, a uno y otro lado de la carretera. Gritaban y silbaban despreciativamente. Charlotte oyó decir a uno de ellos: «¡Ya os jodería yo!», y su rostro enrojeció.

Se dio cuenta de que muchas mujeres llevaban un bastón con una flecha de plata fijada en la empuñadura. Preguntó a la mujer que tenía más cerca qué simbolizaba aquello.

—Las flechas de la indumentaria carcelaria —explicó la mujer—; todas las mujeres que la llevan han estado en la cárcel.

«¡En la cárcel!» Charlotte quedó desconcertada. Se había enterado de que unas cuantas sufragistas habían sido encarceladas, pero allí podía contar centenares de flechas a su alrededor. Por primera vez cruzó su mente la idea de que aquel día ella podía acabar en la cárcel y aquel pensamiento la hizo sentirse cobarde. Pensó: «No voy a seguir. Mi casa queda a dos pasos, al otro lado del parque; en cinco minutos me puedo plantar allí. ¡La cárcel! ¡Me moriría!» Miró hacia atrás. Luego pensó: «¡No he hecho nada malo! ¿Por qué tengo miedo de ir a la cárcel? A menos que lo hagamos, las mujeres seguiremos siendo siempre débiles, ignorantes y estúpidas.» Cuando la banda volvió a sonar, ella se irguió y marchó al compás.

La fachada de Buckingham Palace se vislumbraba al final del Mall. Una hilera de policías, muchos de ellos a caballo, se alineaba frente al edificio. Charlotte iba en las primeras filas de la marcha y se preguntaba qué se propondrían hacer las líderes al llegar a las puertas exteriores.

Se acordó de que una vez, al salir de «Derry & Toms» por la tarde, vio a un borracho que se le acercó tambaleante por la acera. Un caballero con sombrero de copa empujó al borracho con su bastón, y el lacayo ayudó prestamente a Charlotte a subir al carruaje, que estaba esperando junto a la acera.

Hoy nadie se iba a desvivir para protegerla contra los empujones.

Llegaron hasta las puertas de palacio.

Charlotte pensó: «La última vez que estuve aquí traía una invitación.»

La cabeza de la marcha quedó frente a la hilera de policías. Por unos momentos se produjo un estancamiento. Las que venían detrás empujaban hacia delante. De repente Charlotte vio a Mrs. Pankhurst. Vestía chaqueta y falda de terciopelo morado, blusa blanca de cuello alto y chaleco verde. Su sombrero era morado, con una gran pluma blanca de avestruz y un velo. Se había separado del grueso de la marcha y, de algún modo, había logrado llegar, sin que se lo impidieran, a la puerta más alejada del patio de palacio. ¡Parecía tan frágil y decidida, mientras avanzaba con la cabeza erguida hasta la puerta del rey!

Un inspector de Policía de paisano le salió al paso. Era un tiparrón enorme y fornido, casi medio metro más alto que ella. Se produjo un breve intercambio de palabras. Mrs. Pankhurst quiso seguir adelante. El inspector se lo impidió. Ella intentó pasar, empujando. Entonces Charlotte, horrorizada, vio que el policía abrazaba como un oso a Mrs. Pankhurst, la levantaba en el aire y se la llevaba.

Charlotte se enfureció, al igual que todas las demás mujeres que había a su alrededor. Las integrantes de la marcha empujaron con fiereza contra la línea de policías. Charlotte vio cómo una o dos rompían la línea y se acercaban corriendo hasta la puerta de palacio, perseguidas por los guardias. Los caballos se pusieron en movimiento, con sus herraduras resonando amenazadoramente sobre el pavimento. La línea se empezaba a romper. Varias mujeres luchaban con la Policía y fueron arrojadas al suelo. A Charlotte la aterrorizaba ser objeto de malos tratos. Algunos de los espectadores masculinos se lanzaron en ayuda de la Policía, y entonces los empujones se convirtieron en una batalla. Una mujer de mediana edad, cercana a Charlotte, fue agarrada por las pantorrillas.

—¡Quíteme las manos de encima, señor! —exclamó indignada.

El policía dijo:

—Cariñito mío, ¡hoy puedo cogerte por donde quiera!

Un grupo de hombres, con sombreros de paja, se metió entre la multitud, dando empujones y puñetazos a las mujeres, y Charlotte gritó. De pronto, un grupo de sufragistas, esgrimiendo mazas de gimnasia, contraatacaron y los del sombrero de paja acudieron presurosos de todas partes. Ya no quedaban espectadores, pues todos participaban en la refriega. Charlotte quería escaparse corriendo, pero en todas partes veía violencia. Un individuo con bombín levantó a una mujer joven metiéndole un brazo entre los pechos y una mano entre las pantorrillas, y Charlotte le oyó decir:

—Es lo que has estado buscando durante mucho tiempo, ¿verdad?

Tanta bestialidad horrorizó a Charlotte; le recordaba uno

de aquellos cuadros medievales del purgatorio en los que todo el mundo sufre torturas inexplicables, pero aquello era real y ella se encontraba én medio. Recibió un empujón por la espalda que la derribó, y se hizo rasguños en las manos y magulladuras en las rodillas. Alguien le pisó la mano. Intentó levantarse y nuevamente rodó por el suelo. Se dio cuenta de que un caballo la podía pisotear y matar. Desesperadamente, se asió al extremo del abrigo de una mujer y se puso de pie. Algunas mujeres arrojaban pimienta a los ojos de los hombres, pero era imposible acertar siempre, y el resultado fue que aquello afectó tanto a los hombres como a las mujeres. La pelea se hizo más enconada. Charlotte vio a una mujer en el suelo, con la nariz sangrando. Quiso ayudarla, pero no podía moverse; bastante le costaba mantenerse en pie. Empezó a sentir tanta rabia como miedo. Los hombres, tanto la Policía como los paisanos, disfrutaban pegando puñetazos y patadas a las mujeres. Charlotte pensó histéricamente: «¿Por qué sonríen así?» Sintió horrorizada que una gran mano la agarraba por el pecho. Aquella mano la apretaba y se retorcía. Se volvió, quitándose de encima como pudo aquel brazo. Se vio frente a un hombre de unos veinticinco años, vestido elegantemente con un traje de tweed. Él adelantó las dos manos para cogerla por los dos pechos, clavando fuertemente sus dedos en ellos. Nunca la habían tocado allí. Forcejeó con aquel hombre y vio en sus ojos una mirada salvaje, mezcla de odio y deseo. Y, como en un aullido, él exclamó:

—Esto es lo que necesitas, ¿verdad?

Luego le dio un puñetazo en el estómago. El golpe pareció metérsele en el vientre. Su impacto fue terrible y mayor todavía el dolor, pero lo que hizo que sintiera pánico fue ver que se quedaba sin respiración. Se quedó de pie, inclinada hacia delante, con la boca abierta. Quería respirar, quería chillar, pero no podía hacer ni lo uno ni lo otro. Estaba convencida de que se moría. Se dio cuenta vagamente de un hombre muy alto que se abría paso hasta ella, apartando a la gente como si se tratara de espigas en un campo de trigo. Aquel hombre alto asió por la solapa al individuo del traje de tweed y le dio un puñetazo en la barbilla. Le pareció que aquel puñetazo levantaba al hombre sobre sus talones, suspendiéndolo en el aire. La expresión de sorpresa, reflejada en su rostro, resultaba cómica. Finalmente, Charlotte pudo respirar y tragó aire con gran esfuerzo. El hombre alto puso su brazo firmemente sobre sus hombros y le dijo al oído:

—Por aquí.

Se dio cuenta de que la rescataban, y la sensación de saberse en manos de alguien fuerte y protector la alivió tanto que casi se desmayó.

El hombre alto la guió hacia un extremo de la multitud. Un sargento de la Policía la golpeó con su porra. El protector de Charlotte levantó su brazo para desviar el golpe; luego profirió un grito de dolor al caer sobre su antebrazo aquella porra de madera. Dejó a Charlotte. Se produjo un breve intercambio de golpes y al poco rato el sargento quedó tendido en el suelo, sangrando, y el hombre alto volvió a llevarse a Charlotte entre aquel gentío.

Poco después se encontraron fuera de él. Cuando Charlotte se dio cuenta de que se hallaba a salvo, se echó a llorar, sollozando suavemente, mientras las lágrimas bañaban su rostro. El hombre la obligó a seguir caminando.

—Alejémonos —dijo.

Hablaba con acento extranjero. Charlotte no tenía voluntad propia. Iba por donde él la llevaba.

Al cabo de un rato empezó a recobrar el dominio de sí misma. Se dio cuenta de que se encontraban en la zona de Victoria. El hombre se paró frente a uno de los establecimientos de Lyons Corner House y le preguntó:

—¿Le apetecería una taza de té?

Ella hizo un gesto afirmativo y entraron.

La acompañó hasta la silla y luego se sentó frente a ella. Lo miró por primera vez. Por un instante volvió a tener miedo. Su rostro era alargado y la nariz aguileña. Llevaba el pelo muy corto y estaba sin afeitar. De algún modo recordaba a un ave rapaz. Pero al mismo tiempo vio que sus ojos sólo reflejaban compasión.

Inspiró profundamente y dijo:

—¿Cómo podré agradecérselo?

Él hizo como si no se enterara de aquella confesión.

—¿Le apetecería comer algo?

—Sólo té. —Había reconocido su acento y se puso a hablar en ruso—. ¿De dónde es usted?

Se mostró complacido al ver que ella sabía hablar su lengua.

—Nací en la provincia de Tambov. Habla usted muy bien el ruso.

—Mi madre es rusa y también mi institutriz.

Se presentó un camarero y él dijo:

—Dos tés, por favor.

200

Charlotte pensó: «Está aprendiendo el inglés *cockney*.»

—Aún no sé su nombre —dijo en ruso—. Yo me llamo Charlotte Walden.

—Feliks Kschesinski. Fue usted muy valiente al tomar parte en esa marcha.

Ella disintió con un gesto.

—La valentía no tuvo nada que ver con esto. Simplemente, no sabía lo que iba a pasar.

Seguía pensando: «¿Qué y quién será este hombre? ¿De dónde salió? Su aspecto es fascinante. Pero se muestra reservado. Me gustaría saber más cosas de él.»

—¿Qué es lo que esperaba? —preguntó él.

—¿De la marcha? No sé... ¿Por qué esos hombres gozan atacando a las mujeres?

—Es una pregunta interesante. —Se animó de repente y Charlotte contempló su atractivo y expresivo rostro—. Es lo de siempre; ponemos a las mujeres sobre un pedestal y nos las imaginamos puras en espíritu y débiles de cuerpo. De esta manera, por lo menos en la alta sociedad educada, los hombres tienen que decirse que no tienen ningún tipo de hostilidad hacia las mujeres, en ningún caso; ni tampoco lujuria ante el cuerpo de una mujer. Sin embargo, he aquí que aparecen unas mujeres, las sufragistas, que, sencillamente, ni son débiles ni necesitan ser adoradas. Más aún, infringen la ley. Son la negación del mito que los mismos hombres se han inventado y pueden ser asaltadas impunemente. Los hombres se sienten estafados y dejan vía libre a toda la lujuria y rabia que fingían no sentir. Ello representa una gran descarga de su tensión y por eso disfrutan.

Charlotte lo miró sorprendida. Era fantástica aquella explicación tan completa surgida de aquella cabeza. «Me gusta este hombre», se dijo, y prosiguió:

—¿Cómo se gana la vida?

Él se volvió a mostrar reservado.

—Soy un filósofo sin trabajo.

Sirvieron el té. Cargado y muy dulce, ayudó a Charlotte a recuperarse un poco. Seguía intrigada por aquel extraño ruso y quería tirarle de la lengua. Siguió:

—Por lo que usted dice sobre la situación de las mujeres en la sociedad, resulta tan perjudicial para los hombres como para ellas.

—Estoy convencido de ello.

—¿Por qué?

Él titubeó unos instantes.

—Los hombres y las mujeres son felices cuando aman.
—Una sombra cruzó brevemente su rostro para esfumarse
seguidamente—. La relación de amor no es la misma que la
de la adoración. Se adora a un dios. Sólo los seres humanos
pueden ser amados. Cuando adoramos a una mujer no podemos amarla. Luego, cuando descubrimos que no es un
dios, la odiamos. Eso es triste.
 —Nunca lo había pensado —dijo, sorprendida, Charlotte.
 —Igualmente, todas las religiones tienen dioses buenos y
dioses malos. El Señor y el demonio. De ahí que tengamos
buenas mujeres y malas mujeres, y se puede hacer lo que
se quiera con las mujeres malas, por ejemplo, las sufragis-
tas y prostitutas.
 —¿Qué son las prostitutas?
 Él se sorprendió.
 —Las mujeres que se venden a cambio de... —Y empleó
una palabra rusa que Charlotte desconocía.
 —¿Puede traducírmela?
 —Joder.
 Charlotte se sonrojó y desvió su mirada.
 Él preguntó:
 —¿Es una palabrota? Lo siento, no sé otra.
 Charlotte se animó y dijo en voz baja:
 —Relaciones sexuales.
 Él volvió al ruso.
 —Creo que a usted la han puesto sobre un pedestal.
 —Y no puede imaginarse lo terrible que eso es —asintió
ella, indignada—. ¡Ser tan ignorante! ¿Las mujeres se ven-
den realmente de esa manera?
 —¡Oh, sí! Las respetables mujeres casadas tienen que
fingir que no les gustan las relaciones sexuales. Ello hace
que los hombres necesiten acudir a las prostitutas. Las prostitutas fingen que les gustan muchísimo, aunque, como han
de hacerlo tan a menudo y con gentes tan distintas, no gozan realmente. Todo el mundo acaba fingiendo.
 Charlotte pensó: «Estas son precisamente las cosas que
yo necesito saber.» Deseaba llevárselo a su casa y encerrarlo
bajo llave en su habitación, para que así pudiera explicarle
cosas de día y de noche. Le preguntó:
 —¿Cómo se llega a todo eso..., a todo este fingimiento?
 —La respuesta comportaría un estudio tan largo, por lo
menos, como la vida misma. Con todo, estoy convencido de
que guarda relación con el poder. Los hombres ejercen poder sobre las mujeres y los ricos sobre los pobres. Se nece-

sitan muchas teorías para legitimar este sistema: teorías sobre la monarquía, el capitalismo, la educación y el sexo. Todas ellas nos hacen desgraciados, pero sin ellas algunos perderían su poder. Y los hombres no quieren renunciar al poder, aun cuando éste sea la causa de todos sus males.

—¿Y qué se puede hacer?

—Ésa es la pregunta clásica. A los hombres que no quieren renunciar al poder, hay que arrebatárselo. Al cambio de poder de una facción a otra, dentro de la misma clase, se le llama golpe, y éste no cambia nada. Al cambio de poder de una clase a otra se le llama revolución, y ésta sí que cambia las cosas —vaciló unos instantes—, aunque los cambios no fueran necesariamente los mismos que buscaban los revolucionarios. Las revoluciones —prosiguió— sólo se producen cuando el pueblo se levanta en masa contra sus opresores, como, al parecer, lo están haciendo las sufragistas. Las revoluciones son siempre violentas, porque la gente matará siempre para retener el poder. Sin embargo, se producen porque siempre habrá hombres dispuestos a entregar su vida por la causa de la libertad.

—¿Es usted revolucionario?

Él le contestó en inglés:

—Adivínelo.

Charlotte se rió.

Y aquella risa fue la causa de su descubrimiento.

Mientras Feliks hablaba, parte de su mente había estado observando el rostro de ella, midiendo sus reacciones. Sentía por ella un afecto que de alguna manera le resultaba familiar. «En teoría, soy yo quien debo hechizarla, pero es ella la que me está hechizando», pensó.

Y fue entonces cuando ella se echó a reír.

En su rostro se dibujó una amplia sonrisa; aparecieron arrugas en las comisuras de sus ojos castaños, movió hacia atrás la cabeza, con lo que destacó su barbilla; levantó las manos, con las palmas hacia delante, en un gesto casi defensivo, y ahogó su risa en lo más profundo de su garganta.

Feliks se sintió transportado veinticinco años atrás en el tiempo. Vio una casucha de tres habitaciones apoyada en la pared de una iglesia de madera. En su interior, un chico y una chica estaban sentados el uno frente al otro, en una tosca mesa hecha de tablones. Había sobre el fuego una olla de hierro con una col, un pedacito de tocino y agua abundante. Fuera estaba ya casi oscuro y pronto llegaría el padre para la cena. Feliks, de quince años de edad, acababa de contar a su hermana Natasha, de dieciocho años, el chiste del viajero y la hija del granjero. Ella echó hacia atrás la cabeza y se puso a reír.

Feliks clavó su mirada en Charlotte. Era un retrato de Natasha. Y le preguntó:

—¿Qué edad tiene?

—Dieciocho años.

Entonces vino a la mente de Feliks una idea tan impresionante, tan increíble y tan tremenda, que su corazón se detuvo.

Tragó saliva y preguntó:

—¿Cuándo es su cumpleaños?

—El 2 de enero.

Lanzó un suspiro. Había nacido exactamente siete meses después del casamiento de Lydia y Walden; nueve meses después de que Feliks hiciera el amor, por última vez, con Lydia.

Y Charlotte era el vivo retrato de su hermana Natasha.

Entonces Feliks supo la verdad.

Charlotte era su hija.

9

—¿Qué pasa? —preguntó Charlotte.

—¿Qué?

—Parece que haya visto un fantasma.

—Me recordó a alguien. Cuénteme cosas de usted.

Ella lo miró con el ceño fruncido. Le pareció que a él le resultaba difícil tragar saliva y dijo:

—Acaba de pillar un resfriado.

—Nunca me resfrío. ¿Cuáles son sus primeros recuerdos?

Ella reflexionó unos momentos.

—Fui educada en una casa de campo, llamada «Walden Hall», en Norfolk. Es un hermoso edificio de piedra gris, con un jardín encantador. En verano tomábamos el té al aire libre bajo un castaño. Tendría ya cuatro años cuando me permitieron tomar el té, por primera vez, con papá y mamá. Era muy aburrido. No había nada por descubrir en el césped. Siempre me gustaba ir a la parte trasera de la casa, a los establos. Un día ensillaron un burro y me lo dejaron montar. Ya había visto montar a la gente, por supuesto, y pensé que sabría hacerlo. Me dijeron que me sentara y me quedara quieta, pues de lo contrario me caería, pero no les hice caso. Primero alguien tomó las riendas y me llevó a dar una vuelta. Luego me dejaron llevar las riendas a mí. Todo parecía tan fácil, que le di una patada, tal como había visto hacer a los demás con los caballos, y lo hice

trotar. Recuerdo que luego me encontré en el suelo llorando. No podía acabar de creerlo; me había caído.

Ella aún se reía al recordarlo.

—Al parecer tuvo una infancia feliz —comentó Feliks.

—No diría eso si conociera a mi institutriz. Se llama
Marya y es un dragón ruso. «Una damita *siempre* tiene las
manos limpias.» Todavía sigue a mi lado; ahora es mi dama
de compañía.

—Con todo, estuvo bien alimentada y vestida y nunca
pasó frío, y cuando estaba enferma tenía un médico a su
lado.

—¿Y es eso lo que a una la hace feliz?

—Yo diría que sí. ¿Cuál es su mejor recuerdo?

—El día que papá me regaló un pony —contestó inmediatamente—. Lo había deseado tan ardientemente, que fue
como un sueño convertido en realidad. Jamás olvidaré aquel
día.

—¿Cómo es?

—¿Quién?

Feliks vaciló.

—Lord Walden.

—¿Papá? Bueno... —A Charlotte le pareció aquélla una
buena pregunta. Por tratarse de una persona absolutamente
desconocida, Feliks se mostraba más que interesado por
ella. Pero aún lo estaba más ella por él. Parecía que bajo
cada una de las preguntas asomara una profunda melanco-
lía, que no se apreciaba tan sólo unos minutos antes. Quizás
aquello se debiera a que él había tenido una infancia desgraciada y la suya parecía mucho mejor—. Pienso que papá es
probablemente un hombre tremendamente bueno...

—¿Pero?

—Que me trata como a una chiquilla. Ya sé que seguramente resulto demasiado ingenua, pero no puedo ser de
otra manera a menos que aprenda. Él no me explica las
cosas del modo bueno, del mismo modo que usted. Se pone
muy nervioso si habla sobre... hombres y mujeres, ¿sabe?,
y cuando habla de política sus puntos de vista parecen un
poco..., no sé, autosuficientes.

—Eso es perfectamente natural. Toda su vida ha tenido
lo que quería y lo ha conseguido fácilmente. Por supuesto,
él piensa que el mundo es maravilloso tal como es, excepto
unos pocos problemas sin importancia que se solucionarán
con el tiempo. ¿Lo quiere?

—Sí, excepto algunos momentos en que lo odio. —La intensidad de la mirada de Feliks empezaba a ponerla nerviosa. Parecía que estuviera tragándose sus palabras y quisiera retener en su memoria todos sus rasgos—. Papá es un hombre muy amable. ¿Por qué está usted tan interesado?

En el rostro de él se dibujó una sonrisa peculiar, contraída:

—Me he pasado toda la vida luchando contra la clase dirigente, pero apenas he tenido ocasión de hablar con alguno de sus miembros.

Charlotte hubiera jurado que no era ésa la auténtica razón y se preguntó vagamente por qué tendría que mentirle. Tal vez estuviera preocupado por algo...; ésa era generalmente la razón por la que la gente no se mostraba del todo sincera con ella.

—Yo soy tan miembro de la clase dirigente como cualquiera de los perros de mi padre —dijo Charlotte.

Él sonrió.

—Cuénteme algo de su madre.

—Es muy nerviosa. A veces tiene que tomar láudano.

—¿Qué es láudano?

—Una medicina que contiene opio.

Él frunció el ceño.

—Eso no parece correcto.

—¿Por qué?

—Yo creía que tomar opio se consideraba depravado.

—No, si se hace por prescripción médica.

—¡Ah!

—Usted es un escéptico.

—Siempre.

—Bueno, ahora explíqueme qué es lo que quiere decir.

—Si su madre necesita opio, sospecho que se debe a que no es feliz y no a que esté enferma.

—¿Y por qué no ha de ser feliz?

—Es usted quien me lo ha de decir; es *su* madre.

Charlotte reflexionó: «¿Mamá no es feliz? Ciertamente, no se la ve satisfecha como parece estarlo papá. Se preocupa demasiado y pierde fácilmente el control de sí misma.»

—No se la ve relajada —dijo—, pero no creo que tenga ningún motivo para no sentirse feliz. Quizá se deba a que tuvo que marcharse de su país natal.

—Es posible —comentó Feliks no muy convencido—. ¿Tiene hermanos y hermanas?

—No. Mi mejor amiga es mi prima Belinda; somos de la misma edad.

—¿Qué otros amigos tiene?

—Ninguno más. Sólo conocidos.

—¿Más primos?

—Sí, dos gemelos, de seis años. Por supuesto, tengo un montón de primos en Rusia, pero no he visto a ninguno de ellos, excepto a Aleks, que es mucho mayor que yo.

—¿Y qué piensa hacer de su vida?

—Menuda pregunta.

—¿No lo sabe?

—Todavía no he tomado ninguna decisión.

—¿Qué alternativa tiene?

—Ése es el quid de la cuestión. Quiero decir que ya se da por descontado que me voy a casar con un joven de mi propia clase social, y que tendré hijos. Supongo que me tendré que casar.

—¿Por qué?

—Bueno, no heredaré «Walden Hall» cuando papá muera, ¿sabe?

—¿Por qué no?

—Va con el título, y yo no puedo ser conde de Walden. De modo que la casa quedará para Peter, el mayor de los gemelos.

—Ya.

—Y yo no podría ganarme la vida por mi cuenta.

—Claro que podría.

—No me han preparado para nada.

—Prepárese usted misma.

—¿Qué iba a hacer?

Feliks se encogió de hombros:

—Granjera. Tendera. Funcionaria. Profesora de matemáticas. Escritora.

—Habla como si pudiera hacer lo que se me antojara.

—Yo creo que podría. Pero tengo una idea muy clara. Su ruso es perfecto..., podría traducir novelas al inglés.

—¿Cree realmente que podría?

—No tengo la menor duda.

Charlotte se mordió el labio.

—¿Por qué tiene usted tanta fe en mí, y mis padres no?

Él se quedó unos momentos pensativo y luego sonrió.

—Si yo la hubiera educado, usted se quejaría de que la había obligado a trabajar en serio todo el tiempo, sin permitirle ir a bailar.

—¿No tiene hijos?

Él desvió la vista.

—Nunca me casé.

Charlotte estaba fascinada.

—¿Y quiso casarse?

—Sí.

Ella sabía que no debía seguir adelante, pero no pudo contenerse; quería saber cómo había sido aquel hombre extraño cuando estuvo enamorado.

—¿Qué ocurrió?

—La chica se casó con otro.

—¿Cómo se llamaba?

—Lydia.

—Mi madre también se llama Lydia.

—¿De veras?

—Lydia Shatova, se llamaba. Si ha estado alguna vez en San Petersburgo, tiene que haber oído hablar del conde Shatov.

—Sí, es verdad. ¿Tiene reloj?

—¿Qué? No.

—Yo tampoco.

Miró a su alrededor y vio uno en la pared. Charlotte miró en la misma dirección.

—¡Dios mío, si son las cinco! Yo quería estar en casa antes de que mi madre bajara a tomar el té. —Y se puso en pie.

—¿Tendrá complicaciones? —preguntó él mientras se levantaba.

—Creo que sí. —Dio media vuelta para salir del café.

—¡Oh, Charlotte...! —la llamó él.

—¿Qué pasa?

—¿No podría pagar el té? Soy muy pobre.

—¡Oh, no sé si llevo dinero! ¡Sí! Mire, once peniques. ¿Habrá bastante?

—Por supuesto.

Tomó seis peniques de su mano y fue a pagar.

«Es curioso —pensó Charlotte—, las cosas de las que una se tiene que acordar cuando no pertenece a la otra sociedad. ¿Qué pensaría Marya de mí si me viera pagándole una taza de té a un desconocido? Le daría un ataque de apoplejía.»

Él le devolvió el cambio y le abrió la puerta.

—La acompañaré una parte del camino.

—Gracias.

Feliks la tomó del brazo mientras andaban por la calle. El sol seguía brillando con fuerza. Un policía venía en su misma dirección y Feliks la hizo detenerse para mirar un escaparate mientras el agente pasaba.

—¿Por qué no quiere que nos vea? —preguntó ella.

—Puede estar buscando a gente que haya visto en la marcha.

Charlotte frunció el ceño. No parecía muy probable, pero él sabría más que ella.

Siguieron andando y Charlotte exclamó:

—¡Me gusta junio!

—El clima de Inglaterra es maravilloso.

—¿Usted cree? Entonces, se ve que no ha estado en el sur de Francia.

—Usted sí, por supuesto.

—Vamos todos los inviernos. Tenemos una finca en Montecarlo. —Un pensamiento cruzó entonces por su mente—: Confío en que no creerá que estoy presumiendo.

—Claro que no —contestó él con una sonrisa—. Ya se habrá dado cuenta de que, en mi opinión, una gran riqueza es algo de lo que uno debe sentirse más avergonzado que orgulloso.

—Supongo que así debería ser, pero no me había dado cuenta. Entonces, ¿me desprecia?

—No, puesto que la riqueza no es suya.

—Usted es la persona más interesante que he conocido en mi vida —dijo Charlotte—. ¿Podría volverlo a ver?

—Sí —contestó—. ¿Tiene un pañuelo?

Se sacó uno del bolsillo del abrigo y se lo dio. Él se sonó la nariz.

—Está resfriándose —dijo ella—. Sus ojos están llorosos.

—Quizá tenga usted razón. —Se secó los ojos—. ¿Nos volvemos a ver en aquel café?

—No es precisamente un lugar muy atractivo, ¿verdad? Pensemos en algún otro sitio. ¡Ya sé! Iremos a la National Gallery. Allí, si nos viera algún conocido, podríamos simular que no vamos juntos.

—Muy bien.

—¿Le gusta la pintura?

—Me gustaría que usted me educara.

—Entonces, de acuerdo. ¿Le parece bien pasado mañana, a las tres?

—Estupendo.

Pensó que quizá no podría escaparse.

—Si surge algún inconveniente y tengo que anular la cita, ¿puedo hacerle llegar un recado?

—Bien, yo... Me desplazo mucho... —Pero entonces se le ocurrió una idea—. De todas maneras, siempre puede avisarme por medio de Mrs. Bridget Callahan, en el número diecinueve de Cork Street, en Camden Town.

Ella repitió la dirección.

—La copiaré en cuanto llegue a casa. Ya sólo estoy a unos centenares de metros. —Ella vaciló—. Déjeme aquí. Espero que no se disguste, pero sería mejor que nadie me viera con usted.

—¿Disgustarme? —contestó él con su atractiva sonrisa—. No, en absoluto.

Ella le tendió la mano.

—Adiós.

—Adiós —dijo él, estrechándole la mano con fuerza.

Ella se volvió y se alejó.

«Surgirán complicaciones cuando llegue a casa —pensó—. Se habrán dado cuenta de que no estoy en mi habitación y empezarán a buscarme. Diré que salí a pasear por el parque. No les va a gustar.»

En cualquier caso no le preocupaba lo que pensaran. Había encontrado a un verdadero amigo. Estaba muy contenta.

Cuando llegó a la puerta del patio, se volvió a mirar. Estaba donde lo había dejado, mirándola. Lo saludó discretamente con la mano y él correspondió. Por algún motivo le pareció vulnerable y triste, de pie allí, solo, pero comprendió que era una tontería pensar aquello al recordar cómo la rescató del tumulto. Se trataba de una persona muy dura.

Entró en el patio y subió los escalones de la puerta principal.

Walden llegó a «Walden Hall» con las molestias de una indigestión nerviosa. Había salido precipitadamente de Londres antes de la hora de comer, tan pronto como el dibujante de la Policía acabó de esbozar el rostro del asesino, y había comido unos fiambres y bebido una botella de Chablis durante el viaje sin salir del coche. Además, estaba nervioso.

Aquel mismo día tenía que mantener otra conversación con Aleks. Adivinaba que éste traía una contrapropuesta y esperaba que la aprobación del Zar le llegara hoy por cable. Esperaba que a la Embajada rusa se le ocurriría hacer llegar los cables dirigidos a Aleks hasta «Walden Hall», y confiaba también en que la contrapropuesta sería razonable, algo que pudiera presentar a Churchill como un triunfo.

Estaba terriblemente impaciente por sentarse a negociar con Aleks, pero sabía que, en realidad, unos cuantos minutos no tenían importancia, y siempre era un error aparecer nervioso durante una negociación, de modo que se detuvo en el salón y se acicaló antes de entrar en el Octágono.

Aleks estaba sentado junto a la ventana, meditabundo, y a su lado, sin que ni siquiera la hubiera tocado, había una gran bandeja con té y pasteles. Levantó la vista con ansiedad y preguntó:

—¿Qué pasó?

—El hombre volvió, pero siento decir que se nos escapó —contestó Walden.

Aleks miró en otra dirección.

—Fue allí para matarme...

Walden se sintió inundado por una oleada de compasión al mirar a Aleks. Era joven, tenía una gran responsabilidad, se encontraba en un país extranjero y un asesino estaba acechándolo. Pero de nada serviría dejarlo con sus pensamientos y por tanto le dijo con voz animada:

—Ahora tenemos la descripción de ese hombre; de hecho, el pintor de la Policía ha realizado su retrato. Thomson lo detendrá posiblemente mañana mismo. Y aquí estás seguro; no puede descubrir dónde estás.

—También pensamos que estaría seguro en el hotel, pero bien se enteró de dónde estaba.

—Eso no se puede volver a repetir.

«Era un mal inicio para una sesión negociadora», reflexionó Walden. Tenía que conseguir que la atención de Aleks se concentrara en asuntos más agradables.

—¿Has tomado el té?

—No tengo hambre.

—Vamos a dar un paseo; eso te abrirá el apetito para la cena.

—De acuerdo.

Aleks se levantó y Walden cogió una escopeta y comentó:

—Es para los conejos.

Ambos bajaron paseando hasta la granja. Uno de los dos guardaespaldas asignados por Basil Thomson los seguía a unos diez metros de distancia.

Walden mostró a Aleks su cerda campeona, la *Princesa de Walden*.

—Estos dos últimos años ha ganado el primer premio en la Feria Agrícola del este de Inglaterra.

212

Aleks admiró las sólidas casas de ladrillo de los colonos, los altos graneros pintados de blanco y los magníficos caballos.

—Con todo esto no gano ningún dinero, por supuesto —explicó Walden—. Todos los beneficios se invierten en nuevas adquisiciones, o bien en conducciones de agua, edificios o vallados, pero todo ello indica un cierto nivel para las granjas arrendadas, y la granja familiar valdrá mucho más a mi muerte de lo que valía cuando yo la heredé.

—En Rusia no podemos tener granjas así —comentó Aleks.

«Bueno —pensó Walden—, ya está pensando en otra cosa.»

—Nuestros campesinos no emplearán nuevos métodos —prosiguió Aleks—, ni tocarán una máquina, ni se preocuparán por nuevos edificios o herramientas nuevas. Siguen siendo siervos de la gleba, si no legalmente, por lo menos psicológicamente. Cuando se produce una mala cosecha y pasan hambre, ¿sabes lo que hacen? Queman los graneros vacíos.

Los labradores estaban segando el heno de la parte sur. Doce hombres trazaban unas líneas irregulares en el prado, inclinados sobre sus guadañas, y se oía incesantemente el zumbido de éstas al cortar los altos tallos del heno, que caían como fichas de dominó.

Samuel Jones, el trabajador de más edad, fue el primero que acabó su hilera. Se acercó, guadaña en mano, y saludó a Walden llevándose la mano a la gorra. Walden estrechó su callosa mano. Era como asir una roca.

—¿Encontró tiempo su señoría para visitar aquella feria, allí en Lunnu? —preguntó Samuel.

—Sí, pude ir —contestó Walden.

—¿Vio aquella máquina segadora de la que estuvo hablando?

Walden hizo un gesto dubitativo.

—Es una hermosa obra de mecánica, Sam..., pero no sé...

Sam negó con la cabeza.

—Una máquina nunca puede hacer el trabajo tan bien como un hombre.

—Por otro lado, podríamos segar el heno en sólo tres días, en lugar de dos semanas, y al poderlo recoger en tan poco tiempo, correríamos menos riesgo de lluvia. Además, también podríamos alquilar la máquina a las granjas arrendadas.

—También necesitaría menos trabajadores —dijo Sam.
Walden fingió disgustarse.

—No —repuso—. No podría despedir a nadie. Sólo significaría que no necesitaríamos la ayuda de la mano de obra de los gitanos en tiempos de cosecha.

—Entonces no significaría una gran diferencia.

—No. Y me preocupa un poco cómo se lo tomarían los demás...; ya sabes que el joven Peter Dawkins siempre encuentra excusas para armar lío.

Sam masculló algo sin comprometerse.

—De todas formas —prosiguió Walden—, Mr. Samson irá la semana que viene a echar un vistazo a esa máquina.

—Samson era el alguacil—. ¡A propósito! —exclamó Walden como si se le acabara de ocurrir la idea—. ¿Por qué no te animas, Sam, y vas con él?

Sam fingió que no le entusiasmaba la idea.

—¿A Lunnu? —preguntó—. Estuve allí en el ochenta y ocho. No me gustó.

—Podrías ir en el tren con Mr. Samson, y tal vez te podrías llevar también al joven Dawkins y echar un vistazo a la máquina, comer en Londres y volver por la tarde.

—No sé qué diría mi mujer...

—Con todo, a mí me gustaría saber tu opinión sobre la máquina.

—Bueno, veré si puedo arreglarlo.

—Entonces, quedamos ya de acuerdo. Le diré a Samson que lo arregle todo. —Walden esbozó una sonrisa de complicidad—. Puedes dar a entender a Mrs. Jones que prácticamente te he obligado a ir.

Sam hizo una mueca.

—Así lo haré, Milord.

La siega estaba casi acabada. Los hombres dejaron de trabajar.

Los conejos estarían escondidos en los pocos metros de heno que quedaban. Walden llamó a Dawkins y le entregó la escopeta.

—Tú eres un buen tirador, Peter. Procura cazar uno para ti y otro para la casa.

Todos se quedaron al borde del campo, fuera de la línea de fuego, y cortaron el heno que quedaba en aquel lado para obligar a los conejos a salir a campo abierto. Salieron cuatro y Dawkins mató dos en su primer intento y otro en el segundo. Los disparos sobresaltaron a Aleks.

Walden cogió la escopeta y uno de los conejos; luego, él

y Aleks volvieron a la mansión. Aleks movió la cabeza con un gesto de admiración y comentó:

—Tratas maravillosamente a tus hombres. Yo nunca acabo de encontrar ese término medio entre la disciplina y la campechanía.

—Es cuestión de práctica —respondió Walden. Levantó el conejo—. No lo necesitamos en casa, pero lo hice para recordarles que los conejos son míos y que los suyos son un regalo que les hago, que no son suyos por derecho propio.

«Si tuviera un hijo —pensó Walden—, así es como le explicaría las cosas.»

—Se procede por medio de la discusión y del acuerdo —sentenció Aleks.

—Es la mejor manera..., aun cuando tengas que ceder en algo.

Alex sonrió.

—Y esto nos lleva de nuevo a los Balcanes.

«A Dios gracias..., por fin», pensó Walden.

—¿Puedo resumirlo? —prosiguió Aleks—. Estamos dispuestos a luchar a vuestro lado contra Alemania, si vosotros estáis dispuestos a reconocer nuestro derecho de paso por el Bósforo y los Dardanelos. Con todo, no queremos simplemente el derecho de paso, sino el poder. No aceptasteis nuestra sugerencia de reconocer toda la península balcánica, desde Rumania a Creta, como zona de influencia rusa; sin duda, para vosotros eso representaba darnos demasiado. Mi misión, entonces, consistió en formular una petición menor: una petición que asegurara nuestra vía marítima sin comprometer a Gran Bretaña en una política rusa probalcánica sin reservas.

—Sí.

Walden pensó:

«Su mente es como un bisturí. Hace unos minutos yo le estaba dando consejos paternales, y ahora, de repente, se pone a mi misma altura, por lo menos. Eso es lo que ocurre, me imagino, cuando tu hijo empieza a ser un hombre.»

—Siento que se haya tardado tanto —continuó Aleks—. Tengo que enviar cables cifrados, por medio de la Embajada rusa, a San Petersburgo, y a tanta distancia es simplemente imposible que se realice con la rapidez que hubiera deseado.

—Comprendo —dipo Walden, mientras pensaba: «¡Vamos, acaba de una vez!»

—Hay un área de unos veinticinco mil kilómetros cuadrados de Constantinopla a Adrianópolis, casi la mitad de

Tracia, que actualmente forma parte de Turquía. Su línea costera empieza en el mar Negro, bordea el Bósforo, el mar de Mármara y los Dardanelos, y acaba en el mar Egeo. En otras palabras, guarda todo el paso entre el mar Negro y el Mediterráneo. —Hizo una pausa—. Dadnos eso y estaremos a vuestro lado.

Walden disimuló su nerviosismo. Aquí había una base real para el acuerdo.

—El problema sigue siendo que eso no es nuestro para poderlo ceder —dijo.

—Tengamos en cuenta qué posibilidades podrían darse en el caso de que estallara la guerra —prosiguió Aleks—. Primera: si Turquía está a nuestro lado, tendremos derecho de paso, de cualquier modo. Sin embargo, es poco probable. Segunda: si Turquía es neutral, esperaríamos que Gran Bretaña insistiera en nuestro derecho de paso como señal de que la neutralidad de Turquía es auténtica y, en caso de que eso fallara, que apoyara nuestra invasión de Tracia. Tercera: si Turquía está a favor de los alemanes, la más probable de las tres posibilidades, entonces Gran Bretaña aceptaría que Tracia fuera nuestra en cuanto la conquistáramos.

Walden dijo dubitativamente:

—No sé qué opinarían los habitantes de Tracia de todo esto.

—Les gustará más pertenecer a Rusia que a Turquía.

—Más les gustaría ser independientes.

En el rostro de Aleks se dibujó una sonrisa de adolescente.

—Ni tú ni yo, muchísimo menos cualquiera de nuestros Gobiernos, se preocupa lo más mínimo de cuáles son las preferencias de los habitantes de Tracia.

—En eso estamos de acuerdo —dijo Walden.

No tenía más remedio que estar de acuerdo. Era esa combinación de encanto adolescente de Aleks con su inteligencia plenamente desarrollada, lo que sacaba de quicio a Walden. Creía siempre que controlaba firmemente la conversación hasta que Aleks aportaba nuevos matices que mostraban que en realidad era él quien no había dejado de ejercer el control de la misma.

Subieron por la colina que conducía a la parte trasera de la «Walden Hall». Walden observó al guardaespaldas, que escudriñaba los bosques a uno y otro lado. Levantaba polvo con sus pesadas y gruesas botas de color marrón. La tierra estaba seca; apenas si había llovido en los tres últimos meses. A Walden le había puesto nervioso la contraoferta de Aleks. ¿Qué diría Churchill? Seguramente, se podría dar a los rusos una parte de Tracia. ¿A quién le importaba Tracia?

Cruzaron el jardín de la cocina. Un ayudante del jardinero estaba lavando las lechugas y se llevó la mano a la gorra para saludarlos. Walden intentaba recordar el nombre de aquel hombre, pero Aleks se le adelantó:

—Una tarde estupenda, Stanley —dijo.

—No nos vendría mal un chaparrón, señoría.

—Pero no muy fuerte, ¿eh?

—Completamente de acuerdo, señoría.

«Aleks está aprendiendo», pensó Walden.

Entraron en la casa y Walden llamó al timbre para que acudiera un lacayo.

—Enviaré un telegrama a Churchill para concertar una entrevista mañana por la mañana. Lo primero que haré será ir a Londres.

—Bien —dijo Aleks—. Nos apremia el tiempo.

Charlotte observó una gran excitación en el lacayo que le abrió la puerta.

—¡Oh, gracias al cielo que ya está en casa, Lady Charlotte! —exclamó.

Charlotte le entregó el abrigo.

—No sé por qué tienes que dar gracias al cielo, William.

—Lady Walden estaba preocupada por usted —contestó—. Encargó que tan pronto como llegara fuera a verla.

—Sólo un momento para que arregle mis cosas —dijo Charlotte.

—Lady Walden insistió en que fuese inmediatamente...

—Y yo digo que voy a arreglar mis cosas.

Charlotte subió a su habitación.

Se lavó la cara y se soltó el pelo. Seguía notando en su estómago un dolor muscular profundo debido al puñetazo que había recibido, y en sus manos había algunos arañazos, aunque de poca importancia. Seguro que tenía magulladuras en las rodillas, pero nadie las iba a ver. Se metió tras el biombo y se quitó el vestido. Estaba intacto. «No parece que me haya encontrado en un tumulto», pensó. Oyó que se abría la puerta del dormitorio.

—¡Charlotte!

Era la voz de su madre.

Charlotte se puso el primer vestido que encontró mientras pensaba: «Vaya, ya se está poniendo histérica.» Salió de detrás del biombo.

—¡Nos has tenido muy preocupada! —exclamó su madre.

Marya entró en la habitación tras ella, con apariencia de santurrona y ojos acerados.

—Bueno, ya estoy aquí, sana y salva; no te preocupes más —replicó.

El rostro de su madre enrojeció.

—¡Desvergonzada! —chilló, y adelantándose, abofeteó a Charlotte.

Charlotte cayó de espaldas pesadamente, quedando sentada sobre la cama. Estaba estupefacta, no por la bofetada, sino por lo que ésta representaba. Hasta entonces jamás le había pegado. De alguna manera, aquello parecía dolerle más que todos los golpes recibidos durante el tumulto. Su mirada se cruzó con la de Marya y observó en su rostro una expresión de satisfacción.

Charlotte recuperó entonces el dominio de sí misma y dijo:

—Esto jamás te lo perdonaré.

—¡Y te atreves a decirme si me perdonarás o no! —En su cólera, se puso a hablar en ruso—. ¿Y cuándo podré yo perdonarte el haber participado en una algarada frente al Palacio de Buckingham?

Charlotte lanzó un suspiro.

—¿Cómo te enteraste?

—Marya te vio formando parte de la marcha por el Mall con esas... sufragistas. ¡Estoy tan avergonzada! Dios sabe quién más te vería. Si llega a oídos del rey, quedaremos expulsados de palacio.

—Ya entiendo. —A Charlotte le escocía todavía el bofetón y dijo amenazadoramente—: O sea, que lo que menos te preocupaba era mi seguridad; únicamente te interesa la reputación familiar.

Lady Walden se sintió herida y Marya intervino:

—Estábamos preocupadas por las dos cosas.

—Cállate, Marya —ordenó Charlotte—. Ya has hecho bastante daño con tu lengua.

—Marya hizo lo que tenía que hacer —exclamó su madre—. ¿Cómo no me lo iba a decir?

Charlotte preguntó:

—¿No crees que se debe dar el voto a las mujeres?

—En absoluto, y tú tampoco tienes que pensar así.

—Pues yo sí lo creo —contestó Charlotte—. Y eso es todo.

—¿Qué sabes tú? ¡Si eres todavía una niña!

—Otra vez la misma canción, ¿no es así? Soy una niña y no sé nada. ¿Quién es responsable de mi ignorancia? Marya se ha encargado de mi educación durante quince años. Y en cuanto a lo de ser una niña, sabes perfectamente bien que no lo soy en absoluto. Bien contenta te pondrías si me casara por Navidad. Y algunas chicas ya son madres a los trece años, casadas o no.

Mamá quedó desconcertada.

—¿Quién te explica todas estas cosas?

—Desde luego, no es Marya. Nunca me ha dicho nada importante. Y tampoco tú.

La voz de Lady Walden se convirtió casi en una súplica.

—No tienes por qué saber eso, eres una dama.

—¿Entiendes ahora lo que te digo? Si lo que quieres es que sea una ignorante, yo no estoy dispuesta a aceptarlo.

Lady Walden dijo lastimeramente:

—¡Lo único que quiero es que seas feliz!

—No, no es verdad —respondió Charlotte obstinadamente—. Lo que quieres es que sea como tú.

—¡No, no, no! —gritó su madre—. ¡No quiero que seas como yo! ¡No, no quiero!

Rompió a llorar y se fue corriendo de la habitación.

Charlotte se la quedó mirando, entre perpleja y avergonzada.

—Ya ve lo que ha hecho —comentó Marya.

Charlotte contempló de arriba abajo su vestido y sus cabellos grisáceos, su feo rostro y su expresión farisaica.

—¡Vete, Marya!

—No tiene ni idea de los sinsabores y sufrimientos que ha causado esta tarde.

Charlotte estuvo tentada de decir: «Si hubieras cerrado la boca, no hubiera habido sufrimientos», pero lo que dijo fue:

—Sal de aquí.

—Hágame caso, pequeña Charlotte...

—Para usted soy *Lady* Charlotte.

—Usted es la pequeña Charlotte, y...

Charlotte cogió el espejo de mano y lo arrojó contra Marya. Ésta lanzó un grito. El proyectil erró el blanco y fue a estrellarse contra la pared. Marya salió precipitadamente de la habitación.

«Ahora ya sé cómo debo tratarla», pensó Charlotte.

A ella todo aquello se le antojó una especie de victoria. Había hecho llorar a su madre y había expulsado de su habitación a Marya.

«Algo es algo —pensó—; después de todo, soy más fuerte que ellas. Se merecían que las tratara duramente. Marya fue a ver a mamá a mis espaldas y mamá me abofeteó. Pero no me arrastré por el suelo ni me excusé, ni prometí ser buena de ahora en adelante. Estuve a la altura de las circunstancias. Tengo que sentirme orgullosa.»

«Entonces, ¿por qué estoy avergonzada?»

«Me odio», pensó Lydia.

«Sé lo que siente Charlotte, pero no puedo decirle que lo entiendo. Siempre pierdo el control. No solía comportarme así. Siempre me mostraba serena y digna. Cuando era pequeña me hacían gracia sus pecadillos. Ahora ya es una mujer. ¡Dios mío! ¿Qué es lo que he hecho? Está manchada con la sangre de su padre, de Feliks, estoy convencida. ¿Qué voy a hacer? Pensaba que fingiendo que era hija de Stephen podría llegar a ser realmente hija de Stephen: inocente, femenina, inglesa. De nada ha servido. Todos esos años la mala sangre estaba en ella, latente, y ahora se está descubriendo; ahora el amoral campesino ruso cuya sangre corre por sus venas se está apoderando de ella. Cuando veo esas señales me invade el pánico, no puedo evitarlo. Pesa una maldición sobre mí, sobre todos nosotros; los pecados de los padres recaen sobre los hijos hasta la tercera y cuarta generación. ¿Cuándo seré perdonada? Feliks es anarquista y Charlotte sufragista; Feliks es un fornicador, y Charlotte habla de las madres de trece años; no tiene ni idea de cuán terrible es que la pasión sea dueña de una; mi vida quedó desgraciada y la suya también lo será, ése es mi temor, lo que me hace gritar, llorar, ponerme histérica y golpearla, pero, dulce Jesús mío, no permitas que se pierda, pues ella es lo único que da sentido a mi vida. Haré que la encierren en algún lugar. Ojalá se casara con un buen chico, pronto, antes de que se descarríe, antes de que todos descubran que hay algo malo en su crianza. No sé si Freddie se le declarará antes de que acabe la temporada; ésa sería la solución, tengo que procurar que lo haga. ¡Tengo que lograr que se case en seguida! Luego ya será demasiado tarde para que se pierda; además, con un niño o dos ya no tendría

tiempo. Tengo que hacer todo lo posible para que se vea
con Freddie más a menudo. Es muy guapa y será una buena
esposa para un hombre enérgico que pueda mantenerla bajo
control, un hombre decente que la ame sin desatar sus tur-
bios apetitos, un hombre que duerma en una habitación
contigua y que comparta su lecho una vez por semana, con
las luces apagadas. Freddie es la persona indicada para ella;
entonces jamás tendrá que pasar por lo que yo he pasado,
jamás tendrá que aprender de mala manera que la lujuria
es perversa y destructora; el pecado no se transmitirá todavía a otra generación, no será mala como yo. Ella cree que
quiero que sea como yo. ¡Si supiera! ¡Si supiera!»

Feliks no podía dominar sus lágrimas.
La gente se fijaba en él mientras atravesaba el parque
para recuperar su bicicleta. Se agitaba con sollozos incon-
trolables y abundantes lágrimas bañaban su rostro. Era algo
que jamás le había ocurrido con anterioridad y no podía en-
tenderlo. Se sentía desvalido en su aflicción.
Halló la bicicleta donde la había dejado, bajo un arbusto, y aquella visión familiar lo serenó un poco.
«¿Qué es lo que me pasa? —pensó—. Mucha gente tiene
hijos. Ahora me entero de que yo también. ¿Y qué?»
Y otra vez rompió a llorar.
Se sentó en la hierba seca junto a la bicicleta. «Es tan
hermosa», pensó. Pero no estaba llorando por lo que había
encontrado; estaba llorando por lo que había perdido. Hacía
diociocho años que era padre y él sin enterarse. Mientras
iba errante de una aldea a otra, mientras estaba en la cárcel, en la mina de oro y atravesando Siberia, fabricando
bombas en Bialistock, ella había ido creciendo. Había aprendido a andar y a hablar, a comer sola y a anudarse los cor-
dones de sus botas. Había jugado en un césped verde, bajo
un castaño, en verano, y se había caído de un burro y había
llorado. Su «padre» le había regalado un pony mientras
Feliks había estado trabajando en una cuerda de presos. Se
había puesto vestidos blancos en verano y medias de lana en
invierno. Había sido siempre bilingüe, expresándose en ruso
y en inglés. Otro le había leído cuentos; otro le había dicho:
«Te cogeré», mientras la perseguía, entre chillidos de satisfacción, escaleras arriba; otro le había enseñado a dar la
mano y a saludar: «¿Cómo está usted?»; otro la había ba-
ñado y peinado y la había enseñado a no dejarse comida en

221

el plato. Feliks había visto muchas veces a los campesinos rusos con sus hijos y se había preguntado cómo en sus vidas, entre una miseria y pobreza aplastantes, se las arreglaban para sentir afecto y ternura por sus hijos, que les quitaban el pan de la boca. Ahora lo entendía: el amor conseguía siempre abrirse paso, lo quisiera uno o no. Por sus recuerdos de los hijos de otras gentes podía imaginarse a Charlotte en las diversas etapas de su desarrollo: como una niñita que se arrastraba a gatas, con el vientre abultado y sin caderas donde sujetarse la falda; como una bulliciosa niña de siete años, que se rompía el vestido y se arañaba las rodillas; como una larguirucha y desgarbada chiquilla de diez años, con los dedos manchados de tinta y la ropa siempre demasiado pequeña; como una tímida adolescente, con sus risitas ante los chicos, apoderándose secretamente de los perfumes de su madre, loca por los caballos, y luego...

Y luego, esa mujer joven, hermosa, valiente, despierta, inquisitiva, admirable.

«Y yo soy tu padre», pensó.

Su padre.

¿Qué fue que dijo? *Usted es la persona más interesante que he conocido en mi vida... ¿Podría volverlo a ver?* Él ya estaba preparado para la despedida definitiva. Cuando se enteró de que no iba a ser así, empezó a perder el control de sí mismo. Ella pensó que se había resfriado. ¡Ah, era tan joven! ¡Hacer unos comentarios tan lúcidos y animosos a un hombre con el corazón deshecho!

«Me estoy volviendo un sensiblero —pensó—; tengo que rehacerme.»

Se puso en pie y cogió la bicicleta. Se secó la cara con el pañuelo que ella le había dado. Tenía bordada una campánula en uno de sus extremos y se preguntó si la habría bordado ella misma. Montó en la bicicleta y se dirigió hacia Old Kent Road.

Era la hora de cenar, pero sabía que no iba a poder comer. Ello se debía también a que andaba mal de dinero y aquella noche no se encontraba con ánimos para robar. Ahora sólo pensaba en la oscuridad de su habitación alquilada, donde podría pasar la noche solo con sus pensamientos. Iba a recomponer minuto a minuto aquel encuentro, desde el momento en que ella salió de su casa hasta el último gesto de despedida.

Le habría gustado la compañía de una botella de vodka, pero no la podía comprar.

222

Se preguntó si alguien le habría regalado alguna vez a Charlotte una pelota roja.

La tarde era apacible, pero el aire de la ciudad estaba viciado. Las tabernas de Old Kent Road rebosaban ya de mujeres trabajadoras, con vestidos alegres, acompañadas por sus maridos, amigos o padres. Instintivamente, Feliks se paró frente a una de ellas. Por la puerta abierta se filtraba el sonido de un viejo piano. Feliks pensó:

«Me gustaría que alguien me sonriera, aunque sólo fuera la moza de la taberna. Todavía puedo pagarme una cerveza.»

Ató la bicicleta a una barandilla y entró.

La atmósfera era esfixiante, llena de humo y del inconfundible olor a cerveza de una taberna inglesa. Era temprano, pero ya se oían muchas risotadas y chillidos femeninos. Todos parecían estar tremendamente alegres. Feliks pensó que nadie sabía gastarse el dinero mejor que los pobres. Se sumergió en aquel bullicio junto al mostrador. El piano dio la entrada a una nueva tonada y todos cantaron.

Una vez una doncella, sentada en la rodilla de un anciano,
le pidió que le contara una historia: «Por favor, tío,
¿por qué eres soltero, por qué vives solo?,
¿no tienes hijos, no tienes hogar?»
«Tuve una novia, hace ya muchos, muchos años;
dónde está ahora, cariño, pronto lo sabrás.
Escucha mi historia, te la contaré entera;
me fue infiel, después de bailar.»

Aquella canción, terriblemente estúpida, sentimental y tonta, hizo que a Feliks se le saltaran las lágrimas y en un arrebato de ira salió de la taberna sin pedir la cerveza.

Siguió pedaleando, dejando atrás aquellas risas y aquella música. Era un tipo de alegría que no estaba hecha para él; nunca lo había estado ni lo estaría. Volvió a su aposento y cargó con la bicicleta hasta su habitación en el último piso. Se quitó el sombrero y el abrigo y se echó en el cama. La volvería a ver dentro de dos días. Mirarían los cuadros juntos. Antes de su próximo encuentro tendría que ir a la casa de baños municipales. Se frotó la barbilla; no era posible que la barba le creciera decentemente en sólo dos días. Volvió a reconstruir el momento en que ella salía de la casa. Él la había visto desde lejos, jamás soñó...

«¿En qué estaría yo pensando en aquel momento?», se preguntó.

Y entonces se acordó:

«Me estaba preguntando si sabría dónde estaba Orlov.»

«En toda la tarde no me he acordado de Orlov.»

«Casi seguro que sabe dónde está, o por lo menos podría enterarse.»

«Podría utilizarla como una ayuda para matarlo.»

«¿Soy capaz de eso?»

«No, no lo soy. Eso no lo haré. ¡No, no, no!»

«¿Qué es lo que me pasa?»

A mediodía, Walden se entrevistó con Churchill en el Almirantazgo. Su interlocutor quedó impresionado y dijo:

—Tracia. Seguro que les podemos dar la mitad de Tracia. ¿A quién le va a importar que se queden con toda ella?

—Eso mismo pensé yo —contestó Walden. Le encantó la reacción de Churchill—. Pero, ¿estarán sus colegas de acuerdo?

Churchill, pensativo, expresó su opinión:

—Creo que sí. Veré a Grey después de comer y a Asquith esta misma tarde.

—¿Y el Gobierno?

Walden no quería llegar a un acuerdo con Aleks para que luego el Gobierno lo vetara.

—Mañana por la mañana.

Walden se puso en pie.

—Así puedo estar de vuelta en Norfolk mañana a última hora.

—Espléndido. ¿Han cogido ya a ese maldito anarquista?

—Voy a comer con Basil Thomson, de la Brigada Especial. Entonces lo sabré.

—Téngame informado.

—Naturalmente.

—Y gracias. Me refiero a esta propuesta.

Churchill, como si estuviera soñando, miró por la ventana.

—¡Tracia! —se dijo a sí mismo en un susurro—. ¿Quién ha oído siquiera el nombre de ese lugar alguna vez en su vida?

Walden lo dejó con sus ensueños.

Con talante vivaz salió del Almirantazgo para dirigirse a su club de «Pall Mall». Acostumbraba comer en casa, pero no quería molestar a Lydia con policías, especialmente ahora que no estaba atravesando un buen momento. Sin duda, estaba preocupada por Aleks, igual que Walden. Aquel muchacho venía a ser para ambos lo más parecido a un hijo; si le ocurriera algo...

Subió los peldaños de su club y al cruzar la puerta entregó el sombrero y los guantes a un criado.

—¡Qué verano tan estupendo estamos teniendo, Milord! —comentó éste.

Y Walden recordó, mientras ascendía al comedor, que desde hacía meses el tiempo se mantenía extraordinariamente agradable. Cuando se rompiera aquella racha, vendrían seguramente las tormentas. En agosto llegarían los truenos...

Thomson estaba aguardando. Parecía más bien satisfecho. «¡Qué descanso cuando hayan atrapado al asesino!», pensó Walden. Se dieron la mano y Walden se sentó. El camarero les entregó el menú.

—Bueno —empezó Walden—, ¿lo han cogido ya?

—Casi, casi —respondió Thomson.

Walden pensó: «Eso quiere decir que no.» Se sintió deprimido y exclamó:

—¡Oh, maldición!

Se presentó el camarero encargado de las bebidas y Walden preguntó a Thomson:

—¿Le apetece un cóctel?

—No, gracias.

A Walden tampoco le apetecía. El cóctel era una mala costumbre norteamericana.

—¿Tal vez una copa de jerez?

—Sí, gracias.

—Dos —ordenó Walden al camarero.

Encargaron sopa estilo Windsor y salmón escalfado, y Walden pidió una botella de vino del «Rin».

—Supongo que se da cuenta de la importancia que tiene este asunto —dijo Walden—. Ya casi están concluidas mis negociaciones con el príncipe Orlov. Si lo asesinaran ahora, todo se derrumbaría, con graves consecuencias para la seguridad de este país.

—Me doy perfecta cuenta, Milord —aseguró Thomson—. Permítame explicarle los progresos realizados. Nuestro hombre se llama Feliks Kschesinski. Resulta tan difícil repetirlo que vamos a llamarlo Feliks. Tiene cuarenta años, es hijo de un cura de aldea, y oriundo de la provincia de Tambov. Mi colega de San Petersburgo tiene un informe muy completo sobre él. Ha estado detenido tres veces y se le busca por estar implicado en media docena de asesinatos.

—¡Dios mío! —musitó Walden.

—Mi amigo de San Petersburgo añade que es un experto fabricante de bombas y un luchador verdaderamente temible. —Thomson hizo una breve pausa—. Usted demostró una valentía extraordinaria al coger aquella botella.

Walden esbozó una sonrisa; prefería que no lo recordasen.

Sirvieron la sopa y los dos la tomaron en silencio, durante unos instantes. Thomson bebió un poco de vino. A Walden le gustaba aquel club. La comida no era tan buena como la que le servían en su casa, pero la atmósfera era muy tranquila. Los sillones del saloncito para fumadores eran antiguos y cómodos, los camareros eran mayores y lentos, el papel de la pared estaba descolorido y la pintura había perdido color. Todavía tenían luz de gas. Los hombres como Walden acudían allí porque sus casas les resultaban excesivamente limpias y femeninas.

—Dijo usted que casi lo habían atrapado —dijo Walden cuando servían el salmón.

—Todavía no le he contado ni la mitad.

—Entonces...

—A finales de mayo llegó al club anarquista de Jubilee Street, en Stepney. No sabían quién era y les mintió. Es un hombre cauto, extraordinariamente cauto desde su punto de vista, ya que uno o dos de estos anarquistas están trabajando para mí. Mis espías informaron de su presencia, pero la información no llegó hasta mí entonces porque parecía ser una persona inofensiva. Dijo que estaba escribiendo un libro. Luego robó una pistola y se fue.

—Sin decir a nadie adónde iba, por supuesto.

—Exactamente.

—Es un individuo astuto.

El camarero recogió los platos y preguntó:

—¿Desearían los señores un poco de carne? Hoy es de cordero.

Los dos tomaron cordero con jalea de grosellas rojas, patatas asadas y espárragos.

Thomson prosiguió:

—Compró los ingredientes para la nitroglicerina en cuatro tiendas distintas de Camden Town. Allí realizamos una investigación casa por casa.

Thomson tomó un bocado de cordero.

—¿Y qué más? —preguntó Walden impaciente.

—Ha estado viviendo en el número diecinueve de Cork

Street, Camden, en una casa propiedad de una viuda llamada Bridget Callaham.

—Pero se ha trasladado.

—Sí.

—¡Maldita sea! Thomson, ¿no ve que ese individuo es más listo que usted? —Thomson lo miró fríamente y no hizo ningún comentario. Walden se excusó—: Perdóneme. He cometido una grosería. Ese individuo me hace perder los nervios.

—Mrs. Callaham —continuó Thomson— dice que despidió a Feliks porque pensó que se trataba de un individuo sospechoso.

—¿Por qué no lo denunció a la Policía?

Thomson acabó su cordero y depositó en el plato cuchillo y tenedor.

—Dice que no tenía ningún motivo especial. A mí eso me resultó extraño y quise enterarme de sus antecedentes. Su marido fue un rebelde irlandés. Si se hubiera enterado de lo que pretendía nuestro amigo Feliks, podría muy bien haberle ayudado.

Walden hubiera preferido que Thomson no llamara a Feliks «nuestro amigo». Preguntó:

—¿Cree usted que sabe adónde se fue ese hombre?

—Si lo sabe, no lo dirá. Pero no veo por qué él se lo tenía que decir. Lo cierto es que puede volver.

—¿Está vigilado ese lugar?

—Disimuladamente. Uno de mis hombres ya se ha instalado como inquilino en el sótano. Y a propósito, encontró una varilla de vidrio de las que se emplean en los laboratorios de química. Evidentemente, Feliks preparó la nitroglicerina en el fregadero.

A Walden le produjo un escalofrío pensar que en el mismo corazón de Londres alguien podía comprar unos productos químicos, mezclarlos en una palangana y preparar así una botella de un líquido altamente explosivo... y luego dirigirse con ella hasta la *suite* de un hotel de West End.

Tras el cordero sirvieron un apetitoso *foie gras*.

—¿Cuál es su próxima jugada? —preguntó Walden.

—En todas las comisarías del Condado de Londres tienen la fotografía de Feliks a la vista. A menos que se mantenga encerrado bajo llave durante todo el día, antes o después no escapará a la mirada atenta de cualquier policía de servicio. Pero por si no acabara de llegar ese momento, mis hombres están visitando los hoteles y casas de huéspe-

227

des económicos, mostrando su retrato.

—¿Y si se ha disfrazado?

—Resulta algo difícil en su caso.

El camarero interrumpió a Thomson. Ambos prefirieron tomar helado en vez de pastel. Walden encargó media botella de champaña.

Thomson continuó:

—No puede disimular su estatura, ni su acento ruso. Y sus rasgos son muy distintivos. No ha tenido tiempo de dejarse crecer la barba. Puede cambiarse de ropa, pelarse al cero o ponerse una peluca. Yo, en su caso, me disfrazaría con algún tipo de uniforme: marinero, lacayo o sacerdote. Pero los policías conocen bien ese tipo de disfraces.

Tras los helados tomaron queso «Stilton» y pastas con un poco de oporto añejo de la bodega del club.

A Walden le parecía que todo quedaba demasiado diluido. Feliks andaba suelto y él no se sentiría seguro hasta que aquel individuo estuviera encerrado bajo llave y encadenado a una pared.

—No hay duda de que Feliks es uno de los más destacados asesinos de la conspiración revolucionaria internacional —dijo Thomson—. Está muy bien informado: sabía, por ejemplo, que el príncipe Orlov iba a estar aquí, en Inglaterra. Es listo también y tiene una formidable capacidad de decisión. A pesar de todo, tenemos a Orlov bien escondido.

Walden se preguntó adónde quería llegar Thomson, el cual prosiguió:

—Por el contrario, usted sigue paseando por las calles de Londres con toda tranquilidad.

—¿Y por qué no?

—Si yo fuera Feliks, ahora me concentraría en usted. Lo seguiría con la esperanza de que usted pudiera conducirme hasta Orlov, o bien lo secuestraría y lo torturaría hasta que me dijera dónde estaba.

Walden bajó la mirada para disimular su temor.

—¿Cómo podría hacer eso él solo?

—Puede tener ayuda. Quiero que también usted tenga un guardaespaldas.

Walden hizo un gesto negativo con la cabeza.

—Ya tengo a mi propio hombre, Pritchard. Él arriesgaría su vida por mí..., ya lo ha hecho otras veces.

—¿Va armado?

—No.

—¿Sabe disparar?

228

—Muy bien. Solía acompañarme en mis tiempos de caza mayor por África. Fue entonces cuando arriesgó su vida por mí.

—Autorícele, entonces, a llevar pistola.

—Muy bien —asintió Walden—. Voy a ir a mi finca mañana. Allí tengo un revólver que él podrá utilizar.

Como postre final, Walden pidió un melocotón y Thomson pera en almíbar. Luego se trasladaron al salón para tomar té con galletas. Walden encendió un puro.

—Creo que iré a casa paseando para favorecer la digestión.

Quiso decirlo con calma, pero el tono de su voz sonó muy agudo.

—Preferiría que no lo hiciera —dijo Thomson—. ¿No ha traído su coche?

—No...

—Estaría más tranquilo respecto a su seguridad si fuera a todas partes en su propio vehículo de ahora en adelante.

—Muy bien —susurró Walden—. Tendré que comer menos.

—Hoy tome un coche de punto. Tal vez será mejor que lo acompañe.

—¿Cree realmente que es necesario?

—Podría estarlo aguardando a la salida del club.

—¿Cómo podría enterarse del club al que pertenezco?

—Buscando su nombre en *Who's Who*.

—Sí, claro. —Walden hizo un movimiento de cabeza—. Uno, simplemente, no piensa en esas cosas.

Thomson miró su reloj.

—Tengo que volver a la Jefatura de Policía..., si está usted listo.

—Cuando quiera.

Salieron del club. Feliks no estaba esperándolos fuera. Tomaron un coche de punto hasta la casa de Walden; luego, Thomson siguió en el mismo vehículo hasta Scotland Yard. Walden entró en su casa. Parecía que estaba vacía y optó por irse a su habitación. Se sentó junto a la ventana para terminar allí su cigarro.

Sentía la necesidad de hablar con alguien. Miró su reloj: Lydia ya habría acabado la siesta y ahora estaría vistiéndose para la hora del té y de las visitas. Se fue directamente a su habitación.

Estaba sentada frente al espejo, ya vestida. «Parece ago-

tada —pensó—; son todas estas complicaciones.» Puso las manos sobre los hombros de ella, mirando su imagen reflejada en el espejo; luego se inclinó para besar su cabeza:
Feliks Kschesinski.
—¿Qué? —pareció asustarse.
—Así se llama nuestro asesino. ¿Te sugiere algo?
—No.
—Me pareció que lo reconocías.
—Me... suena algo.
—Basil Thomson se ha enterado de todo lo referente a ese individuo. Es un asesino, un tipo realmente perverso. Podrías haberte cruzado con él en San Petersburgo..., de ahí que te resultara vagamente familiar cuando te vino a visitar y que su nombre te suene.
—Sí..., podría ser.
Walden se acercó a la ventana y miró el parque. Era la hora del día en que las niñeras sacaban de paseo a los bebés. Por todas partes se veían cochecitos de niños y los bancos estaban ocupados por mujeres que cuchicheaban, vestidas con trajes pasados de moda. A Walden se le ocurrió pensar que Lydia podría haber tenido algún contacto con Feliks en sus tiempos de San Petersburgo..., algún tipo de contacto que ella no quisiera admitir; pero este pensamiento le pareció vergonzoso y lo rechazó. Dijo:
—Thomson cree que cuando Feliks se dé cuenta de que Aleks está escondido y lejos de aquí, intentará secuestrarme.
Lydia se levantó de su silla y fue hacia él. Le rodeó la cintura con los brazos y recostó su cabeza sobre el pecho de él, sin decir nada. Walden acarició su cabello.
—Tengo que ir a todas partes en mi propio coche y Pritchard tiene que llevar pistola.
Lydia levantó los ojos para mirarlo y él quedó sorprendido al ver sus ojos grises llenos de lágrimas, mientras preguntaba:
—¿Por qué nos están ocurriendo estas cosas? Primero Charlotte toma parte en una manifestación, luego te amenazan a ti..., parece que todos corremos peligro.
—No digas tonterías. Tú no corres peligro y Charlotte sólo se comporta como una insensata. Y yo tendré protección. —Acarició su cuerpo, cuyo calor atravesaba su vestido de tela fina, pues no llevaba corsé. Quería acostarse con ella ahora mismo. Nunca se habían amado a plena luz del día.

La besó en la boca. Ella apretó su cuerpo contra el de él y se dio cuenta de que también a ella le apetecía hacer el amor. No recordaba haberse comportado así nunca. Contempló la puerta, pensando en cerrarla. Él la miró y ella hizo un gesto apenas perceptible con la cabeza. Una lágrima le resbalaba por la nariz. Walden se encaminaba ya a la puerta cuando alguien llamó.

—¡Maldita sea! —rezongó Walden en voz baja.

Lydia apartó los ojos de la puerta y se tapó la cara con un pañuelo.

Entró Pritchard.

—Perdóneme, Milord. Una llamada urgente por teléfono de Mr. Basil Thomson. Han seguido la pista de ese Feliks hasta su apartamento. Si quiere usted presenciar cómo le dan muerte, Mr. Thomson va a pasar a recogerlo dentro de tres minutos.

—Tráigame el sombrero y el abrigo —le ordenó Walden.

10

Cuando Feliks salió a buscar el periódico de la mañana, le parecía ver niños por todas partes. En el patio, un grupo de chicas practicaban un juego consistente en bailes y cantos. Los chicos jugaban al críquet con un rastrillo dibujado con tiza en la pared, y un trozo de madera carcomida que les servía de pala. En la calle, unos mozalbetes empujaban carretones. Compró el periódico a una adolescente. De regreso a la habitación se cruzó con un pequeñín desnudo que gateaba escaleras arriba. Vio que la criatura —se trataba de una niña— quería incorporarse sin acabar de conseguirlo. Feliks la sentó en el rellano. Su madre salió por una puerta que estaba abierta. Era una mujer joven, de tez pálida y cabello grasiento, con signos evidentes de un próximo alumbramiento. Levantó a la niña del suelo y desapareció con ella en el interior de su vivienda, mirando con cierto recelo a Feliks.

Cuantas veces pensaba serenamente cómo podría engañar a Charlotte para que le revelara el paradero de Orlov, siempre tropezaba contra un muro levantado en su propia mente. Trataría de conseguir su información solapadamente sin que ella se enterase de que se la daba, o tal como hiciera con Lydia, contándole una historia falsa, o bien diciéndole sin rodeos que quería matar a Orlov, pero su imaginación rechazaba siempre todas estas posibilidades.

Cuando pensaba en lo que estaba en juego, juzgaba ridículos sus sentimientos. Tenía la oportunidad de salvar millones de vidas y, posiblemente, hacer que estallara la revolución rusa..., y le angustiaba tener que mentirle a una chica de la clase alta. No se trataba de hacerle daño, sino simplemente de servirse de ella, engañarla y traicionar su confianza, la de su propia hija, a quien acababa de conocer...

Para ocupar sus manos empezó a convertir su dinamita casera en una bomba primitiva. Metió el algodón empapado de nitroglicerina en un jarrón agrietado de porcelana. Reflexionó sobre el problema de la explosión. Quemar sólo papel podría resultar insuficiente. Embutió en el algodón media docena de cerillas, de forma que sólo quedasen al descubierto sus cabezas rojas. Le resultó difícil mantener verticales las cerillas a causa del temblor de sus manos.

«Mis manos nunca tiemblan. ¿Qué me está pasando?»

Convirtió un trozo de periódico en una mecha e introdujo uno de sus cabos entre las cabezas de los fósforos, atándolas después con un trozo de algodón. Le resultó dificilísimo hacer el nudo.

Leyó en el *Times* todas las noticias internacionales, estudiando detenidamente las rimbombantes frases inglesas. Estaba bastante seguro de que habría guerra, pero ya no le bastaba con una mayor o menor seguridad. Le habría gustado matar a un haragán inútil como Orlov, aunque después descubriera que todo ello había resultado inútil. Pero destruir inútilmente su relación con Charlotte...

¿Relación? ¿Qué relación?

«Tú sabes qué relación.»

La lectura del *Times* le produjo dolor de cabeza. Las letras eran demasiado pequeñas y su habitación tenía poca luz. Se trataba de un periódico tremendamente conservador. Todo aquello se tenía que destruir.

Anhelaba ver de nuevo a Charlotte.

En el rellano oyó el ruido de unas pisadas y a continuación llamaron a la puerta.

—Adelante —dijo secamente.

El encargado entró tosiendo.

—Buenos días.

—Buenos días, Mr. Price.

«¿Qué quiere ahora este viejo loco?»

—¿Qué es eso? —preguntó Price, señalando con la cabeza la bomba sobre la mesa.

—Una vela casera —contestó Feliks—. Dura meses. ¿Qué quiere?

233

—Venía por si necesitaba un par de sábanas baratas. Se las puedo vender a buen precio...

—No, gracias —contestó Feliks—. Adiós.

—Bueno, adiós.

Price se marchó.

«Debí haber escondido la bomba —pensó Feliks—. ¿Qué me está pasando?»

—Sí, está ahí dentro —dijo Price a Basil Thomson.

Walden sintió un nudo en el estómago.

Estaban sentados en la parte trasera de un coche policial aparcado junto a la esquina de las viviendas «Canadá», donde Feliks se encontraba. Con ellos había un inspector de la brigada especial y un jefe de la Comisaría de Southwark, que vestía de uniforme.

«Si ahora pueden detener a Feliks, entonces Aleks quedará a salvo, y yo tranquilo de una vez», pensó Walden.

Thomson estaba explicando:

—Mr. Price se presentó en la Comisaría para informar de que había alquilado una habitación a un tipo sospechoso, con acento extranjero y escasos recursos económicos, que se estaba dejando crecer la barba para cambiar su fisonomía. Identificó a Feliks en el dibujo realizado por nuestro artista.

—Buen trabajo, Price.

—Gracias, señor.

El jefe de uniforme desplegó un gran plano. Era desesperadamente lento y parsimonioso en todo.

—Las viviendas «Canadá» están formadas por tres bloques de cinco pisos alrededor de un patio. Cada bloque tiene tres escaleras. Si nos situamos a la entrada del patio, el bloque «Toronto» queda a nuestra derecha. Feliks se encuentra en la escalera central, en el último piso. Detrás del bloque «Toronto» hay un patio propiedad de un constructor de obras.

Walden disimulaba su impaciencia.

—A nuestra izquierda tenemos el bloque «Vancouver», y detrás de ese bloque hay otra calle. El tercer bloque, delante de nosotros, si nos situamos en el patio de entrada, es el bloque «Montreal», cuya parte trasera da a la vía del tren.

Thomson señaló en el plano.

—¿Qué es eso que se ve en el centro del patio?

—El retrete —contestó el jefe—. Una auténtica pocilga, utilizada por todo el mundo.

Walden urgió mentalmente: «¡Prosiga de una vez!»

—Me parece que Feliks tiene tres posibles salidas —continuó Thomson—. La primera, por la entrada; obviamente, la bloquearemos. La segunda, por el lado opuesto del patio, a la izquierda, el callejón entre los bloques «Vancouver» y «Montreal», que conducen a la otra calle. Coloque tres hombres en el callejón, jefe.

—De acuerdo, señor.

—La tercera, por el callejón, entre los bloques «Montreal» y «Toronto». Este callejón nos lleva al patio del constructor. Otros tres hombres allí.

El jefe asintió con la cabeza.

—Por cierto, ¿esos tres bloques tienen ventanas traseras?

—Sí, señor.

—Entonces Feliks dispone de una cuarta escapatoria desde el bloque «Toronto», ya que puede salir por la ventana de atrás y cruzar el patio del constructor. Como remate haremos una bonita demostración de fuerza en mitad del patio para animarle a que nos acompañe sin perder los nervios. ¿Cuál es su opinión, jefe?

Yo diría que su plan es perfecto, señor.

«Éste no sabe con qué clase de hombre nos la estamos jugando», pensó Walden.

—Usted y el inspector Sutton serán los encargados de detenerle —ordenó Thomson—. ¿Lleva pistola, Sutton?

Sutton entreabrió la chaqueta y mostró un pequeño revólver enfundado en la sobaquera. Walden quedó sorprendido, pues creía que un policía británico nunca llevaba arma de fuego. Evidentemente, la brigada especial era otra cosa. Se animó. Thomson recomendó a Sutton:

—Hágame caso, llévelo en la mano cuando llame a la puerta. —Se volvió hacia el jefe de uniforme—: Sería mejor que usted llevase mi pistola.

El jefe se sintió ofendido.

—Llevo veinticinco años en el cuerpo y jamás necesité un arma de fuego, señor; así que, si no le importa, prefiero seguir como hasta ahora.

—Varios policías han muerto al tratar de detener a este hombre.

—Lamento que jamás me hayan enseñado a disparar, señor.

«Santo Dios —pensó Walden con desespero—, ¿cómo puede nuestra gente tratar con tipos de la catadura de Feliks?»

—Lord Walden y yo estaremos a la entrada del patio —confirmó Thomson.

—¿Permanecerán en el coche, señor?

—Nos quedaremos en el coche.

«Vamos», pensó Walden.

—Vamos —decidió Thomson.

Feliks tenía hambre. Hacía más de veinticuatro horas que no comía. Se preguntó qué haría. Ahora, con la barba y su vestimenta proletaria, podría resultar sospechoso a los tenderos, lo que lo pondría en un aprieto al ir a robar.

Se detuvo en este pensamiento. «Nunca es difícil robar —se dijo a sí mismo—. Veamos: puedo acercarme a una casa del extrarradio, de esas que sólo suelen tener uno o dos criados, y entrar por la puerta de servicio. Allí me encontraría con una doncella en la cocina, o tal vez una cocinera. "Soy un hombre peligroso —le diría con una sonrisa—, pero si me prepara un bocadillo no la violaré." Iría hacia la puerta para impedir que ella se escapara. Si gritara me obligaría a salir corriendo y a probar suerte en otra casa. Aunque creo que me daría muy a gusto el bocadillo que le pidiera. "Gracias —le diría—, es usted muy amable." Después me iría. Nunca es difícil robar.»

El problema estaba en el dinero. Feliks recordó que ni para un par de sábanas tuvo. El encargado del edificio era optimista. Seguramente sabía que Feliks no tenía ni cinco... «Seguro que sabe que no tengo ni cinco.»

Tras reflexioinar, le pareció sospechoso que Price fuera a su habitación. ¿Se trataba simplemente de un optimista? ¿O de alguien que le estaba espiando? «Me parece que estoy perdiendo reflejos», pensó Feliks. Se puso en pie y se asomó a la ventana.

¿Qué era aquello?

El patio estaba atestado de policías con sus uniformes azules.

Feliks se quedó mirándolos horrorizado.

Aquel espectáculo le sugirió la imagen de un montón de gusanos en movimiento, arrastrándose unos sobre otros, en un agujero del suelo.

Su instinto le gritaba: «¡Corre! ¡Corre! ¡Corre!»

¿Adónde?

Tenían bloqueadas todas las salidas del patio.

Feliks se acordó de las ventanas traseras.

Salió corriendo de su cuarto y, a través del rellano, se dirigió a la parte posterior del bloque. Había una ventana que daba al patio del constructor. Miró y vio en el patio a cinco o seis policías, tomando posiciones entre montones de ladrillos y rimeras de tablones. No había escapatoria por aquel sitio.

Sólo quedaba la azotea.

Volvió corriendo a su habitación y miró al exterior. Los policías estaban todos quietos, excepto dos hombres, uno de uniforme y otro de paisano, que se dirigían decididamente, cruzando el patio, hacia la escalera de Feliks.

Éste cogió la bomba y la caja de cerillas y bajó corriendo al rellano inferior. Una puerta pequeña, con cerrojo, daba acceso a una alacena debajo de la escalera. Feliks abrió la puerta y colocó la bomba dentro. Encendió la mecha de papel y cerró la puerta de la alacena. Dio media vuelta. Tenía tiempo de echar a correr escaleras arriba antes de que la mecha ardiese por completo.

La pequeñina gateaba por las escaleras.

Mierda.

La recogió y entró con ella en su vivienda. La madre, sentada en una mugrienta cama, tenía la mirada fija en la pared. Feliks arrojó la pequeña entre sus brazos y le gritó:

—¡Quédese aquí! ¡No se mueva!

La mujer lo miró aterrorizada.

Él salió corriendo. Los dos hombres estaban ya en el piso de abajo.

Feliks voló escaleras arriba...

No explotes ahora, no explotes, ahora no.

...hacia su rellano. Ellos se dieron cuenta y uno gritó: «¡Eh, usted!», y emprendieron su persecución.

Feliks se precipitó en su habitación, cogió una silla ordinaria con un amplio respaldo, la sacó al rellano y la colocó justamente debajo de la trampilla que conducía al desván.

La bomba no había explotado.

Quizá no iba a funcionar.

Feliks se subió a la silla.

Los dos hombres tropezaron en la escalera.

El policía de uniforme gritó:

—¡Queda detenido!

El policía de paisano empuñaba la pistola, apuntando a Feliks.

La bomba hizo explosión.

Se produjo un ruido sordo, como si algo de mucho peso se desplomase. La escalera se convirtió en una tea incendiaria cuyo fuego se propagó en todas direcciones; los dos hombres salieron despedidos, los escombros comenzaron a arder y Feliks se perdió en el desván.

—¡Maldita sea, ha hecho explotar una bomba! —exclamó Thomson.

Walden pensó: «Esto va mal otra vez.»

Se produjo un gran estrépito al estrellarse contra el suelo trozos de cristales de una ventana del cuarto piso. Walden y Thomson saltaron del coche y cruzaron corriendo el patio.

Thomson se dirigió a los dos primeros policías de uniforme que vio:

—Ustedes dos acompáñenme al interior. —Se volvió a Walden—: Usted quédese aquí.

Y entraron corriendo.

Walden volvió a cruzar el patio en sentido contrario, mirando hacia las ventanas del bloque «Toronto».

«¿Dónde está Feliks?»

Oyó decir a un policía:

—Ése se ha escapado por la parte de atrás, estoy convencido.

Cuatro o cinco tejas cayeron del tejado, haciéndose añicos contra el suelo del patio, a causa de la explosión, pensó Walden.

Sintió el impulso de mirar hacia atrás, por encima de su hombro, como si Feliks pudiese aparecer de repente por alguna parte.

Los vecinos de los bloques se asomaban a puertas y ventanas para ver lo que estaba pasando y el patio empezaba a llenarse de gente. Algunos policías trataban, sin demasiada convicción, de que regresaran a sus casas. Una mujer salió corriendo del bloque «Toronto», gritando:

—¡Fuego!

«¿Dónde está Feliks?»

Thomson y un policía salieron transportando a Sutton. Estaba inconsciente o muerto. Walden lo examinó de cerca. No, no estaba muerto; su mano seguía aferrando la pistola.

Cayeron más tejas del tejado.

El policía que acompañaba a Thomson se lamentó:

—Lo de ahí dentro es un desastre.

—¿Pudo ver a Feliks? —preguntó Walden.

—No vi nada.

Thomson y el policía regresaron al interior.

Seguían cayendo más tejas...

A Walden se le ocurrió una idea. Levantó la vista. Había un agujero en el tejado y se veía a Feliks saliendo por él.

—¡Allí está! —exclamó.

Todos observaron desolados cómo Feliks salía del desván y trepaba hasta el pretil del tejado.

«Si tuviese un arma...»

Walden se inclinó sobre el cuerpo inconsciente de Sutton y se apoderó de la pistola que éste aún empuñaba.

Miró hacia arriba. Feliks estaba arrodillado en lo alto del tejado. «Ojalá fuera un rifle», pensó Walden mientras levantaba la pistola. Apuntó. Feliks lo miró. Sus miradas se cruzaron.

Feliks se movió.

Sonó un disparo.

No sintió nada.

Empezó a correr.

Era como hacerlo sobre la cuerda floja. Tenía que extender los brazos para mantener el equilibrio, colocar de lado sus pies sobre el estrecho pretil y no pensar en una posible caída desde una altura de quince metros.

Sonó otro disparo.

Faliks sintió pánico.

Corrió cuanto pudo. El final del tejado se vislumbraba ya. Podía ver allí delante el tejado en pendiente del bloque «Montreal». No tenía idea de la distancia que separaba ambos edificios y disminuyó la marcha, vacilante. Walden volvió a disparar.

Feliks corrió hasta el borde del pretil.

Saltó.

Voló por el aire. Oyó su propia voz como si gritase a distancia.

Pudo ver fugazmente a los tres policías que desde el callejón, a unos quince metros, le observaban boquiabiertos.

Entonces cayó sobre el tejado del bloque «Montreal», apoyándose con fuerza sobre sus manos y rodillas.

El impacto le dejó sin aliento. Se deslizó de espaldas

por el tejado. Sus pies chocaron contra el canalón. Se sentía rendido por el esfuerzo y pensó que resbalaría por el borde del tejado y se desplomaría sin freno hasta el suelo. Pero el canalón aguantó y lo detuvo en su descenso.

Estaba asustado.

Un apartado rincón de su mente protestó: «Pero si yo nunca me asusto.»

Gateó hasta lo alto del tejado para bajar después por el otro lado.

La parte trasera del bloque «Montreal» daba a la vía del tren. No había policías por allí, ni en los terraplenes. «No habrán previsto esto —pensó Feliks con alegría—; creyeron que quedaría atrapado en el patio y no se les ocurrió que podría escapar por los tejados. Ahora lo que tengo que hacer es bajar.»

Escudriñó por encima del canalón la pared del edificio que tenía debajo. No había cañerías de desagüe porque el canalón se vaciaba a través de una especie de gárgolas situadas en el borde del tejado. Pero las ventanas de los pisos más altos estaban próximas al alero y disponían de un amplio poyete.

Con su mano derecha, Feliks agarró el canalón y tiró de él para probar su resistencia.

«¿Desde cuándo me ha preocupado la vida o la muerte?»
«(Ya sabes desde cuándo).»

Se situó encima de una ventana, se agarró al canalón con ambas manos y, lentamente, fue dejándose caer sobre el poyete.

Durante un instante permaneció con el cuerpo en el vacío. Sus pies encontraron el alféizar de la ventana. Soltó la mano derecha del canalón y palpó, buscando un asidero, los ladrillos que rodeaban la ventana. Metió los dedos en una estrecha ranura y soltó la otra mano del canalón.

Miró por la ventana. Desde el interior, un hombre gritó asustado al verle.

Feliks pegó un puntapié a la ventana y se coló en la habitación. Apartó a un lado al atemorizado ocupante y salió de estampida por la puerta.

Bajó los escalones de cuatro en cuatro. Si llegaba al primer piso podría escapar por las ventanas de atrás y alcanzar la línea férrea.

Llegó al último rellano y se detuvo en lo alto del tramo final de la escalera, respirando trabajosamente. Un uniforme azul apareció en la puerta de entrada. Feliks giró en redondo y corrió hacia la parte trasera del rellano. Quiso levantar la ventana, pero estaba clavada. Con un fuerte empujón consiguió abrirla. Oyó las pisadas de unas botas que subían por la escalera. Gateó hasta el poyete, se colgó de él con ambas manos, permaneció suspendido un instante, cobró impulso y se dejó caer.

Lo hizo sobre la crecida hierba del terraplén de la vía. A su derecha, vio a dos hombres que saltaban por la valla del patio del constructor. Se oyó un lejano disparo a su izquierda. Un policía se asomó por la ventana por la que Feliks había escapado.

Subió corriendo el terraplén hasta la vía.

Había cuatro o cinco pares de vías. A lo lejos, un tren se aproximaba a toda velocidad. Parecía circular por el carril más lejano. Sintió miedo durante unos instantes, temiendo cruzar delante del tren. Después echó a correr.

Los dos policías del patio del constructor y del bloque «Montreal» corrieron tras él por una de las vías. Lejos, a la izquierda, una voz ordenó:

—¡Despejen el campo de tiro!

Los tres perseguidores impedían que Walden disparase. Feliks miró hacia atrás.

Habían retrocedido. Se oyó un disparo. Se agachó y zigzagueó. El tren se oía muy cerca. Silbó. Dispararon otra vez. Giró a un lado repentinamente, después tropezó y cayó entre las últimas vías. Se produjo un ruido ensordecedor. Vio cómo la locomotora se le echaba encima. Saltó desesperadamente, catapultándose fuera de la vía y sobre la gravilla del lado opuesto. El tren rugió al pasar cerca de su cabeza. Alcanzó a ver durante un segundo la cara, pálida y asustada, del maquinista.

Se incorporó y bajó corriendo por el terraplén.

Walden permaneció junto a la valla, mirando el tren. Basil Thomson acudió a su lado.

Los policías que le habían estado persiguiendo llegaron hasta la última de las vías y allí se detuvieron, desanimados, esperando que el tren pasase. El tiempo se les hizo eterno.

Cuando el tren acabó de cruzar, no quedaba el menor rastro de Feliks.

—Ese bicho se ha largado —dijo un policía.

—Todo se ha ido al traste —se lamentó Basil Thomson.

Walden dio media vuelta y volvió al coche.

Feliks se dejó caer por una pared, y se encontró en una callejuela de casitas independientes. Aquello era también la portería de un improvisado terreno de fútbol. Un grupo de chiquillos, tocados con amplias gorras, dejaron de jugar y se quedaron mirándolo sorprendidos. Él siguió corriendo.

A los policías les costaría algunos minutos desplegarse por la parte extrema de la vía. Vendrían buscándole, pero llegarían demasiado tarde. Cuando iniciasen la persecución, él ya se encontraría bastante distanciado, y aumentando su ventaja.

Siguió corriendo hasta llegar a una calle concurrida y con muchas tiendas. Allí, impulsivamente, saltó a un autobús.

Había escapado, pero estaba terriblemente preocupado. Cosas como ésta le habían sucedido antes, pero jamás había sentido miedo, jamás el pánico se había apoderado de él. Recordó el pensamiento que cruzó su mente cuando se deslizaba por el tejado: «No quiero morir.»

En Siberia había perdido la capacidad de sentir miedo. Ahora la había recuperado. Por primera vez, en muchos años, quería seguir vivo. «Vuelvo a ser humano», pensó.

Miraba por la ventana las míseras callejuelas del sureste de Londres, preguntándose si los sucios chiquillos y las pálidas mujeres verían en él a un hombre nuevo.

Sería un desastre. Lo empequeñecería, le restaría categoría, entorpecería su trabajo.

«Tengo miedo —reconoció—. ¡Quiero vivir! Quiero ver a Charlotte otra vez.»

11

El primer tranvía de la mañana despertó a Feliks con su estruendo. Abrió los ojos y lo vio partir desprendiendo chispazos azules por la parte superior del trole. Unos hombres de ojos soñolientos, en ropas de faena, sentados junto a las ventanas, fumaban y bostezaban mientras se dirigían a sus habituales puestos de barrenderos, mozos de cuerda o peones.

El sol estaba bajo y brillante, pero Feliks estaba en la sombra del puente de Waterloo. Descansaba sobre la acera con la cabeza apoyada en el muro, envuelto en periódicos. A uno de sus lados se encontraba una vieja apestosa, con el rostro enrojecido de los alcohólicos. Parecía gorda, pero Feliks veía entonces, entre el dobladillo de su falda y la caña de sus botas de hombre, varios centímetros de unas piernas sucias que parecían palillos, por lo que dedujo que la aparente obesidad de aquella mujer obedecía a la gran cantidad de ropa que llevaba encima. A Feliks le caía bien y la noche anterior había estado entreteniendo a todos los vagabundos mientras le enseñaba los nombres vulgares en inglés de las diversas partes del cuerpo. Feliks las repetía y todos se reían.

Al otro lado tenía un muchacho pelirrojo escocés. Para él, dormir a la intemperie fue una aventura. Era fuerte, delgado y animoso. Fijándose ahora en su rostro soñoliento, Feliks comprobó que era barbilampiño y muy joven. ¿Qué sería de él cuando llegase el invierno?

Serían en total unos treinta, alineados sobre la acera, tendidos todos ellos con la cabeza sobre el muro y los pies hacia la carretera, cubiertos con abrigos, sacos o periódicos. Feliks fue el primero en dar señales de vida. Se preguntaba si durante la noche habría muerto alguno de ellos.

Se levantó. Estaba dolorido después de pasar una noche al raso. Se alejó del puente en busca del sol. Hoy iba a encontrarse con Charlotte. No había duda de que su aspecto y el tufillo que desprendía eran propios de un pordiosero. Pensó en lavarse en el Támesis, pero el río parecía estar aún más sucio que él y fue en busca de una casa de baños municipales.

Encontró una en la orilla sur del río. Un aviso en la puerta anunciaba que se abría a las nueve. Feliks pensó que aquello era característico de un gobierno socialdemócrata: construían casas de baños para que los obreros pudieran mantenerse aseados, pero las abrían a las nueve, cuando todo el mundo estaba ya trabajando. Luego se quejaban de que las masas no supieran aprovecharse de las ventajas que tan generosamente les brindaban.

Desayunó en un café próximo a la estación de Waterloo. Los bocadillos de huevo frito le tentaron, pero no pudo permitirse el lujo de pedir uno. Como de costumbre, tomó pan con el té y así ahorró dinero para comprar el periódico.

Se sentía contaminado por la noche pasada entre los andrajosos, y ello se le antojó irónico porque en Siberia le había encantado dormir entre los cerdos buscando su calor. Era fácil comprender por qué se sentía diferente ahora. Iba a encontrarse con su hija, y ella aparecería radiante y limpia, oliendo a perfume y con un vestido de seda, con guantes y sombrero, y quizá con una sombrilla para resguardarse de los rayos del sol.

Entró en la estación y compró el *Times*; después se sentó en un banco de piedra cercano a la casa de baños y se puso a leer el periódico mientras aguardaba a que abriesen.

Aquella noticia le dejó anonadado:

EL HEREDERO AUSTRIACO Y SU ESPOSA ASESINADOS

DISPARARON CONTRA ELLOS EN LA CAPITAL DE BOSNIA

244

CRIMEN POLÍTICO DE UN ESTUDIANTE

ANTES LES LANZARON UNA BOMBA

DESCONSUELO DEL EMPERADOR

El futuro heredero del Imperio austro-húngaro, el archiduque Francisco Fernando, y su esposa, la duquesa de Hohenberg, fueron asesinados ayer por la mañana en Sarajevo, capital de Bosnia. El asesino ha sido identificado como un estudiante de los últimos cursos de enseñanza media, quien disparó mortalmente contra sus víctimas con una pistola automática, cuando aquéllos regresaban de una recepción en el Ayuntamiento.

Evidentemente, la acción criminal había sido cuidadosamente planeada. Al ir hacia el Ayuntamiento, el archiduque y su consorte escaparon milagrosamente de la muerte. Un individuo, cajista de oficio y natural de Trebinje, plaza fuerte situada en el extremo sur de Herzegovina, lanzó una bomba contra el coche. Se dispone de pocos detalles sobre este primer ataque. Se ha informado que el archiduque desvió la bomba con el brazo y que ésta explosionó detrás del coche, hiriendo a los ocupantes del segundo vehículo.

Se dice que el autor de la segunda acción criminal es originario de Grahovo, en Bosnia. Aún no se posee información sobre su raza o credo. Al parecer, pertenece a la población servia u ortodoxa de Bosnia.

Ambos criminales fueron detenidos inmediatamente, aunque estuvieron a punto de ser linchados.

Mientras se desarrollaba esta tragedia en la capital de Bosnia, el anciano emperador Francisco José partía de Viena hacia su residencia veraniega de Ischl. En Viena sus súbditos le dispensaron una entusiasta despedida y en Ischl su recepción fue aún más enfervorizada, si cabe.

Feliks quedó como aturdido. Se alegró de que otro inútil parásito de la aristocracia hubiese sido eliminado, que se le asestara otro duro golpe a la tiranía, y se sintió avergonzado de que un estudiante hubiera sido capaz de matar *al* heredero del trono austríaco mientras él, Feliks, fracasaba repetidamente al intentar asesinar a un príncipe ruso. Pero lo que ocupó sus pensamientos fue el cambio en el panorama político mundial, que, con toda seguridad, iba a producirse seguidamente. Los austríacos, con los alemanes tras ellos, se desquitarían con Servia. Los rusos protestarían. ¿Llegarían a movilizar su ejército? Si estuviesen seguros de la ayuda británica, probablemente lo harían. La movilización rusa supondría la movilización alemana, y una vez los alemanes se movilizasen no habría nadie capaz de impedir que sus generales fuesen a la guerra.

Feliks fue descifrando, a conciencia, el difícil inglés de los otros comentarios que aparecían en la misma página, referentes al asesinato. Las informaciones llevaban los siguientes titulares: RELATO OFICIAL DEL CRIMEN; EL EMPERADOR AUSTRIACO Y LA NOTICIA; TRAGEDIA DE LA CASA REAL y EN EL ESCENARIO DEL CRIMEN (de nuestro enviado especial). Toda una serie de despropósitos en torno al sobresalto, el horror y la aflicción que todos experimentaban, aparte de las repetidas aseveraciones de que no existían motivos para sentirse alarmados, y que, pese a lo trágico del hecho, el crimen no tendría repercusiones negativas en Europa. Según Feliks, todo ello era muy propio del *Times*, muy capaz de haber descrito a los cuatro jinetes del Apocalipsis como poderosos gobernantes, cuyo único objetivo fuese conseguir la estabilidad en el área internacional.

Sin embargo, no se hablaba de las represalias austríacas, que habrían de producirse con toda seguridad. Y después...

Después vendría la guerra.

«No existían razones válidas para que Rusia entrase en guerra», pensó Feliks, enojado. Lo mismo podría decirse de Inglaterra. Francia y Alemania eran beligerantes; los franceses estaban, desde el año 1871, tratando de recuperar los territorios perdidos de Alsacia y Lorena, y los generales germanos consideraban que Alemania dejaría de ser una segunda potencia en el momento en que hiciese una demostración de su fuerza.

¿Qué podría impedir que Rusia entrara en la guerra? Una desavenencia con sus aliados. ¿Qué originaría esa desavenencia entre Rusia e Inglaterra? El asesinato de Orlov.

Si el crimen de Sarajevo podía ser el inicio de una guerra, otro crimen en Londres podría detenerla.

Y Charlotte debía descubrir el paradero de Orlov.

Algo cansado, Feliks volvió a reflexionar sobre el dilema

que se le había presentado en las últimas cuarenta y ocho horas. ¿Habría cambiado algo con el asesinato del archiduque? ¿Le daba ello derecho a aprovecharse de una muchacha?

Ya casi era la hora de que abrieran la casa de los baños. Un reducido grupo de mujeres, cargadas con fardos de ropa sucia, se agrupaba alrededor de la puerta. Feliks dobló el periódico y se puso en pie.

Sabía que la utilizaría. No había resuelto el problema; simplemente, había decidido lo que tenía que hacer. Su vida entera parecía depender del asesinato de Orlov. Sentía un impulso que lo llevaba hacia aquel objetivo y no podía desviarse, aun descubriendo que su existencia se había basado en un error.

Pobre Charlotte.

Las puertas se abrieron y Feliks entró en la casa de baños para asearse.

Charlotte lo tenía todo preparado. Cuando los Walden no tenían invitados la comida era a la una. Sobre las dos y media su madre estaría descansando en su habitación. Charlotte aprovecharía para escabullirse de casa con tiempo suficiente para encontrarse a las tres con Feliks. Pasaría una hora con él. A las cuatro y media estaría en casa, en la habitación de mañana, lavada, cambiada y convenientemente preparada para tomar el té y atender a las visitas al lado de su madre.

Pero no iba a ser así. Al mediodía, su madre desbarató todo su plan al comunicarle:

—Oh, se me olvidó decírtelo; vamos a comer con la duquesa de Middlesex en su casa de Grosvenor Square.

—Oh, mamá —contestó Charlotte—, ¡no tengo ganas de ir a un almuerzo!

—No seas tonta, lo pasarás muy bien.

«Me equivoqué —dedujo Charlotte inmediatamente—. Tenía que haber dicho que me dolía muchísimo la cabeza y que seguramente no iría. Pero me cogió de improviso. Podría haber mentido si lo hubiera sabido con antelación, y no así, de repente.»

Hizo un nuevo intento:

—Lo siento, mamá, no me apetece ir.

—Vendrás, y déjate de excusas —replicó su madre—.

Quiero que te conozca la duquesa, nos puede servir de mucho. Además, estará allí el marqués de Chalfont.

«Esos almuerzos suelen comenzar a la una y media y acabar pasadas las tres. Puedo estar en casa a las tres y media, lo que me permitiría llegar a las cuatro a la "National Gallery" —pensó Charlotte—; mas para entonces él se habrá cansado y se habrá ido. Por otra parte, aunque estuviese esperando sería yo la que tendría que dejarlo casi de inmediato para encontrarme en casa a la hora del té.»

Ella deseaba hablar con él sobre el asesinato; estaba ansiosa por conocer su opinión. Lo que no le apetecía era comer con la vieja duquesa y...

—¿Quién es el marqués de Chalfont?

—Ya lo conoces: Freddie. Es encantador, ¿no crees?

—Oh, ¿es él? ¿Y es encantador? Pues no me había dado cuenta...

«Escribiré una nota, dirigida a aquel lugar de Camden Town, y la dejaré al salir sobre la mesa del salón para que el criado la lleve a Correos, aunque Feliks no vive realmente en esa dirección y, de cualquier forma, no podrá hacerse con la nota antes de las tres.»

Su madre insistió:

—Bien, hoy te darás cuenta. Me imagino que está enamorado de ti.

—¿Quién?

—Freddie. Charlotte, tienes que interesarte un poco por un joven cuando éste se interesa por ti.

«He aquí el porqué de su empeño en que asista.»

—Vamos, mamá, no seas tonta.

—¿A qué viene eso? —contestó su madre con cierto enfado.

—Apenas he hablado con él.

—Entonces no es tu conversación lo que le ha gustado de ti.

—¡Por favor!

—Ya está bien; no hagas que me enfade. Ve a cambiarte. Ponte ese vestido crema con lazo negro, que es el que mejor te sienta.

Charlotte se dio por vencida y subió a su habitación. «Supongo que he de sentirme halagada por lo de Freddie —pensó mientras se quitaba el vestido—. ¿Por qué no acabo de interesarme por alguno de estos jóvenes? Quizá no esté aún preparada para ello. De momento hay otras muchas cosas que ocupan mi mente. Durante el desayuno, papá dijo que podría desencadenarse una guerra a causa del asesinato del archiduque. Pero a las jóvenes no se las supone muy interesadas en estos asuntos. Mi ambición máxima debe ser comprometerme antes de que termine mi primera temporada; eso es, por lo menos, lo que piensa Belinda. Pero no todas las jóvenes son como Belinda. Acuérdate de las sufragistas.»

Terminó de vestirse y bajó las escaleras. Se sentó e inició una ociosa conversación mientras su madre tomaba una copa de jerez; después marcharon hacia Grosvenor Square.

La duquesa era una dama obesa de más de setenta años, que a Charlotte le recordaba un viejo barco de madera carcomida bajo una capa de pintura reciente. La comida se transformó en un auténtico gallinero. «Si se tratase de una representación teatral —pensó Charlotte—, habría aquí un poeta medio loco, un discreto ministro, un culto banquero judío, un príncipe de la Corona y, por lo menos, una mujer de extrema belleza.» De hecho, los únicos hombres allí presentes, aparte de Freddie, eran un sobrino de la duquesa y un diputado conservador. Todas las damas fueron presentadas como la esposa de fulano de tal. «Si alguna vez me caso —pensó Charlotte—, insistiré en ser presentada como yo misma, no como la esposa de alguien.»

Claro que a la duquesa le resultaba difícil celebrar importantes reuniones, dado que mucha gente quedaba excluida de su mesa: liberales, judíos, comerciantes, quienes tuvieran algo que ver con el teatro, divorciados y toda la demás gente que por cualquier motivo estuviera en contradicción con el ideario de la duquesa. Eso hacía que el círculo de sus amistades fuera muy reducido.

El tema favorito en la conversación de la duquesa era la denuncia de todo aquello que, a su juicio, estaba destruyendo el país. Sus principales representantes eran la subversión (Lloyd George y Churchill), la vulgaridad (Diaghilev y los postimpresionistas) y los excesivos impuestos (un chelín y tres peniques por libra).

Hoy, sin embargo, la destrucción de Inglaterra pasó a segundo plano debido a la muerte del archiduque. El diputado conservador explicó con tediosa lentitud por qué no habría guerra. La mujer de un embajador sudamericano dijo en un tono infantil que enfureció a Charlotte.

—Lo que no comprendo es por qué esos nihilistas quieren lanzar bombas y matar a la gente.

La duquesa tenía respuesta para eso. Su médico le había explicado que todas las sufragistas padecían una enfermedad nerviosa llamada histeria por la ciencia, y desde su punto de vista los revolucionarios sufrían una dolencia equiparable a tal enfermedad.

Charlotte, que aquella mañana había leído el *Times*, desde la primera a la última página, apuntó:

—Puede ser, simplemente, que los servios no deseen ser gobernados por Austria.

Su madre la fulminó con la mirada, y todos los demás la observaron durante un momento como si estuviese completamente loca, ignorando después todo cuanto había dicho.

Freddie estaba sentado a su lado. Su cara redonda pareció encenderse ligeramente. Le habló en voz baja:

—Lo que acaba de decir me ha parecido una atrocidad.

—¿Qué hay de atroz en ello? —preguntó Charlotte.

—Bueno, yo diría que usted aprueba que la gente mate a los archiduques.

—Creo que si los austríacos tratasen de apoderarse de Inglaterra, usted dispararía contra los archiduques, ¿o no?

—Tiene gracia —fue la respuesta de Freddie.

Charlotte se apartó de él. Estaba empezando a creer que había perdido la voz; nadie prestaba atención a cuanto decía. Se sentía incómoda.

Mientras tanto, la duquesa volvía a la carga.

—La clase baja es perezosa —dijo.

Y Charlotte pensó: «¡Y lo dices tú, que no has dado golpe en tu vida!»

—Porque —remachó la duquesa—, ¿cómo se entiende que hoy en día cada obrero tenga que llevar a su lado a un aprendiz para que cargue con sus herramientas, cuando eso puede hacerlo muy bien él solo?

Y se expresaba así mientras un camarero le servía patatas hervidas en bandeja de plata. Al empezar a beber su tercer vaso de vino dulce, la duquesa dijo que los obreros bebían tanta cerveza a mediodía que por la tarde eran incapaces de trabajar.

—A la gente de hoy le gusta que la mimen —dijo la duquesa, mientras tres camareros y dos doncellas retiraban el tercer plato y servían el cuarto—. El Gobierno no debe ocuparse de la beneficencia, del seguro de enfermedad ni de las pensiones. La pobreza debe estimular la sobriedad en las clases inferiores, que al fin y al cabo es una virtud —y lo decía al final de una comida que habría alimentado durante quince días a una familia trabajadora de diez personas—. La gente debe valerse por sí misma —aseveró cuando el mayordomo la ayudaba a levantarse de la mesa para ir hasta el salón.

A Charlotte le consumía la rabia. «¿Quién podría acusar de revolucionarios a quienes liquiden a gente como la duquesa?»

Freddie le ofreció una taza de café y dijo:

—Es una maravillosa luchadora, ¿verdad?

Chalotte contestó:

—Pienso que es la vieja más repugnante que jamás he conocido.

En el redondo rostro de Freddie se dibujó un gesto de angustia, y el joven exclamó:

—¡Chist!

«Por lo menos —pensó Charlotte—, nadie podrá decir que me lo he querido ganar.»

Un reloj de sobremesa, colocado en la repisa de la chimenea, dio las campanadas de las tres. Charlotte se sentía como encarcelada. Feliks ya la estaría esperando en la escalinata de la «National Gallery». Tenía que salir de la residencia de la duquesa. Pensó: «¿Qué hago yo aquí, pudiendo estar con alguien que no dice tonterías?»

El diputado conservador anunció:

—Debo regresar a la Cámara.

Su esposa se levantó para acompañarle. Charlotte vio el cielo abierto. Se aproximó a la dama y le habló en voz baja:

—Me duele un poco la cabeza. ¿Puedo ir con ustedes? En su camino hacia Westminster han de pasar frente a mi casa.

—No faltaría más Lady Charlotte —respondió la dama.

Lady Walden estaba hablando con la duquesa. Charlotte las interrumpió y repitió la historia de la jaqueca.

—Sé que a mamá le gustará quedarse algún tiempo más, por eso me voy con Mrs. Shakespeare. Gracias por tan exquisito ágape, Excelencia.

La duquesa hizo una majestuosa inclinación de cabeza.

«Creo que me ha salido bastante bien», pensó Charlotte mientras se dirigía al salón y bajaba las escaleras.

Dio su dirección al cochero de los Shakespeare y agregó:

—No es necesario que entre en el patio; déjeme simplemente ante la puerta.

En el camino, Mrs. Shakespeare le recomendó que tomase una cucharadita de láudano para el dolor de cabeza.

El cochero hizo lo que se le había indicado, y a las tres

y veinte Charlotte se encontraba en la acera de su casa aguardando a que el carruaje desapareciese. En lugar de entrar en su casa se dirigió a Trafalgar Square.

Llegó pasadas las tres y media y subió corriendo las escalinatas de la «National Gallery». No veía a Feliks. «Se ha ido —pensó—, después de todo.» Entonces apareció él detrás de una de las grandes columnas, como si hubiera estado vigilando su llegada. Se alegró tanto de verlo que de buena gana le habría dado un beso.

—Siento de veras haberlo hecho esperar tanto —le dijo al estrecharle la mano—. Tuve que asistir a un odioso banquete.

—Eso ya no importa, puesto que está aquí.

Él sonreía, pero sin ganas. A Charlotte le recordó al que saluda a un dentista antes de que éste le saque una muela.

Entraron. A Charlotte le gustaba el fresco y silencioso museo, con sus cúpulas de cristal y sus columnas de mármol, su pavimento gris, sus pares color beige, y sus cuadros, desbordantes de color, belleza y pasión.

—Por lo menos, mis padres me enseñaron a apreciar los cuadros —dijo.

Feliks la miró con sus ojos tristes y oscuros.

—Va a ver guerra.

De todos cuantos habían hablado hoy de esa posibilidad, sólo Feliks y Lord Walden parecían afectados por ello.

—Papá ha dicho lo mismo. Pero no acabo de ver el porqué.

—Tanto Francia como Alemania creen que saldrán beneficiadas con la guerra. Austria, Rusia e Inglaterra pueden verse involucradas.

Siguieron andando. Feliks no mostraba interés por los cuadros.

Charlote preguntó:

—¿Por qué está tan preocupado? ¿Tendría que combatir?

—Soy demasiado viejo. Pero pienso en los millones de inocentes muchachos rusos que serán arrancados de sus tierras para quedar inválidos, ciegos o sin vida por una causa que ni comprenden, ni les interesaría en caso de que la entendieran.

Charlotte siempre había pensado en la guerra como un asunto en el que los hombres se mataban entre sí, mas para Feliks era la guerra la que mataba a los hombres. Una vez más le hacía ver las cosas bajo una luz nueva.

—Nunca pensé en la guerra desde ese punto de vista —dijo ella.

—Tampoco el conde de Walden la ha considerado jamás desde esa perspectiva. De ahí que vaya a producirse.

—Estoy segura de que, si pudiese, papá la evitaría...

—Está equivocada —interrumpió Feliks—. Él la está haciendo posible.

Charlotte frunció el ceño, confundida.

—¿Qué quiere decir?

—Ése es el motivo de la estancia del príncipe Orlov.

Su confusión aumentó.

—¿Cómo sabe lo de Aleks?

—Sé más cosas sobre eso que usted. La Policía tiene espías entre los anarquistas, pero los anarquistas los tienen entre los espías de la Policía. Lo hemos descubierto. Walden y Orlov están negociando un tratado cuyo efecto será el de arrastrar a Rusia a una guerra al lado de Gran Bretaña.

Charlotte estuvo a punto de contestar que su padre no haría una cosa así, pero en seguida se dio cuenta de que Feliks tenía razón. Así se explicaban algunas observaciones cruzadas entre papá y Aleks, mientras este último estaba hospedado en su casa, y explicaba también por qué su padre dejaba asombrados a sus amigos aliándose con liberales como Churchill.

—¿Y por qué lo haría? —preguntó.

—Seguro que no le preocupa la cantidad de campesinos rusos que mueran, con tal de que Inglaterra domine Europa.

«No hay duda de que papá tendría que verlo en esos términos», pensó ella.

—Eso es espantoso. ¿Por qué no se lo dice a la gente? ¡Expóngalo con toda claridad! ¡Proclámelo a los cuatro vientos!

—¿Quién lo escucharía?

—¿No lo escucharían en Rusia?

—Lo harían si llegásemos a encontrar la manera de que se enterasen de todo.

—¿Y cuál podría ser?

Feliks la miró.

—El secuestro del príncipe Orlov.

Encontró aquello tan descabellado que primero le dio por reír, pero luego dejó de hacerlo repentinamente. Se le ocurrió pensar que él podía estar jugando, simulando, para luego sacar ventaja. Después lo miró a la cara y comprobó que hablaba totalmente en serio. Por primera vez se preguntó si aquel hombre estaría en su sano juicio.

—No lo dirá en serio —dijo incrédula.

Él esbozó una sonrisa forzada.

—¿Cree que estoy loco?

Ella sabía que no. Hizo un gesto negativo con la cabeza.

—Usted es el hombre más cuerdo que he conocido.

—Entonces, siéntese y se lo explicaré.

Ella se dejó llevar hasta un asiento y él habló:

—El Zar desconfía ahora de los ingleses porque permiten que refugiados políticos, como yo, vengan a Inglaterra. Si alguno de nosotros secuestrase a su sobrino predilecto se produciría un auténtico altercado, y entonces se perdería la confianza en una ayuda mutua en caso de guerra. Y cuando los rusos sepan lo que Orlov estaba intentando hacer con ellos, su indignación será tan grande que el Zar no podrá, de ninguna manera, obligarlos a ir a la guerra. ¿Lo entiende?

Charlotte observó el rostro de Feliks mientras le hablaba. Aparecía tranquilo, razonable, sólo ligeramente tenso. Sus ojos no brillaban con el resplandor alocado del fanatismo. Todo cuanto decía tenía sentido, aunque poseyera la lógica de un cuento de hadas... Una cosa se desprendía de la otra, pero parecía que se trataba de otro mundo, no del mundo en que ella vivía.

—Sí, lo entiendo —contestó ella—, pero no puede secuestrar a Aleks; ¡es tan bueno!

—Ese hombre bueno conducirá a la muerte, si se le permite, a un millón de hombres buenos. Esto es real, Charlotte, no como las batallas que se ven en esos cuadros de dioses y caballos. Walden y Orlov están tratando de la guerra... hombres que se abren en canal con sus bayonetas, muchachos que pierden piernas a cañonazos, gente que se desangra y muere en campos cenagosos, gritando de dolor, sin que nadie acuda en su ayuda. Eso es lo que Walden y Orlov están intentando poner en marcha. La mitad de los padecimientos de este mundo los originan hombres jóvenes y buenos como Orlov, que se creen con derecho a organizar conflictos armados entre las naciones.

Un espantoso pensamiento asaltó a Charlotte.

—¡Usted ya ha intentado secuestrarlo una vez!

Feliks asintió con la cabeza:

—En el parque. Usted estaba en la carroza. Salió mal.

—¡Oh, Dios mío!

Charlotte se sintió mareada y deprimida.

Feliks le cogió la mano.

—Usted sabe que tengo razón, ¿verdad?

Le parecía que sí tenía razón.

Su mundo era un mundo real; era ella la que vivía en un mundo de fantasía, en el que las jovencitas, vestidas de blanco, eran presentadas al rey y a la reina, y el príncipe se iba a la guerra, y el conde era amable con sus siervos y amado por todos ellos, y la duquesa era una dama anciana y digna, sin que existieran cosas como las relaciones sexuales. En el mundo real, el hijo de Annie nació muerto porque su madre la despidió sin darle una carta de recomendación, y una madre de trece años fue condenada a muerte porque había dejado morir a su hijo, y la gente dormía en la calle porque no tenía hogar, y había inclusas, y la duquesa era una vieja perversa y colérica, y un hombre de sonrisa burlona, con traje de *tweed*, le dio un puñetazo en el estómago a Charlotte frente al Palacio de Buckhingham...

—Sé que tiene razón —le contestó a Feliks.

—Eso es muy importante. Porque usted es la clave de todo.

—¿Yo? ¡Oh, no!

—Necesito su ayuda.

—No, por favor, ¡no diga eso!

—Compréndalo, no puedo dar con Orlov.

«Esto no es juego limpio —pensó ella—; todo ha ocurrido con demasiada rapidez.»

Se sintió triste y atrapada. Desearía ayudar a Feliks, y se daba cuenta de lo importante que ello era, pero Aleks era su primo, y había estado hospedado en su casa. «¿Cómo iba a traicionarlo?»

—¿Me quiere ayudar? —preguntó Feliks.

—Desconozco el paradero de Aleks —contestó evasiva.

—Pero se puede enterar.

—Sí.

—¿Lo hará?

—No sé —suspiró Charlotte.

—Charlotte, lo tiene que hacer.

—¡No tengo por qué hacerlo! —protestó ella—. Todos me dicen lo que tengo que hacer..., pensaba que usted iba a ser más respetuoso conmigo.

Él quedó cabizbajo.

—Ojalá no tuviera que pedírselo.

Ella le apretó la mano.

—Lo pensaré.

Feliks abrió la boca para protestar, pero ella le puso un dedo en los labios para que no lo hiciese:

—Dése por satisfecho con eso —dijo Charlotte.

A las siete y media, Walden salió en el «Lanchester», vistiendo traje de etiqueta y sombrero de copa. Ahora empleaba el automóvil continuamente, porque en caso de caso de emergencia resultaba más rápido y maniobrable que el carruaje. Pritchard iba sentado al volante, con el revólver enfundado bajo la chaqueta. La vida civilizada parecía haber llegado a su fin. Se dirigieron a la entrada posterior del número diez de Downing Street. El Gobierno se había reunido aquella tarde para discutir el acuerdo que Walden y Aleks habían preparado. Ahora, Walden sabría si lo habían aprobado o no.

Lo condujeron al pequeño comedor. Churchill ya estaba allí con Asquith, el Primer Ministro. Estaban apoyados en el aparador bebiendo jerez. Walden estrechó la mano de Asquith.

—¿Cómo está, Primer Ministro?

—Le agradezco que haya venio, Lord Walden.

Asquith tenía cabello blanco y la cara rasurada. Había huellas de humor en las arrugas que circundaban sus ojos, pero tenía la boca pequeña, los labios finos, un aspecto testarudo y una barbilla amplia y cuadrada. Walden apreció en su voz cierto acento de Yorkshire que había conservado a pesar de la City of London School y el Balliol College, de Oxford. Su cabeza era más grande de lo normal y se decía que albergaba un cerebro de una precisión mecánica. Walden recordó entonces que la gente siempre asigna a los primeros ministros más cerebro del que en realidad tienen.

—Me temo que el Gobierno no va a aprobar su propuesta —dijo Asquith.

Walden quedó desconcertado y, para disimular su disgusto, adoptó una postura animosa.

—¿Por qué no?

—Lloyd George fue quien mostró mayor oposición.

Walden miró a Churchill y enarcó las cejas.

Churchill asintió con la cabeza.

—Usted pensará probablemente, al igual que todos, que los votos de L. G. y los míos siempre coinciden. Ahora ya ve que no es así.

—¿Cuál es su objeción?

—Cuestión de principios —contestó Churchill—. Él dice que nos vamos pasando el proyecto de los Balcanes como si fuera una caja de chocolatinas: «Sírvase usted mismo, elija su sabor favorito: Tracia, Bosnia, Bulgaria, Servia.» Los países pequeños tienen sus derechos, dice él. Ése es el resultado de tener a un galés en el Gobierno. Un galés y además abogado. No sé qué es peor.

Su frivolidad irritaba a Walden. «Este proyecto es tan suyo como mío —pensó—. ¿Por qué no está tan consternado como yo?»

Se sentaron a la mesa. La comida fue servida por un mayordomo. En opinión de Walden, Asquith comía poco y Churchill bebía demasiado. Walden se sentía algo abatido y, mentalmente, maldecía a Lloyd George cada vez que se llevaba algo a la boca.

Tras el primer plato, Asquith dijo:

—Debemos conseguir ese tratado, ¿sabe? Tarde o temprano estallará la guerra entre Francia y Alemania, y si los rusos quedan al margen, Alemania conquistará Europa. Y eso no lo podemos consentir.

—¿Qué podemos hacer para que Lloyd George cambie de pensamiento? —preguntó Walden.

Asquith sonrió levemente.

—Si me hubieran dado una libra por cada vez que se ha hecho esta pregunta, ya sería rico.

El mayordomo sirvió una codorniz y vino tinto a cada comensal. Churchill propuso:

—Tenemos que presentar un proyecto modificado para eliminar las objeciones de L. G.

El tono indiferente de Churchill enfurecía a Walden, que estalló:

—¡Usted sabe perfectamente que eso no es tan sencillo!

—No, desde luego —dijo Asquith con suavidad—, pero de todas formas debemos intentarlo. Hacer que Tracia sea un país independiente bajo la protección de Rusia, o algo por el estilo.

—Me he pasado el último mes rebatiéndolo —dijo Walden con cierto cansancio.

—Sin embargo, la muerte del pobre Francisco Fernando cambia la situación —aclaró Asquith—. Ahora que Austria vuelve a mostrarse agresiva en los Balcanes, los rusos necesitan más que nunca un punto de apoyo en ese área, que, por otra parte, es lo que nosotros tratamos de concederles.

Walden dejó a un lado su mal humor y empezó a pensar constructivamente. Al poco dijo:

—¿Qué me dicen de Constantinopla?

—¿Qué quiere decir?

—Supongamos que ofrecemos Constantinopla a los rusos. ¿Se opondría a eso Lloyd George?

—Tal vez diga que eso sería como entregarles Cardiff a los republicanos irlandeses —contestó Churchill.

Walden lo ignoró y dirigió una mirada a Asquith.

Asquith dejó los cubiertos sobre el mantel.

—Bien. Ahora que él ha demostrado ser un hombre de principios, puede ser lo suficientemente perspicaz para mostrarse razonable al ofrecérsele un compromiso. Pienso que puede aceptarlo. Pero ¿será eso suficiente para los rusos?

Walden no estaba seguro, pero sí animado por su nueva idea. De modo impulsivo dijo:

—Si usted puede convencer a Lloyd George, yo haré lo mismo con Orlov.

—¡Espléndido! —exclamó Asquith—. Y ahora, ¿qué me dice de ese anarquista?

El optimismo de Walden se desvaneció.

—Están haciendo todo lo posible para proteger a Aleks, pero todavía sigue siendo un caso preocupante.

—Creía que Basil Thomson era un hombre de valía.

—Extraordinario —confirmó Walden—. Pero me temo que Feliks lo supera.

Churchill dijo:

—Creo que no debemos dejarnos amedrentar por ese sujeto...

—Yo estoy amedrentado, caballero —interrumpió Walden—. Tres veces se nos ha escurrido Feliks de las manos. La última vez mandamos a treinta policías para detenerlo. No sé cómo se las arreglará para dar con Aleks ahora, pero eso no quiere decir que no lo consiga. Y todos sabemos lo que ocurrirá si asesinan a Aleks: nuestra alianza con Rusia se malograría. El hombre más peligroso de Inglaterra es Feliks.

Asquith asintió con la cabeza. Su expresión era sombría.

—Si no le satisface plenamente la protección que se le dispensa a Orlov, comuníquemelo personalmente.

—Gracias.

El mayordomo ofreció un cigarro a Walden, pero éste decidió que allí ya no tenía nada que hacer.

—La vida sigue —dijo—, y debo ir a casa de Mrs. Glenville. Tengo que asistir a una recepción. Allí me fumaré el cigarro.

—No les diga dónde ha comido —le recomendó Churchill con una sonrisa.

—No me atrevería. Jamás me volverían a dirigir la palabra.

Walden se bebió el oporto y se levantó.

—¿Cuándo le presentará la nueva propuesta a Orlov? —preguntó Asquith.

—Iré a Norfolk mañana a primera hora.

—Estupendo.

El mayordomo le trajo a Walden su sombrero y sus guantes, y éste se encaminó hacia la salida.

Pritchard aguardaba junto a la puerta del jardín, hablando con el policía de servicio.

—Volvamos a casa —le dijo Walden.

Durante el viaje pensó que había sido demasiado impulsivo. Se comprometió asegurando el consentimiento de Aleks al proyecto de Constantinopla sin estar seguro de cómo lograrlo. Eso le preocupaba. Empezó a ensayar las frases que emplearía al día siguiente, pero llegó a su casa sin haber hecho ningún progreso.

—Dentro de unos minutos necesitaremos el coche otra vez, Pritchard.

—De acuerdo, Milord.

Walden entró en su casa y subió a lavarse las manos. En el rellano se encontró con Charlotte.

—¿Se está preparando mamá? —le preguntó.

—Sí, y estará lista dentro de muy poco. ¿Cómo marchan tus asuntos?

—Con lentitud.

—¿Por qué te has vuelto a meter, tan de repente, en estas cosas?

Él sonrió.

—Te lo diré en pocas palabras: para impedir que Alemania conquiste Europa. Pero no llenes tu linda cabecita de preocupaciones.

—No estoy preocupada. Aunque me gustaría saber en qué rincón del Globo has escondido al primo Aleks.

Tuvo un momento de duda. No había peligro en que lo supiese. Claro que si lo llegaba a saber se le podía escapar, sin darse cuenta. Entonces, mejor era que siguiese ignorándolo. Por eso le contestó:

—Si alguien te lo pregunta, di que no lo sabes.

Sonrió y subió a su habitación.

Había veces en que el encanto de la vida inglesa se disi-
paba para Lydia.

Generalmente las reuniones le gustaban. Varios cientos
de personas podían encontrarse en casa de cualquiera para
pasar el rato. Ni había baile, ni se daban banquetes, ni se
jugaba a las cartas. Se estrechaban las manos de los anfi-
triones, se tomaba una copa de champán y se daba un paseo alrededor de una gran mansión hablando con los amigos y curioseando la vestimenta de los invitados. Hoy se
sentía descorazonada por lo absurdo de todo ello. Su des-
contento se concretó en forma de nostalgia de Rusia. Sentía
que allí las bellezas eran más llamativas, los intelectuales
menos cultos, las conversaciones más profundas, el aire de
la noche no tan apacible ni soporífero. A decir verdad, se
encontraba demasiado preocupada para disfrutar de la vida
de sociedad, y en ello algo tenían que ver Stephen, Feliks y
Charlotte.

Subió por la amplia escalera, flanqueada por Stephen y
Charlotte. Mrs. Glenville admiró su collar de diamantes. Siguieron. Stephen se apartó para hablar con uno de sus colegas de la Cámara. Lydia oyó las palabras «proyecto de mo-
dificación», y no quiso seguir escuchando. Pasaron entre la
gente, sonriendo y saludando. Lydia se quedó pensativa:
«¿Qué hago yo aquí?»

—Por cierto, mamá, ¿adónde se ha ido Aleks? —preguntó
Charlotte.

—No lo sé, cariño —contestó Lydia, ausente—. Pregúnta-
le a tu padre. Buenas noches, Freddie.

Freddie estaba interesado en Charlotte, no en Lydia.

—He estado pensando en lo que dijo en la comida, y mi
conclusión ha sido que la diferencia está en que somos ingleses.

Lydia los dejó con su tema. «En mis tiempos —pensó—,
las discusiones políticas nunca fueron el camino adecuado
para ganarse un hombre, pero quizás hayan cambiado las
cosas. Parece que Freddie se interesa por todo aquello de lo
que Charlotte quiere hablar. Me pregunto si le pedirá que se
case con él. ¡Oh, Señor, qué gran alivio sería!»

En la primera sala de recepción, donde un cuarteto de
cuerda apenas si se dejaba oír, se encontró con Clarissa, su

cuñada. Hablaron de sus hijas, y Lydia se sintió secretamente confortada al sabe que Clarissa estaba terriblemente preocupada por Belinda.

—No me importa que compre esos vestidos ultramodernos y vaya enseñando los tobillos, y me daría igual que fumase si, en cambio, se mostrara un poco más discreta —dijo Clarissa—. Pero ahora le ha dado por ir a los más espantosos lugares a escuchar a esos negros que tocan música de jazz, y la semana pasada asistió a un combate de boxeo.

—Pero, ¿y su señorita de compañía?

Clarissa suspiró.

—Le he dicho que la autorizaba a salir sin ella si lo hacía con chicas conocidas. Ahora comprendo que ha sido un error. Supongo que Charlotte irá siempre acompañada.

—En teoría, sí —contestó Lydia—. Pero es terriblemente desobediente. Una vez se escapó para asistir a una reunión de sufragistas. —Lydia no se atrevía a decirle a Clarissa toda la triste verdad y «una reunión de sufragistas» no sonaba tan mal como «una manifestación». Añadió—: Charlotte se interesa por las cosas menos femeninas, como la política. No sé dónde le imbuyen esas ideas.

—Oh, a mí me pasa lo mismo —repuso Clarissa—. Belinda se ha educado siempre con lo mejor en todo lo referente a la música, la alta sociedad, los libros edificantes y las más severas institutrices..., por lo que, naturalmente, una se ha de preguntar de dónde le viene esa afición por todo lo vulgar. Lo peor de todo es que soy incapaz de hacerle comprender que me preocupa su felicidad, no la mía.

—¡Oh, me alegra tanto oírte decir eso! —exclamó Lydia—. Porque, justamente, a mí me ocurre otro tanto. Charlotte da a entender que hay algo de falso o desquiciado en nuestra protección hacia ella. —Suspiró y siguió hablando—: Debemos casarlas rápidamente, antes de que lleguen a hacer cualquier tontería.

—Estoy de acuerdo contigo. ¿Hay alguien interesado por Charlotte?

—Freddie Chalfont.

—Ah, sí, ya lo había oído.

—Parece incluso estar dispuesto a hablar de política con ella. Pero me temo que Charlotte no le hace mucho caso. ¿Y qué me dices de Belinda?

—Su problema es completamente distinto. A ella le gustan todos.

—¡No me digas!

Lydia se rió con ganas; se sentía mejor y siguió andando. En cierto modo, Clarissa, como madrastra, tenía muchas más dificultades que Lydia. «Supongo que debo dar gracias por todo», pensó.

La duquesa de Middlesex estaba en la habitación inmediata. En su fiesta, la mayoría de los asistentes permanecen de pie mientras la duquesa, como de costumbre, había tomado asiento, permitiendo que todos se acercasen a ella. Lydia, aprovechando que Lady Gay-Stephens se retiraba, se aproximó a la duquesa, que le dijo:

—Imagino que Charlotte está completamente restablecida de su jaqueca.

—Sí, completamente; es muy amable de su parte el preguntarlo.

—Oh, no lo preguntaba —contestó la duquesa—. Mi sobrino la vio a las cuatro en la National Gallery.

«¡La National Gallery! ¡Santo cielo! ¿Y qué estaba haciendo allí? ¡Se ha vuelto a escapar!» Pero Lydia no iba a permitir que la duquesa se enterase del mal comportamiento de Charlotte.

—Siempre ha sido una enamorada del arte —improvisó.

—Estaba con un hombre —aclaró la duquesa—. Freddie Chalfont debe tener un rival.

«¡Qué muchacha más descarada!» Lydia disimuló su rabia.

—Pudiera ser —dijo, forzando una sonrisa.

—¿Y quién es?

—Uno de su grupo —contestó Lydia con desespero.

—Oh, no —dijo la duquesa con una maliciosa sonrisa—. Tendría unos cuarenta años y llevaba una gorra de lana.

¡Una gorra de lana! Lydia estaba siendo humillada y ella lo sabía, pero apenas le importó. «¿Quién podría ser? ¿En qué estaba pensando Charlotte? Su reputación...»

—Y estaban cogidos de la mano —añadió la duquesa, sonriendo abiertamente y mostrando unos dientes llenos de caries.

Lydia no pudo aparentar por más tiempo que todo marchaba bien.

—¡Oh, Dios mío! —exclamó—. ¿En qué lío se ha metido ahora esta chiquilla?

La duquesa le recordó:

—En mis tiempos, las señoritas de compañía mostraban su eficiencia al prevenir casos como éste.

A Lydia le invadió un repentino enfado ante el placer que

la duquesa experimentaba al comentar el suceso, y explotó:

—¡Eso sería hace cien años!

Se retiró. «¡Una gorra de lana! ¡Cogidos de la mano! ¡Unos cuarenta años!» Todo era demasiado horrendo como para ser creído. La gorra significaba que era un obrero, la edad que era un libertino, y lo de las manos cogidas implicaba que las cosas habían llegado lejos, quizá demasiado lejos. «¿Qué puedo hacer —pensó acongojada—, si mi hija sale de casa sin que yo me entere? Oh, Charlotte, no sabes lo que estás haciendo!»

—¿Cómo fue el combate de boxeo? —le preguntó Charlotte a Belinda.

—Es algo horrible, pero terriblemente excitante —contestó Belinda—. Aquellos dos hombres gigantescos, sin otra ropa que sus calzones, luchaban con la sola intención de matarse el uno al otro.

Charlotte no comprendía que aquello pudiera ser excitante.

—Me parece horrible.

—Pues a mí me excitó tanto que... —y Belinda bajó el tono de voz— qué casi dejé que Peter se sobrepasase.

—¿Qué quieres decir?

—Eso; que cuando íbamos en el coche, camino de casa, le dejé que... me besara, y algo más.

—¿Qué es eso de «y algo más»?

Belinda susurró:

—Que también me besó en los pechos.

—¡Oh! —Charlotte frunció el ceño—. ¿Fue agradable?

—¡Divino!

—Vaya, vaya.

Charlotte trató de imaginarse a Freddie besando sus pechos, y de alguna manera sabía que no sería divino.

Lydia pasó delante de ella y le dijo:

—Nos vamos, Charlotte.

—Parece enfadada —comentó Belinda.

Charlotte se encogió de hombros.

—Como de costumbre.

—Después vamos a ver una actuación de los negros. ¿Por qué no te vienes con nosotros?

—¿Y qué es lo que hacen?

—Tocan jazz. Una música maravillosa.

—Mamá no me dejaría.

—¡Está tan chapada a la antigua!

—¡Dímelo a mí! Más vale que me vaya.

—Adiós.

Charlotte bajó las escaleras y recogió su chal del ropero. Se sintió como si dos personalidades se hubieran introducido dentro de su piel, algo así como el doctor Jekyll y Mr. Hyde. Una de ellas sonreía y usando bonitas palabras hablaba con Belinda sobre asuntos femeninos; la otra reflexionaba sobre un secuestro y una traición, y hacía preguntas capciosas con un tono de voz inocente.

Sin aguardar a sus padres salió al exterior y le dijo al lacayo:

—El coche del conde de Walden.

Un par de minutos después, el «Lanchester» se detenía en la acera. La noche era calurosa y Pritchard tenía bajada la capota. Salió del coche y abrió la puerta a Charlotte.

Ella le preguntó:

—Pritchard, ¿dónde está el príncipe Orlov?

—Tengo entendido que es un secreto, Milady.

—A mí me lo puede decir.

—Sería mejor que se lo preguntase a su padre, Milady.

No se salió con la suya. No había forma de convencer a un criado que la conocía de pequeña. Se dio por vencida y le ordenó:

—Pase al salón y dígales que espero en el coche.

—En seguida, Milady.

Charlotte se acomodó en el asiento posterior, tapizado de piel. Había preguntado a las tres personas que podían conocer el paradero de Aleks, y ninguna de ellas se lo quiso decir. No se fiaban de que guardara el secreto, y lo bueno del caso era que tenían toda la razón. Sin embargo, aún no había decidido si ayudaría a Feliks. Claro que si no conseguía la información deseada, se evitaría el tomar una decisión tan comprometida. ¡Qué gran alivio sería!

Lo tenía todo a punto para encontrarse con Feliks pasado mañana, en el mismo lugar y a la misma hora. ¿Qué diría él cuando la viese llegar con las manos vacías? ¿La despreciaría por su fracaso? No, él no era de ésos. Se llevaría un gran disgusto. Quizá llegase a descubrir una nueva fórmula para dar con el paradero de Aleks, y ya podía despedirse de volverle a ver. Era un hombre tan interesante, y había aprendido tanto con él que, si llegara a faltarle, la más insoportable tristeza la acompañaría el resto de su vida. Incluso la ansiedad de este gran dilema ante el que la había enfrentado era más apetecible que el aburrimiento de escoger un modelito para otra vacía y rutinaria fiesta de sociedad.

Sus padres subieron al coche, y Pritchard lo puso en marcha.

—¿Qué te pasa, Lydia? —preguntó Walden—. Te encuentro algo preocupada.

Lady Walden se dirigió a Charlotte:

—¿Qué hacías esta tarde en la National Gallery?

El corazón de Charlotte dejó de latir un instante. La habían descubierto. Alguien la estuvo espiando. ¡Menudo conflicto! Sus manos empezaron a temblar y las juntó sobre su regazo.

—Estaba mirando los cuadros.

—Te acompañaba un hombre.

—¡Oh, no! —exclamó Walden—. Charlotte, ¿qué es todo esto?

—Me lo encontré casualmente —contestó Charlotte—. No lo hubieseis aprobado.

—¡Claro que no! —se exaltó Lydia—. ¡Si llevaba una gorra de lana!

Walden se sorprendió.

—¡Una gorra de lana! ¿Quién demonios es?

—Un hombre interesantísimo y que comprende las cosas...

—¡Y te coge de la mano! —la interrumpió su madre.

Walden habló con tristeza:

—¡Qué vulgaridad, Charlotte! ¡En la National Gallery!

—No estoy enamorada —aclaró Charlotte—. No tenéis nada que temer.

—¿Nada que temer? —dijo su madre con una risa entrecortada—. Esa vieja arpía de la duquesa lo sabe todo y a todos se lo contará.

—¿Cómo puedes hacerle una cosa así a tu madre? —exclamó Walden.

Charlotte no podía hablar. Estaba a punto de llorar. Pensó: «No hice nada censurable; simplemente, mantuve una conversación con alguien que habla con sentido común. ¿Cómo pueden ser tan... brutos? ¡Los odio!»

—Más vale que me digas de quién se trata —continuó su padre—. Confío en que lo podré sobornar.

Charlotte alzó la voz.

—Creo que es una de las pocas personas en este mundo que no lo permitiría.

—Será algún radical —dijo su madre—. No dudo de que es él quien te ha estado llenando la cabeza con las insensateces del sufragio. Probablemente calza sandalias y come patatas sin pelarlas. —Perdió la calma—. ¡Casi seguro que cree en el amor libre! Si tú has...

—No, yo no —la interrumpió Charlotte—. Ya te dije que no estoy enamorada. —Una lágrima resbaló por su nariz—. Yo no soy una mujer romántica.

—No te creo ni una palabra —le dijo su padre despreciativamente—. Ni nadie te creerá. Tanto si te das cuenta como si no, para nosotros esto representa una hecatombe social.

—¡Más vale que la metamos en un convento! —gritó su madre entre lágrimas y dominada por la histeria.

—Estoy seguro de que no será necesario —sentenció Walden.

Lydia meneó la cabeza.

—No quise decir eso. Lamento haber sido tan impulsiva, pero es que estoy tan preocupada...

—Sin embargo, después de esto no se quedará en Londres.

—Claro que no.

El coche entró en el patio de la casa. Lady Walden secó sus ojos para que la servidumbre no notara su disgusto. Charlotte pensó: «Lo que éstos quieren es impedir que me entreviste con Feliks y por eso me mandan fuera y me encierran. Ahora me duele no haberle prometido que lo ayudaría y haberle dicho, en cambio, que me lo pensaría Al menos se habría convencido de que estoy a su lado. Pero, bueno, ellos no ganarán. No aceptaré la vida que me han impuesto. No me casaré con Freddie para convertirme en Lady Chalfont y criar unos hijos sanos y educados. No podrán tenerme encerrada para siempre. En cuanto cumpla los veintiún años me iré y trabajaré para la señora Pankhurst, y leeré libros sobre el anarquismo, y pondré en marcha una residencia para madres solteras, y si alguna vez tengo hijos, nunca, nunca, les contaré mentiras.»

Entraron en la casa. Walden ordenó:

—Pasemos al salón.

Pritchard siguió tras ellos.

—¿Le apetece algún bocadillo, Milord?

—Ahora, no. ¿Quiere dejarnos solos un instante, Pritchard?

Pritchard salió.

Walden se preparó un coñac con soda y se lo bebió.

—Piénsalo otra vez, Charlotte —le dijo—. ¿Quieres explicarnos quién es ese hombre?

Estuvo tentada de contestar: «¡Es un anarquista que está tratando de impedir que desates una guerra!», pero se limitó a negar con la cabeza.

—Entonces comprenderás —le dijo en tono amable— por qué no podemos confiar en ti.

«Podrás hacerlo una vez —pensó ella amargamente—, pero no más.»

Walden se dirigió a Lydia:

—Tendrá que pasarse un mes en el campo; es la única forma de mantenerla alejada del peligro. Luego, tras la regata de Cowes, puede ir a Escocia para la temporada de caza. —Suspiró—. Quizá se muestre más dócil en los próximos meses.

—Enviémosla entonces a «Walden Hall» —dijo Lydia.

Charlotte se extrañó: «Están hablando de mí como si yo no estuviera presente.»

Walden confirmó:

—Mañana tengo que ir a Norfolk para ver de nuevo a Aleks. Me la llevaré conmigo.

Charlotte quedó sorprendida.

Aleks estaba en «Walden Hall».

«¡Nunca lo hubiera imaginado!»

«¡Ahora ya lo sé!»

Lydia sugirió:

—Más vale que suba a prepararse las maletas.

Charlotte se levantó y salió del salón cabizbaja, para que ellos no pudieran apercibir la luz triunfal que irradiaban sus ojos.

12

A las tres menos cuarto, Feliks estaba en el vestíbulo de la National Gallery. Charlotte, probablemente, llegaría más tarde, igual que la última vez, pero de todas formas él no tenía nada mejor que hacer.

Estaba nervioso y cansado, harto ya de tener que esperar y esconderse. Había vuelto a dormir pésimamente las dos últimas noches, una en Hyde Park y la otra bajo los arcos de Charing Cross. Durante el día se había ocultado en callejones y edificios derruidos, saliendo de ellos únicamente para procurarse alimento. Aquello le recordaba su huída por Siberia, un desagradable recuerdo, aunque ahora se podía mover, yendo del vestíbulo a salas con cúpulas de cristal, mirando los cuadros y regresando al vestíbulo para ver si ella llegaba. Miró el reloj de la pared. Eran las tres y media y ella no acababa de llegar. La habrían vuelto a invitar a otra comida aburrida.

Seguramente habría sido capaz de descubrir el paradero de Orlov. Era una chica con ingenio, de eso estaba seguro. Aunque su padre no se lo dijera claramente, ella sería capaz de hallar la fórmula para descubrir el secreto. El que le diera o no la información, ya era otra cuestión. Tenía también una gran fuerza de voluntad.

Ojalá...

Ojalá..., ¡pero eran tantos sus deseos! Ojalá no la hubiera engañado. Ojalá hubiera podido localizar a Orlov sin su ayuda. Ojalá los seres humanos no se convirtieran en príncipes, condes, káiseres y zares. Ojalá se hubiera casado con Lydia y hubiera conocido a Charlotte cuando era pequeña. Ojalá llegara a las cuatro en punto.

La mayoría de los cuadros no significaban nada para él: las escenas de sabor religioso, los retratos de presumidos mercaderes holandeses en sus hogares sin vida. Le gustaba la *Alegoría* de Bronzino, pero sólo por su tremenda sensualidad. El arte era un área de la experiencia humana por la que había pasado de largo. Quizás algún día Charlotte lo llevara al bosque para enseñarle las flores. Pero era poco probable. En primer lugar, porque tenía que seguir con vida los próximos días y escaparse tras dar muerte a Orlov. Y todo eso no era muy seguro. Y luego, porque debía seguir gozando del afecto de Charlotte a pesar de haberse servido de ella, de haberle mentido y de haber dado muerte a su primo. Todo ello rozaba lo imposible, pero aunque así ocurriese él buscaría la forma de entrevistarse con ella mientras esquivaba a la Policía... No, no había muchas posibilidades de verla después del asesinato. Pensó: «Aprovéchate ahora todo lo que puedas.»

Eran las cuatro y media.

«No es que llegue tarde —dedujo descorazonado—; es que no puede venir. Confío en que no tenga problemas con Walden. Espero que no se haya arriesgado y la hayan descubierto. Ojalá subiera corriendo la escalinata, agotada y casi sin aliento, con su sombrero algo ladeado y una expresión de ansiedad en su lindo rostro para oírle decir: "Siento muchísimo haberlo hecho esperar tanto, pero estaba..."»

El edificio parecía quedarse vacío. Feliks se preguntó qué haría a continuación. Salió al exterior y bajó por la escalinata hasta la calle. No había señal de ella. Volvió a subir, y ya en la puerta le cortó el paso un empleado.

—Demasiado tarde, amigo —le dijo—. Vamos a cerrar.

Feliks giró en redondo.

No podía aguardar en la escalinata con la esperanza de que al final llegase. Era demasiado arriesgado hacerlo allí, en Trafalgar Square. De todas formas, ya pasaban dos horas; ya no vendría.

Ya no vendría.

«Pensándolo bien —admitió Feliks—, habrá decidido no colaborar conmigo, cosa, por otra parte, completamente lógica. ¿Y el que no haya venido ha sido tan sólo para no tener que decírmelo? Podía haber enviado una carta...»

«Podía haber enviado una carta.»

Ella tenía la dirección de Bridget. Podía haber enviado una carta.

Feliks se dirigió hacia el Norte.

Caminó por las callejuelas de Theatreland y las tranquilas plazas de Bloomsbury. La temperatura estaba cambiando. Todo el tiempo que llevaba en Inglaterra había hecho calor y lucido el sol, y todavía no había visto llover. Pero hacía ya un día que la atmósfera se había vuelto agobiante, como preludiando tormenta.

«Me pregunto —pensó Feliks— si me gustaría vivir en Bloomsbury, en esta atmósfera de próspera clase media, donde siempre hay comida suficiente y dinero bastante para gastar en libros. Pero después de la revolución derribaremos las verjas de los parques.»

Le dolía la cabeza. No le había vuelto a doler desde su infancia. Ahora lo achacaba al aire de tormenta, pero era más bien la preocupación. «Después de la revolución —reflexionó— los dolores de cabeza quedarán prohibidos.»

¿Habría una carta de ella aguardándole en la casa de Bridget? Se imaginó lo que habría escrito: «Querido Mr. Kschesinski: lamento no haber podido acudir a nuestra cita de hoy. Atentamente, Lady Charlotte Walden.» No, seguramente no sería así. «Querido Feliks: el príncipe Orlov se hospeda en casa del agregado naval ruso, en Wilton Place 25 A, tercer piso, habitación delantera izquierda. Afectuosamente, su amiga Charlotte.» Algo así podría ser: «Querido padre: sí, ya sé la verdad. Pero "papá" me ha encerrado en mi cuarto. Por favor, ven a liberarme. Te quiere mucho tu hija, Charlotte Kschesinski.» ¡No seas tan rematadamente loco!

Llegó a Cork Street y echó un vistazo a uno y otro lado. No había policías vigilando la casa, ni obesos individuos de sencilla indumentaria leyendo el periódico frente a la taberna. Todo parecía seguro. Su corazón se animó. «Hay algo maravilloso —pensó— en una calurosa acogida por parte de una mujer, ya sea una joven esbelta como Charlotte, o una bruja gorda y vieja como Bridget. He pasado demasiado tiempo de mi vida con hombres... o solo.»

Llamó a la puerta de Bridget. Mientras esperaba, miró hacia la ventana de su antigua habitación en el sótano y vio que tenía cortinas nuevas. Se abrió la puerta.

Bridget lo miró y sonrió satisfecha.

—Pero, hombre, ¡si está aquí mi querido terrorista internacional! Pase, cariño.

Entró en la salita.

—¿Quiere una taza de té? Está caliente.

—Sí, por favor. —Al tomar asiento, preguntó—: ¿La molestó la Policía?

—Me estuvo interrogando un comisario. Usted debe de ser un pez gordo.

—¿Qué le dijo?

Se mostró desdeñosa.

—Se había dejado la porra en casa, y no me sacó nada.

Feliks sonrió.

—¿Han traído una carta...?

Pero ella seguía hablando:

—¿Quiere otra vez su cuarto? Se lo he alquilado a otro individuo, pero lo echo si quiere. Lleva patillas y jamás he soportado a esos tipos.

—No, no quiero mi habitación...

—Ha dormido muy mal, no hay más que verlo.

—Así es.

—Sea lo que fuere lo que ha venido a hacer a Londres, aún no lo ha hecho.

—No.

—Algo ha ocurrido..., no es el mismo.

—Así es.

—Entonces, ¿qué?

De repente se sintió confortado al poder hablar con alguien de sus cosas.

—Hace años tuve un lío de faldas. Yo no me enteré, pero la mujer tuvo una niña. Días atrás..., me encontré con mi hija.

—Ah —lo miró con ojos apenados—. ¡Pobre granuja! Como si no tuviese ya bastantes preocupaciones. ¿Fue ella quien escribió la carta?

Feliks exclamó lleno de satisfacción:

—¿Hay carta?

—Ya sabía yo que venía por ella.

Se acercó a la repisa de la chimenea y la sacó de detrás del reloj.

—¿Y esa pobre chica está viviendo entre opresores y tiranos?

—Sí.

—Lo pensé por el escudo. No ha tenido mucha suerte, ¿verdad?

Le entregó la carta.
Feliks vio el escudo en el reverso del sobre. Lo abrió.
Dentro había dos cuartillas escritas con pulcra caligrafía.

«Walden Hall»
1 de julio de 1914

Querido Feliks:
Cuando reciba esta carta ya se habrá cansado de esperar que acudiese a la cita. No sabe cuánto he sentido haberle dado plantón. Desgraciadamente, me vieron con usted el lunes y eso les ha hecho suponer que tengo un... ¡¡¡amante secreto!!!

«Si tiene problemas, no parece muy afectada por ellos», dedujo Feliks.

He sido desterrada al campo todo lo que queda de temporada. Sin embargo, esto ha resultado ser una bendición. Nadie quiso informarme sobre el paradero de Aleks, pero ahora ya lo sé. ¡¡¡Está aquí!!!

La satisfacción del triunfo inundó por completo a Feliks.
—Así que las ratas tienen ahí su madriguera.
Bridget preguntó:
—¿Le está ayudando su hija?
—Ella era mi única esperanza.
—Entonces tenía razones para estar preocupado.
—Lo sé.

Tome un tren en la estación de Liverpool Street hasta el apeadero de Walden Hall. Éste es nuestro pueblo. Nuestra casa se encuentra en las afueras, a unos cinco kilómetros, por la carretera del Norte. ¡¡¡No se le ocurra venir a casa!!! A mano izquierda de la carretera verá un bosque. Yo siempre paseo a caballo entre la arboleda, antes del desayuno, entre las siete y las ocho de la mañana, por un camino de herradura. Hasta que venga, estaré vigilando cada día.

«Una vez que ha tomado partido, ella no se anda con medias tintas», pensó Feliks.

272

No estoy segura de cuándo saldrá esta carta. La dejaré en la mesa del salón cuando compruebe que haya otras para echar al correo, porque no quiero que nadie vea mi letra en un sobre. De esta forma, el lacayo la cogerá con todas las demás cuando vaya a Correos.

—Es una chica estupenda —dijo Feliks en voz alta.

Esto lo hago porque usted es la única persona que conozco que ha sabido hablarme con sensatez.
Con mi mayor afecto,

CHARLOTTE

Feliks se recostó en el asiento y cerró los ojos. Se sentía tan orgulloso de ella y tan avergonzado de sí mismo, que estaba a punto de llorar.

Bridget le arrebató la carta de entre sus dedos, que no opusieron resistencia, y empezó a leer.

—¿Así que ella no sabe que usted es su padre? —exclamó.

—No.

—Entonces, ¿por qué le está ayudando?

—Porque tiene fe en lo que estoy haciendo.

Bridget hizo una mueca de enfado.

—Los hombres como usted siempre encuentran mujeres que les ayuden. Debería saberlo ya, ¡diantre! —Siguió leyendo—. Escribe como una colegiala.

—Sí.

—¿Qué edad tiene?

—Dieciocho años.

—Edad suficiente para conocerse a sí misma. ¿Aleks es el fulano que buscas?

Feliks asintió con la cabeza.

—¿Quién es?

—Un príncipe ruso.

—Entonces merece la muerte.

—Está arrastrando a Rusia a la guerra.

Bridget hizo un gesto de asentimiento.

—Y usted está arrastrando a Charlotte a todo esto.

—¿Cree que estoy obrando mal?

Ella le devolvió la carta. Parecía enfadada:

—Nunca estaremos seguros, ¿no le parece?

—La política es así.

273

—La vida es así.

Feliks rompió en dos el sobre y lo arrojó a la papelera. Intentó releer la carta, pero no se vio con fuerzas para ello. «Cuando todo haya acabado —pensó—, esto será lo que haga que me acuerde de ella.» Dobló las dos cuartillas y se las guardó en un bolsillo de la chaqueta. Se puso en pie.

—He de tomar el tren.

—¿Quiere que le prepare un bocadillo para llevárselo? Negó con la cabeza.

—Gracias, no tengo hambre.

—¿Tiene dinero para el billete?

—Yo nunca pago en los trenes.

Ella metió la mano en el bolsillo de su delantal y sacó una moneda, un soberano.

—Tome. Puede tomar también una taza de té.

—Es mucho dinero.

—Esta semana puedo permitírmelo. Y lárguese ya, antes de qu cambie de idea.

Feliks cogió la moneda y dio a Bridget un beso de despedida.

—Ha sido muy amable conmigo.

—No lo hago por usted; lo hago por mi Sean, que en gloria esté.

—Adiós.

—Que tenga suerte, muchacho.

Feliks se marchó.

Walden se sentía optimista al hacer su entrada en el edificio del Almirantazgo. Había hecho lo que había prometido: convencer a Aleks sobre lo de Constantinopla. La tarde anterior, Aleks había enviado un mensaje al Zar recomendándole la aceptación de la oferta británica. Walden estaba convencido de que el Zar seguiría el consejo de su sobrino preferido, especialmente tras el asesinato de Sarajevo. De lo que no estaba tan seguro era que Lloyd George aceptara los deseos de Asquith.

Fue introducido en el despacho del primer Lord del Almirantazgo. Churchill se levantó de su asiento y rodeó la mesa para estrecharle la mano.

—Convencimos a Lloyd George —dijo con gesto triunfal.

—¡Eso es estupendo! —contestó Walden—. ¡Y yo convencí a Orlov!

—Sabía que lo haría. Siéntese.

«Nunca hubiera pensado que me daría las gracias», se dijo Walden. Pero incluso Churchill no podía disimular hoy su buen humor.

Se sentó en un sillón de cuero y paseó la vista por toda la sala, observando las cartas de navegación que colgaban de las paredes y los recuerdos náuticos que descansaban sobre la mesa.

—En cualquier momento tendremos noticias de San Petersburgo —dijo—. La Embajada rusa enviará la nota directamente a usted.

—Cuanto antes, mejor —fueron las palabras de Churchill—. El conde Hayes ha estado en Berlín. Según nuestro Servicio de Inteligencia, se llevó consigo una carta preguntándole al káiser si Alemania ayudaría a Austria en caso de guerra contra Servia. Nuestro Servicio de Inteligencia nos informó también de que la respuesta fue afirmativa.

—Los alemanes no desean luchar contra Servia...

—No —le interrumpió Churchill—; lo que buscan es una excusa para luchar contra Francia. Una vez que Alemania se movilice, Francia se movilizará a su vez, y ése será el pretexto alemán para invadir Francia. Ahora no hay quien lo pare.

—¿Saben los rusos todo esto?

—Nosotros se lo hemos dicho. Confío en que nos crean.

—¿No se puede hacer nada en favor de la paz?

—Se está haciendo todo —contestó Churchill—. Sir Edward Grey trabaja en ello noche y día, como lo hacen nuestros embajadores en Berlín, Viena y San Petersburgo. Incluso el rey está martilleando con telegramas a sus primos, el káiser Guillermo y el zar Nicolás. De nada servirá.

Llamaron a la puerta y entró un joven secretario con un comunicado.

—Un mensaje del embajador ruso, señor —informó.

Walden notó que la tensión se apoderaba de él.

Churchill cogió el escrito y lo examinó; después, con el triunfo reflejado en sus ojos, exclamó:

—¡Han aceptado!

—¡Una buena noticia! —dijo Walden, radiante.

El secretario salió del despacho y Churchill se puso en pie.

—Esto merece un whisky con soda. ¿Me acompaña?

—No faltaba más.

Churchill abrió un armario.

—Esta noche dejaré preparado el borrador del tratado y

me lo llevaré a «Walden Hall» mañana por la tarde. Para la firma podemos celebrar una pequeña ceremonia mañana por la noche. Por supuesto, tendrá que ser ratificado por el Zar y por Asquith, pero eso será puro formulismo, mientras Orlov y yo lo dejamos firmado lo más pronto posible.

El secretario llamó y volvió a entrar.

—Mr. Basil Thomson está aquí, señor.

—Hágalo pasar.

Thomson entró y habló sin más preámbulos:

—Volvimos a dar con la pista de nuestro anarquista.

—¡Estupendo! —exclamó Walden.

Thomson tomó asiento.

—Usted recordará que situé a un hombre en la habitación del sótano de Cork Stréet, por si se le ocurría volver allá.

—Lo recuerdo —confirmó Walden.

—Pues volvió. Cuando se marchó fue seguido por mi hombre.

—¿Y adónde se dirigió?

—A la estación de Liverpool Street. —Thomson hizo una pausa—. Y sacó un billete para el apeadero Walden Hall.

13

Walden se quedó paralizado.

Su primer pensamiento fue para Charlotte. Allí era vulnerable; los guardaespaldas estaban concentrados en Aleks y ella no tenía quien la protegiese, salvo la servidumbre. «¿Cómo pude ser tan estúpido?», pensó.

Estaba casi igualmente preocupado por Aleks. El muchacho era prácticamente como un hijo para Walden. Pensaba que estaría seguro en la casa solariega de Walden... y ahora Feliks se dirigía hacia allí, con un arma o una bomba para matarlo y quizá matar también a Charlotte, y saborear el tratado...

—¿Por qué demonios no lo detuvieron? —explotó Walden.

Thomson respondió sosegadamente:

—No creo que sea una buena idea que un hombre solo haga frente a nuestro amigo Feliks, ¿usted sí? Hemos visto lo que puede hacer frente a varios hombres. Parece que no le preocupa ni su propia vida. Mi hombre tiene instrucciones de seguirlo e informar.

—No basta...

—Lo sé, Milord —interrumpió Thomson.

Churchill intervino:

—Calma, caballeros. Al menos sabremos dónde está el individuo. Con todos los recursos del Gobierno de Su Majestad a nuestra disposición, lo cogeremos. ¿Qué propone usted, Thomson?

—En realidad, ya lo he hecho, señor. Hablé por teléfono con el jefe de Policía del Condado. Tendrá un destacamento de hombres esperando en el apeadero de Walden Hall para arrestar a Feliks cuando baje del tren. Mientras tanto, en el supuesto de que algo fallara, mi hombre se pegará a él como la cola.

—No dará resultado —aseguró Walden—. Paren el tren y arréstenlo antes de que se acerque a mi casa.

—Sí, también lo pensé —dijo Thomson—, pero eso implica más riesgos que ventajas. Es mucho mejor que se crea a salvo y cogerlo luego desprevenido.

—De acuerdo —dijo Churchill.

—¡No es su casa! —terció Walden.

—Pero será mejor dejar esto en manos de profesionales —insistió Churchill.

Walden se dio cuenta de que no iba a poder con ellos. Se puso en pie.

—Ahora mismo me voy a «Walden Hall». ¿Viene usted, Thomson?

—Esta noche, no. Voy a detener a esa mujer llamada Callahan. Una vez que hayamos cogido a Feliks, se incoará un proceso y ella va a ser nuestra testigo principal. Bajaré mañana para interrogar a Feliks.

—No sé cómo puede estar usted tan seguro —exclamó Walden irritado.

—Esta vez lo cogeremos —insistió Thomson.

—Ojalá.

El tren se puso en marcha al caer la tarde. Feliks observaba la puesta del sol tras los campos de trigo de Inglaterra. No era lo suficientemente joven como para considerar algo normal el transporte mecánico; para él, viajar en tren era casi mágico. Un muchacho que había recorrido las praderas rusas a pie, calzado con zuecos, no podía haber soñado esto.

Estaba solo en el vagón, a excepción de un joven que parecía empeñado en leer la edición vespertina del *Pall Mall Gazette*, línea por línea. El humor de Feliks era casi festivo. Mañana por la mañana vería a Charlotte. ¡Qué elegante estaría montada a caballo, con el aire agitando su cabello! Trabajarían juntos. Ella le diría dónde estaba la habitación de Orlov, dónde podía encontrarlo a diferentes horas del día. Le ayudaría a conseguir un arma.

Se daba cuenta de que su alegría se debía a la carta recibida. Ella estaba de su lado ahora, pasara lo que pasara, Salvo...

Salvo que él le había dicho que iba a secuestrar a Orlov. Cada vez que se acordaba de esto se retorcía en su asiento. Intentaba quitárselo de la cabeza, pero era como una especie de comezón que no cesaba y obligaba a rascarse. «Bien —pensó—, ¿qué tengo que hacer? Por lo menos, debo empezar a prepararla para la noticia. Quizá deba decirle que soy su padre. ¡Menudo golpe para ella!»

Por un momento le tentó la idea de marcharse, de esfumarse y no volver a verla jamás; dejarla en paz. «No —pensó—; no es ése su destino ni tampoco el mío.»

«Me pregunto cuál será mi destino, después de matar a Orlov. ¿Moriré?» Movió la cabeza, como si pudiera ahuyentar aquel pensamiento con la misma facilidad que si se tratara de una mosca. No era momento para la tristeza. Tenía planes que hacer.

«¿Cómo mataré a Orlov? En la casa de campo de un conde se podrá robar algún arma. Charlotte puede decirme dónde están, o traerme una. Si eso fallara, habrá cuchillos en la cocina. Y también tengo que contar simplemente con mis manos.»

Hizo una flexión con sus dedos.

«¿Tendré que entrar en la casa o saldrá Orlov? ¿Lo haré de día o de noche? ¿Mataré también a Walden? Políticamente, la muerte de Walden no es necesaria, pero en cualquier caso me gustaría matarlo. Se trata de algo personal...»

Pensó otra vez en Walden cuando cogió la botella. «No subestimes a ese hombre —se dijo a sí mismo—. Tengo que buscar una coartada para Charlotte. Nadie se tiene que enterar jamás de que me ayudó.»

El tren aminoró la marcha y entró en una pequeña estación rural. Feliks intentó recordar el mapa que había visto en la estación de Liverpool Street. Le parecía recordar que el apeadero de Walden Hall era la cuarta estación después de aquélla.

Su compañero de viaje terminó por fin de leer el *Pall Mall Gazette*, dejándolo en el asiento que tenía al lado. Feliks decidió que no podía preparar el asesinato hasta ver la topografía del terreno, así que preguntó:

—¿Me permite leer su periódico?

El hombre se mostró sorprendido. «Los ingleses no hablan en el tren con desconocidos», recordó Feliks.

—No faltaría más —contestó el hombre.

Feliks había aprendido que esta frase significaba que sí. Cogió el periódico.

—Gracias.

Echó una mirada a los titulares. Su compañero miraba por la ventanilla como si estuviera preocupado. Llevaba el pelo al estilo que estaba de moda cuando Feliks era niño. Intentó recordar la palabra..., patillas, ésa era la palabra.

Patillas.

«¿Quiere otra vez su habitación? La he alquilado a otro, pero lo echaré; lleva patillas, y yo nunca he podido aguantar a los que llevan patillas.»

Y ahora Feliks se acordó de que éste era el mismo hombre que se puso tras él en la cola de la taquilla de la estación.

Sintió miedo, como si le clavaran un puñal.

Mantuvo el periódico ante su rostro, por si sus pensamientos se reflejaban en su expresión. Trató de pensar clara y sosegadamente. Algo de lo que Bridget había dicho hizo sospechar a la Policía lo suficiente como para mantener vigilada su casa. Lo habían hecho, simplemente, alojando a un detective en la habitación que Feliks había dejado vacante. El detective había observado la visita de Feliks, lo había reconocido y lo había seguido hasta la estación. Situado detrás de él en la cola, le había oído pedir billete para el apeadero de Walden Hall y compró un billete para el mismo destino. Luego había subido al tren a la vez que Feliks.

No, no exactamente. Feliks había estado sentado en el tren durante unos diez minutos antes de que éste partiera. El hombre de las patillas saltó al tren en el último instante. ¿Qué había estado haciendo durante esos minutos de diferencia?

Probablemente una llamada telefónica.

Feliks imaginó la conversación. El detective estaba sentado en el despacho del jefe de estación, diciendo por teléfono:

—El anarquista volvió a la casa de Cork Street, señor. Ahora lo estoy siguiendo.

—¿Dónde está usted?

—En la estación de Liverpool Street. Compró un billete para el apeadero de Walden Hall. Ahora está en el tren.

—¿Ya ha partido?

—Faltan unos... siete minutos.

—¿Hay policías en la estación?

—Sólo una pareja.

—No basta... Se trata de un hombre peligroso.

—Puedo hacer que el tren se retrase mientras usted envía refuerzos.

—Nuestro anarquista puede sospechar y largarse. No. Quédese usted con él...

Feliks se preguntó qué iban a hacer ahora. Podrían sacarlo del tren en algún lugar del trayecto, o esperar a detenerlo en el apeadero de Walden Hall.

En cualquier caso tenía que apearse del tren sin perder un segundo.

¿Qué hacer con el detective? Dejarlo atrás, en el tren, sin poder dar la alarma, de manera que él tuviera tiempo para desaparecer.

«Podría atarlo, si tuviera con qué —pensó Feliks—. Podría dejarlo inconsciente si tuviera algo pesado y duro para hacerlo. Podría estrangularlo, pero llevaría tiempo y alguien podría verlo. Podría arrojarlo desde el tren, pero quiero dejarlo en el tren...»

El tren empezó a aminorar su marcha. «Tal vez estén esperándome en la próxima estación —pensó—. Ojalá tuviera un arma. ¿Irá armado el detective? Lo dudo. Podría romper la ventanilla y usar un trozo de cristal para cortarle el cuello..., pero eso llamaría, seguramente, la atención de la gente.»

«Tengo que bajarme del tren.»

Se veían varias casas junto a la vía del tren. El convoy hacía su entrada en una aldea o pueblo pequeño. Los frenos chirriaron y la estación apareció lentamente. Feliks buscó ansiosamente alguna trampa policial. El andén aparecía vacío. La locomotora traqueteó al pararse, soltando vapor.

La gente empezó a apearse. Varios pasajeros pasaron por delante de la ventanilla de Feliks, dirigiéndose hacia la salida. Era una familia compuesta por dos niños pequeños, una mujer que llevaba una sombrerera y un hombre alto que vestía traje de *tweed*.

«Podría golpear al detective —pensó—, pero es difícil dejar inconsciente a alguien sólo con los puños.»

Por otra parte, la trampa de la Policía podía estar montada en la próxima estación. Tenía que bajarse ahora.

Sonó un silbato.

El detective parecía sorprendido cuando Feliks le preguntó:

—¿Hay lavabo en el tren?

—Pues..., seguro que sí —contestó.

—Gracias.

«No sabe si creerme o no», pensó Feliks.

Salió del compartimiento y recorrió el pasillo hacia el final del vagón. El tren dio un tirón hacia delante. Feliks miró hacia atrás. El detective asomaba la cabeza fuera del compartimiento. Feliks entró en el lavabo y volvió a salir. El detective seguía mirando. El tren aumentó su velocidad. Feliks se dirigió hacia la puerta del vagón y el detective se le acercó corriendo.

Feliks se volvió y le propinó un puñetazo en pleno rostro. El golpe paró en seco al detective. Feliks lo golpeó nuevamente en el estómago. Una mujer empezó a gritar. Feliks lo cogió por el abrigo y lo arrastró al interior del lavabo. El detective forcejeó y soltó un puñetazo sin dirección, pero que alcanzó a Feliks en las costillas, arrancándole un gemido. Consiguió coger con ambas manos la cabeza del detective y la golpeó contra el borde del lavabo. El tren seguía cobrando velocidad. Feliks golpeó repetidamente la cabeza del detective y el hombre se desplomó. Feliks lo dejó caer y salió del lavabo. Se dirigió hacia la puerta y la abrió. El tren se movía a la velocidad de una carrera normal. Una mujer, lívida, lo observaba todo desde el otro extremo del pasillo. Feliks saltó. La puerta se cerró de golpe. Puso pie en tierra sin dejar de correr. Perdió el equilibrio sin llegar a caerse. El tren siguió aumentando la velocidad.

Feliks se dirigió andando hacia la salida.

—Se apeó usted un poco tarde —le dijo el encargado de recoger los billetes.

Feliks asintió y le entregó su billete.

—Con este billete ha de bajar tres estaciones más adelante —le explicó el empleado.

—Cambié de parecer en el último momento.

Se oyó un chirrido de frenos. Ambos dirigieron la vista hacia la vía. El tren se detenía; alguien había tirado de la señal de alarma.

—¡Anda! ¿Qué pasa ahora? —exclamó el ferroviario.

Feliks se limitó a encogerse de hombros y a comentar:

—¡Vaya usted a saber!

Estaba a punto de echar a correr, pero era lo peor que podía hacer.

El empleado no sabía qué hacer, dividido entre la sospecha que le inspiraba Feliks y su preocupación por el tren. Finalmente murmuró: «Aguarde aquí», y se fue corriendo por el andén. El tren se había parado a unos cien metros de la estación. Feliks vio cómo el ferroviario corría hacia el extremo del andén y bajaba a la vía.

Miró alrededor. Estaba solo. Abandonó apresuradamente la estación y se metió en el pueblo.

Unos minutos más tarde, un coche de la Policía con tres agentes dentro pasó ante él a toda velocidad, dirigiéndose a la estación.

En las afueras del pueblo, Feliks saltó una verja y se metió en un trigal, donde se echó a esperar que anocheciese.

El enorme «Lanchester» rugía mientras se dirigía a «Walden Hall». Todas las luces de la casa estaban encendidas. Un policía uniformado estaba junto a la entrada y otro recorría, como un centinela, la terraza. Pritchard detuvo el coche. El policía de la entrada saludó en posición de firmes. Pritchard abrió la puerta del coche y Walden se apeó.

Mrs. Braithwaite, el ama de llaves, salió de la casa para saludarlo.

—Buenas tarde, Milord.

—¿Qué tal, Mrs. Braithwaite? ¿Quién está aquí?

—Sir Arthur está con el príncipe Orlov en la sala de estar.

Walden hizo un movimiento con la cabeza y juntos entraron en la casa. Sir Arthur Langley era el jefe de Policía y había sido condiscípulo de Walden.

—¿Ha cenado ya, Milord? —preguntó Mrs. Braithwaite.

—No.

—¿Le apetecería un trozo de empanada de carne y una botella de vino de Borgoña?

—Lo dejo a su elección.

—De acuerdo, Milord.

Mrs. Braithwaite se retiró y Walden entró en la sala de estar. Aleks y Sir Arthur estaban apoyados en la repisa de la chimenea, cada uno con una copa de coñac en la mano. Los dos iban vestidos de etiqueta.

—¿Qué tal, Stephen? ¿Cómo está? —saludó Sir Arthur.

Walden le estrechó la mano.

—¿Cogisteis al anarquista?

—Lamento decir que se nos escurrió de entre los dedos.

—¡Maldición! —exclamó Walden—. ¡Me lo temía! Nadie quiso hacerme caso. —Recordó los buenos modales y dio la

mano a Aleks—. No sé qué decirte, querido amigo..., debes
pensar que somos un hatajo de imbéciles. —Se volvió hacia
Sir Arthur—: ¿Qué demonios ocurrió?

—Feliks saltó del tren en Tingley.

—¿Dónde estaba el fabuloso detective de Thomson?

—En el lavabo, con la cabeza rota.

—Maravilloso —dijo Walden, amargado, y se dejó caer
en una silla.

—Cuando se dio la alarma a la Policía del pueblo, Feliks
ya había desaparecido.

—Viene hacia aquí .¿Te das cuenta de ello?

—Desde luego —dijo Sir Arthur con tono suave.

—Se ha de ordenar a tus hombres que la próxima vez que
lo vean, disparen.

—En teoría, sí, pero no llevan armas, como es bien
sabido.

—¡Maldita sea! Pues tendrían que llevar.

—Creo que tienes razón, pero la opinión pública...

—Antes de hablar de este tema, dime qué se está haciendo.

—Muy bien. Tengo cinco patrullas cubriendo las carreteras que enlazan este lugar y Tingley.

—No lo verán en la oscuridad.

—Quizá no, pero con su presencia, si no se logra detenerlo del todo, por lo menos tendrá que retrasarse.

—Lo dudo. ¿Qué más?

—He traído un agente y un sargento para que vigilen la
casa.

—Los vi ahí fuera.

—Los relevarán cada ocho horas, de noche y de día. El
príncipe ya tiene dos guardaespaldas de la Brigada Especial,
y Thomson enviará aquí un coche con cuatro más esta misma noche. Harán turnos de doce horas, de manera que en
todo momento tenga tres hombres a su lado. Mis hombres
no están armados, pero los de Thomson sí. Tienen revólve-
res. Mi recomendación es que el príncipe Orlov permanezca
en su habitación hasta que cojamos a Feliks, y que los guardaespaldas le sirvan sus alimentos y demás.

—Haré lo que me pide —dijo Aleks.

Walden le echó una mirada. Estaba pálido pero sereno.
«Es valiente —pensó—. Yo, en su caso, estaría bramando
contra la incompetencia de la Policía británica.»

—No creo que unos cuantos guardaespaldas sean suficientes. Necesitamos un ejército —recalcó Walden.

—Tendremos uno mañana por la mañana —replicó Sir Arthur—. Empezaremos a buscarlo a las nueve.

—¿Por qué no al amanecer?

—Porque el ejército hay que reunirlo. Acudirán aquí ciento cincuenta hombres. Vendrán de todo el Condado. En su mayoría ahora están durmiendo. Se les tendrá que ir a avisar y dar órdenes para que se dirijan hacia aquí.

Mrs. Braithwaite entró con una bandeja. Había empanada de carne fría, medio pollo, un plato con ensaladilla de patata, pan, salchichas frías, rodajas de tomate, un trozo de queso Cheddar, varias clases de salsas y un poco de fruta. La seguía un criado con una botella de vino, una jarra de leche, una cafetera, un plato de helado, un pastel de manzana y la mitad de una tarta grande de chocolate. El lacayo dijo:

—Me temo que el borgoña aún no está en su punto, Milord. ¿Lo sirvo?

—Sí, tenga la bondad.

El criado se ocupó de disponer una mesita de servicio. Walden tenía hambre, pero su nerviosismo le impedía comer. «Me imagino que tampoco podré dormir», pensó.

Aleks se sirvió más coñac. «Bebe continuamente», constató Walden. Sus movimientos eran intencionados y mecánicos, como si se mantuviera bajo un rígido autocontrol.

—¿Dónde está Charlotte? —preguntó repentinamente Walden.

—Se fue a la cama —contestó Aleks.

—No debe salir de casa mientras estén así las cosas.

—¿Se lo voy a decir, Milord? —intervino Mrs. Braithwaite.

—No, no la despierte. La veré en el desayuno. —Walden tomó un sorbo de vino, con la esperanza de que lo relajara un poco—. Te podríamos volver a cambiar de sitio, Aleks, si crees que así te vas a sentir mejor.

Aleks hizo una mueca a manera de sonrisa.

—No sé de qué iba a servir, ¿no crees? Feliks siempre acaba por encontrarme. El mejor plan es ocultarme en mi habitación, firmar cuanto antes el tratado, y volver a casa.

Walden asintió con la cabeza. Los criados se retiraron de la sala de estar. Sir Arthur dijo:

—Bien, hay algo más, Stephen. —Parecía turbado—. Me refiero a qué fue lo que hizo que Feliks se decidiera, de pronto a tomar el tren con destino al apeadero de Walden Hall.

El pánico había impedido a Walden pensar en ello.

—Sí, por Dios, ¿cómo lo averiguaría?

—A mi entender, sólo dos grupos de personas sabían adónde había ido el príncipe Orlov. Uno es el del personal de la Embajada que ha estado enviando y recibiendo los telegramas. El otro grupo es su personal empleado aquí.

—¿Un traidor entre mis criados? —exclamó Walden.

La idea le produjo un escalofrío.

—Sí —respondió Sir Arthur, vacilante—. O, naturalmente, entre los familiares.

La cena organizada por Lydia resultó un desastre. Con Stephen fuera, su hermano George tenía que hacer de anfitrión, lo cual hacía desigual el número de invitados. Y lo que era peor, Lydia estaba tan distraída, que su conversación apenas era cortés y en absoluto animada. Todos, salvo los invitados más benevolentes, preguntaron por Charlotte, sabiendo muy bien que había caído en desgracia. Lydia decía simplemente que se había ido al campo a pasar unos días de descanso. Hablaba mecánicamente, sin saber apenas lo que decía. Por su cabeza desfilaba una pesadilla tras otra: arrestaban a Feliks, disparaban contra Stephen, apaleaban a Feliks, Stephen sangraba, Feliks corría, Stephen se moría. Quería contar a alguien cómo se sentía, pero con sus invitados sólo podía hablar del baile de la noche pasada, de las perspectivas de la regata de Cowes, de la situación en los Balcanes y del presupuesto de Lloyd George.

Por fortuna, nadie se entretuvo tras la cena; todos iban a un baile, a una reunión o a un concierto. Apenas se hubo marchado el último, Lydia pasó al vestíbulo y descolgó el teléfono. No podía hablar con Stephen porque la línea telefónica todavía no llegaba a Walden Hall, así que llamó a la casa de Winston Churchill, en Eccleston Square. Estaba fuera. Probó en vano con el Almirantazgo, el Número Diez y el Club Liberal. Tenía que saber lo que había ocurrido. Finalmente, pensó en Basil Thomson y telefoneó a Scotland Yard. Thomson seguía en su despacho, trabajando hasta tarde.

—Lady Walten, ¿cómo está usted? —contestó.

«¡La gente debe ser cortés!», pensó Lydia, y preguntó:

—¿Qué noticias hay?

—Malas, por desgracia. Nuestro amigo Feliks se nos escurrió nuevamente de entre los dedos.

Una sensación de alivio inundó a Lydia.

—Gracias..., gracias —dijo.

—No creo que deba preocuparse demasiado —siguió Thomson—. El príncipe Orlov está ahora bien vigilado.

Lydia se ruborizó de vergüenza; estaba tan contenta de que Feliks estuviera a salvo que por un momento había dejado de pensar en Aleks y Stephen.

—Intentaré no preocuparme —respondió—. Buenas noches.

—Buenas noches, Lady Walden.

Colgó el teléfono, subió las escaleras y llamó con el timbre a su doncella para que la ayudara a desvestirse. Se sentía aturdida. Nada se resolvía; aquellos a quienes amaba seguían en peligro. ¿Durante cuánto tiempo se iba a prolongar aquello? Feliks no desistiría, estaba segura, a no ser que lo cogiesen.

La doncella llegó y le desabrochó el vestido y los lazos del corsé. Algunas damas confiaban en sus doncellas, Lydia lo sabía. Ella, no; una vez en San Petersburgo...

Decidió escribir a su hermana, ya que era demasiado temprano para acostarse. Le dijo a la doncella que le trajese papel de carta de la sala de estar. Se echó encima un chal y se sentó junto a la ventana abierta, fijando la vista en la oscuridad del parque. Caía la noche. No había llovido en tres meses, pero en los últimos días el tiempo había cambiado y pronto, con toda seguridad, llegarían las tormentas.

La doncella entró con papel, plumas, tinta y sobres. Lydia cogió una hoja de papel y escribió: *Querida Tatiana*...

No sabía por dónde empezar. «¿Cómo puedo explicar lo de Charlotte —pensó— cuando ni yo misma la entiendo? Y no me atrevo a decir nada sobre Feliks, ya que Tatiana se lo diría al Zar, y si el Zar se enterara de cuán cerca de la muerte ha estado Aleks...»

«Feliks es tan listo. ¿Cómo demonios averiguaría dónde se ocultaba Aleks? ¡Ni siquiera quisimos decírselo a Charlotte!»

Charlotte.

Lydia se quedó fría.

¿Charlotte?

Se puso en pie y gritó:

—¡Oh, no!

Rondaba los cuarenta y llevaba puesta una gorra de lana.

Se apoderó de ella un sentimiento de horror. Era como uno de esos sueños alucinantes en los que se piensa en las cosas peores que pueden ocurrir y esas mismas cosas empiezan a ocurrir inmediatamente: la escalera se cae, al niño lo atropellan, la persona querida muere.

Ocultó la cara entre las manos. Se sintió mareada.

«Debo pensar. Debo intentar pensar. Por favor, Dios mío, ayúdame a pensar. Charlotte conoció a un hombre en la National Gallery. Esa tarde me preguntó dónde estaba Aleks. Él no se lo habría dicho. Luego la enviamos a casa, a "Walden Hall", y por supuesto descubrió que Aleks estaba allí. No se lo dije. Quizá se lo preguntara también a Stephen. Dos días más tarde, Feliks se dirigía al apeadero de Walden Hall.»

«Haz que esto sea un sueño —rezó—; haz que despierte ahora, te lo suplico, y que me encuentre en mi propia cama; haz que sea de día.»

No era un sueño. Feliks era el hombre de la gorra de lana. Charlotte se había encontrado con su padre. Habían estado cogidos de la mano.

Era horrible, horrible.

¿Le habría dicho Feliks la verdad a Charlotte? ¿Le habría dicho: «Soy tu verdadero padre»? ¿Le habría revelado el secreto de hacía diecinueve años? ¿Lo sabría él? Seguro que sí. ¿Por qué si no estaría ella... colaborando con él?

«¡Mi hija, conspirando con un anarquista para cometer un asesinato! Debe de seguir ayudándole. ¿Qué puedo hacer yo? Debo advertir a Stephen..., pero, ¿cómo he de hacerlo sin decirle que no es el padre de Charlotte? Ojalá pudiera pensar.»

Llamó a la doncella otra vez.

«Tengo que encontrar un modo de poner fin a esto —pensó—. No sé qué voy a hacer, pero debo hacer algo.»

Cuando la doncella llegó, le dijo:

—Empieza a hacer las maletas. Me marcharé mañana temprano. Tengo que ir a «Walden Hall».

Caída la noche, Feliks echó a andar a campo traviesa. Era una noche templada y húmeda, y además muy oscura; espesas nubes ocultaban las estrellas y la luna. Tenía que andar despacio porque apenas veía nada. Llegó a la vía del tren y se dirigió hacia el Norte.

Siguiendo la vía del tren podía andar algo más de prisa, ya que había un ligero destello en los rieles de acero, y sabía que no habría obstáculos. Pasó por estaciones oscuras, escurriéndose por los andenes vacíos. Oyó las ratas de las salas de espera. Las ratas no lo asustaban; en cierta ocasión las había matado con las manos y se las había comido. Los nombres de las estaciones estaban estampados en carteles de metal y podía leerlos con el tacto.

Cuando llegó al apeadero de Walden Hall recordó las instrucciones de Charlotte: *Nuestra casa se encuentra en las afueras, a unos cinco kilómetros por la carretera del Norte*. La vía del tren tenía una dirección Norte-Noreste aproximadamente. La siguió cosa de un kilómetro y medio, más o menos, contando sus pasos para medir la distancia. Había llegado a los dos kilómetros cuando se topó con alguien.

El hombre dio un grito de sorpresa y Feliks lo cogió por el cuello.

Aquel hombre despedía un irresistible olor a cerveza. Feliks se dio cuenta de que se trataba sólo de un borracho que volvía a casa, y se dispuso a soltarlo.

—No tenga miedo —le dijo el hombre con voz tartajosa.

—Muy bien —replicó Feliks, apartándose de él.

—¿Sabe? Ésta es mi única manera de llegar a casa sin perderme.

—Entonces siga su camino.

El hombre echó a andar. Al poco rato dijo:

—No se duerma sobre la vía; el tren de la leche pasa a las cuatro.

Feliks no contestó y el borracho siguió su camino arrastrando los pies.

Feliks meneó la cabeza, disgustado consigo mismo por ser tan suspicaz. Podía haber matado a aquel hombre. Se mostraba cada vez más débil. No podía seguir así.

Decidió buscar el camino. Se apartó de la vía del tren, cruzó tambaleándose un corto trecho accidentado, y luego llegó a una endeble cerca de tres filas de alambres. Aguardó un momento. ¿Qué había delante de él? ¿Un campo? ¿El jardín de alguien? ¿El prado del pueblo? No había otra oscuridad comparable a la noche oscura del campo, con el farol más próximo a cientos de metros de distancia. Oyó un movimiento repentino cerca de él, y por el rabillo del ojo vio algo blanco. Se inclinó y anduvo a tientas hasta que encontró una piedra pequeña. La arrojó hacia la cosa blanca. Oyó un relincho y un caballo se alejó a medio galope.

Feliks se mantuvo atento. Si hubiera perros cerca, el relincho los habría hecho ladrar. No oyó nada.

Se agachó y cruzó la valla gateando. Cruzó el prado andando lentamente. Tropezó una vez con un arbusto. Oyó a otro caballo, pero no lo vio.

Se encontró con otra alambrada. La cruzó y se halló ante una construcción de madera. Inmediatamente se produjo un tremendo ruido causado por el cacareo de unas gallinas. Un perro empezó a ladrar. Una luz se encendió en la ventana de una casa. Feliks se arrojó al suelo y se quedó inmóvil. La luz le mostró que estaba en una pequeña granja. Había chocado con el gallinero. Más allá de la granja pudo ver el camino que buscaba. Las gallinas se callaron, se oyó un último y cansino aullido y la luz se apagó. Feliks se dirigió hacia el camino.

Era un camino de tierra bordeado por una zanja seca. Más allá de la zanja parecía haber un bosque. Feliks recordó: *a la izquierda del camino verá un bosque.* Ya casi había llegado.

Anduvo hacia el Norte siguiendo el irregular camino. Aguzó el oído por si alguien se acercaba. Tras recorrer unos dos kilómetros descubrió un muro a su izquierda. Más adelante, un acceso rompía el muro y vio una luz.

Se apoyó en los hierros de la verja y miró entre las barras. Tuvo la impresión de que había una larga avenida. En el otro extremo le pareció ver, apenas iluminados por dos lámparas de luz vacilante, los soportales de la entrada a una enorme casa. Mientras miraba, una figura alta cruzó andando por delante de la casa: era un centinela.

«En esa casa —pensó— está el príncipe Orlov. ¿Cuál será la ventana de su habitación?»

De repente, oyó el ruido de un coche que se acercaba a toda marcha. Retrocedió unos diez pasos y se arrojó a la zanja. Un momento después, los faros del coche iluminaron el muro y el vehículo se acercó hasta la verja de entrada. Alguien bajó del coche.

Feliks oyó unos golpes. Debía de haber una caseta; se dio cuenta de que no la había visto en la oscuridad. Se abrió una ventana y alguien gritó:

—¿Quién va?

Otra voz contestó:

—Policía, de la Brigada Especial de Scotland Yard.

—Un momento.

Feliks no hacía el menor movimiento. Oyó los pasos del hombre que bajó del coche, que se movía, impaciente, de un lado a otro. Se abrió una puerta. Ladró un perro y se oyó una voz que decía:

—¡Calla, *Rex*!

Feliks contuvo la respiración. ¿Estaba atado el perro? ¿Lo

olfatearía? ¿Vendría olfateando a lo largo de la zanja, daría con él y empezaría a ladrar?

La verja de hierro se abrió rechinando y el perro ladró de nuevo. La voz repitió:

—¡Cállate, *Rex*!

La puerta del coche se cerró de golpe y el vehículo enfiló la avenida. La zanja quedó a oscuras otra vez.

«Ahora —pensó Feliks—, si el perro me encuentra, lo puedo matar y también al guarda, y podré escapar...»

Se puso en tensión, a punto para incorporarse de un salto apenas oyese a un perro olfateando cerca de él.

La verja se cerró rechinando.

Un momento después se oyó un portazo en la caseta del guarda.

Feliks respiró de nuevo.

14

Charlotte se despertó a las seis. Había dejado abiertas las cortinas de su habitación para que los primeros rayos del sol brillaran sobre su cara y la despertaran. Era un truco que había usado hacía años, cuando Belinda se quedaba con ella, y a las dos les gustaba recorrer toda la casa mientras los mayores seguían durmiendo y no había quien les dijera que se portasen como dos damitas.

Su primer pensamiento fue para Feliks. No lo habían cogido..., ¡era tan listo! Hoy, con toda seguridad, la estaría esperando en el bosque. Saltó de la cama y miró fuera. El tiempo no había empeorado aún. Por tanto, él no se habría mojado durante la noche.

Se lavó con agua fría y se puso rápidamente una falda larga, botas de montar y una chaqueta. Jamás llevaba sombrero en estos paseos matutinos a caballo.

Bajó las escaleras. No vio a nadie. Habría una o dos doncellas en la cocina, encendiendo fuego y calentando agua, pero de no ser por estas tareas seguirían en la cama. Salió por la puerta principal que daba al Sur y casi tropezó con un corpulento policía de uniforme.

—¡Cielos! —exclamó—. ¿Quién es usted?

—El policía Stevenson, señorita.

La llamaba simplemente «señorita» porque no sabía quién era.

—Soy Charlotte Walden —le dijo.

—Perdóneme, Milady.

—No importa. ¿Qué hace usted aquí?

—Protegiendo la casa, Milady.

—Oh, claro. Protegiendo al príncipe, querrá decir. ¡Qué tranquilizante! ¿Cuántos son ustedes?

—Dos fuera y cuatro dentro. Los de dentro van armados. Más tarde seremos muchos más.

—¿Y por qué?

—Una gran operación de rastreo, Milady. Sé que habrá ciento cincuenta hombres aquí antes de las nueve. Cogeremos a ese tipo anarquista..., no tema.

—Espléndido.

—¿Pensaba dar un paseo a caballo, Milady? Yo de usted no lo haría, por lo menos hoy.

—No, no lo haré —mintió Charlotte.

Siguió andando y cruzó el ala izquierda de la casa hasta la parte posterior. Los establos estaban desiertos. Entró en ellos y encontró su yegua *Spots*, llamada así por las manchas blancas que tenía en la frente. Le habló durante un minuto, acariciándole la nariz, y le dio una manzana. Luego la ensilló, la sacó del establo y montó en ella.

Salió por la parte posterior de la casa y rodeó el parque describiendo un círculo muy abierto, manteniéndose fuera de la vista y del oído del policía. Cruzó a galope la parte oeste y saltó la valla baja para adentrarse en el bosque. Hizo que *Spots* anduviese por entre los árboles hasta llegar a un camino de herradura, y entonces la dejó trotar.

Hacía fresco en el bosque. Los árboles y las hayas estaban llenos de hojas que daban sombra al camino. En los lugares por donde entraba el sol, el rocío salía de la tierra como jirones de vapor. Charlotte sentía el calor de esos rayos dispersos de sol a medida que pasaba entre ellos. Los pájaros multiplicaban sus gorjeos.

Pensó: «¿Qué puede hacer él contra ciento cincuenta hombres?» Su plan era ahora imposible. Aleks estaba bien vigilado y la búsqueda de Feliks estaba demasiado bien organizada. Al menos Charlotte podría ponerle en guardia.

Llegó al otro extremo del bosque sin llegar a verlo. Estaba desilusionada. Ella estaba segura de que hoy estaría allí. Empezó a preocuparse, porque si no lo veía no podría avisarle, y entonces seguro que lo cogerían. Pero aún no eran las siete. Quizás aún no había empezado a vigilar su llegada. Desmontó y se puso a andar en dirección contraria, llevando a *Spots* por las riendas. Tal vez Feliks ya la había visto y se estaba asegurando de que no la seguía nadie. Se paró en en un claro para observar a una ardilla. Éstas no huían de la gente; sólo de los perros. De repente, se dio cuenta de que la estaban observando. Se volvió y allí estaba él, mirándola con su expresión de peculiar tristeza.

—Hola, Charlotte —saludó.

Ella se le acercó y le cogió las dos manos. Tenía ahora la barba bastante crecida. Su ropa estaba manchada por el contacto con la vegetación.

—Parece estar terriblemente cansado —le dijo en ruso.

—Tengo hambre. ¿Ha traído comida?

—Oh, no. ¡Qué pena! —Había traído una manzana para su caballo, pero nada para Feliks—. No pensé en ello.

—No importa. Otras veces he pasado más hambre.

—Escuche —empezó—. Debe marcharse inmediatamente. Si se va ahora, logrará escaparse.

—¿Por qué tengo que escaparme? Quiero secuestrar a Orlov.

Ella meneó la cabeza.

—Ahora es imposible. Tiene guardaespaldas armados, la casa está vigilada por policías y antes de las nueve habrá ciento cincuenta hombres buscándole.

Él sonrió.

—Y, si huyo, ¿qué haré con lo que me queda de vida?

—Pero yo no voy a ayudarle a suicidarse.

—Sentémonos en la hierba —le dijo—. Tengo que explicarle una cosa.

Ella se sentó, apoyando la espalda en un gran nogal. Feliks se sentó frente a ella, cruzando las piernas como un cosaco. Unas sombras producidas por los rayos del sol se movían sobre su rostro cansado. Habló de una manera más bien formal, usando frases completas, como si las hubiera ensayado.

—Le dije que una vez estuve enamorado de una mujer llamada Lydia; y usted dijo: «Es el nombre de mi madre.» ¿Se acuerda?

—Recuerdo todo lo que me ha dicho.

Se preguntó a qué venía aquello. Era su madre. Clavó sus ojos en él.

—¿Estuvo enamorado de mamá?

—Más aún. Fuimos amantes. Ella solía venir a mi apartamento, sola. ¿Comprende lo que quiero decir?

Charlotte se sonrojó, confundida y avergonzada.

—Sí, comprendo.

—Su padre, el abuelo de usted, lo descubrió. El viejo conde hizo que me arrestaran; luego obligó a su madre a casarse con Walden.

—Oh, es terrible —murmuró Charlotte quedamente.

Por algún motivo tenía miedo de lo que él pudiera decir a continuación.

—Usted nació siete meses después de la boda.

Él parecía dar mucha importancia a este detalle. Charlotte frunció el entrecejo.

Feliks preguntó entonces:

—¿Sabe cuánto tiempo necesita un bebé para desarrollarse y nacer?

—No.

—Necesita normalmente nueve meses, aunque pueden ser menos.

Charlotte sentía los latidos de su corazón.

—¿Adónde quiere llegar?

—Usted pudo ser concebida antes de aquella boda.

—¿Quiere decir con eso que tal vez sea usted mi padre? —preguntó ella, incrédula.

—Hay más. Usted es el retrato exacto de mi hermana Natasha.

El corazón de Charlotte parecía querer salirse de su pecho y apenas podía hablar.

—¿Usted cree que es mi padre?

—Estoy convencido.

—¡Dios mío!

Charlotte se llevó las manos a la cara y miró al espacio sin ver nada. Le parecía estar despertando de un sueño sin poder imaginar qué aspectos del sueño habían sido reales. Pensó en su padre, que no era su padre; pensó en su madre, que había tenido un amante; pensó en Feliks, su amigo y de repente su padre...

—¿Me mintieron incluso en esto? —preguntó.

Estaba tan desconcertada que pensó que no podría levantarse. Era como si alguien le hubiera dicho que todos los mapas que había visto eran falsos y que, en realidad, vivía en Brasil; o que el verdadero propietario de «Walden Hall» era Pritchard, o que los caballos podían hablar y que habían optado por permanecer callados, pero era peor que todo eso.

—Es como si me dijeran que soy un chico, pero que mi madre me vistió siempre como a una niña... —musitó.

«¿Mamá... y Feliks?», pensó entonces, y esto la hizo son-
rojar otra vez.

Feliks le cogió la mano y se la apretó.

—Me imagino que todo el amor e interés que un hombre
dispensa normalmente a su mujer e hijos se concentraron
en mi caso en la política. Tengo que intentar coger a Orlov,
aunque sea imposible, del mismo modo que un hombre tendría que intentar salvar a un hijo que se estuviera ahogan-
do, aunque el hombre no supiera nadar.

De repente Charlotte se dio cuenta de lo turbado que Feliks debía sentirse con respecto a ella, la hija que, en realidad, nunca tuvo. Comprendía ahora por qué a veces la
miraba con una expresión extraña y apenada.

—¡Cuánto habrá sufrido! —exclamó.

Él se mordió los labios.

—¡Tienes un corazón tan generoso!

Ella no supo por qué decía aquello.

—¿Qué vamos a hacer ahora?

Él respiró hondo.

—¿Podrías meterme en la casa y ocultarme?

Charlotte pensó un momento.

—Sí —contestó.

Montó a caballo con ella. La yegua sacudió la cabeza y re-
linchó, como ofendida de que se le hiciera llevar doble peso.
Charlotte la hizo trotar. Siguió durante un rato el camino de
herradura, luego giró en ángulo y se adentró en el bosque.
Cruzaron una verja y luego un campo para salir a un sendero. Feliks no veía la casa y supuso que ella estaba rodeán-
dola para acercarse a ella por el Norte.

Era una muchacha asombrosa, con una gran fuerza de
carácter. ¿Lo habría heredado de él? Quería pensar que sí.
Estaba contento de haberle dicho la verdad sobre su nacimiento. Tenía el presentimiento de que no lo había aceptado
del todo, pero que lo haría. Él había desmontado su mundo,
sin dejar títere con cabeza, y ella había reaccionado emocionada, pero no histéricamente... Esa clase de ecuanimidad
no la había recibido de su madre.

Desde el sendero giraron hacia una huerta. Ahora, entre
las copas de los árboles, Feliks divisó los tejados de «Walden
Hall». La huerta terminaba en un muro. Charlotte detuvo el
caballo y dijo:

—Será mejor que, a partir de aquí, vayas caminando a mi

lado. Así, si alguien se asomara a la ventana, no podría verte con facilidad.

Feliks se bajó de un salto. Caminaron a lo largo del muro y giraron al llegar a la esquina.

—¿Qué hay detrás del muro? —preguntó Feliks.

—El jardín de la cocina. Será mejor no hablar ahora.

—Eres maravillosa —susurró Feliks, pero ella no lo oyó.

Se detuvieron en la esquina siguiente. Feliks veía unas edificaciones bajas y un corral.

—Los establos —murmuró Charlotte—. Quédate aquí un momento. Cuando te dé la señal, sígueme tan rápido como puedas.

—¿Adónde vamos?

—A los tejados.

Guió a la yegua para que entrara en el corral, desmontó, y enrolló la brida en una barandilla. Feliks observó cómo cruzaba el corral hasta el lado más alejado, miraba a ambos lados y volvía para mirar dentro de los establos.

La oyó decir:

—Oh, ¿qué tal, Peter?

Un muchacho de unos doce años salió y, quitándose la gorra, contestó:

—Buenos días, Milady.

«¿Cómo se deshará de él?», pensó Feliks.

—¿Dónde está Daniel? —preguntó Charlotte.

—Desayunando, Milady.

—Ve a buscarlo, ¿quieres? Y dile que venga a desensillar a *Spots*.

—Puedo hacerlo yo, Milady.

—No. Quiero que lo haga Daniel —dijo Charlotte, autoritaria—. En seguida.

«Maravilloso», pensó Feliks.

El muchacho se fue corriendo. Charlotte se dirigió hacia Feliks y le hizo señas. Él corrió hacia ella.

La joven se subió a una carbonera baja de hierro, luego trepó al tejado de cinc de un cobertizo rudimentario, y desde allí se subió al tejado de pizarra de un edificio de piedra de una sola planta.

Feliks la siguió.

Bordearon el tejado de pizarra, moviéndose lateralmente a gatas, hasta donde terminaba en una pared de ladrillo. Luego gatearon pendiente arriba hasta llegar al caballete del tejado.

Feliks se sentía terriblemente conspicuo y vulnerable.

Charlotte se puso en pie y atisbó por una ventana que había en la pared de ladrillo.

—¿Qué hay ahí dentro? —susurró Feliks.

—El dormitorio de las doncellas. Pero ahora están abajo, preparando la mesa para desayunar.

Trepó al alféizar de la ventana y se incorporó. El dormitorio era una habitación de buhardilla y la ventana estaba en el extremo del frontispicio, de manera que el tejado sobresalía justo por encima de la ventana y caía en pendiente a ambos lados. Charlotte se movió por el alféizar y puso el pie sobre el borde del tejado.

Parecía peligroso. Feliks hizo un gesto, temiendo que se cayera, pero ella se elevó hasta el tejado con facilidad.

Feliks hizo lo mismo.

—Ahora no nos pueden ver —dijo Charlotte.

Feliks miró alrededor. Tenía razón. No se podían ver desde abajo. Él descansó un instante.

—Hay una hectárea de tejado —le explicó Charlotte.

—¡Una hectárea! La mayoría de los campesinos rusos no tienen ni eso de tierra.

¡Menuda vista! Por todos lados había tejados de todo tipo de material, tamaño e inclinación. Había pasos y escaleras para que la gente pudiera moverse por allí sin tener que pisar la pizarra ni las tejas. Los canalones eran tan complejos como las tuberías de una refinería que Feliks había visto en Batum.

—Nunca he visto una casa tan grande —dijo.

Charlotte se puso en pie.

—Venga, sígueme.

Lo condujo por una escalera hasta el tejado siguiente, por un paso formado por tablas, luego por una escalera corta con peldaños de madera que daba a una pequeña puerta cuadrada en una pared.

—En otro tiempo —explicó la joven—, éste debió de ser el lugar por donde salían a los tejados para repararlos. Pero ahora todos lo habrán olvidado ya.

Abrió la puerta y entró a gatas.

Rebosante de gratitud, Feliks la siguió hasta el interior de la acogedora penumbra.

Lydia pidió prestados coche y chófer a su cuñado George y, tras pasar toda la noche sin pegar ojo, abandonó Londres muy temprano. El coche entró en «Walden Hall» a las nueve, y se sorprendió al ver, delante de la casa y esparcidos por todo el parque, cientos de policías, docenas de vehículos y gran cantidad de perros. El chófer de George condujo el coche entre aquella multitud hasta la entrada sur de la casa. En el jardín había una enorme tetera y los policías hacían cola, taza en mano. Pritchard pasó llevando montañas de bocadillos en una enorme bandeja; parecía disgustado. Ni siquiera se dio cuenta de que su ama había llegado. Había sido colocada en la terraza una mesa montada sobre caballetes, y tras ella se sentaba Stephen con Sir Arthur Langley, dando instrucciones a media docena de oficiales de Policía, que los rodeaban de pie, en semicírculo. Lydia se dirigió hacia ellos. Sir Arthur tenía un mapa ante él. Ella le oyó decir:

—Cada equipo contará con un lugareño para mantenerlo en la ruta correcta, y un motorista para regresar en el acto e informar cada hora sobre los progresos realizados.

Stephen levantó la vista, vio a Lydia y dejó el grupo para hablar con ella.

—Buenos días, querida, ésta es una sorpresa agradable. ¿Cómo llegaste aquí?

—Pedí prestado el coche de George. ¿Cómo va todo?

—Se han formado equipos de rastreo.

—¡Oh! Con tantos hombres buscando a Feliks, ¿cómo va a poder escapar?

—No obstante, ojalá te hubieses quedado en la ciudad. Estaría más tranquilo.

—Y yo habría pasado cada minuto pensando si las malas noticias iban ya de camino.

«¿Y cuáles eran las buenas noticias?», se preguntó.

Si Feliks simplemente desistiera y se marchara... Pero él no haría eso, estaba segura. Estudió la expresión de su marido. Su expresión revelaba cansancio y tensión. «Pobre Stephen: primero lo engaña su mujer y después su hija.» Un impulso de culpabilidad le hizo levantar la mano para acariciar la mejilla de Stephen.

—No te canses demasiado —le aconsejó.

Sonó un silbato. Los policías terminaron rápidamente el té, y se metieron en la boca lo que les quedaba del bocadillo, se pusieron los cascos y procedieron a formar seis grupos, cada uno en torno a un jefe. Lydia se quedó al lado de Stephen, observando. Se daban muchas órdenes a gritos, y muchas más se impartían por medio de toques de silbato. Finalmente empezaron a moverse. El primer grupo se dirigió hacia el Sur para cruzar el parque y entrar en el bosque. Dos más se dirigieron hacia el Oeste, al prado. Los otros tres grupos bajaron por el paseo hacia el camino.

Lydia echó una mirada a su jardín. Parecía el lugar dejado a los niños de una escuela dominical después de pasar un día en el campo. Mrs. Braithwaite empezó a organizar la limpieza con una expresión dolorosa en su rostro. Lydia entró en la casa.

Se encontró con Charlotte en el vestíbulo y su hija se sorprendió al verla.

—Hola, mamá —la saludó—. No sabía que venías.

—Una se aburre tanto en la ciudad —repuso Lydia mecánicamente, y luego pensó: «¡Qué tonterías decimos!»

—¿Cómo has venido?

—Pedí prestado el coche de tío George.

Lydia vio que Charlotte hablaba por hablar y que estaba pensando en otra cosa.

—Te habrás levantado muy temprano —dijo Charlotte.

—Sí.

Lydia tenía ganas de decir: «¡Ya está bien! ¡No disimulemos! ¿Por qué no decimos la verdad?» Pero no tenía valor para hacerlo.

—¿Se han marchado ya todos los policías? —preguntó Charlotte.

Miraba a Lydia de un modo extraño, como si la viera por primera vez, lo que hacía que Lydia se sintiera incómoda. «Ojalá pudiera leer la mente de mi hija», pensó.

—Se han marchado todos —contestó.

—Espléndido.

Ésa era una de las palabras de Stephen: espléndido. Después de todo, había algo de Stephen en Charlotte: su curiosidad, su determinación, su aire. Dado que no había heredado esas cosas, las habría adquirido simplemente imitándolo...

—Espero que cojan a ese anarquista —dijo Lydia, y observó la reacción de Charlotte.

—Estoy segura de que lo harán —contestó Charlotte.

«Tiene los ojos muy brillantes —pensó Lydia—. ¿Por qué mirará de esa manera cuando cientos de policías rastrean el condado buscando a Feliks? ¿Por qué no está deprimida y ansiosa como yo? Será porque no espera que lo detengan. Por alguna razón ella cree que está a salvo.»

—Dime una cosa, mamá. ¿Cuánto tiempo necesita un bebé para su desarrollo y nacimiento?

Lydia se quedó boquiabierta y sintió cómo la sangre acudía a su rostro. Miró a Charlotte, pensando: «¡Lo sabe! ¡Lo sabe!»

Charlotte sonrió y movió la cabeza; parecía algo triste.

—No te preocupes —le dijo—. Has contestado a mi pregunta.

Seguidamente bajó las escaleras.

Lydia se apoyó en la barandilla; se sentía mareada. Feliks se lo había contado a Charlotte. Era simplemente demasiado cruel después de tantos años. Se sintió disgustada con Feliks: «¿Por qué había arruinado así la vida de Charlotte?» El vestíbulo giraba alrededor de su cabeza, y oyó la voz de una doncella que preguntaba:

—¿Se encuentra bien, Milady?

—Un poco cansada después del viaje —contestó—. Deja que me apoye en tu brazo.

La doncella la cogió por el brazo y juntas subieron las escaleras hasta la habitación de Lydia. Otra doncella ya estaba deshaciendo las maletas. Había agua caliente en el tocador. Lydia se sentó y ordenó:

—Dejadme ahora las dos. Desharéis las maletas después.

Las doncellas abandonaron la habitación. Lydia se desabrochó el abrigo, pero no tuvo fuerzas para quitárselo. Pensó en el humor de Charlotte. Estaba muy vivaracha, aunque obviamente tenía muchas cosas en la cabeza. Lydia lo comprendía; lo reconocía, pues a veces ella se había sentido así. Era el humor que experimentaba después de pasar un rato con Feliks. Sentía que la vida era infinitamente fascinante y llena de sorpresas, que había cosas importantes que hacer, que el mundo estaba lleno de color y pasión y cambios. Charlotte había visto a Feliks y lo creía a salvo.

Lydia pensó: «¿Qué voy a hacer?»

Cansada, se quitó la ropa. Se tomó tiempo para lavarse y vestirse otra vez, aprovechando aquella oportunidad para relajarse. Se preguntaba cómo se sentiría Charlotte tras enterarse de que su padre era Feliks. Evidentemente, ella lo quería muchísimo. «Sí, la gente lo quiere —pensó Lydia—; la gente lo quiere. ¿De dónde sacaría Charlotte fuerzas para escuchar noticias como aquélla sin desmoronarse?»

Lydia decidió que sería mejor ocuparse del cuidado de la casa. Se miró al espejo y se acicaló; luego salió de la habitación. Al bajar las escaleras se cruzó con una doncella que llevaba una bandeja de lonchas de jamón, huevos revueltos, pan recién hecho, leche, café y uvas.

301

—¿Para quién es todo esto? —preguntó.

—Para Lady Charlotte, Milady —contestó la doncella.

Lydia siguió su camino. «¿Es que Charlotte ni siquiera ha perdido el apetito?» Entró en la sala de mañana y pidió que viniese la cocinera. Mrs. Rowse era una mujer delgada y nerviosa, que nunca probaba las sabrosas comidas que preparaba para sus señores.

—Tengo entendido que Mr. Thomson vendrá a comer, Milady —dijo—, y Mr. Churchill a cenar.

Lydia preparó los menús con ella y luego la despidió. ¿Por qué estaría Charlotte tomando un desayuno tan abundante en su habitación?, se preguntó. ¡Y, además, tan tarde! En el campo, normalmente Charlotte se levantaba temprano y ya habría desayunado antes de que Lydia apareciera.

Pidió que viniera Pritchard y distribuyó la mesa con él. Pritchard le informó de que Aleks tomaba todas las comidas en su habitación hasta nuevas órdenes. Ello afectaba poco a la distribución de la mesa. Seguía habiendo demasiados hombres, y en la presente situación Lydia apenas podía invitar a gente para aparejar a los comensales. Lo hizo lo mejor que supo y despidió a Pritchard.

¿Dónde había visto Charlotte a Feliks? ¿Y por qué confiaba tanto en que no lo cogerían? ¿Le habría encontrado un lugar donde ocultarse? ¿Estaría en algún refugio impenetrable?

Se puso a dar vueltas por la habitación, mirando las fotos, los pequeños bronces, los adornos de cristal, el escritorio. Se puso a arreglar las flores en un gran florero junto a la ventana y se le cayó el florero. Hizo sonar el timbre para que alguien viniera a limpiar el suelo y luego salió de la habitación.

Sus nervios no estaban bien. Pensó en tomar láudano, pero últimamente ya no le sentaba tan bien como antes.

¿Qué haría Charlotte ahora? ¿Mantendría el secreto? ¿Por qué su hija no había de hablarle?

Se dirigió hacia la biblioteca con la vaga idea de coger un libro para distraerse. Cuando entró, se sintió culpable al ver que Stephen estaba allí sentado ante la mesa. Él levantó la vista al oírla entrar, la acogió con una sonrisa y siguió escribiendo.

Recorrió las estanterías sin rumbo alguno. No sabía si leer la Biblia. En su infancia había leído mucho la Biblia; también había rezado mucho en familia y había ido a la iglesia. Había tenido nodrizas muy severas y muy aficionadas a los horrores del infierno y a los castigos por las impurezas, y una institutriz alemana luterana que hablaba mucho sobre el pecado. Pero desde que Lydia había cometido el pecado de fornicación y había provocado un castigo para ella y Charlotte, jamás había podido buscar consuelo en la religión. «Debía haberme metido en aquel convento —pensó— y hacer las paces con Dios; mi padre tenía razón.»

Cogió un libro al azar y se sentó con el lomo abierto sobre sus rodillas.

—¡Vaya elección más rara! —comentó Stephen.

No podía leer el título desde donde se encontraba sentado, pero sabía el lugar que ocupaban los autores en las estanterías. Leía tantos libros que Lydia no sabía de dónde sacaba el tiempo para ello. Miró el lomo del libro que tenía en las manos. Eran los *Poemas de Wessex* de Thomas Hardy. No le gustaba Hardy: no le gustaban aquellas mujeres resueltas y apasionadas, ni tampoco los hombres fuertes a quienes ellas convertían en inútiles.

A menudo se habían sentado así, ella y Stephen, especialmente las primeras veces que fueron a «Walden Hall». Recordó con nostalgia cómo se sentaba a leer mientras él trabajaba. No estaba tan tranquilo en aquellos días, recordaba; solía decir que ya nadie podía ganar dinero con la agricultura, y que si su familia quería seguir siendo rica y poderosa, tendría que prepararse para el siglo XX. Había vendido a la sazón algunas tierras, miles de hectáreas a precios muy bajos; después había invertido el dinero en ferrocarriles, Bancos y propiedades en Londres. El plan debió dar buen resultado, ya que pronto dejó de parecer preocupado.

Fue después del nacimiento de Charlotte cuando todo pareció asentarse. La servidumbre adoraba a la niña y quería a Lydia por haberla tenido. Lydia se hizo a las maneras inglesas y se ganó un gran prestigio entre la sociedad londinense. Aquella época de tranquilidad había durado dieciocho años.

Lydia suspiró. Aquellos años estaban llegando a su fin. Durante un tiempo había enterrado los secretos con tanto éxito que sólo la atormentaban a ella e incluso los había podido olvidar en alguna ocasión, pero ahora volvían a salir a la luz. Había pensado que Londres se encontraba a suficiente distancia de San Petersburgo, pero quizá California habría sido mejor, o tal vez nada quedara suficientemente lejos. La temporada de paz había terminado. Todo se estaba desmoronando. ¿Qué ocurrirá ahora?

Bajó la vista y leyó la página abierta del libro:

Ella habría dado el mundo por pronunciar un «sí» sincero,
tanto parecía su vida persistir en su mente,
y por ello mintió, pues todo su corazón la persuadió,
de que valía su alma ser amable un momento.

«¿Soy ésa yo? —se preguntó—. ¿Entregué el alma cuando me casé con Stephen para salvar a Feliks de un encarcelamiento en la fortaleza de San Pedro y San Pablo? Desde entonces he estado representando un papel, fingiendo que no soy una ramera libertina, pecadora y desvergonzada. ¡Pero lo soy! Y no soy la única. Otras mujeres sienten lo mismo ¿Por qué, si no, la vizcondesa y Charlie Stott querían habitaciones contiguas? ¿Y por qué me diría Lady Girard cosas de ellos con un guiño, si no supiera lo que sienten el uno por el otro? Si sólo hubiera sido un poco libertina, quizá Stephen habría venido a mi cama con más frecuencia y podríamos haber tenido un hijo.»

Suspiró de nuevo.

—Un penique —dijo Stephen.

—¿Qué?

—Un penique por tus pensamientos.

Lydia sonrió.

—¿Acabaré aprendiendo los modismos ingleses alguna vez? Éste jamás lo había oído.

—Nunca se acaba de aprender. Significa que me digas lo que estás pensando.

—Pensaba en que «Walden Hall» pasará a manos del hijo de George cuando tú mueras.

—A no ser que tengamos un hijo.

Ella lo miró a la cara: sus luminosos ojos azules, su pulcra barba canosa. Llevaba una corbata de lunares blancos.

—¿Es demasiado tarde ya? —preguntó él.

—No lo sé —le contestó, pensando: «Eso depende de lo que haga Charlotte ahora.»

—Sigamos intentándolo —dijo él.

Ésta era una conversación más franca de lo acostumbrado; Stephen había presentido que ella estaba de humor para ser franca. Se levantó de su asiento y se le acercó. Observó que tenía una pequeña calva en la coronilla. ¿Desde cuándo la tendría?

—Sí —repitió ella—, sigamos intentándolo.

Se inclinó y le besó la frente; luego, instintivamente, le besó en los labios. Él cerró los ojos.

Pasados unos instantes, ella se separó. Él parecía algo turbado; rara vez hacían cosas así durante el día, ya que por todas partes había criados. «¿Por qué vivimos de esta manera, si no somos felices así?», pensó ella, y dijo:

—Sí, te quiero de veras.

Él sonrió.

—Ya lo sé.

De repente, ella ya no pudo aguantarlo más y le dijo:

—Debo ir a cambiarme para el almuerzo antes de que llegue Basil Thomson.

Él asintió con la cabeza.

Sintió que sus ojos la seguían mientras abandonaba la habitación. Subió las escaleras, preguntándose si aún sería posible que ella y Stephen consiguieran ser felices.

Entró en su habitación. Seguía llevando el libro de poemas. Lo dejó allí. Charlotte tenía la clave de todo ello. Lydia tenía que hablar con ella. Uno podía decir cosas difíciles, después de todo, si era valiente, ¿y qué iba a perder? Sin tener una idea clara de lo que diría, se dirigió hacia la habitación de Charlotte, que estaba una planta más arriba.

Sus pasos no se oían sobre la alfombra. Llegó a la parte superior de las escaleras y dobló por el pasillo. Vio a Charlotte, que desaparecía en la antigua estancia de los niños. Estuvo a punto de llamarla, pero no lo hizo. ¿Qué llevaba Charlotte? Parecía un plato con bocadillos y un vaso de leche.

Sorprendida, Lydia se dirigió a la habitación de Charlotte. Allí, sobre la mesa, estaba la bandeja que Lydia había visto llevar a la doncella. Todo el jamón y todo el pan habían desaparecido. ¿Por qué habría pedido Charlotte una bandeja de comida, para hacer luego bocadillos y comérselos en el cuarto de los niños? Ella recordaba que allí no había nada, salvo muebles cubiertos por sábanas para resguardarlos del polvo. ¿Estaba Charlotte tan nerviosa que necesitaba refugiarse en el mundo acogedor de la infancia?

Lydia optó por enterarse. Le desagradaba la idea de interrumpir el ritual íntimo de Charlotte, cualquiera que fuese, pero pensó: «Ésta es mi casa, ella es mi hija y quizá tenga que saberlo. Y tal vez se produzca un momento de intimidad que me ayude a decir lo que necesito decir.» Así que salió de la habitación de Charlotte y se encaminó hacia el cuarto de los niños.

Charlotte no estaba allí.

Lydia miró por todas partes. Allí estaba el viejo caballo

balancín. Sus orejas dibujaban dos picos iguales bajo la sábana que lo resguardaba del polvo. A través de la puerta abierta se veía el cuarto de estudio, con mapas y dibujos infantiles en la pared. Otra puerta daba a un dormitorio; esa habitación también estaba vacía, a excepción de unos trozos de tela. «¿Se volverá a usar todo aquello algún día? —se preguntó Lydia—. ¿Tendremos nodrizas, y pañales, y ropita pequeñita, pequeñita; y una niñera y soldados de juguete, y cuadernos de ejercicio llenos de trazos torpes y manchas de tinta?»

Pero, ¿dónde estaba Charlotte?

La puerta del gabinete privado estaba abierta. De repente, Lydia recordó. ¡Claro! ¡El escondite de Charlotte! La pequeña habitación que ella creía que nadie conocía, donde solía ir cuando se había portado mal. La había amueblado ella misma, con cosas y trastos que iba recogiendo por toda la casa, y todos fingían que no sabían cómo habían desaparecido ciertas cosas. Una de las pocas decisiones indulgentes que Lydia había tomado era permitir a Charlotte tener su escondite, y prohibir a Marya que lo «descubriese», ya que la propia Lydia a veces se escondía en la habitación de las flores y sabía cuán importante era tener un lugar propio.

¡Así que Charlotte seguía usando esa pequeña habitación! Lydia se acercó más, todavía más reacia ahora a perturbar la intimidad de Charlotte, pero tentada a hacerlo de todas maneras. «No —pensó—, no la molestaré.»

Entonces oyó voces.

¿Era Charlotte que hablaba consigo misma?

Lydia escuchaba atentamente.

¿Hablando en ruso consigo misma?

Entonces oyó otra voz, la de un hombre, que contestaba en ruso, en voz baja; una voz acariciante, una voz que le causó un estremecimiento sexual en todo el cuerpo.

Allí estaba Feliks.

Lydia pensó que se iba a desmayar. ¡Feliks! ¡A una distancia en que se le podía tocar! ¡Escondido en «Walden Hall», mientras la Policía lo buscaba por todo el condado! Escondido por Charlotte.

«¡No debo gritar!»

Se metió el puño en la boca y lo mordió. Estaba temblando.

«Debo irme. No puedo pensar. No sé qué hacer.»

La cabeza le dolía terriblemente. «Necesito una dosis de láudano», pensó. Esa posibilidad le dio fuerzas. Dominó su

306

temblor. Al poco rato salió de la habitación de puntillas.

Cruzó el pasillo casi corriendo, bajó las escaleras hasta su habitación. El láudano estaba en el vestidor. Abrió el frasco. No podía tener quieta la cuchara, así que tomó un sorbo directamente del frasco. Al cabo de un rato empezó a sentirse más tranquila. Guardó el frasco y la cuchara y cerró el cajón. Notó en todo el cuerpo una sensación placentera a medida que se calmaban sus nervios. La cabeza le dolía menos. De momento, nada le iba a importar realmente. Se dirigió a su armario y abrió la puerta. Se detuvo a echar una mirada a su colección de vestidos, completamente incapaz de decidirse por cuál de ellos ponerse para la comida.

Feliks se paseaba por la pequeña habitación, de un lado a otro, como un tigre enjaulado, tres pasos en cada dirección, agachando la cabeza para esquivar el techo, escuchando a Charlotte.

—La puerta de Aleks está siempre cerrada con llave —dijo—. Hay dos guardias armados dentro y uno fuera. Los de dentro no abren la puerta a no ser que el colega que tienen fuera les diga que lo hagan.

—Uno fuera y dos dentro. —Feliks se rascó la cabeza y lanzó un juramento en ruso.

«Dificultades, siempre hay dificultades —pensó—. Aquí estoy, en la misma casa, con una cómplice entre sus ocupantes, y sigue sin ser fácil. ¿Por qué no tendré la suerte de los muchachos de Sarajevo? ¿Por qué habrá tenido que ocurrir que yo forme parte de esta familia?» Miró a Charlotte y pensó: «Y no es que me arrepienta.»

La mirada de ella se cruzó con la de él y preguntó:

—¿Qué ocurre?

—Nada. Pase lo que pase, me alegra haberte encontrado.

—Y a mí también. Pero, ¿qué vas a hacer con Aleks?

—¿Me podrías hacer un plano de la casa?

Charlotte hizo una mueca.

—Puedo intentarlo.

—Debes conocerla. Has vivido aquí toda tu vida.

—Bueno, conozco esta parte, desde luego, pero hay lugares donde nunca he estado. El dormitorio del mayordomo, las habitaciones del ama de llaves, las bodegas, la zona que hay sobre las cocinas, donde almacenan la harina y otras cosas...

—Haz lo que puedas. Un plano de cada una de las plantas.

Charlotte encontró un papel y un lápiz entre sus tesoros infantiles y se arrodilló ante la mesita.

Feliks se comió otro bocadillo y se bebió lo que quedaba de leche. Le había llevado mucho tiempo traerle la comida, porque las doncellas habían estado trabajando en su pasillo. A la vez que comía la veía dibujar, frunciendo el entrecejo y mordiendo el extremo del lápiz. De repente, ella dijo:

—Una no se da cuenta de lo difícil que es esto hasta que lo intenta.

Encontró una goma de borrar entre sus viejos lápices de cera y la usó con frecuencia. Feliks se dio cuenta de que podía trazar líneas rectas perfectamente, sin necesidad de regla, y comprendió que verla así era enternecedor. Pensó: «Seguro que se ha tenido que sentar durante años en clase dibujando casas, y luego a "mamá" y a "papá", y más tarde el mapa de Europa, las hojas de los árboles ingleses, el parque en invierno... Walden ha debido verla así muchas veces.»

—¿Por qué te has cambiado de ropa? —preguntó.

—Oh, aquí todo el mundo se tiene que cambiar de ropa a cada momento. Cada hora del día tiene su ropa adecuada, ¿sabes? Debes mostrar tus hombros a la hora de la cena, pero no a la de la comida. Debes llevar corsé en la cena, pero no para el té. No puedes salir con un vestido que sólo se ha de llevar dentro de la casa. Puedes llevar puestos calcetines de lana en la biblioteca, pero no en la habitación de mañana. No puedes ni imaginar las reglas que tengo que recordar.

Él meneó la cabeza. Ya no era capaz de sorprenderse ante la degeneración de la clase dirigente.

Ella le pasó sus dibujos, y él se convirtió otra vez en hombre práctico. Los estudió.

—¿Dónde están las armas? —preguntó.

Ella le tocó el brazo y dijo:

—No seas tan impulsivo. Estoy de tu parte, ¿recuerdas?

De repente había crecido otra vez. Feliks sonrió con tristeza.

—Lo había olvidado —contestó.

—Las armas están en la sala de armas. —Y se lo señaló en el plano—. ¿Tuvistes de veras una aventura con mamá?

—Sí.

—Me es tan difícil creer que ella hiciera tal cosa...

—Entonces ella era muy alocada. Lo es aún, pero finge lo contrario.

—¿Crees que sigue siéndolo?

—Lo sé.

—Todo, todo acaba siendo diferente de lo que yo imaginaba.

—A eso se le llama crecer.

Estaba pensativa.

—Me pregunto cómo debo llamarte.

—¿Qué quieres decir?

—Me resultaría extraño llamarte papá.

—De momento, basta con que me llames Feliks. Necesitas tiempo para hacerte a la idea de que yo soy tu padre.

—¿Tendré tiempo?

Su joven rostro estaba tan serio, que él le cogió la mano.

—¿Por qué no?

—¿Qué harás cuando tengas a Aleks?

Él apartó la mirada para que no viese culpabilidad en sus ojos.

—Eso depende de cómo y cuándo lo secuestre, pero lo más probable es que lo tenga atado aquí mismo. Tendrás que traernos comida, y tendrás que enviar un telegrama cifrado, a mis amigos de Ginebra, diciéndoles lo que ha ocurrido. Luego, cuando la noticia haya conseguido lo que queremos que consiga, dejaremos libre a Orlov.

—¿Y después?

—Me buscarán en Londres, así que me iré hacia el Norte. Allí me parece que hay grandes ciudades: Birmingham, Manchester, Hull, donde podría perderme. Después de unas semanas volveré a Suiza; luego, en su momento, a San Petersburgo. Ése es el lugar en el que debo estar, pues allí es donde empezará la revolución.

—Así que no volveré a verte más.

«No querrás verme», pensó, pero dijo:

—¿Por qué no? Puedo volver a Londres. Puedes ir tú a San Petersburgo. Podríamos reunirnos en París. ¿Quién sabe? Si existe algo llamado destino, parece que estamos destinados a reunirnos.

«Ojalá pudiera creerlo, ojalá pudiera.»

—Es verdad —dijo ella con una sonrisa medio forzada, y él vio que tampoco ella lo creía.

Charlotte se levantó.

—Ahora tengo que traerte agua para que te laves.

—No te molestes. He estado bastante más sucio que ahora. No me preocupa.

—A mí sí. Hueles horriblemente. Volveré en seguida.

Y tras decir esto se fue.

Fue la comida más triste que Walden podía recordar en muchos años. Lydia estaba prácticamente aturdida. Charlotte estuvo callada y extrañamente nerviosa; se le caían los cubiertos y volcó un vaso. Thomson estuvo taciturno. Sir Arthur Langley intentó mostrarse jovial, pero nadie correspondía. El mismo Walden quedó aislado, obsesionado por el rompecabezas de cómo habría averiguado Feliks que Aleks estaba en la finca «Walden». Le torturaba la desagradable sospecha de que tenía algo que ver con Lydia. Después de todo, ésta le había dicho a Feliks que Aleks estaba en el hotel «Savoy»; y ella había admitido que Feliks le resultaba «vagamente familiar» de los tiempos de San Petersburgo ¿Podría ser que Feliks tuviera algún dominio sobre ella? Se había estado comportando de una manera rara todo el verano, como si estuviera distraída. Y ahora, mientras estaba pensando en Lydia de una manera indiferente, por primera vez en diecinueve años, admitió para sí que era sexualmente tibia. Por supuesto, se admitía que las mujeres bien educadas tenían que ser así, pero él sabía perfectamente que se trataba de una ficción cortés y que las mujeres, por lo general, experimentaban los mismos apetitos que los hombres. ¿Era que Lydia suspiraba por otro, por alguien de su vida anterior? Eso explicaría muchas cosas que hasta ahora no parecían necesitar explicación. Le resultaba terrible mirar a la compañera de su vida y ver en ella a una extraña.

Después de la comida, sir Arthur volvió al Octágono, donde había establecido su cuartel general. Walden y Thomson se pusieron sus respectivos sombreros y, con un cigarro en la mano, pasaron a la terraza. El parque ofrecía un aspecto magnífico bajo la luz del sol, como siempre. De la distante sala de estar llegaron los imponentes primeros compases del concierto para piano de Tchaikovski. Lydia estaba tocando. Walden se sentía triste. Luego, la música quedó ahogada por el rugido de una motocicleta conducida por otro mensajero que venía a informar a Sir Arthur sobre el progreso del rastreo. Hasta el momento no se habían recibido noticias.

Un lacayo les sirvió café y se retiró.

—No quise decir esto delante de Lady Walden, pero creo que tenemos una pista sobre la identidad del traidor —dijo Thomson.

Walden se quedó frío.

Thomson prosiguió:

—La noche pasada entrevisté a Bridget Callahan, la dueña de la casa de Cork Street. Me temo que no saqué nada de ella. Sin embargo, dejé a mis hombres para que registraran su casa. Esta mañana me mostraron lo que habían encontrado.

Se sacó del bolsillo un sobre que alguien había roto en dos trozos y los entregó a Walden.

Walden vio, impresionado, que el sobre llevaba el membrete de «Walden Hall».

—¿Reconoce la letra? —preguntó Thomson.

Walden recompuso los trozos. El sobre iba dirigido a la atención de:

Mr. F. Kschesinski
19 Cork Street
Londres, N.

—¡Dios mío! ¡Charlotte, no! —exclamó Walden, con ganas de echarse a llorar.

Thomson guardaba silencio.

—Ella lo condujo aquí —dijo Walden—. Mi propia hija.

Se quedó mirando el sobre, deseando perderlo de vista. La letra era absolutamente inconfundible, una versión juvenil de su propia letra.

—Fíjese en el matasellos —señaló Thomson—. La escribió apenas llegar aquí. Se franqueó en el pueblo.

—¿Cómo pudo ocurrir esto? —preguntó Walden.

Thomson no contestó.

—Feliks era el hombre de la gorra de lana —dijo Walden—. Todo encaja.

Se sentía desesperadamente triste, casi acongojado, como si alguien por quien él sintiera cariño hubiera muerto. Miró hacia el parque, a los árboles plantados por su padre hacía cincuenta años, al césped que su familia había cuidado durante más de cien años, y todo le parecía no tener valor alguno. Dijo en voz baja:

—Luchas por tu patria y te traicionan desde dentro socialistas y revolucionarios; luchas por tu clase y te traicionan los liberales, luchas por tu familia e incluso ellos te traicionan. ¡Charlotte! ¿Por qué, Charlotte? ¡Qué condenada vida ésta, Thomson! ¡Qué condenada vida!

—Tendré que entrevistarla —dijo Thomson.

—Y yo también. —Walden se levantó. Miró su cigarro. Se había apagado. Lo tiró—. Entremos.

Entraron.

En el vestíbulo, Walden preguntó a una doncella:

—¿Sabe usted dónde está Lady Charlotte?

—Creo que está en su habitación, Milord. ¿Voy a ver?

—Sí. Dígale que deseo hablarle en su habitación inmediatamente.

—Muy bien, Milord.

Thomson y Walden esperaron en el vestíbulo. Walden miraba a su alrededor. El suelo de mármol, la escalera tallada, el techo estucado, las proporciones perfectas..., todo aquello no tenía ningún valor. Un lacayo pasó en silencio, con la vista baja. Un mensajero motorizado entró y se dirigió al Octágono. Pritchard cruzó el vestíbulo y recogió las cartas de la mesa para franquearlas, tal como seguramente hizo el día en que Charlotte escribió la carta traidora a Feliks. La doncella bajó las escaleras:

—Lady Charlotte está lista para verlo, Milord.

Walden y Thomson subieron.

La habitación estaba en la segunda planta, en la parte frontal de la casa, con vistas al parque. Tenía mucho sol y luz, estaba decorada con materiales atractivos y muebles modernos. «Hacía tiempo que no entraba aquí», pensó Walden vagamente.

—Pareces furioso, papá —dijo Charlotte.

—Y tengo motivos —contestó Walden—. Mr. Thomson acaba de darme la noticia más espantosa de toda mi vida.

Charlotte frunció el entrecejo.

Thomson intervino:

—Lady Charlotte, ¿dónde está Feliks?

—No tengo ni idea, por supuesto.

Walden dijo:

—No seas cínica, ¡maldita sea!

—¿Cómo te atreves a hablar así delante de mí?

—Perdona.

—Permítame, Milord... —rogó Thomson.

—Muy bien. —Walden tomó asiento junto a la ventana, pensando:

«¿Cómo se me ha ocurrido disculparme?»

Thomson se dirigió a Charlotte:

312

—Lady Charlotte, soy policía y puedo demostrar que usted ha incurrido en conspiración para un asesinato. Ahora, mi preocupación, y la de su padre, es que esto no siga adelante, y en particular asegurarnos de que usted no tenga que pasar muchos años en la cárcel.

Walden miró a Thomson. ¡Cárcel! Seguro que sólo la estaba asustando. Pero no, se dio cuenta, con una sensación de temor abrumador, de que tenía razón: era una criminal...

Thomson prosiguió:

—Mientras podamos evitar el asesinato, tal vez podamos ocultar su participación. Pero si el asesino alcanza su objetivo, no tendré otra alternativa que llevarla a juicio, y entonces los cargos no serían conspiración, sino complicidad en un asesinato. Teóricamente, podría ser ahorcada.

—¡No! —gritó Walden involuntariamente.

—Sí —dijo Thomson sin levantar la voz.

Walden escondió la cara entre las manos.

Thomson añadió:

—Debe usted evitar esa agonía y no solamente por usted, sino también por sus padres. Debe usted hacer todo lo que esté en su poder para ayudarnos a encontrar a Feliks y salvar al príncipe Orlov.

«No puede ser —pensó Walden desesperadamente. Le parecía estar volviéndose loco—. No podrían. Pero, si matan a Aleks, Charlotte habrá sido uno de los asesinos. Pero esto jamás iría a juicio. ¿Quién era el ministro del Interior? McKenna.» Walden no lo conocía, pero Asquith intervendría para evitar un proceso..., ¿o no?

—¿Cuándo vio a Feliks por última vez?

Walden observaba a Charlotte, esperando su respuesta. Ella estaba de pie, detrás de una silla, asiendo su respaldo con ambas manos. Los nudillos de sus manos estaban blancos, pero su cara aparecía tranquila. Finalmente habló:

—No tengo nada que decirle.

Walden lanzó una especie de rugido. ¿Cómo podía seguir comportándose así, ahora que había sido descubierta? ¿Qué pasaba por su mente? Parecía una persona extraña. Pensó: «¿Cuándo la perdí?»

—¿Sabe usted dónde se encuentra Feliks ahora? —le preguntó Thomson.

Ella no dijo nada.

—¿Le ha advertido usted sobre las medidas de seguridad que hemos establecido aquí?

Parecía como si aquello no tuviera nada que ver con ella.

—¿Va armado?

—Cada vez que usted rehúsa contestar a una pregunta, se hace un poco más culpable, ¿se da cuenta de ello?

Walden notó un cambio de tono en la voz de Thomson, y lo miró. Ahora sí parecía enfadado de veras.

—Permítame que le explique —continuó Thomson—. Tal vez usted crea que su padre puede salvarla de la justicia. Quizás él también esté pensando lo mismo. Pero si Orlov muere, le juro que la llevaré a juicio por asesinato. ¡Ahora piense en ello!

Thomson salió de la habitación.

Charlotte quedó consternada al verlo marchar. Con un extraño en la habitación apenas le costó no perder su compostura. Sola, con su padre, tenía miedo de desmoronarse.

—Te salvaré, si puedo —le dijo su padre tristemente.

Charlotte tragó saliva y miró hacia otro lado. «Ojalá se enfadara —pensó—; esto podría aguantarlo.»

Él miró por la ventana.

—Entiende, yo soy responsable —dijo dolorosamente—. Elegí a tu madre, te procreé y te crié. No eres más que lo que hice de ti. No puedo comprender cómo ha ocurrido esto, de veras no puedo. —La volvió a mirar—. ¿Me lo puedes explicar tú, por favor?

—Sí, puedo —dijo. Tenía ganas de hacerle comprender, y estaba segura de que lo conseguiría si pudiera decirlo bien—. No quiero que consigas que Rusia vaya a la guerra, porque si es así millones de rusos inocentes morirán o caerán heridos sin objeto alguno.

Pareció sorprendido.

—¿Es eso? —preguntó—. ¿Por eso hiciste estas cosas terribles? ¿Es eso lo que Feliks está intentando lograr?

«Quizá lo comprenderá», pensó ella esperanzadamente.

—Sí —respondió, y continuó entusiasmada—: Feliks quiere una revolución en Rusia. Hasta tú podrías pensar que eso tal vez sea algo bueno... Y él cree que empezará cuando el pueblo descubra que Aleks ha estado intentando arrastrarlos a una guerra.

—¿Tú crees que yo quiero una guerra? —le preguntó incrédulamente—. ¿Crees que me gustaría? ¿Crees que me haría algún bien?

—Claro que no, pero dejarías que se produjera, bajo ciertas circunstancias.

—Todo el mundo haría lo mismo, incluso Feliks, que desea una revolución, como tú dices. Y si ha de haber una guerra, debemos ganarla. ¿Es malo decirlo?

Su tono era casi el de una súplica, pero ella deseaba desesperadamente que la comprendiese.

—No sé si es malo, pero sí sé que es un error. Los campesinos rusos no saben nada acerca de la política europea, y poco les importa. Pero quedarán destrozados, y les cortarán las piernas y les harán toda clase de atrocidades, porque tú lograste un acuerdo con Aleks. —Trató de contener las lágrimas—. Papá, ¿no puedes ver que eso es un error?

—Pero piensa en ello desde el punto de vista británico..., desde tu propio punto de vista. Imagínate que Freddie Chalfont y Peter y Jonathan van a la guerra como oficiales, y que sus hombres son Daniel, el caballerizo, y Peter, el mozo del establo, y Jimmy, el encargado de las botas, y Charles, el lacayo, y Peter Dawkins, de la granja... ¿No querrías que tuviesen ayuda? ¿No te alegraría que toda la nación rusa estuviera de nuestro lado?

—Por supuesto..., sobre todo si la nación rusa hubiera elegido ayudarlos. Pero no van a ser ellos quienes elijan, ¿verdad, papá? Seréis tú y Aleks. Deberíais estar trabajando para evitar la guerra, no para ganarla.

—Si Alemania ataca a Francia, tendremos que ayudar a nuestros amigos. Y sería un desastre para Gran Bretaña que Alemania conquistara Europa.

—¿Cómo podría haber mayor desastre que la guerra?

—Entonces, ¿no deberíamos luchar jamás?

—Sólo si nos invaden.

—Si no luchamos contra los alemanes en Francia, tendremos que hacerlo aquí.

—¿Estás seguro?

—Es muy probable.

—Ya lucharemos entonces, cuando ocurra.

—Escucha. Hace ochocientos cincuenta años que este país no ha sido invadido. ¿Por qué? Porque hemos luchado contra otra gente en su territorio y no en el nuestro. Por eso tú, Lady Charlotte Walden, te criaste en un país tranquilo y próspero.

—¿Cuántas guerras se hicieron para evitar la guerra? Si no hubiéramos luchado en territorios de otros pueblos, ¿habrían luchado ellos de todas maneras?

—¿Quién sabe? —dijo él, cansado—. Ojalá hubieras estudiado más historia. Ojalá tú y yo hubiéramos hablado más sobre estas cosas. Con un hijo lo habría hecho, pero, ¡por Dios!, nunca soñé que a mi hija le iba a interesar la política exterior. Y ahora estoy pagando el precio de ese error. ¡Y qué precio! Charlotte, te aseguro que las matemáticas del sufrimiento humano no son tan exactas como ese Feliks te ha hecho creer. ¿No podrías creerme? ¿No podrías confiar en mí?

—No —contestó recalcitrante.

—Feliks quiere matar a tu primo. ¿No te afecta eso?

—Va a secuestrar a Aleks, no lo va a matar.

Su padre meneó la cabeza.

—Charlotte, ha intentado matar a Aleks dos veces y una a mí. Ha matado a mucha gente en Rusia. No es un secuestrador, Charlotte, es un asesino.

—No te creo.

—Pero, ¿por qué? —preguntó con voz plañidera.

—¿Me dijiste la verdad acerca del sufragio? ¿Me dijiste la verdad sobre Annie? ¿Me dijiste que en la democrática Gran Bretaña la mayoría de la gente no puede votar aún? ¿Me dijiste la verdad sobre las relaciones sexuales?

—No, no lo hice. —Horrorizada, Charlotte vio que las mejillas de su padre estaban inundadas de lágrimas—. Tal vez todo lo que he hecho, como padre, fue erróneo. No sabía que el mundo cambiaría como lo ha hecho. No tenía ni idea de cuál sería el papel de la mujer en el mundo de 1914. Empiezo a creer que he fracasado rotundamente. Pero hice lo que pensé que era lo mejor para ti, porque te quería, y te sigo queriendo. No es tu manera de pensar lo que me hace llorar. Es la traición, ¿entiendes? Quiero decir que lucharé con todas mis fuerzas para que no tengas que comparecer ante los tribunales, aun cuando lograras matar al pobre Aleks, porque eres mi hija, para mí la persona más importante del mundo. Por ti mandaré al infierno a la justicia, a la reputación y a Inglaterra. Cometería barbaridades por ti, sin dudarlo un momento. Para mí tú estás por encima de todos los principios, de toda la política, de todas las cosas. Eso es lo que pasa en las familias. Lo que me duele tanto es que tú no harías lo mismo por mí, ¿verdad?

Ella quería desesperadamente decirle que sí.

—¿Me serías fiel, por muy equivocado que estuviera, sólo por ser tu padre?

«Pero no lo es», pensó. Agachó la cabeza, pues no podía mirarlo.

Se quedaron sentados en silencio por un minuto. Luego su padre se sonó, se levantó y se fue a la puerta. Quitó la llave de la cerradura y salió. Cerró la puerta tras sí. Charlotte oyó cómo daba la vuelta a la llave, dejándola encerrada.

Se echó a llorar.

Era la segunda cena sin alicientes que Lydia había dado en dos días. Ella era la única mujer a la mesa. Sir Arthur estaba malhumorado porque su operación de rastreo había fracasado en la localización de Feliks. Charlotte y Aleks estaban encerrados en sus habitaciones. Basil Thomson y Stephen se comportaban de una manera fríamente cortés, ya que Thomson había averiguado lo de Charlotte y Feliks, y había amenazado con enviar a Charlotte a la cárcel. Winston Churchill estaba allí. Había traído consigo el tratado y él y Aleks lo habían firmado, pero no había regocijo alguno por ello, ya que todos sabían que, si Aleks moría asesinado, entonces el Zar rehusaría ratificar el acuerdo. Churchill dijo que cuanto antes estuviera Aleks fuera del suelo inglés, mejor sería para todos. Thomson dijo que se ingeniaría para encontrar una ruta segura y organizaría un formidable servicio de vigilancia, y que Aleks podría partir al día siguiente. Todos se acostaron temprano, ya que no había nada más que hacer.

Lydia sabía que no dormiría. Nada estaba resuelto. Había pasado la tarde ofuscada e indecisa, drogada con láudano, intentando olvidar que Feliks estaba allí, en su casa. Aleks se marchaba al día siguiente. Ojalá pudiera mantenerse a salvo durante unas pocas horas más...; se preguntó si habría algún modo para lograr que Feliks permaneciera oculto un día más. ¿Podría ella ir a verlo para mentirle, diciéndole que tendría su oportunidad para matar a Aleks mañana por la noche? Él nunca la creería. Aquel plan no ofrecía garantía. Pero una vez concebida la idea de ir a ver a Feliks, no podía quitársela de la cabeza. Pensó: «Esta puerta, el pasillo, escaleras arriba, el cuarto de los niños, el gabinete secreto, y allí...»

Cerró los ojos con fuerza y se tapó la cabeza con la sábana. Todo era peligroso. Lo mejor era no hacer nada en absoluto, quedarse inmóvil, paralizada, dejar tranquila a Charlotte, dejar tranquilo a Feliks, olvidarse de Aleks, olvidarse de Churchill.

Pero no sabía lo que iba a suceder. Charlotte podría ir a Stephen y decirle: «Tú no eres mi padre.» Stephen podría matar a Feliks, Feliks podría matar a Aleks. A Charlotte la podrían acusar de asesinato. «Feliks podría venir aquí, a mi habitación, y besarme.»

Otra vez notaba que sus nervios se desmandaban y que la rondaba otra jaqueca. Era una noche muy calurosa. Los efectos del láudano habían pasado, pero había bebido mucho vino durante la cena y seguía sintiéndose algo mareada. Por algún motivo, aquella noche su piel estaba extraordinariamente sensible, y cada vez que se movía, sentía que la seda de su camisón le arañaba los pechos. Estaba irritable, tanto mental como físicamente. En cierto sentido, deseaba que Stephen se le acercara, pero luego pensó: «No, no lo podría resistir.»

La presencia de Feliks en el cuarto de los niños era como una poderosa luz que brillaba ante sus ojos, manteniéndola despierta. Retiró la sábana, se levantó y fue hacia la ventana. La abrió un poco más. La brisa era apenas más fresca que el aire de la habitación. Se asomó y miró hacia abajo, vio las dos lámparas encendidas del portal, y al policía paseando delante de la casa, las pisadas de sus botas resonaban a lo lejos, sobre la grava del paseo.

¿Qué estaría haciendo Feliks allí arriba? ¿Estaría fabricando una bomba? ¿Cargando un arma? ¿Afilando un cuchillo? ¿O simplemente dormía, aguardando en paz el momento adecuado? O vagaba por la casa, intentando dar con la manera de burlar a los guardaespaldas de Aleks?

«No hay nada que yo pueda hacer —pensó—; nada.»

Cogió su libro. Eran los *Poemas de Wessex* de Hardy. «¿Por qué elegí éste?», pensó. Lo abrió por la página que había leído por la mañana. Encendió la luz de la mesita de noche, se sentó y leyó el poema entero. Se titulaba «Su dilema».

Los dos en silencio en una iglesia sombría,
con enmohecidos muros, irregulares adoquines
y esculturas desgastadas, de evidente antigüedad;
y sin nada que rompiera del reloj la tediosa monotonía.

Apoyado en un carcomido ornamento,
tan pálido y agotado que apenas se tenía en pie
(ya que pronto iba a morir), dijo, como en un lamento,
«¡Dime que me amas!», apretándole la mano.

Ella habría dado el mundo por pronunciar un «sí» sincero,
tanto parecía su vida persistir en su mente,
y por ello mintió, pues todo su corazón la persuadió,
de que valía su alma ser amable un momento.

Mas esa triste necesidad, y su próxima muerte,
tanto remedaban la compasión, que a ella le avergonzaba
                                        [valorar
un mundo así, ni respirar le importaba
donde la naturaleza tales dilemas podía ingeniar.

«Es verdad —pensó—; cuando la vida es así, ¿quién puede acertar?»

La jaqueca era tan fuerte, que le parecía que le iba a estallar la cabeza. Abrió el cajón y tomó un sorbo del frasco de láudano. Luego tomó un poco más.

Después se dirigió hacia el cuarto de los niños.

15

Algo había salido mal. Feliks no había visto a Charlotte desde el mediodía, cuando le trajo una palangana, una jarra de agua, una toalla y una pastilla de jabón. Habrían surgido problemas que la habían impedido venir; quizá la habían obligado a irse de casa, o tal vez tenía la sensación de que la espiaban. Pero, evidentemente, no lo había delatado, porque aún seguía allí.

De todos modos, él ya no la necesitaba.

Sabía dónde se encontraba Orlov y sabía dónde estaban las armas. No podía entrar en la habitación de Orlov, ya que las medidas de seguridad eran muy estrictas; tendría que hacer salir a Orlov. Y sabía cómo hacerlo.

No había usado el agua y el jabón, porque el pequeño escondite era muy reducido y no le permitiría estar de pie y lavarse, y de todos modos tampoco le preocupaba demasiado su aseo, pero ahora tenía mucho calor y se sentía pegajoso, y quería refrescarse antes de comenzar su trabajo, así que se llevó el agua al cuarto de los niños.

Le parecía muy raro encontrarse en el mismo lugar en el que Charlotte había pasado tantas horas de su infancia. Apartó aquel pensamiento de su mente: no era momento para sentimentalismos. Se quitó toda la ropa y se lavó a la luz de una sola vela. Un agradable sentimiento familiar de anticipación y excitación se apoderó de él, y se sentía como si le brillara la piel. «Triunfaré esta noche —pensó con fiereza—, no me importa a cuántos tenga que matar.» Se secó enérgicamente con la toalla todo el cuerpo. Sus movimientos eran bruscos, y en la parte posterior de la garganta notó una sensación de aspereza que le producía ganas de gritar. «Esta debe ser la razón por la que combatientes lanzan gritos de guerra», pensó. Miró su cuerpo y vio cómo se iniciaba una erección.

Entonces oyó decir a Lydia:

—¡Vaya, pero si te has dejado barba!

Se volvió y miró hacia la oscuridad, estupefacto.

Ella se adelantó, entrando en el círculo de luz de la vela. Llevaba el pelo suelto y le caía sobre los hombros. Vestía un camisón largo, de color pálido, ceñido al cuerpo y de cintura alta. Sus blancos brazos quedaban al descubierto. Sonreía.

Se quedaron inmóviles, mirándose el uno al otro. Ella abrió varias veces la boca para hablar, pero las palabras no salieron. Feliks sintió que se excitaba. «¿Cuánto tiempo hace —se preguntó—, cuánto tiempo hace que no me desnudo ante una mujer?»

Ella se movió, sin romper el embrujo. Avanzó y se arrodilló a sus pies. Cerró los ojos y lo acarició. Cuando Feliks la miró a la cara, la luz de la vela le permitió ver el brillo de las lágrimas sobre sus mejillas.

Lydia tenía otra vez diecinueve años, y su cuerpo era joven, fuerte e insaciable. La sencilla boda había terminado y se encontraba con su nuevo marido en el hotelito que habían alquilado en el campo. Fuera, la nieve caía silenciosamente en el jardín. Se amaron a la luz de la vela. Ella lo besó por todas partes y él le dijo: «Siempre te he amado, todos estos años», aunque sólo hacía semanas que se conocían. La barba le acariciaba los pechos, aunque ella no recordaba que se hubiera dejado crecer la barba. Ella observó sus manos, que recorrían todo su cuerpo, todos los lugares secretos, y le dijo: «Eres tú, tú me estás haciendo esto, eres tú, Feliks, Feliks», como si hubiera habido otro que le hiciera esas cosas, que le causara ese placer ondulante y esponjoso. Le arañó la espalda con sus largas uñas. Vio cómo empezaba a brotar la sangre; luego se inclinó hacia delante y la lamió con glotonería. «Eres un animal», dijo él. Se tocaban el uno al otro sin darse un momento de respiro; eran como niños sueltos en una confitería, moviéndose incesantemente de un lugar a otro, tocando, mirando, saboreando, sin acabar de creer en su extraordinaria buena suerte. Ella le dijo: «Me alegro mucho de que nos hayamos podido escapar juntos», y por algún motivo eso la entristeció, así que dijo: «Méteme el dedo», y la tristeza se le fue de la cara y el deseo se apoderó de ella, pero ella se dio cuenta de que lloraba y no podía comprender por qué. De repente, advirtió que era un sueño y la aterrorizaba despertarse, así que dijo: «Hagámoslo ahora, de prisa», y se unieron y ella sonrió entre lágrimas y él dijo: «Nos ajustamos perfectamente el uno al otro.» Parecían moverse como bailarines, o mariposas enamoradas, y Lydia exclamó: «Esto es siempre tan agradable, querido, esto es siempre tan agradable», y añadió: «Pensé que esto no volvería a ocurrirme», y su respiración se convirtió en sollozos. Él hundió la cara en su cuello, pero ella le tomó la cabeza con las manos y la retiró para poderlo ver. Así sabía que aquello no era un sueño. Estaba despierta. Había una cuerda tirante desde la parte posterior de su garganta hasta la base de su columna, y cada vez que vibraba todo el cuerpo prorrumpía en una sola nota de placer que se hacía cada vez más fuerte. «Mírame», le dijo ella al tiempo que perdía el control, y él le dijo gentilmente: «Te estoy mirando», y se incrementó la sensación de gozo. «¡Soy perversa!», gritó al tiempo que le llegaba el orgasmo. «¡Mírame, soy perversa!», y su cuerpo se crispó, la cuerda se tensó aún más y el placer se hizo penetrante hasta sentir que se le iba la cabeza, y luego la última y más alta nota de placer rompió la cuerda y cayó desvanecida.

Feliks la depositó delicadamente en el suelo. Su cara, a la luz de la vela, irradiaba paz, toda la tensión había desaparecido; parecía una persona que hubiera muerto feliz. Estaba pálida, pero respiraba con normalidad. Había estado medio dormida, quizá drogada —Feliks lo sabía—, pero le daba igual. Se sentía agotado, débil, incapaz, agradecido y muy enamorado. «Podríamos empezar de nuevo —pensó—; es una mujer libre, podría dejar a su marido, podríamos vivir en Suiza; Charlotte podría venirse con nosotros...»

«Este no es un sueño causado por el opio», se dijo a sí mismo. Él y Lydia ya habían hecho planes como aquéllos anteriormente en San Petersburgo, hacía diecinueve años, pero no habían podido actuar contra los deseos de las personas respetables. «Esto no sucede, por lo menos en la vida real; nos frustraría otra vez. Nunca me dejarán tenerla. Pero me vengaré.»

Se puso en pie y se vistió con prisa. Cogió la vela. La miró una vez más. Sus ojos seguían cerrados. Quería tocarla una vez más, besar su tierna boca. Endureció su corazón. «Nunca más», pensó. Dio media vuelta y cruzó la puerta.

Anduvo quedamente sobre la alfombra del pasillo, y bajó las escaleras. La vela trazaba raras sombras en movimiento. «Quizá muera esta noche, pero no sin matar antes a Orlov y a Walden —pensó—. He visto a mi hija, me he acostado con mi mujer; ahora mataré a mis enemigos, y luego ya podré morir.»

Al llegar a la segunda planta pisó suelo duro y sus botas hicieron ruido. Se quedó como helado y escuchó. Vio que allí no había moqueta, sino suelo de mármol. Esperó. No llegaban ruidos de ninguna parte de la casa. Se quitó las botas y continuó descalzo; no llevaba calcetines.

Las luces estaban apagadas en toda la casa. ¿Habría alguien rondando? ¿Podría bajar alguien, con hambre, a coger algo de la alacena a medianoche? ¿Podría un mayordomo soñar que oía ruidos y recorrer la casa para asegurarse? ¿Podrían los guardaespaldas de Orlov sentir necesidad de ir al cuarto de baño? Feliks aguzó el oído, listo para apagar la vela y ocultarse al más mínimo ruido.

Se detuvo en el vestíbulo y sacó del bolsillo de su chaqueta los planos de la casa que Charlotte le había hecho. Consultó brevemente el de la planta baja, sosteniendo la vela cerca del papel, luego giró a su derecha y recorrió el pasillo.

Cruzó la biblioteca y pasó a la sala de armas.

Cerró la puerta, sin hacer ruido, y miró a su alrededor. Una horrible cabeza parecía querer abalanzarse hacia él desde la pared, se sobresaltó y gruñó asustado. La vela se apagó. En la oscuridad se dio cuenta de que había visto la cabeza de un tigre, disecada y montada en la pared. Encendió la vela otra vez. Había trofeos en todas las paredes: un león, un venado y hasta un rinoceronte. Walden se había dedicado a la caza mayor en sus buenos tiempos. También había un gran pez en una urna de cristal.

Feliks colocó la vela sobre la mesa. Las armas colgaban de la pared. Había tres pares de escopetas de doble cañón, un rifle «Winchester» y algo que Feliks pensó que sería un arma para la caza de elefantes. Nunca había visto un arma

323

para elefantes. Nunca había visto un elefante. Las armas estaban sujetas mediante cadenas que pasaban por los gatillos. Feliks observó la cadena. Estaba sujeta, mediante un gran candado, a una anilla atornillada al extremo de madera del armero.

Reflexionó sobre lo que iba a hacer. Necesitaba un arma. Pensó que podría hacer saltar el candado si tuviera un trozo de hierro, un destornillador, para usarlo como palanca, pero le pareció que sería más fácil desatornillar la anilla de la madera del armero y luego pasar la cadena, candado y anilla a través de los gatillos para soltar las armas.

Miró otra vez el plano de Charlotte. A continuación de la sala de armas venía la de las flores. Cogió la vela y atravesó la puerta de comunicación. Se encontró en una habitación pequeña, fría, con una mesa de mármol y un fregadero de piedra. Oyó un paso. Apagó la vela y se agachó. El ruido había venido de fuera, del paseo de grava; tenía que ser uno de los centinelas. La luz de una linterna oscilaba fuera. Feliks se arrimó a la puerta próxima a la ventana. La luz fue aumentando y también los pasos se hicieron más audibles. Pararon justo delante de la habitación y la linterna brilló a través de la ventana. Con aquella luz, Feliks vio un soporte sobre el fregadero, y varias herramientas colgadas de unos ganchos: cizallas, podadoras, una pequeña manguera y un cuchillo. El centinela comprobó la puerta contra la que se apoyaba Feliks. Tenía echada la llave. Los pasos se alejaron y la luz se disipó. Feliks esperó un momento. ¿Qué hará el centinela? Presumiblemente, había visto el centelleo de la vela de Feliks. Pero pudo pensar que había sido el reflejo de su propia linterna. O alguien de la casa que pudo haber tenido una razón perfectamente justificable para entrar en la habitación de las flores. El centinela podría ser uno de esos tipos extremadamente cautos que volviera para cerciorarse de todo.

Dejando las puertas abiertas, Feliks pasó de la habitación de las flores, a través de la sala de armas, hasta la biblioteca, tanteando en la oscuridad, con la vela apagada en la mano. Se sentó en el suelo de la biblioteca detrás de un gran sofá, tapizado en piel, y contó lentamente hasta mil. No apareció nadie. El centinela no era de los cautos.

Volvió a la sala de armas y encendió la vela. Allí las cortinas eran gruesas. No había cortinas en la habitación de labores. Se dirigió a ésta con cautela, tomó el cuchillo que había visto en el soporte, volvió a la sala de armas y se inclinó sobre el armero. Usó la hoja del cuchillo para aflojar los tornillos que sujetaban la anilla a la madera. La madera estaba vieja y dura, pero finalmente los tornillos cedieron y pudo soltar las armas.

Había tres armarios en la habitación. Uno contenía botellas de coñac, whisky y vasos; otro ejemplares encuadernados de una revista llamada *Caballo y galgo* y un enorme libro encuadernado en piel, titulado *Libro de caza*. El tercer armario estaba cerrado con llave: allí se debía guardar la munición.

Feliks rompió la cerradura con el cuchillo.

De los tres tipos de armas disponibles —«Winchester», escopeta y arma de elefante— prefirió el «Winchester». Sin embargo, a medida que buscaba en los cajones la munición se dio cuenta de que allí no había cartuchos ni para el «Winchester» ni para el arma de elefantes, pues esas armas se guardaban sólo como recuerdo. Tendría que contentarse con una escopeta. Los tres pares eran del calibre 12 y toda la munición eran cartuchos del número 6. Para asegurarse de que mataba a su hombre tendría que disparar desde muy cerca, a veinte metros como máximo. Y sólo podría efectuar dos disparos antes de cargar de nuevo.

«Sin embargo —pensó—, sólo quiero matar a dos personas.»

La imagen de Lydia tumbada en el suelo del cuarto de los niños no se borraba de su mente. Cuando pensaba en cómo se habían amado, se sentía alborozado. Ya no experimentaba el fatalismo que se había apoderado de él inmediatamente después. «¿Por qué he de morir? —pensó—. Y cuando haya matado a Walden, ¿quién sabe lo que puede ocurrir?»

Cargó el arma.

«Y ahora —pensó Lydia— tendré que matarme.»

No veía otra posibilidad. Había descendido hasta las profundidades de la depravación por segunda vez en su vida. Todos sus años de autodisciplina no habían servido de nada, sólo porque había vuelto Feliks. Ya no podría vivir sabiendo lo que era. Quería morir en aquel mismo instante.

Reflexionó sobre cómo podría hacerlo. ¿Qué tipo de veneno podía tomar? Seguro que había algún veneno matarratas en algún lugar de la casa, pero ella, por supuesto, no sabía dónde. ¿Una sobredosis de láudano? No estaba segura de que fuera suficiente. Se acordó de que se podía matar con gas, pero que Stephen ya había cambiado la instalación de gas por la eléctrica. Se preguntó si las plantas superiores estaban a una altura suficiente como para matarse arrojándose desde una ventana. Temía romperse simplemente la columna y quedarse paralítica durante años. No creía tener valor para cortarse las venas, y, además, le llevaría mucho tiempo morir desangrándose. La manera más rápida sería pegándose un tiro. Pensó que probablemente podría cargar un arma y disparársela; había visto hacerlo innumerables veces. Pero se acordó de que las armas estaban bajo llave.

Después pensó en el lago. Sí, ésa era la solución. Iría a su habitación a ponerse una bata; luego saldría de la casa por una puerta lateral, para que los policías no la vieran, y cruzaría a pie el lado oeste del parque, bordeando los rododendros, y, por el bosque, llegaría a la orilla del lago. Entonces continuaría andando hasta que el agua fría le cubriera la cabeza; después abriría la boca y al cabo de un minuto, más o menos, todo habría terminado.

Salió de la habitación y cruzó el pasillo a oscuras. Vio luz por debajo de la puerta de Charlotte y vaciló. Quería ver a su hija por última vez. La llave estaba en la cerradura. Dio la vuelta a la llave, abrió la puerta y entró.

Charlotte estaba sentada junto a la ventana, vestida pero dormida. Tenía la cara pálida y el cerco de sus ojos estaba enrojecido. Se había soltado el pelo. Lydia cerró la puerta y se acercó a ella. Charlotte abrió los ojos.

—¿Qué ha pasado? —exclamó.

—Nada —contestó Lydia, y se sentó.

—¿Te acuerdas de cuándo se fue Nannie? —preguntó.

—Sí. Ya tenías edad para una institutriz, y yo no tuve ningún otro bebé.

—Me había olvidado de todo durante años. Ahora lo acabo de recordar. ¿Verdad que tú no te enteraste de que yo creía que Nannie era mi madre?

—No sé..., ¿lo creías? Siempre me llamabas mamá y a ella Nannie...

—Sí. —Charlotte hablaba lentamente, casi ausente, como si estuviera perdida en la niebla de un recuerdo distante—. Tú eras mamá y Nannie era Nannie, pero todos tenían una madre, ¿sabes?, y cuando Nannie me dijo que tú eras mi madre, le contesté: «Déjate de tonterías, Nannie, *tú* eres mi madre.» Y Nannie simplemente se echó a reír. Luego la despediste. Yo estaba angustiada.

—Nunca me imaginé...

—Marya nunca te lo dijo, por supuesto. ¿Qué institutriz lo haría?

Charlotte sólo iba rememorando; no acusaba a su madre, sólo iba explicando algo. Continuó:

—Así que tuve una madre falsa, y ahora también tengo un padre falso. Veo que lo nuevo me ha hecho recordar lo viejo.

Lydia dijo:

—Debes odiarme. Lo comprendo. Yo misma me odio.

—No te odio, mamá. He estado muy enfadada contigo, pero nunca te he odiado.

—Pero crees que soy una hipócrita.

—Ni siquiera eso.

Un sentimiento de paz inundó a Lydia.

—Empiezo a comprender por qué eres tan vehementemente respetable —prosiguió Charlotte—, por qués estabas tan empeñada en que yo nunca supiera nada acerca del sexo... Simplemente querías salvarme de lo que te ocurrió. Y he descubierto que hay decisiones difíciles, y que a veces no se sabe si lo que una hace es correcto, y creo que te he juzgado duramente, cuando no tenía derecho a juzgarte en absoluto... y no estoy orgullosa de mí misma.

—¿Sabes que te quiero?

—Sí... Y yo te quiero, mamá, y por eso me siento tan desdichada.

Lydia estaba ofuscada. Esto era lo último que habría esperado. Después de todo lo que había pasado —las mentiras, la traición, el enfado, la amargura—, Charlotte seguía queriéndola. Se sentía inundada por una especie de serena alegría. «¿Matarme? —pensó—. ¿Por qué he de matarme?»

—Deberíamos haber hablado así antes —reconoció Lydia.

—Tú no tienes ni idea de cómo lo deseaba —aseguró Charlotte—. Siempre me explicabas tan bien la manera de hacer las reverencias, y recoger la cola de mi vestido, y sentarme con gracia, y arreglarme el pelo... y echaba de menos que me explicaras del mismo modo las cosas que consideraba importantes, como lo relacionado con el amor y los hijos, pero eso no lo hiciste nunca.

—Nunca pude —confesó Lydia—. No sé por qué.

Charlotte bostezó y se levantó.

—Creo que ahora podré dormir.

Lydia la besó en la mejilla y la abrazó.

—También quiero a Feliks, ¿sabes? —añadió Charlotte—. Eso no ha cambiado.

—Lo comprendo —dijo Lydia—. Yo también.

—Buenas noches, mamá.

—Buenas noches.

Lydia salió presurosa de la habitación y cerró la puerta. Una vez fuera no supo qué hacer. ¿Qué haría Charlotte si la puerta se quedaba sin cerrar? Lydia decidió ahorrarse la ansiedad de la decisión, y dio vuelta a la llave.

Bajó las escaleras en dirección a su habitación. Se alegró de haber hablado con Charlotte. «Quizá —pensó— esta familia, después de todo, podría salvarse; no sé cómo, pero seguro que es posible.» Entró en su habitación.

—¿Dónde has estado? —preguntó Stephen.

Ahora que Feliks ya tenía un arma, sólo tenía que lograr que Orlov saliera de su habitación. Sabía cómo hacerlo. Iba a pegar fuego a la casa.

Con el arma en una mano y la vela en la otra, caminó, todavía descalzo, por el ala oeste y cruzó el vestíbulo hasta llegar a la sala de estar. «Tan sólo unos minutos más —pensó—; tan sólo unos minutos más y habré acabado.» Pasó por dos comedores y el cuarto de servicio, y entró en las cocinas. Aquí, los planos de Charlotte estaban sin definir y tuvo que buscar por dónde salir. Encontró una puerta grande, de acabado basto, que estaba cerrada con una barra. Levantó la barra y abrió lentamente la puerta.

Apagó la vela y esperó en el umbral. Un minuto después descubrió que, prácticamente, podía distinguir el perfil de los edificios. Fue un alivio, pues temía usar la vela fuera a causa de los centinelas.

Frente a él había un patio pequeño adoquinado. En el otro extremo, si el plano era correcto, había un garaje, un taller, y... un depósito de gasolina.

Cruzó el patio. Supuso que el edificio que tenía delante había sido en otro tiempo un granero. Una parte estaba cerrada, el taller quizás, y el resto no. Podía distinguir vagamente los grandes faros redondos de dos coches enormes. ¿Dónde estará el depósito de combustible? Miró hacia arriba. El edificio era bastante alto. Avanzó hacia delante, y su frente chocó contra algo. Era una extensión de tubo flexible con una boquilla en su extremo. Colgaba de la parte superior del edificio.

Era de sentido común: tenían los coches en el granero y el depósito de gasolina en el henil. Tenían que sacar los coches al patio para llenarlos de combustible con el tubo.

«¡Bien!», pensó.

Ahora necesitaba un recipiente y uno de diez litros sería lo ideal. Entró en el garaje y pasó junto a los coches, tanteando con los pies para no tropezar con nada que produjera ruido.

No había ningún recipiente.

Recordó los planos otra vez. Estaba cerca del jardín de la cocina. Podría haber una regadera por allí. Se disponía a ir hacia aquella zona para buscarlo cuando oyó a alguien aspirar por la nariz.

Se quedó helado.

El policía pasó de largo.

Feliks oía los latidos de su corazón.

La luz de la lámpara de aceite del policía osciló en el patio. «¿Habré cerrado la puerta de la cocina?», pensó Feliks consternado. La luz de la lámpara quedó reflejada en la puerta: parecía cerrada.

El policía siguió su camino.

Feliks se dio cuenta de que había contenido la respiración y se relajó con un prolongado suspiro.

Le dio al policía un minuto para alejarse, luego se movió en la misma dirección, en busca del jardín de la cocina.

Allí no encontró ningún recipiente, pero tropezó con una manguera enroscada. Calculó que tendría unos treinta metros de longitud, y esto le sugirió una idea maquiavélica.

Primero necesitaba saber con qué frecuencia hacía su recorrido el policía. Empezó a contar. Sin dejar de contar, trasladó la manguera al patio y la ocultó con él detrás de los coches.

Había contado ya hasta novecientos dos cuando el policía hizo de nuevo su aparición.

Disponía de unos quince minutos.

Unió un extremo de la manguera a la boquilla del tubo de la gasolina, luego cruzó el patio, tirando de la manguera a medida que avanzaba. Entró en la cocina para buscar una broqueta afilada y para encender de nuevo la vela. Luego volvió sobre sus pasos por la casa, extendiendo la manguera a lo largo de la cocina, el cuarto de servicio, los comedores, la sala de estar, el vestíbulo, el pasillo, y hasta el interior de la biblioteca. La manguera era pesada y resultaba difícil efectuar aquel trabajo sin hacer ruido. Estaba atento a las pisadas, pero sólo oía los rumores propios de una casa vieja en plena noche. Todos estaban acostados —de eso estaba seguro—, pero ¿bajaría alguien a coger un libro de la biblioteca o una copa de coñac de la sala de estar, o un bocadillo de la cocina?

«Si ocurriera eso ahora —pensó—, el juego se habría acabado.»

Tan sólo unos minutos más... ¡Tan sólo unos minutos más!

Le había preocupado si la manguera sería lo suficientemente larga, pero llegaba justo hasta la puerta de la biblioteca. Dio media vuelta y recorrió todo el trayecto de la manguera, pinchándola una y otra vez con la broqueta.

Salió por la puerta de la cocina y se quedó en el garaje. Asió la escopeta con las dos manos como si fuera un bate.

Parecía que llevaba esperando una eternidad.

Al fin oyó pisadas. El policía pasó por su lado y se detuvo, iluminó con su antorcha la manguera y lanzó un gruñido de sorpresa.

Feliks lo golpeó con la escopeta.

El policía se tambaleó.

—Cae de una vez, maldito —murmuró Feliks, y volvió a golpearlo con todas sus fuerzas.

El policía cayó y Feliks le pegó otra vez con una satisfacción salvaje.

El hombre se quedó inmóvil.

Feliks se dirigió hacia el tubo de la gasolina y encontró el lugar por donde conectaba con la manguera. Había un grifo para cerrar y abrir la salida de la gasolina.

Abrió el grifo.

—Antes de casarnos —dijo Lydia impulsivamente— tuve un amante.

—¡Pero qué dices! —exclamó Stephen.

«¿Por qué lo habré dicho? —pensó—. Porque al mentir he hecho a todos desgraciados, y yo misma he llegado al límite de mis fuerzas.»

—Mi padre lo descubrió —continuó—. Hizo encarcelar y torturar a mi amante. Me dijo que si yo consentía en casarme contigo, la tortura cesaría inmediatamente, y que en cuanto tú y yo saliéramos para Inglaterra, mi amante quedaría en libertad.

Ella observaba su cara. No estaba tan herido como ella había esperado, pero sí horrorizado.

—Tu padre fue un malvado —dijo.

—La malvada fui yo por casarme sin amor.

—Oh... —ahora Stephen parecía apenado—. Tampoco yo estaba enamorado de ti. Me declaré a ti porque mi padre había muerto y yo necesitaba una mujer que fuera la condesa de Walden. Fue más tarde cuando me enamoré locamente de ti. Iba a decir que te perdono, pero no hay nada que perdonar.

«¿Podrá ser todo tan fácil? —pensó—. ¿Podrá perdonármelo todo y seguir queriéndome?» Parecía que, por estar la muerte rondando, cualquier cosa era posible.

—Todavía hay más que contar —prosiguió ella—, y ahora viene lo peor.

La expresión de Stephen reflejaba una angustia dolorosa.

—Será mejor que me lo cuentes todo.

—Yo... ya estaba embarazada cuando me casé contigo. Stephen palideció.

—¡Charlotte!

Lydia asintió en silencio.

—¿Ella..., ella no es mía?

—No.

—¡Dios mío!

«Ahora sí te he herido —pensó—; nunca te lo habías imaginado.»

—¡Oh, Stephen, lo siento mucho...! —añadió.

Él la miró fijamente.

—No es mía —repitió con expresión estúpida—. No es mía.

Lydia pensó en todo lo que aquello significaba para él. Era sobre todo la nobleza inglesa la que hablaba de buenos modales y de pureza de sangre. Él lo recordaba mirando a Charlotte y murmurando: «Hueso de mis huesos y carne de mi carne.»

Era el único versículo de la Biblia que le había oído citar. Pensó en sus propios sentimientos, en el misterio de un niño que empieza su vida como parte de una misma y luego se separa para convertirse en otro individuo, pero nunca completamente separada. «Tiene que ser lo mismo para los hombres —pensó—, a veces una piensa que no es así, pero así tiene que ser.»

Estaba acongojado. De repente parecía haber envejecido.

—¿Por qué me estás diciendo esto ahora? —le preguntó.

«No puedo —pensó—, no puedo revelar nada más; ya lo he herido bastante.» Pero era como si estuviera rodando por la ladera de una montaña sin poderse detener. Y le dijo sin más:

—Porque Charlotte ha conocido a su verdadero padre y lo sabe todo.

—Oh, pobre niña.

Stephen se tapó la cara con las manos.

Lydia se imaginó que la siguiente pregunta sería: «¿Quién es el padre?» Estaba llena de pánico. Ella no podía decírselo. Lo mataría. Pero necesitaba decírselo; quería quitarse de encima aquel peso de secretos culpables, de una vez para siempre.

«No preguntes —pensó—; todavía no, es demasiado.»

Levantó la vista hacia ella. Su cara era inexpresiva. «Parecía un juez —pensó— pronunciando impasible la sentencia, y yo soy la prisionera culpable del banquillo.»

«No preguntes.»

—Y el padre es Feliks, por supuesto —dijo él.

Lydia dio un respingo.

Él movió la cabeza, como si aquella reacción fuera la confirmación que necesitaba.

«¿Qué hará?», pensó temerosa. Estudió la cara de él sin saber interpretar su expresión; le parecía una persona extraña.

—Oh, Dios de los cielos, ¿qué es lo que hemos hecho? —exclamó Walden.

Lydia, de repente, se puso a hablar de corrido:

—Apareció justo cuando ella empezaba a ver a sus padres como personas débiles, por supuesto; y ahí estaba él, lleno de vida y de ideas iconoclastas..., exactamente el tipo de cosas que pueden entusiasmar a una joven de carácter independiente... Lo sé, algo parecido me ocurrió a mí..., así empezó a conocerlo, a estimarlo y a ayudarlo..., pero ella te quiere, Stephen, y en este sentido es tuya. La gente no puede dejar de quererte..., no se puede evitar...

Su cara parecía de mármol. Ojalá la insultara o llorara, o la maltratara, o incluso le pegara, pero seguía sentado mirándola con aquella cara de juez, y le preguntó:

—¿Y tú lo ayudaste?

—Intencionadamente, no..., pero tampoco te he ayudado a ti. Soy una mujer odiosa y malvada.

Se levantó y la cogió por los hombros. Tenía las manos frías como una tumba. Le preguntó:

—Pero, ¿eres mía?

—Quise serlo, Stephen..., de veras lo quise.

Él le acarició la mejilla, pero su cara no mostraba amor alguno. Ella se estremeció.

—Empecé diciéndote que sería demasiado para perdonar —dijo.

Él preguntó:

—¿Sabes dónde está Feliks?

No contestó. «Si se lo digo pensó—, será como matar a Feliks. Si no se lo digo, será como matar a Stephen.»

—Sí lo sabes —aseguró.

Ella asintió en silencio.

—¿Quieres decírmelo?

Le miró a los ojos. «Si se lo digo —pensó—, ¿me perdonará?»

—Decídete —insistió Stephen.

Tenía la sensación de estar cayendo en un pozo cabeza abajo.

Stephen enarcó las cejas con expectación.

—Está en la casa —murmuró Lydia.

—¡Dios mío! ¿Dónde?

Los hombros de Lydia se hundieron. Ya estaba hecho. Había traicionado a Feliks por última vez.

—Ha estado escondido en el cuarto de los niños —dijo abatida.

Su expresión ya no era de mármol. Le volvió el color a las mejillas y sus ojos se inflamaron de rabia.

—Di que me perdonas..., por favor —rogó Lydia.

Dio media vuelta y salió presuroso de la habitación.

Feliks cruzó corriendo la cocina y el cuarto de servicio; llevaba la vela, la escopeta y las cerillas. Podía oler el vapor dulce y ligeramente desagradable de la gasolina. En el comedor, un chorro fino y continuo salía a través del agujero de la manguera. Feliks cambió la manguera al otro lado de la habitación para que el fuego no la destruyera tan de prisa, luego encendió una cerilla y la arrojó al trozo de alfombra que ya estaba empapada de gasolina. El fuego prendió en la alfombra.

En el rostro de Feliks se dibujó una mueca y salió corriendo.

En la sala de estar cogió un almohadón de terciopelo y lo sostuvo junto a otro agujero de la manguera durante un minuto. Dejó el cojín sobre el sofá, le prendió fuego y luego echó varios cojines más. Las llamas cobraron viveza.

Corrió al otro lado del vestíbulo y por el pasillo hasta la biblioteca. Allí la gasolina salía por el extremo de la manguera y corría por todo el pavimento. Feliks sacó montones de libros de los estantes y los desparramó por el suelo, en el charco que se iba agrandando. Luego cruzó la habitación y abrió la puerta que comunicaba con la sala de armas. Se quedó en el umbral un momento y luego tiró la vela en el charco.

Se produjo un ruido como el de un ráfaga de viento y la biblioteca quedó envuelta en llamas. Los libros y la gasolina ardían con ferocidad. En un momento, se prendió fuego en las cortinas, luego en la sillería y en los paneles. La gasolina seguía saliendo de la boquilla de la manguera, alimentando el fuego. Feliks se reía a carcajadas.

Entró en la sala de armas..., se metió en el bolsillo de la chaqueta más cartuchos. Pasó de esta sala a la de las flores. Quitó el cerrojo a la puerta que daba al jardín, la abrió sin hacer ruido y salió al exterior.

Se dirigió en línea recta hacia el Oeste, alejándose de la casa unos doscientos pasos, dominando su impaciencia. Luego giró hacia el Sur y recorrió la misma distancia, y finalmente se dirigió hacia el Este hasta situarse directamente frente a la entrada principal de la casa, observándola desde el otro lado del oscuro campo de césped.

Veía al segundo policía parado delante del portal iluminado por dos lámparas y fumando en pipa. Su colega yacía inconsciente, o tal vez muerto, en el patio de la cocina. Feliks distinguía las llamas en las ventanas de la biblioteca, pero el policía estaba algo alejado y no las había advertido aún. Las vería de un momento a otro.

Entre Feliks y la casa, a unos veinte metros del portal, había un viejo castaño. Se dirigió a él atravesando el césped. El policía parecía mirar, más o menos, hacia donde estaba Feliks, pero no lo veía. A Feliks le daba igual. «Si me ve —pensó—, lo mataré de un disparo. Ahora ya no importa. Nadie podrá atajar el fuego. Todos tendrán que abandonar la casa. Dentro de unos instantes... dentro de unos instantes los mataré a los dos.»

Se colocó detrás del árbol, apoyándose en él, con la escopeta en las manos.

Ahora divisaba las llamas al otro lado de la casa, en las ventanas del comedor.

«¿Qué están haciendo ahí dentro?», pensó.

Walden corrió por el pasillo hasta el ala de las habitaciones individuales y llamó a la puerta del cuarto azul, donde dormía Thomson. Entró.

—¿Qué sucede? —se oyó preguntar a Thomson desde la cama.

Walden encendió la luz.

—Feliks está en la casa.

—¡Dios mío! —Thomson abandonó la cama—. ¿Cómo?

—Chalotte lo dejó entrar —contestó Walden amargamente.

Thomson se puso rápido los pantalones y la chaqueta.

—¿Sabe dónde?

—En el cuarto de los niños. ¿Tiene usted su revólver?

—No, pero hay tres hombres con Orlov, ¿recuerda? Me llevaré a dos de ellos y cogeré a Feliks.

—Lo acompañaré.

—Preferiría...

—¡No discuta! —gritó Walden—. Quiero verlo morir.

Thomson le dirigió una mirada extraña y comprensiva; luego salió corriendo de la habitación. Walden lo siguió.

Por el pasillo llegaron a la habitación de Aleks. El guardaespaldas que estaba junto a la puerta se puso en pie y saludó a Thomson.

—Usted es Barret, ¿verdad? —dijo éste.

—Sí, señor.

—¿Quién está dentro?

—Bishop y Anderson, señor.

—Dígales que abran.

Barret llamó a la puerta e inmediatamente se oyó una voz:

—Santo y seña.

—Mississippi —dijo Barret.

La puerta se abrió.

—¿Qué sucede, Charlie? Oh, ¿es usted, señor?

—¿Cómo está Orlov? —preguntó Thomson.

—Durmiendo como una criatura, señor.

«¡Vamos, adelante!», pensó Walden.

—Feliks está en la casa —explicó Thomson—. Barre y Anderson, vengan conmigo y su señoría. Bishop, quédese dentro de la habitación. Asegúrense todos, absolutamente todos, de que sus pistolas están cargadas.

335

Walden iba delante guiándolos por el ala de solteros, y subió por las escaleras de atrás a la habitación de los niños. El corazón le latía con fuerza y experimentaba aquella curiosa mezcla de miedo y ansia que se apoderaba de él cuando tenía un león en la mira de su rifle.

Señaló la puerta de la habitación y Thomson susurró:

—¿Hay luz eléctrica en esa habitación?

—Sí —contestó Walden.

—¿Dónde está el interruptor?

—A la izquierda de la puerta, a la altura del hombro.

Barret y Anderson sacaron las pistolas.

Walden y Thomson se situaron a ambos lados de la puerta, fuera de la línea de fuego.

Barret abrió la puerta de un empujón, Anderson entró como una exhalación y se hizo a un lado, Barret encendió la luz.

No pasó nada.

Walden miró dentro de la habitación.

Anderson registró el cuarto de estudio y él dormitorio. Transcurridos unos instantes, Barret dijo:

—Aquí no hay nadie, señor.

La habitación estaba vacía y rebosante de luz. Había una palangana con agua sucia en el suelo y al lado una toalla arrugada.

Walden señaló hacia la puerta del gabinete.

—Al otro lado hay una pequeña buhardilla.

Barret abrió la puerta del gabinete. La tensión se apoderó de todos. Barret cruzó al otro lado, pistola en mano, y al poco rato volvió.

—Estuvo ahí.

Thomson se rascó la cabeza.

—Tenemos que registrar la casa —propuso Walden.

—¡Ojalá tuviéramos más hombres! —exclamó Thomson.

—Empezaremos por el ala oeste —dijo Walden—. Vamos, adelante.

Salieron de la habitación y lo siguieron por el pasillo a la escalera. Mientras bajaban por la escalera, Walden notó el olor a humo.

—¿Qué es eso? —preguntó.

Thomson olfateó.

Walden miró a Barret y a Anderson; ninguno de ellos estaba fumando.

El olor se hizo más intenso, y ahora Walden pudo oír un ruido como el del viento entre los árboles.

De repente, el pavor hizo presa en él.

—¡Mi casa está ardiendo! —gritó, y bajó las escaleras a toda carrera.

El vestíbulo estaba lleno de humo.

Walden cruzó el vestíbulo corriendo y abrió la puerta de la sala de estar. Una oleada de calor le golpeó con fuerza y le hizo retroceder tambaleándose. La habitación era un infierno. El desespero se apoderó de él: aquello jamás se podría apagar. Miró hacia el ala oeste y vio que la biblioteca también estaba en llamas. Se volvió. Thomson estaba detrás de él.

—¡El fuego está destruyendo mi casa! —gritó Walden.

Thomson lo cogió por el brazo y lo condujo a la escalera. Anderson y Barret no se movieron. Walden constató que podía respirar y oír mejor en el centro del vestíbulo. Thomson mantenía la calma y la compostura. Empezó a impartir órdenes.

—Anderson, vaya a despertar a los dos policías que hay fuera. Que uno de ellos se haga con una manguera y busque una toma de agua, y el otro que vaya corriendo al pueblo a telefonear a los bomberos. Luego suba por las escaleras traseras hasta las habitaciones de la servidumbre y despiértelos a todos. Dígales que salgan lo más de prisa que puedan y que vayan a reunirse ante el jardín de la entrada de la casa para poder contarlos. Barret, vaya a despertar a Mr. Churchill y asegúrese de que salga. Yo iré a buscar a Orlov. Walden, usted encárguese de Lydia y Charlotte. ¡En marcha!

Walden subió las escaleras corriendo y entró en la habitación de Lydia. Estaba sentada en una *chaise-longue*, en camisón y con los ojos enrojecidos por el llanto.

—La casa está ardiendo —dijo jadeando—, sal rápidamente y ve al jardín de la entrada. Yo me encargaré de Charlotte.

Luego pensó en la campana para anunciar las comidas.

—No —ordenó—; tú ve a buscar a Charlotte; yo tocaré la campana.

Volvió a bajar las escaleras corriendo, mientras pensaba ¿por qué no se había acordado? En el vestíbulo había un largo cordón de seda que accionaba a las campanas de toda la casa para advertir a los invitados y a la servidumbre de que estaba a punto de servir la comida. Walden tiró del cordón, y apenas oyó el sonido de las campanas, procedente de distintos lugares de la casa, se dio cuenta de que una manguera del jardín atravesaba el vestíbulo. «¿Habría ya alguien combatiendo el fuego?» No acertaba a pensar quién pudiera ser. Continuó tirando del cordón.

Feliks observaba ansiosamente. Las llamas se iban esparciendo con demasiada rapidez. Extensas zonas de la segunda planta ya estaban ardiendo. Quería ver su resplandor por las ventanas. «Salid, imbéciles», pensó. ¿Qué estarían haciendo? No quería quemar a todos los habitantes de la casa; quería que saliesen. El policía del portal parecía dormido. «Yo mismo daré la alarma —pensó Feliks desesperadamente—; no quiero que mueran los que no deben.»

De repente el policía miró a su alrededor. La pipa se le cayó de la boca. Salió disparado hacia el portal y empezó a golpear la puerta. «¡Por fin! —pensó Feliks—. ¡Ahora da la alarma ese imbécil!» El policía corrió hasta una ventana y la rompió.

En aquel preciso instante se abrió la puerta y alguien se precipitó fuera, envuelto en una nube de humo. «Ya empieza todo —pensó Feliks. Levantó la escopeta y miró a través de la oscuridad. No podía ver la cara del recién llegado. El hombre gritó algo y el policía salió corriendo—. Tengo que verles las caras, pero si me acerco demasiado, me verían ellos antes de hora.» El recién llegado se volvió a meter en la casa a toda velocidad, sin que Feliks pudiera reconocerlo. «Tengo que acercarme y correr ese riesgo.» Cruzó el jardín. Dentro de la casa empezaban a sonar las campanas.

«Ahora sí que saldrá», pensó Feliks.

Lydia corría por el pasillo lleno de humo. ¿Cómo podía ocurrir aquello con tanta rapidez? En su habitación no había olido nada, pero ahora había llamas que salían por debajo de las puertas de las habitaciones por donde ella pasaba. Toda la casa estaría ardiendo. El aire estaba demasiado caliente para poder respirar. Llegó a la habitación de Charlotte e hizo girar el pomo de la puerta. Claro, estaba echada la llave. Dio la vuelta a la llave. Intentó de nuevo abrir la puerta. No se movía. Giró el pomo y empujó la puerta con todas sus fuerzas. Algo no funcionaba, la puerta estaba atascada. Lydia empezó a gritar sin parar...

Se oía la voz de Charlotte en el interior de la habitación.

—Mamá...

Lydia se mordió los labios con fuerza y moderó sus gritos.

—¡Charlotte! ¡Abre la puerta!

—No puedo, no puedo, no puedo... ¡Está cerrada con llave!

—Le he dado la vuelta a la llave y no se abre, y la casa está ardiendo. ¡Oh, Jesús mío, ayúdame, ayúdame...!

Se notó una sacudida en la puerta y el pomo se movió mientras Charlotte intentaba abrir por dentro.

—¡Mamá!

—¡Sí!

—Mamá, deja de gritar y escúchame con atención: el suelo se ha movido y la puerta se ha quedado atascada en él. ¡Habrá que romperla, ve en busca de ayuda!

—No puedo abandonarte...

—¡MAMÁ! ¡VE A BUSCAR AYUDA O MORIRÉ ABRASADA!

—Dios mío..., ¡de acuerdo!

Lydia dio media vuelta y salió corriendo, casi asfixiándose, hacia la escalera.

Walden seguía tocando las campanas. Rodeados de humo, vio a Aleks flanqueado por Thomson y el tercer detective, Bishop, que bajaban las escaleras. «Lydia, Churchill y Charlotte deberían también estar aquí», pensó; luego comprendió que podrían bajar por otra de las escaleras. La única manera de comprobarlo era ir al jardín de la entrada, donde se dijo que se encontraran todos.

—¡Bishop! —gritó Walden—. ¡Venga aquí!

El detective fue hacia él corriendo.

—Tire de esto y no deje de tocar mientras pueda.

Bishop asió el cordón y Walden siguió a Aleks fuera de la casa.

Era un momento delicioso para Feliks.

Levantó la escopeta y se dirigió hacia la casa.

Orlov y otro hombre avanzaban hacia donde él estaba. No lo habían visto aún. Al aproximarse, apareció Walden tras ellos.

«Como ratas en una trampa», pensó Feliks triunfalmente.

El hombre al que Feliks no conocía miró hacia atrás, por encima del hombro, y habló con Walden.

Orlov estaba a unos veinte metros de distancia.

«Éste es el momento», pensó Feliks.

Apoyó la culata del rifle en el hombro, apuntó con cuidado al pecho de Orlov y en el preciso instante en que éste abría la boca para hablar apretó el gatillo.

Un gran orificio negro apareció en la camisa de dormir de Orlov, al tiempo que una onza del número 6, unos cuatrocientos perdigones, destrozaba su cuerpo. Los otros dos hombres oyeron el disparo y miraron a Feliks estupefactos. Brotó sangre del pecho de Orlov y el príncipe cayó de espaldas.

«Lo conseguí —pensó Feliks regocijado—, lo maté.»

Ahora al otro tírano.

Apuntó la escopeta a Walden:

—¡No se mueva! —bramó.

Walden y el otro hombre permanecieron inmóviles.

Todos oyeron un grito.

Feliks miró en la dirección de donde provenía el grito.

Lydia salía corriendo de la casa con el cabello en llamas.

Feliks vaciló por una fracción de segundo y luego se precipitó hacia ella.

Walden hizo lo propio.

Al tiempo que corría, Feliks tiró el arma y se quitó el abrigo. Llegó junto a Lydia un instante antes que Walden y le envolvió la cabeza con el abrigo para apagar las llamas.

Ella se apartó el abrigo de la cabeza y les gritó:

—¡Charlotte está atrapada en su habitación!

Walden se volvió y corrió hacia la casa.

Feliks corrió con él.

Lydia, sollozando, aterrorizada, vio a Thomson avanzar y coger la escopeta que Feliks había tirado.

Vio, horrorizada, cómo Thomson la levantaba y apuntaba con ella a la espalda de Feliks.

—¡No! —chilló, y se arrojó sobre Thomson, haciéndole perder el equilibrio.

El arma se disparó contra el suelo.

Thomson la miró, sorprendido.

—¿No lo sabe usted? —gritó ella histéricamente—. ¡Ya ha sufrido bastante!

La alfombra de la habitación de Charlotte ya humeaba.

La joven se metió el puño en la boca y se mordió los nudillos para no gritar.

Corrió hacia donde estaba la palangana, cogió la jarra de agua y la vació en el centro de la habitación. El agua hizo que el humo aumentara, no que disminuyera.

Se dirigió a la ventana, la abrió y se asomó. El humo y las llamas salían de las ventanas que estaban debajo de su habitación. El muro de la pared era de piedra lisa y no había forma de bajar. «Si tengo que saltar, lo haré; será mejor que morir quemada», pensó. La idea la aterrorizó y se volvió a morder los nudillos.

Corrió a la puerta y agitó el pomo inútilmente.

—¡Aquí, socorro, pronto! —gritó.

Las llamas se levantaban de la alfombra y apareció un agujero en el centro del suelo.

Corrió alrededor de la habitación para estar cerca de la ventana, lista para saltar.

Oyó sollozar a alguien y se dio cuenta de que era ella misma.

El vestíbulo estaba lleno de humo. Feliks apenas podía ver. Permaneció cerca de Walden, pensando: «Charlotte, no. No dejaré que Charlotte muera. No, Charlotte, no.»

Subieron corriendo las escaleras. Toda la segunda planta estaba en llamas. El calor era terrible. Walden se lanzó a través de una pared de fuego y Feliks lo siguió.

Walden se detuvo junto a una puerta y un ataque de tos se apoderó de él. Sin poder hacer nada, señaló la puerta. Feliks sacudió el pomo y empujó la puerta con sus hombros. No se movía. Tocó a Walden y gritó:

—¡Lancémonos los dos contra la puerta!

Él y Walden, que no cesaba de toser, fueron al otro lado del pasillo y se pusieron de cara a la puerta.

Feliks dio la orden.

—¡Ahora!

Ambos se abalanzaron a la vez contra la puerta.

La madera se resquebrajó, pero la puerta seguía cerrada.

Walden dejó de toser. Su cara mostraba una expresión de indescriptible terror.

—¡Otra vez! —le gritó a Feliks.

Fueron de nuevo hasta la pared de enfrente.

—¡Ahora!

Se abalanzaron contra la puerta.

Cedió un poco más.

Al otro lado de la puerta oían gritar a Charlotte.

Walden lanzó un grito de ira. Miró a su alrededor con desesperación y cogió una pesada silla de nogal. Feliks pensó que era muy pesada para que Walden la levantara solo, pero Walden la elevó por encima de su cabeza y la estrelló contra la puerta. La puerta empezó a agrietarse.

En un arranque de impaciencia, Feliks metió la mano entre las grietas y empezó a romper la madera astillada. La sangre hacía que los dedos le resbalaran.

Se apartó y Walden volvió a estrellar la silla. Feliks pudo arrancar algunas astillas más, que se le clavaron en las manos. Oyó a Walden murmurar algo; era una oración. Walden golpeó por tercera vez con la silla. La silla se rompió, saliendo disparados el asiento y las patas del respaldo, pero hizo un agujero en la puerta lo suficientemente grande para que Feliks, no Walden, pudiera meterse por él.

Feliks se introdujo por el agujero y se metió en el dormitorio.

El suelo estaba en llamas, y no podía ver a Charlotte.

—¡Charlotte! —gritó con todas sus fuerzas.

—¡Aquí! —su voz llegaba desde el extremo de la habitación.

Feliks corrió por un lado de la habitación donde el fuego era menos intenso. Estaba sentada en el alféizar de la ventana abierta, respirando entrecortadamente. La tomó por la cintura y se la cargó sobre sus hombros. Volvió corriendo por un lado de la habitación hasta la puerta.

Walden alcanzó a cogerla a través de la puerta.

Walden introdujo la cabeza y un hombro por el agujero para tomar a Charlotte de los brazos de Feliks. Pudo ver que el rostro y las manos de Feliks estaban ennegrecidos por las quemaduras y que sus pantalones ardían. Los ojos de Charlotte estaban abiertos y desorbitados por el terror. El suelo empezaba a hundirse detrás de Feliks. Walden colocó un brazo debajo del cuerpo de Charlotte. Feliks parecía tambalearse. Walden retiró la cabeza, metió el otro brazo por el agujero y cogió a Charlotte por debajo de la axila. Las llamas lamían su camisón y ella gritaba.

—No te preocupes, papá te tiene ya —dijo Walden.

De pronto cargó con todo su peso y la hizo salir por el agujero. Ella se desmayó y se quedó inconsciente. Mientras la acababa de sacar, el suelo del dormitorio se derrumbó y Walden vio el rostro de Feliks mientras éste se precipitaba en aquel infierno.

—¡Que Dios se apiade de tu alma! —susurró Walden, y seguidamente bajó corriendo las escaleras.

Thomson tenía fuertemente atenazada a Lydia para impedir que se introdujera en la casa en llamas. Permanecía con la mirada clavada en la puerta, y anhelando que los dos hombre aparecieran con Charlotte.

Apareció una figura. ¿Quién era?

Se acercó. Era Stephen. Llevaba a Charlotte.

Thomson dejó en libertad a Lydia, y ésta fue corriendo hasta ellos. Stephen colocó cuidadosamente a Charlotte sobre la hierba. Lydia clavó en él una mirada de pánico y preguntó:

—¿Qué..., qué...?

—No está muerta —dijo Stephen—. Sólo desmayada.

Lydia se agachó sobre la hierba, acunó la cabeza de Charlotte sobre su regazo y palpó su pecho, sobre el corazón. Pudo sentir sus fuertes latidos.

—¡Oh, mi niña! —exclamó Lydia.

Stephen se sentó a su lado. Ella lo miró. Se le habían chamuscado los pantalones y tenía la piel negra y llena de ampollas. Pero seguía con vida.

Miró hacia la puerta y Stephen se percató de ello. Lydia se dio cuenta de que Churchill y Thomson estaban cerca, escuchando.

Stephen tomó la mano de Lydia.

—Él la salvó —dijo—. Luego me la entregó. Después se hundió el suelo. Ha muerto.

Los ojos de Lydia se llenaron de lágrimas. Stephen lo vio y le apretó la mano.

—Vi su rostro mientras caía —dijo—. Nunca lo podré olvidar mientras viva. Sus ojos, ¿sabes?, estaban abiertos y él estaba consciente, pero... no estaba asustado. En realidad, parecía... satisfecho.

Las lágrimas resbalaron por el rostro de Lydia.

—Encárguese del cadáver de Orlov —dijo Churchill a Thomson.

«Pobre Orlov», pensó Lydia, y lloró por él también.

—¿Qué? —exclamó Thomson incrédulo.

Churchill explicó:

—Escóndalo, entiérrelo, échelo al fuego; no me importa cómo lo haga, sólo quiero que se deshaga de ese cuerpo.

Lydia clavó su mirada en él, horrorizada, y entre una cortina de lágrimas vio cómo se sacaba una serie de cuartillas del bolsillo del esmoquin.

—El acuerdo está firmado —dijo Churchill—. Se informará al Zar de que Orlov murió por accidente en el incendio que destruyó «Walden Hall». Orlov no fue asesinado, ¿entiende? No hubo ningún asesino. —Miró a cada uno de quienes lo rodeaban, con su rostro agresivo, rechoncho y fiero—. No ha existido nunca nadie llamado Feliks.

Stephen se puso en pie y se acercó al lugar donde yacía el cadáver de Aleks. Alguien había tapado su rostro. Lydia oyó decir a Stephen:

—Aleks, hijo mío..., ¿qué voy a decirle a tu madre? —se inclinó y aplicó sus manos sobre el orificio del pecho.

Lydia miraba el fuego, que devoraba todos aquellos años de historia, que consumía el pasado.

Stephen apareció junto a ella y se quedó a su lado.

—No hubo nunca nadie llamado Feliks —susurró.

Ella lo miró. Tras él, por el Este, el cielo tenía un color gris perla. Pronto saldría el sol y sería un nuevo día.

EPÍLOGO

EPÍLOGO

El 2 de agosto de 1914, Alemania invadió Bélgica. Al cabo de pocos días el Ejército alemán empezó a adueñarse de Francia. Hacia finales de agosto, cuando parecía que París iba a caer, varias unidades germanas de primera línea fueron retiradas de Francia para defender a Alemania de la invasión rusa por el Este, y París no cayó.

En 1915 se concedió oficialmente a los rusos el control de Constantinopla y el Bósforo.

Muchos de los jóvenes que habían acompañado a Charlotte en el baile de Belinda murieron en Francia. Freddie Chalfont pereció en Ypres. Peter regresó con los nervios deshechos. Charlotte, que se hizo enfermera, marchó al frente.

En 1916, Lydia dio a luz un niño. Se temió que el parto resultase difícil a causa de su edad, pero llegado el momento no se presentó ninguna complicación. Le pusieron el nombre de Aleks.

Charlotte enfermó de neumonía en 1917 y tuvo que regresar. Durante su convalecencia tradujo al inglés *La hija del capitán*, de Pushkin.

Acabada la guerra, las mujeres consiguieron el voto. Lloyd George se convirtió en Primer Ministro. Basil Thomson consiguió el título de Caballero.

Charlotte se casó con un joven oficial, al que había asistido en Francia. La guerra hizo de él un pacifista y socialista, y llegó a ser uno de los primeros miembros laboristas del Parlamento. Charlotte se convirtió en la primera traductora al inglés de la literatura rusa de ficción del siglo XIX. En 1931 ambos se trasladaron a Moscú, y a su regreso declararon que la URSS era el paraíso de los trabajadores. Cambiaron de idea al ser firmado el pacto germano-soviético. El esposo de Charlotte fue subsecretario en el Gobierno laborista de 1945.

Charlotte vive todavía.

Pasa sus días en una casa de campo edificada sobre la que fue la granja familiar. La casa fue construida por su padre para su mayordomo, y es una espaciosa y sólida mansión repleta de muebles confortables y de flamantes cortinados. La granja familiar es ahora una gran urbanización, pero a Charlotte le gusta verse rodeada de gente. «Walden Hall» fue reconstruida por Lutyens y ahora es propiedad del hijo de Aleks Walden.

Algunas veces, el pasado reciente le resulta a Charlotte algo confuso, aunque recuerda el verano de 1914 como si fuera ayer mismo. Una extraña mirada distante se apodera de aquellos tristes ojos marrones, cuando empieza a narrar alguno de sus espeluznantes relatos.

Aunque no todo son recuerdos para ella. Denuncia al Partido Comunista de la Unión Soviética por ofrecer una mala imagen del socialismo, y a Margaret Thatcher por ofrecer una imagen equivocada del feminismo. Si se le dice que Mrs. Thatcher no es feminista, ella contestará que Brezhnev no es socialista.

Ahora, por supuesto, ya no traduce, pero está leyendo *El archipiélago Gulag* en su versión original rusa. Afirma que Solzhenitsin trata de justificarse, pero que ella está decidida a acabar la novela. Como sólo puede leer hora y media por la mañana y hora y media por la tarde, calcula que habrá cumplido los noventa y nueve años cuando llegue al final del libro.

De una u otra forma, creo que lo conseguirá.